梨园醉梦

（下）

王静嘉 著

北京燕山出版社

目 录

第五部分　留清白

第十七章　千磨万击还坚劲…003
第十八章　要留清白在人间…031

第六部分　风浪涌

第十九章　谁知又有风浪生……079
第二十章　难舍亲情……………096
第二十一章　拨开乌云见彩虹……119

第七部分　山河碎

第二十二章　泪雨凄凄犹自悲…141
第二十三章　雪上加霜再添伤…163
第二十四章　碧落黄泉两相依…177
第二十五章　山河破碎风飘絮…196

第八部分　别离苦

第二十六章　身世浮沉雨打萍…259

第九部分　生死依

第二十七章　天涯海角寻故人…297
第二十八章　齐心合力对国难…328

第十部分　梨园梦

第二十九章　经年一场梨园梦…347

第五部分

留清白

第十七章

千磨万击还坚劲

- 壹 -

"啊,这恐怕不行吧!"顾安笙为难地说:"医生说我活下来都是万幸了,我浑身上下数不清的粉碎性骨折,怎么可能站得起来呢?我知道你希望我站起来行走,可有些事是天命难违啊!"

"不!"乔锦月望着顾安笙,眼神毅然而坚定,"你命由你不由天,能否站得起来,你自己说了算,只要你相信你自己,你就一定能站得起来!"

顾安笙看着乔锦月,半信半疑道:"我……我真的可以吗?"

"你一定可以!"乔锦月坚定地点点头说,"为了你最热爱的相声,为了我,你也一定可以。别忘了你的凌云壮志,你梦想到更大更远的场馆说相声,你不可以轻言放弃,我也相信你一定可以做到。"

"如果你能站起来,你还可以和林大哥一起,在三尺戏台上谈天说地，评春论秋。你也可以照顾我，陪我一起游山玩水，逍遥自在！所以，我要你努力站起来！"

"好！"乔锦月的激励让顾安笙有了信念，他坚定地看着乔锦月的眼睛，"既然你说我可以，我就一定可以，为了你，为了相声，我会努力地尝试站起来。"

乔锦月握住顾安笙的手，坚定道："你要相信，你命由你不由天！"

"我命由我不由天！"顾安笙重复了一遍乔锦月的话，看着面前的红粉佳人，心头涌起一阵温馨。他温情道："月儿，谢谢你，在我最艰难的时候还陪在我身边。是你给了我信念，让我有勇气去面对坎坷。"

乔锦月温婉一笑，意味深长道："从前我不懂情为何物，只听说过戏文中的情爱。我不明白白素贞为何会为了许仙舍弃千年道行，也不懂杜丽娘为何会为柳梦梅死而复生，我甚至还觉得她们很傻。直到今天，我才明白，原来爱了就是不顾一切也要在一起，原来我竟然和她们一样傻。我是旁观者清，亦是当局者迷，现在我懂了，爱就是不疯魔，不成活！"

"不疯魔，不成活！"顾安笙望着面前对自己情深似海的佳人，真挚道，"只此一生，愿与子偕老，疯魔成佳话！"顾安笙心中动情，揽住乔锦月的肩，深深吻上了乔锦月的樱樱红唇。乔锦月亦没有拒绝，深情地闭上双眼，回吻着顾安笙。这个吻，含着太多的情意了。

"太好了！"窗外的胡仲怀看着病房内如胶似漆的两个人，心中松了一大口气，舒坦而言，"他们两个终于重归于好了，不枉我费了这么多的心思了！"

"哎呀，你别看了！"顾安宁拉过了胡仲怀，嗔言，"人家正亲热呢，你看什么！"说罢顾安宁又看了一眼胡仲怀，调笑："我哥哥和月姐姐已经在一起这么长时间了，仲怀哥哥你也老大不小了，什么时候也能有个中意的姑娘？"

"我？"胡仲怀受了一惊，随即又佯敲了顾安宁的脑袋一下，嗔怪道,"没大没小的,我也算是你的哥哥了,有这么问哥哥话的吗?"

"哈哈哈!"顾安宁笑道,"我不说你了,出去买吃的了!"

说罢顾安宁就一溜烟似的跑下了楼,胡仲怀却矗立在原地没有动一步。顾安宁无心的一句玩笑话,竟真的戳中了胡仲怀的心事。他望着天花板,脑中浮现出了那一张温柔而又美丽的面孔,喃喃自语:"师兄和锦月都重归于好了,你什么时候能接受我啊?"

四周空洞,无人回应,他自嘲地笑了笑,自言自语:"胡仲怀呀胡仲怀,是你的就是你的,不是你的你抢也抢不到。别想了,去吃饭吧!"

转眼间已匆匆数月,乔锦月听了顾安笙的话,没有放弃唱戏和练功。她将自己梳理好了之后,依然像往常一样该演出便认真演出,只在闲暇的时候去照顾顾安笙。一切似乎都在变得越来越好,顾安笙有了乔锦月的陪伴和看护,心情变好了,伤势恢复得也更快了。众人看在眼里,喜在心里。

湘梦园里,班主乔咏晖与妙音娘子陈颂娴今年的外城演出结束了,这次回来之后,很长时间便不会再走了。乔锦月不想让他们担心,依然隐瞒着自己与顾安笙的事。

这次陈颂娴回来,带回来了两个小姑娘。一个名叫小环,另一个名叫佩真,她们两个都只有十六岁。她们本是孤儿,无父无母无依靠,靠卖唱乞讨为生。陈颂娴见她们可怜,而且又都有唱功上的天赋,便和乔咏晖请求收她们二人为徒,带回湘梦园,教她们唱戏。两个小姑娘十分规矩守礼,到了湘梦园怯生生地叫乔锦月为师姐,而乔锦月心里很喜欢这两个新来的师妹,这样一来,自己就不再是师父最小的徒弟。乔锦月等一众徒弟均已出师,陈颂娴也无心再管她们,便一心教习两个新弟子,这样乔锦月去找顾安笙,便更不用担心会被发现了。

另一旁的文周社,这一次也绝不会再忍明珠社的人无事生非了。哪怕背后有程家撑腰,但他们差一点害死顾安笙,这件事必须去讨还个公道。一开始,他们还不想承认此事,但这一次,文周社不会再息事宁人了。若明珠社不还公道,文周社便将他们以故意谋害罪告上法庭,任凭他们背后有再大的势力撑腰,也免不得要吃官司。

明珠社的班主受不住这压力，便只好赔给他们一笔钱，暂停了明珠社一个月的演出。本来就卖不出票的明珠社，这样就更惨淡了，这件事明珠社的人说不出口，但都怀恨在心。然而这一点补偿终究是不够的，它弥补不了顾安笙这段时间受的苦，更不可能还顾安笙一个健全的身子了。虽然心有不甘，但明珠社背后有程家，文周社也不能再过分要求了，若再索求赔偿，只怕惊动了程家会引来更多不必要的麻烦。

这世道本就如此，最终的意难平，只能埋在心里。

转眼间，已入深秋，又是一年顾安笙的生辰。

顾安笙的生辰礼物，乔锦月在顾安笙住院的那个时候就开始准备了，庞大的工程量，紧赶着工程，终于在顾安笙生辰的前一天做好了。这是一辆木制的清雅的轮椅车，乔锦月绘制的图纸，选择的材质，送到工人师傅那里去精心打造。这辆轮椅车不同于寻常的轮椅，还有很多精妙的设计，目的就是让顾安笙坐上去会舒服一些。顾安笙的身体恢复好了，便能够坐上轮椅，乔锦月便可以推着他走出去了。这个工程设计，乔锦月没有告诉任何人，她也确实下了不少功夫。

这一天，乔锦月拿到了刚完工的轮椅车，心里很开心，推着轮椅车走回了湘梦园。进入湘梦园，刚好碰上要出门的沈岸辞，乔锦月便开口招呼："嘿，大师兄！"沈岸辞刚瞧见乔锦月，看着乔锦月兴致勃勃的样子，便走过去问："锦月，今儿怎么这么开心啊？"

"当然开心啦！"乔锦月笑道，并指着轮椅，"看啊，打造了这么久，终于完工了。"

沈岸辞看着轮椅，只觉得精美，却没有看出是什么东西，疑惑道："好漂亮啊，这个是什么呀？"

"哈哈，漂亮吧！"乔锦月满脸骄傲地笑："这个是我设计的轮椅，送给安笙的。打造了两个月，终于在他生日的前一天完工了。这个轮椅车做得又结实又牢固，也不负我这么长时间的努力了。"

沈岸辞的表情凝固在脸上，僵硬而言："所以……你这辆轮椅车，是给顾公子做的？"

"是啊！"乔锦月点点头，开怀道，"有了它，我就可以推着安笙出去走走了，安笙也不用一整天地闷在病房里了。"

看着乔锦月兴高采烈的样子，沈岸辞不免心酸："打造这个轮椅车，得花费不少工夫吧！师妹你这得花多少钱，又下了多少功夫啊！"

"可不是嘛！"乔锦月未曾察觉到沈岸辞的不悦，依然兴致勃勃地说，"把我所有的零用钱都花进去了，又是我自己设计的。打造了两个月，终于完成了。还好，正合我意，不负期望！"

"锦月！"沈岸辞看着乔锦月开怀的样子，不免酸楚，"顾安笙他已经没了双腿，不能行走了。这样的他，你跟他在一起难免要多受些苦，你当真一点也不后悔吗？"

"当然不会！"乔锦月坚定："我认定他了，再苦再累我也不会后悔。谁说他真的就不能再行走了，哪怕就算他不能行走，我也跟定他了。"

沈岸辞又感叹，又难过："你对他是动了真情了！"他顿了顿，长叹了口气，说："也好，有了这辆轮椅车，你就可以推他出去了，也算是了却了你的一桩心愿。"

"是啊！"乔锦月点点头，笑道，"两个月的工程终于完成了，明天我就可以拿去送给安笙了，他明天看到后，一定会很开心、很惊喜的！"看着乔锦月憧憬的样子，沈岸辞心底越发酸楚："有你这样的真情相待，他一定会感动的。锦月，不多说了，天色不早，你快回去休息吧！"乔锦月点点头："好的，师兄再见！"乔锦月推着轮椅车，转身离去。

沈岸辞望着乔锦月的背影，又一次深深地叹了口气。乔锦月生性单纯，她以为沈岸辞是真的放下了对她的感情，只把她当作妹妹，便把所有的心事不加隐瞒地告诉了沈岸辞。但她不知，这段情，沈岸辞是不可能放下的，她越爱顾安笙一分，沈岸辞便会越难过一分。沈岸辞望着乔锦月离去的背影，许久后，喃喃道了句："为什么他半身瘫痪，你还要跟随他，为什么是他而不是我！"

- 贰 -

"安笙，等我等好久了吧！"乔锦月嬉笑着进入病房。

"月儿，你来啦！"一见乔锦月，顾安笙便满面笑容。

"来啦来啦！"乔锦月坐在顾安笙的床前，轻轻问道，"今天是你从手术室转入普通病房的第一天，感觉怎么样啊？"

"比之前那几天好多了！"顾安笙微笑，"我现在感觉恢复得越来越好了，月儿你看！"说罢，他竟想起身，乔锦月见状惊慌得变了脸色："安笙，你要干什么，你可不能……"

"别担心，月儿！"顾安笙微笑着安抚，"没事，我有分寸的！"顾安笙挣扎着从床上起身，费力地做每一个动作，最终他拼尽全力地起了身，跪在床上。此时他眉头紧皱，额头布满了汗珠，脸上却露出了满意的笑容，他对乔锦月道："月儿，你看，我现在能跪着了，月儿，我做到了！"

"这是真的吗？"乔锦月又惊又喜，感叹，"太好了安笙，你现在能跪着了，那你就一定可以站得起来！"

"嗯！"顾安笙点点头，"是你给了我勇气，让我有了可以行走的希望。我相信我现在能跪着了，总有一天，我也能站起来，能行走！"

乔锦月看着顾安笙额头密布的汗珠和通红的脸颊，不禁担心："安笙，你现在一定很疼吧！"

顾安笙点点头，笑得意味深长："说不疼，那是假的。但我要练习站起来，一定要忍受得了这样的痛苦。现在只是第一步，往后要站起来,恐怕还要忍受更多更重的疼痛。我刚练习跪起来时,痛得都要疯了,但是我不怕,我能跪得起来,我的心里是非常开心的。月儿,为了你,为了我的凌云壮志,再苦再痛,我也无所畏惧!"

乔锦月满眼的感动与心疼,忙扶着顾安笙坐下:"别跪太久了,不然会更疼的。"乔锦月将顾安笙扶着坐下后,眼泪却止不住地夺眶而出,她欣喜:"安笙,太好了,你真的做到了。起初我还不明白你为什么会写出那两句诗,现在我明白了,那两句诗说的就是你啊!"

这句话说得顾安笙迷惑起来,他没有懂乔锦月的意思,疑惑:"月儿,你说什么?什么诗啊?"

乔锦月拭去了眼角的泪,笑道:"就是年初的时候,我到你家,你用楷书写的那两句诗啊!你说不经一番寒彻骨,怎得梅花扑鼻香。你也说过千磨万击还坚劲,任尔东西南北风。你说这两句诗是用来激励你自己的,可你现在真的做到了。其实你就是那梅花啊,挺过了严寒彻骨,在寒冬傲然绽放。你也同样是那劲竹,在千磨万击后,仍然坚劲。你真的做到了你所说的那样,这才是你,不愧是我最钦佩的顾安笙!"

"是啊,没想到当初说的那些话,如今真的应在了我自己身上。"回想起从前说过的话,顾安笙亦感慨万千,"从前我认为那是一种无人能达到的境界,而今天,我竟然做到了。我从重症监护室转入普通病房,又能重新站起来,这当真是老天爷给我最好的一份生日礼物!"

"哦,对了!"乔锦月说,"你的生日礼物自然也不能少,我可是给你准备了好久呢!"

"什么?"

"你等下啊!"说罢乔锦月就走了出去,不久后,推着那辆轮椅车走进来,看着顾安笙笑道,"怎么样,不错吧!"

"哇!"顾安笙惊道,"好漂亮啊,这是什么,好像是轮椅,又不太像轮椅?"

"就是轮椅,为你设计的!"乔锦月介绍,"我从你刚住院时,就为你准备这辆轮椅车了,我催着工匠师傅快些做,终于在你生日的前一天做完了。这是根据普通的轮椅改造过的,你看,这是用檀香木做的,闻起来清香又舒服。还有后面的花篮,可以放鲜花,前面的案板可以放书卷,你可以闲暇时坐在里面看看书,怡神养性,下面的小篮筐可以放水和食物。现在你恢复得好了,我就可以推你到外面去散心了,若我不在的时候,你自己也可以靠着这辆轮椅车来行走。我不在的时候,就靠着它来陪伴你了,怎么样,喜欢吗?"

"好巧妙的设计!"顾安笙喜言,"月儿,你太有心了。我刚住院的那几天,你忙得焦头烂额的,还特意为我做了这个,真的是辛苦你了!"说罢他又满心感动地看着乔锦月,声音软了下来:"月儿,你为我做这个,花了不少精力和银钱吧。其实你照顾我这么累,对我来说就是最好的礼物了,你不必费心如此的!"

"那可不是呢!"乔锦月摇头否认,"我做这个可不是只当生日礼物送给你的,只是想让你更舒服一些。只要你舒服,我就开心,再辛苦也值得!"

顾安笙深情地凝望着乔锦月:"月儿,谢谢你这样待我!"

"好了,别说了!"乔锦月拍了下手,笑道,"你在病床上躺了两个月一趟门也没出,肯定闷坏你了吧。现在好了,你转入普通病房也可以动了,有了这辆轮椅车就方便了,我推着你出去转转吧!"

顾安笙点点头:"好!"

乔锦月扶着顾安笙上了轮椅,推着他到附近的公园转了一圈。顾安笙已经两个月没出屋了,乍一出门见到天上的日光,感觉一切都是清新美好的。身旁又有佳人陪伴,心里止不住地涌起了层层暖意。

约莫一个小时过后,乔锦月推着顾安笙回了病房,扶着他坐在床上后,柔声问:"怎么样,出去了一趟,是不是心情舒畅了好多?"

"那是当然啊!"顾安笙极其开怀,"不得不说你这辆轮椅车的设计真是精妙,坐在里面很舒服。有了它我现在终于能方便地出去了,再不出门,我都快忘了天空是什么样子的了!"

"哈哈哈！"乔锦月骄傲地抬起头，笑道，"你有没有佩服我？"

"佩服佩服！"顾安笙故作姿态地拱起手，"姑娘奇思妙想，在下佩服至极！"

"行了，你别逗我了……"

病房中，充满着这一对恋人的欢声笑语。

"砰砰砰！"忽然听到一阵敲门声，"有人在吗？"

"谁呀？"乔锦月说道，"听着声音怎么那么像我师姐？"说罢走过去打开了门，却不想真的是苏红袖，乔锦月惊道："师姐，真的是你呀！"

"是我是我，你很惊讶吗？"苏红袖走了进去，笑道，"听你说今天安笙转入了普通病房，我今儿也没什么事，就来看看！"说罢走到了顾安笙的床前，问："安笙，你现在怎么样了，好些了吗？"

"好多了！"顾安笙点点头，"红袖，谢谢你来看我。这些日子多亏了月儿在我身边悉心照料，我才恢复得这么快的！"

"师姐，你都不知道！"乔锦月将手搭在苏红袖的肩上，一脸骄傲，"安笙现在都能跪着了，他既然能跪着，过不了多久，就一定可以站得起来！"

苏红袖点了一下乔锦月的鼻尖，宠溺道："瞧把你乐的！"说罢又看向顾安笙，微笑道："安笙，我们家这个傻丫头真是赖定你了。我现在也知道，你们两个是真心相爱的。经历了这么大的一个坎，你们还能好好地在一起，真的不容易。所以你一定要好好爱护我们家小七，不能让她再受委屈了！"

顾安笙点点头，坚定道："能遇月儿倾情相待，是我顾安笙几世修来的福气，我一定会拼尽全力爱护她的。"顾安笙话锋一转，又向苏红袖问道："我们之间的感情已经有定数了，你和仲怀也认识这么长时间了，你们两个的事什么时候能见分晓呢？"

"是啊，师姐！"乔锦月亦道，"能看得出来仲怀是真心喜欢你的，你对他也并非无情，你既然知道我们之间的感情来之不易，为什么不好好珍视一下你自己的感情呢？"

"我……"苏红袖被他们二人突如其来的说辞弄得尴尬起来，竟不知该如何应答，微微滞了一下，低下头小声道，"我们先不要说这个事了吧！"

"吱呀"一声，只听得门又被人打开了，乔锦月朝门的方向望去，只见胡仲怀踏门而入。从胡仲怀的方向，第一个见到的就是乔锦月，他没看到苏红袖也在，便大声道："锦月，你这么早就来了，我还以为你下午才能到呢！" 乔锦月说道："今儿是安笙的生日嘛，我今天没有演出，一早就来了。"

胡仲怀朝顾安笙床的方向走去："师兄，你今天觉得……"一抬头，竟瞧见了苏红袖，胡仲怀心里猛然一颤，止住了话语，惊道："红袖？你……你怎么在这里啊？"

苏红袖笑了笑，面无波澜地说："听小七说安笙转入普通病房了，我今天也没什么事，就想着过来看望看望安笙！"

"哦……那……"胡仲怀因为之前的事，心中还是略微不适，吞吞吐吐道，"我们……在这看见你，还真是巧啊！"

苏红袖笑了笑，没有说话。她似乎忘记了曾经的事，还是和从前一般柔情似水，或许是想通了，或许是释怀了。"师兄，你今天刚转入普通病房，感觉怎么样啊，比起从前是不是好多了？"

"嗯，的确是好多了，我现在可以跪起来了，我既然能跪着，有朝一日，我就一定能站得起来！"

"哎呀，那太好了，过不了多久，你就能说相声了！"

胡仲怀在不停地问着顾安笙的伤势，顾安笙回答着，他便听着。不知是他自己觉得不自在，还是顾虑苏红袖的感受，一直也没有去看苏红袖。然而他没有注意到，苏红袖一直在默默地注视着他，嘴角含笑，若有所思。乔锦月看着苏红袖的神情，狡黠地转了转眼珠，似乎已经看出来什么，却没有说出来。

过了一会儿，胡仲怀对三人言："晌午了，我想你们也已经饿了吧。今天是师兄的生日，咱们就在这一块吃吧！行吗，锦月，红袖？"

"好呀！"乔锦月兴高采烈，"正好，安笙的生日咱们在这一块庆祝吧！"

"好！"胡仲怀点点头，"你们在这等会儿，我去买些膳食！"说罢便转身准备离去。

"等一下！"一个温柔的声音叫住了胡仲怀，胡仲怀一转身，只见苏红袖面若桃花的笑脸，"仲怀，我和你一起去吧！"

"什么？"胡仲怀一时间没反应过来，竟蒙在了那里。

苏红袖又斩钉截铁地重复了一遍："我说，我和你一起去！"

乔锦月一笑，在一旁推波助澜："你等什么呢，师姐说要和你一起去，快答应啊，过了这村可就没这店了！"

"嗯，好！"胡仲怀回过神，忙兴奋道，"好的，红袖，我们一块走吧！"

"好！"苏红袖跟着胡仲怀，一并走了出去。

乔锦月与顾安笙看明白了一切，相视一笑，乔锦月似乎舒怀了，感叹："过了这么久，师姐总算是想明白了！"

"是呀！"顾安笙微笑道，"仲怀痴恋了红袖那么久，这回总算不负他的痴心了！"

- 叁 -

一路上,胡仲怀一直想开口说话,却又不知该说什么,最后还是苏红袖先向胡仲怀开口的。

"仲怀,好久不见了,这些日子你过得怎么样?"

"啊,你问我啊!"胡仲怀愣了一下,说,"我一直都挺好的,除了在文周社演出,就是来医院照顾师兄。你呢,你怎么样啊?"

"我都挺好的啊!"苏红袖说,"我师父和班主经常出去演出,在湘梦园的日子很少。湘梦园的事基本上交给我和师兄打理。"

她又扭头看向胡仲怀,温柔而言:"哦,对了,小七和安笙的事,还多亏了你在中间调和呢!他们两个经历了这么大的事,还能安然无恙地在一起,也真是难得了!"

胡仲怀想了想,说:"一个是我的师兄,一个是我的朋友,他们两个在一起,我当然开心啊!师兄虽然身子不如从前了,但是有锦月在身边悉心照料,我们也就放心了。有时候,我真羡慕师兄,他能有锦月这样的红颜知己伴随左右,他们两个真的是一对郎才女貌的璧人啊!"

苏红袖扯住了胡仲怀的袖子,嘴角嵌着一抹温柔的笑意:"你不用羡慕,其实你也可以啊!"

"什么!"胡仲怀扭过头,吃惊地看着苏红袖,似乎明白了她言语中的意思,"红袖,你是说……"

"是的!"苏红袖点点头,转过身,向前走了两步。她意味深长地说,"看着小七和安笙经历的这些事,我也想清楚了许多。一生中能遇到喜欢的人，而他又恰巧喜欢你，真的是一件不容易的事。哪怕有重重困难的阻挠，但至少爱过了，就不会后悔。小七和安笙在经历了这么大的事后，仍然可以不离不弃地守在彼此身边，而我为什么不能接受一段普通的感情？"她转过身来，斩钉截铁："我不想再顾忌别的了，我也要像小七一样。不管什么家世年龄，也不管未来的道路是崎岖的还是平坦的，至少属于我的我就要认真把握，我不想再错过了！"

胡仲怀又惊又喜，忙走上前两步："所以，红袖，你这是答应我了？"

苏红袖温婉一笑，点点头。

"太好了！"胡仲怀上前一步，抱住苏红袖，激动道，"红袖，我等了你这么久，你终于肯接受我了！"

"欸，这可是大街上啊！"苏红袖从胡仲怀的怀里挣脱开。她的嗔怪却是温柔的："男未婚女未嫁，这样搂搂抱抱成什么体统。我们现在的关系还不能公开，所以不能逾越，该守的规矩还是得守着！"

"好！"胡仲怀点点头，笑道，"你说什么都行，都听你的，我们一起去给师兄买吃的吧！"

"好，我们走吧！"

苏红袖不比乔锦月那样敢于对待自己的感情，她因为乔锦月和顾安笙的事，想明白了许多，也接受了胡仲怀的感情。但是她接受归接受，有些事还是在乎的，她始终不敢正面地去承认他们两个人的关系。所以她和胡仲怀之间依然保持着男女之间该守的礼仪，她不许胡仲怀太过亲近她。胡仲怀也不介意她这么做，只当她是个守礼的姑娘，在他看来，其余的都不重要，他也不奢求苏红袖能像乔锦月爱顾安笙一样地爱他，只要苏红袖能接受他的感情，他就心满意足了。

"我们回来了！"胡仲怀与苏红袖提着两个包裹进了病房。

一进门，乔锦月就抱怨："怎么这么慢啊，我都等饿了！"

苏红袖说："我们仔细地选了些餐食，所以就多花了些时间！"

"是吗？"乔锦月狐疑地盯着苏红袖，戏谑而言，"你们真的是去买东西了吗？还是去约会了？"苏红袖用食指轻轻戳了乔锦月的脑门一下，没有说话，未察觉，她的脸上已经泛起了柔情。以乔锦月对苏红袖的了解，早就看出了所以然，她暗暗地笑了笑，没有戳穿她。

胡仲怀边把东西放在桌子上，边说："出去得急，也没时间买什么太好的餐食了。我们给师兄买了一碗长寿面，其余的就是家常的小菜，你们不嫌弃就好！"胡仲怀将外衣脱下，苏红袖很自然地接过胡仲怀手中的外衣，帮他挂在衣架上，并没有觉得哪里不合适。

乔锦月看了看胡仲怀，又看了看苏红袖，喜道："师姐，仲怀，你们这是……"

"小七！"苏红袖腼腆地笑了笑，低下头，"什么都别说了，明白了就好！"

乔锦月点点头，朝胡仲怀竖起了大拇指，胡仲怀亦朝乔锦月仰起头，好似在骄傲地说："我终于把红袖追到手了！"乔锦月把顾安笙扶到轮椅上，四个人围坐在四方桌边，将饭菜摆放好。

胡仲怀看着顾安笙说："师兄，今天准备得匆忙，没有去年那样隆重的庆祝了。准备得简单，只有这些普通饭菜，难得又是我们四个，就当我们一起为你过这个生日了吧！"

顾安笙点点头："有你们陪我我就很开心了，哪里需要什么隆重的庆祝？原本以为今年会与往年有所不同，今年的生日只能平淡地在病房度过呢！却没有想到，还是你们三个和我一起过这个生日。"

"是啊！"回想起去年，乔锦月亦感慨万千，"那个时候，我们才相识不久，我们都不是现在这个样子。我记得那时还说祝我们之间的友情天长地久呢，现在，我们之间拥有的不只是友情了。这一年，真的收获了许多，也成长了许多。"

乔锦月看了看顾安笙，与他对视甜蜜一笑，又看了看苏红袖与胡仲怀："今年，就愿我们在座的有情人终成眷属吧！"顾安笙亦言："这也是我所愿，今年没有酒了，就用这红豆薏米茶代替吧！我们干了这一杯！"

四人碰杯，一饮而尽，虽不是酒，但这份浓情更让人沉醉。

乔锦月看着顾安笙，真诚道："安笙，今年没有什么华丽的祝愿了，我今年对你最大的祝愿就是希望你能重新站起来！"

"对呀！"胡仲怀说，"这也是我的祝愿，我相信师兄一定可以！"苏红袖亦说："同样也是我的祝愿，安笙一定要努力站起来，到时候还要靠你保护好小七一辈子呢！"

"好！"顾安笙望着四周对自己充满信心的人，顿时充满了勇气，坚定而言，"谢谢你们对我的祝愿，我一定会努力站起来，不负你们的期望！"

胡仲怀握着杯子，回想了这一年发生的所有事，亦感慨："这一年，真的变化了好多，也明白了好多。不过最幸运的事，是我遇到了红袖！"苏红袖含笑看了胡仲怀一眼，温声说："这也是我想说的呢！"

"好啦！"乔锦月故作嫌弃，"你们两个就别在这甜蜜了！"

"喊！"胡仲怀回怼乔锦月道，"又不是你们两个甜蜜的时候了，你们两个能够重归于好，还得感谢我呢！"

说罢，胡仲怀的目光又移到了顾安笙的轮椅车上，惊讶道："哇，师兄，你的轮椅车好漂亮啊！"

"是呀！"顾安笙看了一眼乔锦月，微笑道，"这是锦月送我的生日礼物！"

"哎呀，真好！"胡仲怀故作羡慕的神态，"送你这么精致的礼物，锦月对你真好啊！"

"你羡慕了？"苏红袖调笑，"你也希望我送你一辆轮椅车啊，你好好的人还想着坐轮椅啊！"

"红袖！"胡仲怀噘起嘴，"有你这么说话的嘛！"

"哈哈哈！"众人陶醉于这一片欢声笑语中，此一刻，只愿岁月静好。

转眼又是一个月，顾安笙的身体已经渐渐康复，康复的速度甚至快得超出了人的想象。医学上规定，病人在手术一百天之内，是不允许学习站立的，所以顾安笙便常常在病床上练习跪着。

　　他和乔锦月都相信，只要能跪着，有朝一日就一定能站得起来。刚过了手术的一百天，顾安笙便开始尝试着站立了。

　　起初站不稳，双腿颤颤巍巍，得需要人扶着才能勉强保持站立的姿势，而且还要忍受锥心入骨的疼痛。可即便这样顾安笙也没有放弃，他知道，这也只是开始，必须承受得住这样的疼痛，才能自己站起来，学会行走。

　　为了乔锦月，为了他的理想抱负，他必须努力站起来。

- 肆 -

顾安笙恢复得极快，所以便提前签办了出院手续，如今还有三天就可以出院了。得知这个消息，所有的人都很高兴。这一天，乔锦月早早地来到了病房看望顾安笙，却发现胡远道和柳疏玉夫妇与胡仲怀都在。

乔锦月笑着和他们打了个招呼："胡叔叔，玉姨，仲怀，你们这么早就过来了啊！"

"是啊！"胡远道笑道，"这安笙马上就要出院了，我们心里高兴，所以都早些来看看安笙了！"

"对呀！"柳疏玉见了乔锦月便满心地欢喜，"安笙能恢复得这么快，多亏了锦月这个孩子在身边照顾呢！"

"哪有啊，玉姨！"乔锦月腼腆地笑了笑，说，"其实全靠安笙自己的毅力，我只是一直在他身边陪着他而已。"

"师父，师娘！"顾安笙深情地望着乔锦月，又看向了柳疏玉与胡远道，说，"徒儿能恢复得这么快，的确多亏了月儿。若是没有月儿的鼓励，我真的以为我的双腿不可能再走路了。是月儿对我说，她相信我还有可能再站起来，我才有了信心尝试站立的。虽然现在站立起来还不太容易，但我相信我总有一天还能再次站在台上说相声。"

"锦月是个好孩子，安笙也坚强得出人意料！"柳疏玉看了看顾安笙，又看了看乔锦月，欣慰而言，"安笙有锦月这样好的女孩陪着，我们这些做长辈的就都可以放心了。等安笙痊愈了，我们一定会让安笙风风光光地迎你进门，绝不会亏待你这么久以来的一往情深！"

乔锦月红着脸低下了头，卷着袖角小声而言："玉姨，现在说这些还早着呢！"

"笙儿！"门"吱呀"一声响，接着又进来了三个人，是顾父、顾母和顾安宁。顾安宁见了乔锦月便雀跃："月姐姐，这么早你就来了啊！"乔锦月微笑着点点头，顾母进屋后，环顾着四周的人，笑道："今天来看笙儿的人真是多啊，是我们来晚了！"

"爹，娘！"顾安笙见到亲人，迫不及待地想坐直身子，"你们怎么过来了啊，从北仓到津城一路舟车劳顿，儿子已经无大碍了，你们没必要来得这么频繁的！"

"傻孩子！"顾父看了看顾安笙，慈祥地笑道："你出院这么大的事，我们能不来吗？"

顾母见顾安笙挺直腰板坐着，忙担忧："哎呀，笙儿，你这么坐着这么久身子能受得了吗？快躺下歇着啊！"

"娘，没事的，您不用这么担心。"顾安笙安慰着顾母，笑道："儿子已经恢复得很好了，没有你们以为的那样羸弱，现在儿子已经学会初步的站立了！"

"真的吗？"顾母不可置信地看着顾安笙，"可是大夫不是说你不可能再站起来了吗？"

"是真的！"柳疏玉亦道，"安笙这孩子要强，再不容易他也要学着站起来。还有锦月这个孩子的照顾与激励，安笙现在已经恢复得非常好了，他现在可以站起来了！"

"对啊，娘！"顾安笙说，"您不信，儿子示范给您看！"他又温声对乔锦月说："月儿，过来帮我一下！"

"好！"乔锦月依言走过去，扶着顾安笙下了床，顾安笙扶着乔锦月，颤颤巍巍地忍着疼站了起来，并对顾父、顾母微笑道："爹，娘，你们现在相信我了吧！"

"这是真的吗？"顾母不可置信地看着顾安笙，"笙儿，你真的能站起来了！""我的笙儿啊！"顾父激动地说道，"你现在既然能站起来，假以时日，一定可以行走的！"顾母看着顾安笙额头的汗珠和颤抖的双腿，欣喜之外免不了担忧："孩子，你这样站着不疼吗？"

顾安笙轻快地笑道，"疼是一定的，但是若忍受不了疼，就不可能站起来。为了这些爱我的人，还有我的凌云壮志，再苦的疼痛，我也能忍受！"

"好啊，好啊！"顾父向顾安笙竖起了大拇指，钦佩道："这才是我顾家的好儿郎！"

"伯父，伯母！"胡仲怀不忘补充，"师兄能从一个差一点粉身碎骨的人到现在可以安然无恙地站立，是全靠他的坚强和毅力的。但是也多亏了锦月在他身边悉心照料，才让师兄恢复得这么快的！"

顾安笙爱怜地看了看身边的乔锦月，温声道："是啊，起初医生对我说那些话时，我已心如死灰，我以为我这辈子都不可能站起来了。可是月儿告诉我，我命由我不由天，就是医生的话，也不一定是真的。所以我听了月儿的话，才有了勇气和信心，所以决定先练习跪着，又尝试着站起来的。没有月儿，便没有今天的安笙！"

"哪有！"乔锦月甜甜一笑，"是你自己的坚韧不拔，才有今天的！"说罢她又焦急："都站这么久了，你现在受不起的，快坐下歇一会儿！"

"好！"乔锦月又扶着顾安笙躺在了床上。

"锦月啊，我的好姑娘！"顾母又是感激又是爱怜地执过了乔锦月的手，感动地说道，"多亏了你对我们家笙儿的一往情深啊，起初安笙伤成这个样子，你非但不嫌弃他，还要跟着他受苦。现在，你又这么不舍昼夜地照顾他、鼓励他，真的，若是没有你，安笙不可能恢复得这么快。我们能遇到你这么好的姑娘，是祖上积的德啊！"

"伯母，您过誉了！"乔锦月拍了拍顾母的肩，甜甜笑道，"我今生今世是认定了安笙的，所以无论他是健全抑或疾病，我都不可能离开他。照顾他，是我分内之事，我是不可能弃他于不顾的！"

"好孩子!"顾母感激地说道:"谢谢你这么照顾笙儿,这孩子我见了第一眼就知道你不会差的,你这儿媳妇我们顾家是认定了!"

"笙儿啊!"顾父看着顾安笙,亦道:"你病好了后可要好好待锦月,万万不可辜负她的深情!"

"那是一定的,爹!"顾安笙坚定道,"有月儿如此倾心,是笙儿一生中最荣幸的事,笙儿这一生都不可能辜负月儿。"

乔锦月满心的喜悦与甜蜜,如今的一切都已经好起来了,想要的也都得到了。乔锦月与顾安笙对视,倾心一笑,将这深情付诸最好的年华。

这一天是顾安笙待在医院的最后一天,早晨天还没有亮,就听见屋外隐约有些声响。顾安笙对声响是极其敏感的,这不大的声响恰巧惊醒了他,朝窗外望去,只见一个女子的身影突然闪了过去。她闪躲的速度很快,顾安笙没能看清楚那个身影是谁。

他内心疑惑,朝屋外问了一句:"是谁在外面啊?"

屋外没有任何回应,仍是一片寂静。可顾安笙清晰地瞧见,窗外的墙壁上隐约映着一个女子的身影,他知道那个人没有走,于是又问了一遍:"是谁在外面,可是有事吗?"那女子在屋外徘徊了一会儿,小心翼翼地走进了病房,她不敢抬头,似乎是在怕什么,低声道:"安笙!"

顾安笙认出了她,惊道:"曲小姐?你怎会……"

曲卓然微微抬起头,点了点头,轻声道:"安笙,是我,我知道你受伤的消息,一直担心你,所以我想来看看你……"她看着顾安笙不解的神色,忙解释:"安笙,你别误会。我只是来看望你的,没有别的想法,也可能,这是我最后一次来看你了。"说着说着,她的声音就低沉了下去。

顾安笙仍不解道:"曲小姐,此言何意?"

曲卓然苦笑了一下,说道:"我不会再纠缠你了,我这次来,一来是看望你的,二来是想和这段感情做个了断。因为……我已经定亲了,没多久我就要结婚了。"曲卓然脸上的神情不是要结婚时欣喜的神色,倒是带着些许伤感。

顾安笙并未多心,只当她是放下了执念,便道:"原来如此,恭喜你啊曲小姐,没想到你这么快就找到所爱了!"

未承想曲卓然却叹了口气:"唉,终归是命,有什么好恭喜的。""哎,我还没问你呢!"曲卓然骤然抬起头,看着顾安笙的脸,认真问道,"你在医院住了这么长时间,现在伤势怎么样了?"

"我现在恢复得很好。"顾安笙点点头,"曲小姐,谢谢你的关心,我现在几乎是痊愈了,今天是我住院的最后一天,已经签好了出院手续,明天我就能出院了。"

"那就好,那就好!"曲卓然似乎松了一大口气,深沉地点点头道,"你平平安安的就好,我也能放心嫁人了!还好我今天出来了,不然见不到你这一面,恐怕以后再想见到你就难了!"

她望向窗外,一副若有所思的样子:"前些日子,我和我爸妈闹别扭,我被禁闭在家里,哪都不许去。后来我从我爹的口中得知,你与明珠社的弟子发生口角,被他们从天桥上推下去时,我都要急疯了。我生怕你有什么三长两短,可我又被禁足在家,出也出不去。我无法得知你的消息,你是生是死我都不知道,我真怕我能出家门的时候你都不在这个世上了。这三个月的禁闭,我是在苦苦煎熬中度过的,后来我偶然听说你性命无碍,我便放心了些。前几天我终于征得了我爹的同意,出了家门。一出来我便四处打探你的消息,在打听的时候我也很害怕,怕听到你伤重的消息。谢天谢地,昨天我终于找到了你在的这家医院,得知你无恙,我就放心了。"

说到此处,曲卓然已热泪盈眶。顾安笙虽不喜曲卓然从前的所作所为,但也被她的一番情意感动了。于是他便劝慰道:"放心吧,曲小姐,我虽然受了重伤,但现在已经好多了。谢谢你对我的挂心,得知我无恙,你就安心吧!"曲卓然握紧了拳头,狠狠道:"明珠社的这群废物真是可恶,仗着有我姑父撑腰,就胡作非为,把你害成这个样子。我真的想杀了他们,给你报仇!"

顾安笙面上并无怒色，依然面容平静地说："这件事我师父已经去找过明珠社了，他们给了我们赔偿，此事便作罢了。你也不必为了这件事去寻他们麻烦，毕竟明珠社有程家撑腰，程家的势力不是我们想左右就能左右的。还有你也是马上要出阁的姑娘了，做这些事是会惹人闲话的。"

"惹人闲话？"曲卓然愣了愣，后又认命地低下头，苦笑道，"也对，我马上就要嫁人了。"顾安笙又问："曲小姐，你们的婚期是在什么时候啊？"曲卓然说："是在明年的三月，还好，至少现在我还能有半年的自由时间。"顾安笙只说："那也快了，曲小姐，你能找到真心所爱，顾某替你高兴。我就先在这里祝你和你的未婚夫婿百年好合，永结同心了！"曲卓然笑了笑，说："谢谢你了，安笙！"复又喃喃："只不过到了那个时候，我就再也不可能做我想做的，我也不可能再对你抱有任何幻想了，此一去，怕是如临深渊……"

顾安笙未听明白曲卓然的话，疑问："曲小姐，你在说什么呢？""算了，没什么！"曲卓然没有回答，而是转移了话题，"安笙，你出了医院后打算干什么呀？你什么时候打算复出登台？"顾安笙依言答："我出院后打算先练习站着，然后再学习行走。虽然我身受重伤，但我还是可以站立的，有朝一日，我也可以重新站在台上。如果我恢复得快的话，我希望在今年年末文周社封箱的时候，复出登台！"

"太好了，安笙！"曲卓然终于面露喜色，"你能复出登台，我就放心了！"她突然僵住了嘴角的笑意，黯然神伤道："你好好的，我嫁给他，也无怨无悔了！"她望了望天色，见天已蒙蒙亮了，于是便道："安笙，天亮了，我也该走了。再晚些，就该有人看到我了。你不要和别人说我来过了，我不想让任何人知道。"她最后凝望一眼顾安笙，凝重地说："安笙，保重，再见面，就不知是何时了！哦，还有这个给你！"

曲卓然说着便从包中拿出一封信，塞在顾安笙手里："这个是我最后写给你的，留一个念想吧。你未必会懂，但我一定要给你！"她说罢，便头也不回地走了。

- 伍 -

顾安笙出院后,经过训练,已经能够像正常人一样行走了,这次封箱,他执意要上台演出。众人见他如此执着便也答应了下来。

顾安笙复出,乔锦月却比顾安笙还要紧张,不停地在他身边嘘寒问暖:"安笙,怎么样了,腿还疼吗?一会儿真的能上台吗?"

"当然能了!"顾安笙笑道,"你都问了好几遍了,月儿,我哪有那么娇弱,都说了没事的,你就放心吧!"

"就是啊小七!"夏漫莹故作嫌弃,"你都问了那么多遍了,安笙公子人家自己心里当然有数,你老这么絮絮叨叨的,就算安笙不烦我也快被你烦死了!"

"得了吧你!"乔锦月敲了一下夏漫莹的肩,"你管那么多干吗!"

刚上台时,只见第一排有一位看客很大声音地问顾安笙:"顾二爷,你从天桥坠落时伤到哪里了?这么长时间未见,我们都很担心你,你现在可还好些了,你会不会疼啊?"

顾安笙微笑:"谢谢你们的关心,我的伤已经好多了。我只是骨折了而已,现在已经痊愈了,从起初的瘫痪在床,到现在可以正常地走路了。我现在好多了,不会疼的,您各位放心吧!"他说得云淡风轻,没有丝毫的波澜。只轻描淡写地说了自己伤势的大概,并没有道出实情,甚至隐瞒了他现在还在疼痛的事实。乔锦月在后台听到了,禁不住心酸:"他真是爱逞强,怎么也不肯道实情!"

"是呀!"胡仲怀亦感叹,"师兄一直是这样,从来都是报喜不报忧的,他不想让别人为他担忧,再艰难也要自己一个人受着!"

乔锦月望着顾安笙碎骨重塑，长身玉立的侧影，含着泪扬起了嘴角："也许，这就是受看客们爱戴的顾二爷吧！他热爱戏台，珍视看客，他真的值得！"

顾安笙从口袋中拿出一副御子板，口中继续："虽然我受了伤，但是基本功还是没有丢掉的。这唱太平歌词打击用的御子板，我还照样能打！"哪知他刚拿出御子板，还未来得及打击，手一颤抖，一块御子板就已经掉在地上了。只见他眉头一皱，心中一凛，复又神色平静，镇定地摇晃着一块御子板，他口中还笑着问："怎么样，我打得好吗？"

坐下看客一片欢笑声，林宏宇眉头一蹙，愣了愣，后说："好什么好，御子板都掉在地上了！"

"啊，我怎么没看见呢！"顾安笙淡淡一笑，指向林宏宇，"你偷我御子板是不是？"随之又要弯下腰，去捡那块御子板。林宏宇见状忙将他拦住，替他捡起了御子板。御子板重新交到他手中，他这一次握紧了御子板，认真地打响了，台下响起了一片欢笑声和喝彩声。

台下的看客们不知道，以为是顾安笙和林宏宇精心设计的包袱，引得看客发笑的。殊不知，这一开始并不是包袱，而是他双手颤抖，握不住御子板，导致御子板掉落在地上的。

他和林宏宇俱是一惊，随之便临场发挥，随机应变，将这失误演化为包袱。看客们没有看出，但幕后的乔锦月却将这一切瞧得清清楚楚。她知道，他现在还很虚弱，他是因为双手颤抖握不住御子板，才不小心把御子板摔落的，可是他这个人偏偏又是这么好强。明明还未病愈，却仍要带着一身病骨，忍着满身疼痛走上台。想到这里，乔锦月不禁心酸了一下，可又转念一想，他为了他的凌云壮志奋不顾身，能够重回戏台已实属不易，忍受这些疼痛又有何不可呢？只要他开心，其余的都是浮云。她虽然会心疼，但是只要他愿意，他做的一切她都支持。

一场相声讲完，顾安笙已口干舌燥，可他却执意要多说几句。

他擦了擦额头上的汗水，侃侃而言："我这次受伤能这么快地痊愈并上台，离不开身边所有人的关心和照顾，也离不开诸位的爱戴与支持。但是有三个人，我要隆重感谢一下。一位是我的师父，我受伤这么久以来，是师父一直鼓励我，陪伴我，虽然我差一点瘫痪，但是师父一直没有放弃我。我在重症监护室的时候，师父对我说，就算我不能说相声了，他也会教我说书，无论如何都会让我上台。因为师父的这句话，让我调整好了心态，才得以迅速恢复的。虽然现在我重新站起来了，已经不需要师父教我说书了，但是师父对我的恩情我也不能忘。还有一位，是站在我身边的这位，长久以来一直陪伴我的搭档。那个时候我以为自己要瘫痪一辈子，再也不能说相声了。但是我不能耽误我的搭档，他还有大好的前程，不能让他因为我而误了自己。我一直劝他离开，但是他依然没有离开，一直在等我，等到今天我们重回戏台。现在一切都好了，再多的苦难都已经过去了，我们还能像以前一样，站在台上为大家说相声！"

林宏宇微笑："我们之间不需要说感谢，风雨沧桑走过了这么多年，我等候你是应当的！"

台下响起了一片掌声，顾安笙说要隆重感谢三个人时，看客们也大概猜到了会有胡远道和林宏宇。胡远道对顾安笙的养育教导之恩，顾安笙铭记于心，林宏宇对顾安笙的陪伴知遇之恩，顾安笙亦深深镌刻在心上，这都是看客们有目共睹的。所以顾安笙提到这两个人，看客们早就料想到了。可还有一位，看客们就没有任何头绪了。

"还有一位是谁呀？"

"是啊，那个人会是谁呢？"

"这个人，是我生命中最重要的一个人！"顾安笙情不自禁地扬起了嘴角，俊俏的面颊上泛起了温情，"她在我伤重时不离不弃地照顾我，为了我，不惜放弃了一切她想做的。我不想她因为我耽误了自己，我冷言冷语伤她，让她离开我。可她一直在我身边，一直也没有放弃我，不舍昼夜地照顾我，陪伴我。若是没有她，也不可能有今天站在戏台上的顾安笙。那时候医生对我说我瘫痪了，不可能再站立了，当时我心如死灰，差一点就要放弃说相声了。是她和我说，她相信我还能站起来，还能走上台来说相声，就算是医生下了定论，她也不信。正是因为她对我的信心和鼓励，才让我有了决心重新学习站立，学习走路。终于，我实现了这个心愿，为了她，为了我心爱的戏台，我站起来了。

现在一切都好了，我没有辜负她的期望。她对我的恩情犹如海深，我今后一定要好好待她，好好说相声，绝对不会辜负她！"

他说罢，就悄悄地朝侧幕看了一眼乔锦月，乔锦月也在深情地凝望着他。他的每一字，每一句，都说在了她的心上。

她心里泛起了一阵柔情，与他相视一笑，所有的温情与感动，都在这深情的对视中。

结束后，乔锦月将顾安笙送回文周社后，一个人走在了回湘梦园的路上。

封箱典礼结束后，苏红袖和夏漫莹先离开了，她们本是想和乔锦月一起回去的，但是乔锦月要送顾安笙回去，便让她们先回去了。她将顾安笙送回后，便只有自己一个人回去了。夜已深，路又远，她正准备叫一辆马车乘车回去，却不想看到了一个熟悉的身影正对着文周社的大门发呆。她觉得那身影分外熟悉却看不清，就走近了几步瞧了瞧，看清了她的面容，乔锦月一惊："曲小姐，你怎么在这里？"曲卓然回过头，看到乔锦月，惊慌地退后了两步："乔姑娘，我……"乔锦月本无他意，只是想知道她为何在此，便说："你不必惊慌，我只是想知道你为何深夜会在这里？"

"我……"曲卓然叹了口气，说，"罢了，也不是什么见不得人的事，告诉你也无妨。"她将手中的黑色包裹打开，从中取出一台机械，问："知道这是什么吗？""这是……"乔锦月仔细看了看，认了出来，"摄像机？你拿摄像机出来做什么？"

乔锦月之前在大剧场演出时，偶尔会有一两个看客拿出摄像机录下她的表演，所以她认得摄像机。曲卓然家里是做电影事业的，她手中有摄像机本不奇怪，但是她在这深夜带着这摄像机出来，就令人匪夷所思了。

曲卓然无奈地笑了笑，说："没错，是摄像机，我从家里偷偷拿出来的。我想，我嫁人了以后，估计就再也没有自由了，也不可能见到安笙了。我就拿了摄像机，在剧场录下他的表演，以后见不到他，就靠放映机里的这些画面来缓解相思了！在我结婚之前，我争取能买到他每一场演出的票，并且都用摄像机录下来。至少现在我还能见到他，以后，我就没有这个自由了！"

乔锦月吸了口气，望向星空叹息："你其实并没有真正地放下这段感情，对吧？"

曲卓然也不否认，坦然而言："我好不容易喜欢上了一个人，怎么可能说放下就能放下？我不能得到他的人，他的映像我总可以拥有吧！"她转身望向乔锦月，诚挚而言："我以后不会再与你争安笙了，我只有这一点要求，你不会这也不肯同意吧？"

"怎么会呢？"乔锦月摇摇头，又低下头，"这是你的自由，也是你的权利，我无权干涉，我只是觉得……"

"觉得什么？"曲卓然打断了乔锦月的话，"觉得我很可笑是吧，明明知道自己得不到，还在痴心妄想。"

"当然不是。"乔锦月继续说道，"你怎样对待这段感情我是无权干涉的，但我只是觉得，你既然要结婚了，何不放下这段感情，重新投入另一段感情中？你这样放不下这段感情，与旁人无关，但对你自己是无益的。"

曲卓然眨了眨眼，又说："那你若是我，你会放下这段感情，去爱上别人吗？你不用回答，我知道你不会的，既然你不会，又何必来劝我？人都是这个样子，明明自己做不到，还想着劝别人。不过你是幸运的，你得到了他的爱，会和他一起走未来的路。而我，就只能做那爱而不得，单相思的一个了。要怪也怪不得旁的，只是自己没有这个福气，不过还好，我还是可以拥有这些映像的。"

乔锦月沉思了一会儿，又言："其实你说得没错，若是我，我被迫嫁了别人，离开安笙，我也不可能放下这段感情去爱别人的。我自己都做不到，也没有资格劝你，此时此刻，我竟不知道该说什么好了！"

曲卓然向前走了两步，望着满天的星辰，深深地吸了口气，说道："你什么都不必说了，我该怎么做，我自己心里清楚。嫁给付时奕，非我所愿，他那样惨无人道的人，我是不可能爱他的，也不可能和他在一起好好生活的。我心里的这份感情，便永远地留给了安笙。我不管值不值得，只要我心甘情愿！"

乔锦月上前一步，对她说："不管怎样，还是希望你能好。"

曲卓然笑了笑，对视着乔锦月说："乔姑娘，其实说实话，我一点也不喜欢你，我嫉妒你嫉妒得发疯，要是没有你，安笙不会对我如此的。说不定，他会爱上我，和我在一起。可是说这些有什么用啊，还是你先我而遇见他，他爱的还是你。"

她顿了顿，深吸了一口气，又悲壮而言："唉，虽然我不喜欢你，但是和他在一起的是你呀。我现在也知道了，你们是不可能被任何人拆散的，我也不会再想着拆散你们了。我也不否认，你是个好姑娘。他受了那么重的伤，你没有离开他，他全靠你在他身边照顾。有了你他会幸福的，既然我不可能幸福，你们就一直幸福下去吧！"

乔锦月被她这悲壮的语气弄得心酸了一下，沉默了片刻，复又说："谢谢你，我都明白的。虽然你之前做了很多错事，但是你已弥补回来了。我知道你也是个光明磊落、坦坦荡荡的好姑娘。但愿你结婚后，也能过得快乐点吧！"

曲卓然点点头："希望如此吧！乔姑娘，希望你能和安笙平安顺遂地在一起，永远也不要像我一样被迫嫁给自己不喜欢的人。他的心是你的，你要好好把握！"她又看向乔锦月，说："多余的话我不必多说了，你心中比我明白。天不早了，你回去吧，我也该走了。"她没等乔锦月回应，便踏步而去。乔锦月愣了愣，随之又叫了一辆马车，乘车回到了湘梦园。"他的心是你的，你要好好把握！"

曲卓然临别前的话，久久在乔锦月脑海中回荡。她叹惋曲卓然的爱而不得，同时庆幸自己能得到顾安笙的垂爱。经历了这次劫难，乔锦月更珍惜与顾安笙这来之不易的感情。他的心给了她，她自然会好好把握。

第十八章
要留清白在人间

- 壹 -

顾安笙的身子恢复得比以前更好了,他现在走起路来很顺畅,不再令人担忧了。与此同时,也出了太平歌词和小曲小调的唱片,并且获得了很高的销量。看着一切都在慢慢变得越来越好,所有的人都很开心。

"安笙,你前些天的那些工作都被安排得满满的,都没时间见我了。今儿你终于不忙了,你不知道我这么久没见你,我都想你了呢!"在文周社里,乔锦月摇着顾安笙的手臂撒娇道。

"傻月儿!"顾安笙轻轻地敲了一下乔锦月的额头:"我再忙也不会忘了见你的。忙过了这一阵,接下来这几天都没有什么事了。这几天,我都会好好陪你的!"

"真的吗?"乔锦月欢喜,"那太好了!"

"当然!"顾安笙温声道,"今儿天也不错,我带你出去走走吧!"

"好!"

他们刚要走出文周社,突然见得一帮身穿警服的人冲了过来,将他们二人团团围住,俨然一副剑拔弩张之状。

其中一个肃穆道:"你可是顾安笙?"顾安笙愣了一下,随即道:"正是,敢问有何要事?"两个人上前一步拉住顾安笙,强行为他戴上手铐,其中一个道:"得罪了,随我们走一趟吧!"

乔锦月见状惊慌道:"你们干什么,光天化日之下要绑架人吗?"

那几个人还算有礼,其中一个向乔锦月鞠了一躬,道:"姑娘,我们是警察局的人,奉命逮捕顾安笙。他涉嫌犯罪,必须跟我们走一趟,对不住了!"

"师兄,师兄!"胡仲怀气喘吁吁地跑过来,见状亦惊道,"师兄,他们几个说是警察局的,非要进来抓你,我都拦不住,这这这,怎么回事呀!"

顾安笙亦诧异:"几位警官,在下这些日子没有做什么非法之事,敢问是犯了什么罪,非要在此处将在下拘捕?"那警官说:"那我们就不知道了,你跟我们走一趟吧!"说罢,他们就强行把顾安笙带走了。

"安笙,安笙……"乔锦月惊慌不已,也跟着他们走了过去。

"你看,这是不是你?"到了警察局,其中一个警官调出一个映像,在放映机中播放,并向顾安笙问道。

顾安笙看了看,见得那放映机中放的正是自己与林宏宇说相声的映像。想必是哪个看客录下的,也不足为奇,便点点头道:"是的,这是我在文周社剧场说相声的映像。"那警官说:"你自己看看你都说了什么!"顾安笙继续看着,见映像中的自己对林宏宇说道:"咱们演完了,你要去哪儿啊?"林宏宇说:"我要去荷花堡。"顾安笙又说:"你真会选地方,你怎么不在十六年前去?"林宏宇说:"好家伙,我十六年前去,可不是早死吗?"顾安笙说:"那你要是正赶上津城屠城案的那天,你这条命早就没有了!"林宏宇说:"哪有那么巧啊?"顾安笙说:"怎么没有那么巧,津城屠城案那天,在荷花堡的人几乎无人幸免,你怎么保证你不会被屠?"

放映到这里,放映机便一黑,不再有映像了。

那警官关掉放映机,对着顾安笙正色道:"顾安笙,你是红口白牙的相声角儿,最近这些日子也够红火的。但你知不知道,有些事能说,有些事不能说。荷花堡的津城屠城案是奇耻大辱,你怎么能把津城人的伤痛编进了你的相声段子里,任意调侃?昨天已有人来这里举报你了,你免不了要受一顿牢狱之苦了!"

"不是这样的!"顾安笙否认,"这个相声只有前半段,没有后半段。我虽然提了荷花堡屠城案的事,但我并没有任何调侃的意思。您没有看到后半段,我是在提醒看客们勿忘国耻,振兴中华啊!"

那警官坚决:"抱歉,我们只收到了这一段的映像,没有你说的后半段,所以你没有凭证。我们只根据我们看到的定罪!"

"不可以!"乔锦月亦上前哀求,"警官,我们知道警局的人都是明辨是非的。安笙的那场相声我当时也在场,他说得没错,我可以做证。他的确是在呼吁看客们勿忘国耻,没有任何调侃的意思,警官您不可以就这样给安笙定罪啊!"

那警官冷声:"空口无凭,我怎知你说的是真是假?而且这件事我也做不了主。别废话了,你们几个带他进去吧!"

"是!"身后的两个警官将顾安笙带走,送往大牢。

"安笙!"乔锦月惊慌失措地跟了过去。

那两个警官将顾安笙送了进去,并将栏杆上了锁,对乔锦月道:"姑娘,此处是牢房,闲杂人等不能在此逗留。"乔锦月哪里肯听他的话,奔向大牢,握着顾安笙的手,啜泣:"安笙,怎么会这样啊!"

"月儿!"顾安笙皱眉,"我恐怕是被人算计了!"乔锦月未来得及开口,就被两个警官拉开:"姑娘,你不宜在此逗留,请速速离开!"

"不，不！"乔锦月挣扎着叫喊，"安笙，安笙！"

顾安笙亦在牢房中叫喊着："月儿！"但无可奈何，她已经被两个警官架了出去。"警官大人！"乔锦月跪在放映像的那个警官面前，哀求道，"求求您彻查此事，安笙他是被冤枉的！"

"姑娘，抱歉！"那警官只说，"此事我这个小警官做不了主，一切只听从局长命令！"

"局长？"乔锦月眼中闪过一丝希望，问道，"局长在哪里啊？"

警官回答："局长今日出巡去了，你要是想找局长说理，明日再来吧！"

"哦！"乔锦月绝望地站起身，自知无能为力，只能先离开警察局，另谋他策去营救顾安笙。

乔锦月忧心忡忡，一夜未眠，她知道顾安笙定是被人设计陷害了，不然怎么可能只放映了相声的一段断章取义，而没有放另一段？可是眼下也无暇去管这件事谁是始作俑者，她只想着去救出顾安笙。既然那个警官说此事全由局长做主，那她便只能去找局长彻查此事。她不会不知道，她一个小姑娘人微言轻，局长能听她的话去彻查此事的可能是微乎其微的。但此刻也并无他法，但凡有一丝希望，她都要尽力一试。她知道她的胜算不多，不知此举能否救得出顾安笙。

第二天乔锦月推了演出，早早地就去了警察局，敲开了警察局的门，其中一个警官问："姑娘，请问您有什么事吗？"乔锦月鞠了一躬："警官大人，我想找一下局长，能否请您引路，带小女去见局长大人一面？"

那警官明显很惊讶："你一个小姑娘，要去找局长？"

"是的！"乔锦月乞求，"警官大人，我找局长真的有急事，劳烦您通融一下，小女感激不尽！"

"嗯……"那警官摸着下巴，沉吟了一下："好吧，局长在楼上，你跟我来吧，我带你上去！"

乔锦月喜道："好，多谢警官！"

刚上了二楼，只见一个留着小胡子、财大气粗的男人坐在办公桌前，他见了乔锦月便喜笑颜开地朝乔锦月奔来："哎哟哟，小美妞长得不错啊！"

乔锦月深感不适，躲到了一旁，却还是毕恭毕敬："先生，您是局长？"

"欸，我可不是！"那男人摇着一根手指，用着不太标准的中文讲，"我不是局长，我是局长的朋友，小妹妹你长得挺漂亮，既然来了就陪大哥哥玩一会儿嘛！"他说着又要向乔锦月扑过去，那警官见状忙拦住他："千田先生，敢问局长在哪里？"

那千田先生显然很不耐烦地皱起眉头，道了句："你们局长上楼取东西了，急什么急？"他话音刚落，只见从楼上走下一个年轻的男子，轻声道："千田大哥！"

"哎哟哟！"千田先生转过身，"小徐呀小徐，你怎么这么慢啊！"

年轻男子面不改色，将手中的包裹递给千田先生："你要的龙井茶我给你带来了！"那警官朝年轻男子拱了拱手："局长，这位姑娘，是来找您的！"局长看了看乔锦月，奇异地问："找我？"

未等乔锦月开口，那千田先生便聒噪："小徐啊小徐，你什么时候认识这漂亮的姑娘都不露出来，怎么不让这位美妞陪哥哥玩玩呢！"他说着又扑向乔锦月，乔锦月惊慌失措地躲开了。局长愣了愣，随即又周旋道："千田大哥，这位姑娘是来找我的，还请你对她放尊重些！"

千田先生听见了局长的话，便滞在了那里，面色稍稍有些不悦："噢，既然是小徐你的人，那我就不碰了，茶叶我拿到手了，那我就就走喽！"

徐星扬面无表情地道了句："慢走不送！"千田先生抱着茶叶走下了楼，乔锦月依然面色恐慌地站在墙角。

千田先生走后，局长谦和地对乔锦月鞠了一躬："姑娘，刚刚那位先生是找我办事的,让你受了惊吓,实属抱歉!"乔锦月仍然没有回过神来,怔怔地看着局长。他随之又对身后的警官说:"这姑娘真是来找我的,你没搞错?"

那警官说:"是的,局长,她说她来找您有急事。"

局长只说:"知道了,你下去吧!"

"是!"

警官走后,局长缓缓走到椅子边,坐了下来,并指了指对面的椅子对乔锦月道:"姑娘,坐吧!"乔锦月怯生生地走了过去,半信半疑:"您……您真的是局长?"面前的这个年轻人和乔锦月想象中的完全不一样,她以为能坐上警察局局长之位的必然会是一位位高权重的资深老者。而面前这个人,年纪轻轻,面若冠玉,大有英俊挺拔之姿,形容并不像是自己所想的警察局局长。

那局长谦和地笑了笑:"怎么,不相信啊,我就是这警察局局长,你坐吧!"乔锦月依言坐了过去,低声道:"抱歉,我只是认为局长的年龄应该很大,却没想到竟是您这样的年轻人。"那局长笑道:"能不能胜任局长和年龄无关,看的是资质。那我便向你正式介绍一下,我叫徐星扬,是这警察局的局长,是整个警局的负责人!"

乔锦月点点头,那局长又说:"刚刚我们这的警官说你是来找我的,你一个小姑娘来这里找我做什么啊?"

"是这样的!"提到了来此处的真正目的,乔锦月便谨慎了下来,小心翼翼地说道,"局长,昨日因言获罪被逮捕入狱的顾安笙,您可曾知晓?"

徐星扬思考了一下:"我记得有这个事,是津城屠城案纪念日的那天有人投来了举报映像。话语中涉及关于津城屠城案的敏感话语,因此被捕。此事和姑娘你有关系吗?"

知晓了是有人故意举报,乔锦月不禁恨恨地握紧了拳头,但她深知此刻不是愤恨的时候,便压制住了心绪。乔锦月诚恳道:"局长大人,他是被陷害的，那个映像只有前半段，却没有后半段，分明是有人故意为之设计陷害。他的那场相声演出我也在场，他并没有调侃津城屠城案，而是呼吁看客们勿忘国耻。只是这段映像没有了后半段而被人断章取义，其实事实根本不是这样的。小女恳求局长明察，还顾安笙一个清白！"

"这样啊……"徐星扬沉思了一下，"那顾安笙是你什么人？"

"他是……"乔锦月止住了话语，此时此刻她不便承认他们的关系，便随便找了个借口，"他是我义兄，是我义母的儿子。义母身子不好，义兄出了这样的事，我们全家和义兄全家都很着急。"

"原来如此！"徐星扬感叹，"倒是难为你的一片孝心了！"

乔锦月抓紧了衣袖，急切道："局长大人，您能否将此事明察，顾安笙是被冤枉的，他不该受这不白之冤！"

"唉！"徐星扬长叹一声，"姑娘，我看你年岁不大，涉世未深，不懂这世道的规矩。那个映像送来时，只有这一点片段，就单凭这几句话就足以定顾安笙之罪了。况且我们警局日日公务繁忙，无暇大费周章为一个人沉冤昭雪，姑娘，对不住了！"

"什么！"乔锦月大失所望，眼中闪过一丝悲戚，沉重道，"那敢问局长，顾安笙将会受到怎样的责罚？"

徐星扬思考了一下："因言获罪不会受到太重的罪责，但免不了牢狱之灾与做苦力。"

锦月不禁红了眼眶，喃喃自语："他的身子还没有康复，怎么能受得了那样的苦？"说罢她又抬起头，再次向徐星扬恳求："局长大人，顾安笙真的是被冤枉的。他身子不好，不能受这样的苦，小女恳求您彻查此事，若顾安笙能沉冤昭雪，小女必将结草衔环，誓死不忘！"

"抱歉！"徐星扬深深地摇了摇头，"在下无能为力，姑娘请回吧！"

"什么，大人您还是不肯吗？"乔锦月脸上有了愠色，略带愤地从口中一字一句地说出，"这世道如此不公，多半就是因为你们这些官员不作为乱作为吧!放任那些地主富商欺压百姓,为非作歹不管,却平白无故冤枉了好人。这样下去,中国迟早要亡在你们手里!"

"哦?"徐星扬听乔锦月此言,不但不怒反而来了兴趣,挑眉看着乔锦月,"小姑娘胆子倒是不小,当真是什么话都敢说。那你倒是说说,中国为什么会亡在我们手里?"

乔锦月自知因一时情绪高涨而失言,她虽不惧怕徐星扬的威严,却实打实害怕徐星扬因自己的言语冲撞迁怒顾安笙,便低眉:"小女一时失言,还望大人见谅!"

徐星扬摇摇头,脸上不见丝毫的怒色,只是平静道:"没关系,你能这么说,一定是有理由的。你如实说来,我不怪罪!"

见徐星扬是个温和的性子,乔锦月忽然心生一计,大胆地抬起头,镇定地说道:"那小女便如实说了,局长大人勿要怪罪。大人您应该听说过清朝的案例吧!清风不识字,何故乱翻书。本是无心之言,却因一句话血流成河,满门抄斩。至此以后,多少文人墨客不敢书写文章,为国效力?后来我国国力衰败,饱受列强欺辱,生灵涂炭,血流漂橹,全都因为大清王朝的治国之腐败,所以此后大清便亡了。如今已然是民国,可官府警局依然如从前一样胡乱作为,难道还要让中国再次毁在你们的手上吗?顾安笙的那场相声分明是被人断章取义了,他是想提起津城屠城案的事,呼吁百姓勿忘国耻,振兴中华。可是没了后半段,被人从中间截取,就被定了个无中生有的罪状,这难道不是荒谬绝伦吗?在这西洋文化长驱直入的时候,他守住一方净土,弘扬传统,这是一件好事,然而他却要因此事获罪,这样一来,人人自危,恐无人再敢说相声,弘扬传统曲艺了。这难道不是一种同样的自我毁灭吗?"

看着面前这个小姑娘沉着冷静,言之凿凿,徐星扬又惊讶又佩服,自打他任职以来,人人敬畏他的局长身份,无人敢像乔锦月这样直言不讳地跟他说话。

乔锦月这有理有据的分辩,倒让他对这个弱不禁风的小姑娘刮目相看。然而他职责在身,却依然不肯松口:"小姑娘你有如此胆量,敢在这里直言不讳,在下着实佩服。你虽然说得有理有据,但不足以构成营救顾安笙的条件。你不知这两件事的本质不同,顾安笙是指明了说荷花堡屠城案的,光凭这一点就足以获罪了!"乔锦月依旧不卑不亢,振振而语:"只因为是全城百姓的伤痛所以就不能再提了吗?这样一来,随着时间的推移,这件事迟早要被人们遗忘。若这件事被遗忘了,谁还会记得国耻,还有谁会振兴中华?"

乔锦月的一番言语铿锵有力,饶是徐星扬这样见惯人生百态,处变不惊的人也被她这话语的力度惊得顿住了一下。

徐星扬滞了两秒,随后又说:"可你知不知道荷花堡屠城案的时候死伤了多少百姓?也许那个时候你还小,你还不知道这件事对津城百姓造成的伤害。那件事可不是轻描淡写的就能提起的!"

"我怎么会不知道?"提起往事,乔锦月不禁伤心,红了眼眶,"那时候我五岁,但我记得很清楚,我母亲就是在荷花堡被洋人狠心杀害的,这是我一辈子的痛啊……"她吸了吸鼻子,知道此刻不是感伤的时候,便收回了情绪,淡定而言:"局长大人,我都不介意这件事被重提,难道你们就真的不肯放过顾安笙吗,就要因为一句莫须有的话定顾安笙的罪吗?"

徐星扬被乔锦月的一句话噎了一下,顿了顿,又说:"可他就是因为这一句话被定了罪,这是事实。虽然我是局长,但我也不能滥用私权,没有证据,我无法将带罪的犯人放出来。"

"那……"乔锦月也深知此事的利害关系,既然被定了罪,没有证据是不可能将他救出的。她想了想又说:"局长大人,我只问您一句,您是否相信顾安笙是被人陷害的?此事不需多想,明眼人都能看得出来。哪里的看客会专程带着摄像机去录下映像,就算是热爱相声,为了捧角儿也不能将自己录的映像泄露出去。这件事分明是被人处心积虑设计好的,千方百计找到这一段映像,从中故意截取一段断章取义,送到这里定他的罪。偏偏早不送晚不送,就等到津城屠城案纪念日的这一天送来,不就是想火上浇油,治他一个罪吗?"

徐星扬只道:"姑娘,你说的我都明白。顾安笙这个相声角儿,现在红过了一众影星,遭人妒忌是肯定的,我也知道这件事是被人处心积虑拿来设计的。但是君子无罪,怀璧其罪啊!我纵然知晓,可我们这里必须按照规矩办事,既然他有罪,那我就不能玩忽职守,放他出狱。"

乔锦月眼里燃起一丝希望,忙说:"欲加之罪,何患无辞?局长大人,您是明事理的人。您既然相信他是被人陷害的,您能不能减轻他的罪行。他身子不好,受不了这样的苦。若不行,您能否让我去看看他,就看他一眼,我和家人好安心啊!"

"这……"徐星扬犹豫了一下,又打量了一番乔锦月,见这个小姑娘虽看起来弱不禁风,却一身正气,火烧眉毛之际,却临危不乱,实在是罕见。

他更佩服她敢在自己面前直言不讳,敢于评判官府之事。他不想其他,就凭这个勇气可嘉的女子,他也应该有所通融。于是便答应了她:"好吧,你敢在局长面前直言不讳,的确不是寻常女子。看在你有如此勇气的分上,我就答应你这个请求吧!随我来吧,我带你去见你义兄!"

乔锦月喜道:"多谢局长大人!"徐星扬将乔锦月带到了监狱门口,对那看守的警官说:"你们带这位姑娘进去探望一下顾安笙!"又对乔锦月言:"你跟着他们进去吧,切记不可逗留太久!"乔锦月只说:"是,多谢局长大人!"那警官带着乔锦月进了监狱,打开顾安笙的牢房,对乔锦月说:"姑娘,你请进吧!"

"安笙!"乔锦月见到顾安笙,不禁大惊失色,忙跑进去抱住顾安笙,啜泣,"安笙,你醒醒,醒醒啊,我是月儿啊!"

只短短一天,顾安笙竟憔悴得不成样子。乔锦月见到他时,只见他鬓发蓬乱,面色苍白地晕倒在地,身子还颤抖着。想必是牢狱里阴暗潮湿,饭食又不好,顾安笙身上的旧伤又复发了。

"月儿!"顾安笙缓缓醒来,抬起手想去摸乔锦月的脸,却无力地垂了下去,虚弱道,"月儿,这是监狱啊,你怎么进来的?"乔锦月心疼地落下了泪,哽咽:"我求了局长,他让我进来的。安笙,才短短一天,你怎么就被折磨成这个样子?"

"我……"顾安笙气若游丝，言语中却满含着自责，"月儿，对不起，让你担心了，都怪我口不择言，害得你难过……"

"你别说了安笙，不怪你，我知道你是被污蔑的！"乔锦月抱紧了顾安笙，哭道。她摸了摸顾安笙的额头，发觉他的额头滚烫，她不禁惊道："哎呀，安笙，你的额头怎么这么烫啊，你在发烧？"

顾安笙吃力地说："我……我没事……"

"你等一下啊！"乔锦月轻轻地将顾安笙放在牢房内的草席上，对他说，"我去去就来！"她飞快地跑了出去，见徐星扬仍然守在门口，便对他乞求："局长大人，我义兄他在发烧，我能否去为他买一些退烧止热的药？"

徐星扬没有为难她，爽快地答应了下来："去吧！"

"多谢！"乔锦月快速去了对面最近的一家医院买了一剂退烧药，又在附近的糕点铺买了一些熟食。买完东西后，她刚想过马路回到监狱里，却不想被一个粗鲁的大汉拦住了去路，她认出来了那个男子，就是刚刚在警局所见的千田先生。

那千田先生色眯眯地对乔锦月言："小美妞，咱们又见面啦！"

"走开！"乔锦月满心的烦忧，无心与他多纠缠，便推开了他，径直朝马路对面走去。哪知那千田先生却不依不饶地跟了过去，从背后抱住她，色欲熏心："小美妞，哥哥见你第一面就对你一见钟情了，你从了哥哥吧！"乔锦月猛烈地挣扎着，厉声道："走开，警局面前，可容你胡作非为！""警局？"千田先生嘿嘿笑："警局局长是我老弟，我怕什么，小美妞，你跟哥哥走吧，哥哥保证好好待你！"乔锦月满心厌恶地挣扎着："你无耻，走开，走开啊！"

"千田大哥！"徐星扬从背后走上前，他一脸肃穆，简短的四个字中听不出任何情感。"嘿嘿，小徐啊！"他见了徐星扬，便松开了乔锦月，目光中透着些许的忌惮。徐星扬正色："千田大哥，这位姑娘是小弟的朋友，还请你对人家姑娘放尊重些！"千田先生似是有些不甘心，满脸讨好地看着徐星扬："小徐，你有这么个貌美如花的朋友怎么不早说,你就大方些,把你这个朋友介绍给我做老婆呗!"徐星扬眼中有了愠色,不悦:"我哪有那么大的权力,人家姑娘不愿意,你就别纠缠着人家姑娘了!"

"唉!"千田先生略带失望地垂下了脑袋,不满道,"老弟不给大哥面子,大哥也不强求了,走了,回红樱队了!"他作势要走,却不忘回头再看一眼乔锦月,色眯眯道:"小美妞,哥哥改日再来看你啊!"

乔锦月厌恶的扭过头,不再多看他一眼,他走后,乔锦月对徐星扬施了一礼:"局长大人,刚刚多谢您为小女解围!"

"别多礼了!"徐星扬温和地说道,"快进去看你的义兄吧!"

"嗯!"乔锦月奔进了监狱。

徐星扬望着千田先生离开的方向,不禁皱起了眉头:"唉,这个千田川,真是色胆包天!"他又望了望乔锦月走进的监狱门口,忧心地叹了口气,喃喃自语:"这个姑娘恐怕要遭殃了!"

"安笙,来,把药吃了!"乔锦月将药喂入顾安笙口中,顾安笙将药服了下去。

西药的药效极快,顷刻间,顾安笙的气色便好转了起来,乔锦月脸上稍稍有了喜色:"安笙,怎么样,好些了吗?还冷不冷?"

顾安笙从乔锦月的怀里坐了起来,轻轻道:"我好多了,也不冷了!"乔锦月又探了一下顾安笙的额头,便放心了下来:"谢天谢地,终于退烧了!"

乔锦月将食物和药放在顾安笙的手中,叮嘱道:"监狱的饭食不好,我给你买的这些够你吃两天的了。药也给你留在这,你要是再发烧,就把药吃了!"

顾安笙点点头,摸着乔锦月的脸,温声道:"月儿,辛苦你了!"

"对了,月儿!"顾安笙问,"这监狱戒备森严,昨儿我师父和师娘来找我,他们都不让师父师娘来见我一面。你又是怎么进来的?"

乔锦月说："我自有我的办法！"乔锦月将自己与徐星扬的全部对话告诉了顾安笙："我看得出来，局长虽然年纪轻轻，却是一个正义的好人。我没有别的办法，只能孤注一掷，用这个方式，引起他对此事的关注。这样他便会反思这件事，说不定他就能让我来见你了呢！"

顾安笙摸着乔锦月的脸，微笑："不愧是我古灵精怪的月儿，还是你聪明。"

乔锦月却低下头，担忧而言："虽然局长肯听我的解释，他也相信你是被污蔑的，可是现在没有证据，他也不能放你出来。你的身子这个样子，是受不了这样的苦的！"

"月儿，没事的！"顾安笙淡淡道，"你不用担心，因言获罪不会有太重的罪责，我熬过这几天，就能出狱了。那陷害我的人用心险恶，我们没那么容易找到证据的。出狱后我不说相声了，我也不做其他的工作了，我只要和你平平安安地在一起。"

"安笙，不可以的！"想到一切都会因为这不白之冤覆灭，乔锦月的心犹如被刀割了般地难受，嘴上却还在劝着顾安笙，"安笙，你怎么能这么想。你连生死这一关都度过了，怎么可能因为这莫须有的罪责放弃了你最爱的戏台，最爱的相声？难道你就要受了这不白之冤，带着这莫须有罪责过一辈子吗？我不能看着你受这种委屈，我一定要想办法为你找到证据，沉冤昭雪！"

"可是……"顾安笙望着乔锦月，担心而言，"你要想找到这个证据，就犹如大海捞针一般，现在一点头绪都没有，能为我沉冤昭雪的可能是微乎其微的。月儿，我只怕你会再误入龙潭虎穴，进入别人设计好的圈套啊！都怪我，中了奸人诡计，害得你们为我担心，毁了文周社的名声！"

"不！"乔锦月却坚定而言，"安笙，你相信我，再难我也要找到证据，为你平反昭雪！"

"姑娘，时间到了，您快些出来吧！"外面的警官催促道。

乔锦月回头道："知道了，马上就走。"又转过头，对顾安笙说：

"安笙,你记得我说过的话,我出去为你找证据。局长是个好人,我一会儿会求他让你在牢里舒服些的。我不能陪你太久了,我得走了!"

乔锦月眼中含着泪,依依不舍地看着顾安笙,顾安笙亦依依不舍:"月儿,万事小心啊!还有见了我师父师娘要告诉他们不要为我担心!"

"知道了!"乔锦月强忍住眼中的泪水,哽咽道:"安笙,你一定要照顾好自己啊!"说罢乔锦月便离开了。

"你看望完你的义兄了?"哪知徐星扬一直守在门口没有离开,乔锦月不禁受了一惊,吓得一凛,复又平静道:"嗯,多谢局长通融,让我得以见义兄一面。"说罢她又鞠了一躬,恳求:"局长大人,我义兄他身子不好,受不了这里阴暗潮湿的环境。能否劳烦您帮忙照顾他一下?若局长答应小女的请求,您让小女做什么回报都可以!"

徐星扬答应:"这你放心,我相信他是个好人。你不说我也会让人好好对待他的,你放心,我不会让他受委屈的!"

乔锦月欣喜而又感激地看着徐星扬:"多谢局长大人,您真是个好人,这些恩情,小女铭记于心了!"

徐星扬得到乔锦月的认可,眉间露出了微微的喜色:"姑娘不必客气,能帮到你,我也很开心!"

乔锦月点点头:"局长大人,小女先回去了,我义兄被冤枉的证据,小女一定会尽快找到的!"说罢,乔锦月便转身准备离去。"

"姑娘,你等一下!"未承想刚准备离开的乔锦月竟被徐星扬突然叫住,乔锦月回过头,疑惑:"怎么了?"

徐星扬顿了一顿,似乎是在思虑些什么,几秒后又道:"姑娘明天晚上若是没有什么事,可否到落云厅一趟?我让你来没有别的意思,我是要救你,不然怕你会有危险的!"

乔锦月诧异道:"为何地址要选在此处,而且这风月之地……"

徐星扬毅然道："姑娘不必担忧，我让你这么做是有理由的，我不会让你受到伤害的。能否前来你随意，但我此举真的是为了救你！"

"我……"乔锦月犹豫了一下，她看着徐星扬俨然一副正义凛然，想必以他的身份和人格，不会做出什么荒谬之事。

虽说是风月之地，但他让自己来，一定是有理由的。乔锦月并未细想他是要救她什么，只当是为了顾安笙的事。她便点点头，答应了下来："好的，局长大人，小女一定准时前去！"

徐星扬嘴角嵌出一抹浅浅的笑意："你肯明白我的用意就好，记得明晚八点准时到落云厅，还要记得打扮得漂亮一点！"

乔锦月点点头："知道了，大人，小女告辞了！"

乔锦月转身正欲离开之际，却又被徐星扬叫住："姑娘！"乔锦月一转身，清风拂起她的鬓发，在一缕骄阳的笼罩下，这个样子显得格外楚楚动人。饶是徐星扬这种处变不惊的人，见了也不由得愣了一愣，随即又说："还未请教姑娘尊姓大名！"

乔锦月轻声而言："乔锦月！"便转身离开了。

"乔锦月？是个有趣的姑娘！"

徐星扬望着乔锦月的背影，慢慢绽放了脸上的笑意，殊不知，此时此刻已然扣动了心弦。

- 贰 -

乔锦月依照徐星扬的嘱咐,按时去了他所言的落云厅。落云厅本是富贵人家玩乐的奢靡之地,像乔锦月这样中式传统女子,自然接受不了这样的西式风月之地。刚走进去,就被一阵西洋交响乐搅得心烦意乱,但无奈只得硬着头皮走了进去。

"乔姑娘!"只听得身后有人在呼唤她。

乔锦月转过身,恭敬地施了一礼:"徐局长!"

此时的徐星扬身着一件西装,今天的模样不同于在警局时的威严肃穆,却比那天更多了些英俊挺拔。乔锦月无心理会这些无关紧要的事,只一心担忧顾安笙,便向徐星扬问:"局长大人,您邀我至此有何指教啊,我义兄在狱中怎么样了?"

徐星扬眨了眨眼,说:"你义兄我差人好好照看了,你不必担忧。"他浑身上下打量了一番乔锦月,只见乔锦月还是一身中式简约的衣裙打扮,又说道:"不是让你打扮得漂亮些吗,你怎么还是这模样?"

"啊……"乔锦月愣了神,张口结舌道,"我……"

徐星扬朝一侧的柜台招了招手:"彩云,你过来一下!"那个身穿西洋吊带裙的女子走了过来,恭敬道:"什么事啊,公子?"徐星扬把乔锦月推到她的身边:"你把这位姑娘带到化妆间,给她换身衣服,好好打扮打扮!"那个名叫彩云的女子答:"是!"又对乔锦月做了有请的手势:"姑娘,里面请!"

"啊……我……"乔锦月仍在云里雾里,愣愣地向徐星扬问,"局长,您这是要我做什么?"

徐星扬笑了笑:"你跟着彩云姑娘去吧,放心,不用害怕!"

"可是……"

"姑娘,随我来吧!"乔锦月愣头愣脑地被彩云拉去了化妆间。

"姑娘,你坐吧!"彩云强行把乔锦月按在椅子上,"姑娘,我是这里的化妆师,你不用害怕,听我的指示就好!"

乔锦月大为诧异,向彩云问:"彩云姑娘,局长大人这是要搞哪一出啊?"彩云意味深长地笑了笑:"我们徐公子一向对女色视为无物,他肯对你这么上心,想必是对你动心了!"乔锦月已为顾安笙的是心烦意乱不止,彩云的这番说辞更是她火上浇油,她皱紧了眉头,斥责:"胡言乱语些什么!"

彩云以为乔锦月是在害羞,只笑:"好了好了,我不说了,我们开始打扮吧!"彩云为乔锦月选了一身花色的旗袍,梳了一个流行的西洋发髻,又为她选了一双水晶高跟鞋。望着面前被自己精心打扮过的乔锦月,彩云惊叹:"哎呀,姑娘,你真漂亮啊!"

乔锦月对着落地镜将自己从头到脚打量一番,这是她生平第一次除了唱戏外装扮得如此华丽。镜中的自己少了一分灵动,却多了一抹艳丽。美则美矣,可乔锦月对这些西洋的东西向来都是提不起兴趣的。

彩云又对乔锦月说:"姑娘,我们出去吧!"彩云扶着脚踩高跟鞋的乔锦月,缓缓走出了化妆间。"公子,按照您的吩咐,我给这位姑娘打扮好了!"

看着缓缓走近的乔锦月,徐星扬不禁愣了神。她那沉鱼落雁的样貌,秋水流转的双眸,配上这花色旗袍衬托出身上完美的曲线,这般体态竟比天仙还要美上几分。不知不觉间,心弦再一次被扣动。

"局长,局长!"乔锦月的呼唤唤回了徐星扬的思绪,他向乔锦月伸出一只手来:"乔姑娘,跟我走吧!"

乔锦月似乎明白了什么,非但没有上前,反而脸上有了微微的愠色,不悦道:"局长大人,您邀请我到这里来是为了玩乐吗?我义兄受了不白之冤在监狱中受苦，你却把我带到这样的风月之地玩乐。我本以为局长您是个正直清明的人，所以答应了您的请求，而你，这到底是要做什么，是骗我过来拿我寻欢吗？"

"乔姑娘，你误会了！"徐星扬并未因为她的言辞犀利而生气。他耐着性子真诚地对她解释："你不知道外面有人对你虎视眈眈，只有这种方法才能救得了你，你相信我，我绝不是在拿你寻欢！"

乔锦月依然紧皱着眉头："我不知道您是要做什么，但您这种做法也太荒诞了！"

徐星扬朝窗外望了望，顿时面容紧张了起来，在乔锦月耳边小声道："回头我再跟你解释，你先跟我走！"他朝乔锦月伸出一只手，乔锦月犹豫了一下，没有牵过他的手，只是顺着他的方向向前走了两步。

"啊！"不承想那高跟鞋穿不惯，竟一个趔趄，差一点跌倒。

"小心！"徐星扬一个箭步上前，乔锦月正巧跌在他的怀里。

他第一次如此近距离地看着乔锦月，见她如同一只小鸟一般蛰伏在自己怀里。她一双秋水剪影的眸子透着灵动与纯净，心里不禁泛起了层层涟漪。想必是乔锦月谨守男女之仪，刚刚贴到徐星扬的身子，便立刻弹跳般地离开了他的胸膛，忙退后一步欠身："抱歉，大人，小女失仪了！"

只见徐星扬眼中闪过一丝失落，还未来得及开言，便听得一阵粗犷的笑声："哈哈哈，我这一进门，怎么就看见徐老弟跟小姑娘亲热呢！"

乔锦月抬眼，见得那张让人分外厌恶的面孔，正是色胆包天的千田川。他走过来，拍了拍徐星扬的肩，嘿嘿笑："哈哈哈哈，我还没来，你倒先勾搭起小姑娘了，你这榆木脑袋，总算是开了窍了！"说罢又伸手招呼乔锦月："来来来，小美女，让爷看看你是何等姿色，竟能把我们徐老弟迷得这么晕头转向！"

他侧过身，只见乔锦月对他怒目而视，他一眼便认出了乔锦月，顿时又色心大起，眯着眼道："你不是那天那个小美妞吗，怎么会在这里？"

"噢，我明白了，明白了！"他又捶了徐星扬一下，笑道，"你小子倒是够大方，知道哥哥我看上这个丫头了，就把她给我带来了。不错，仗义！"说着他就朝乔锦月奔去："小美妞，哥哥来了！"

"走开！"乔锦月厌恶地躲开了千田川。

"千田大哥，你可别逾越了！"徐星扬一把揽住乔锦月的腰，冷着脸对千田川道，"千田大哥，这个姑娘现在是小弟的女朋友，你该不会是想夺人所爱吧！"

"我……"乔锦月心中一惊，不知徐星扬何等用意，忙想否认，徐星扬却朝她使了个眼色，示意她别说话。她刚到嘴边的话便收了回去，虽然她不知道徐星扬是什么用意，心里也有些不适，但她知道徐星扬不会无缘无故这么轻浮的，所以便不再说话，任由徐星扬处理。

"什么！"千田川双手一挥，显然大失所望，又一副不可置信的样子。他吵嚷："不是……这……怎么可能嘛，你前几天还说她只是你的朋友的，怎么这……这就成女朋友了！"

徐星扬面不改色，平静而言："前几天不是，今天是了不行吗？而且千田大哥你不是也说，我若有喜欢的姑娘，也可以带她来吗？我今天就带了这个姑娘来，千田大哥你这么旷达，应该不会出尔反尔吧！"

"没劲，真没劲！"千田川失了兴致，扫了一眼徐星扬，又扫了一眼乔锦月，不甘，"你说这丫头是你女朋友，那你就带她好好玩儿吧！不管你们了，我去找别人了！"

徐星扬点点头："多谢千田大哥！"

千田川走远后，徐星扬脸上似乎露出了大功告成的放松神态，松了一口气："这一关总算是过去了！"又看了一眼乔锦月："这回你也算是脱离危险了！"

千田川走后，乔锦月下意识地躲开了徐星扬的臂弯，她被蒙在鼓里，不明所以。她脸上却有了愠色:"局长大人,您究竟是想干什么?我只是想救出我义兄,我没时间干别的。您为什么要说我是你女朋友啊?我是正经人家的女儿,您不能这样胡来的。难道您让我过来就是让我以此种方式答谢您的吗?"

"当然不是!"徐星扬温和地解释,"乔姑娘,你所言差矣。我不是想让你以这种方式报答我,恰恰相反,我是要救你的。那千田川对你虎视眈眈,凭他那不达目的决不罢休的脾性,我只有让他以为你是我的女朋友,他才能对你罢手。还好,我们骗过了他,你算是安全了。所以乔姑娘,刚才请恕在下无礼了!"

乔锦月听得似懂非懂,一脸蒙圈地问道:"可……可千田川不是你的朋友吗?"

"不是!"徐星扬似是十分焦虑地摇头,"我们的关系十分复杂,总之就是互相牵制罢了。你不需要知道那么多,只记得,要离他远些便好!"他顿了顿,又说:"乔姑娘,既然已经来了,那咱们就把戏做足了,随我进去吧!"说着他又朝乔锦月做了个有请的手势,乔锦月犹豫了几秒,便顺着他的方向走了进去。

歌厅中,放着流行音乐,俱是一群少男少女穿着裸露的衣衫搂抱在一起跳着西洋的舞姿。饶是乔锦月这样的梨园弟子见了,更觉得伤风败俗,从内至外地厌恶。

乔锦月看着不禁皱起了眉头,对着徐星扬道:"局长大人,这里是西洋风的风月场馆,像小女这样的梨园弟子,根本不懂这种娱乐形式。我听不懂这乐曲,也不会这舞步,不如小女先离开吧!"

"你先别走!"徐星扬拉住了乔锦月,看了一眼旁侧的千田川,道,"不把戏做足了,他怎么会相信呢!你一切听我号令,你不会,我可以教你!"说罢,他便揽上了乔锦月的腰肢,将乔锦月的手搭在自己的脖子上,口中道:"你跟我做,就像他们那样,先迈开一步,再一步!"

乔锦月虽心中不愿,但还是依言跟着徐星扬的指令做出每一个动作,哪知一步迈得过大,竟踩在了徐星扬的脚上。

"啊！"乔锦月惊呼一声，忙说，"对不起，局长！"

"没关系，没关系！"徐星扬耐心道，"初学脚步肯定是不稳的，来，跟着我继续做！"

此时千田川从他们二人身边走过，瞥了他们二人一眼，口中道："呦嗬，小情侣挺恩爱嘛！"

徐星扬微微扬起了嘴角，眉间流露着稍许的得意："那是自然！"揽着乔锦月纤细的腰肢，看着她精致的面容，虽然她眉头紧锁，却掩盖不住那倾城的姿色。回想起她在自己面前的不惧风雨、侃侃而谈的模样，他对她的勇气又是敬佩不已。此一刻，他方才意识到，自己对面前的这个小姑娘，的确是动了心了。

徐星扬极其享受这个温香软玉在怀的过程，可乔锦月却格外不自在。徐星扬看出来了乔锦月的不自在，他虽然享受这片刻的温存，却不忍看着乔锦月这般难受，便在她耳边轻声说："乔姑娘，他已经全然信了我们之间的关系，你若是不喜欢这里，就换了衣服离开吧！"

"好的！"乔锦月闻言忙退出了舞台，快速地到化妆间换好自己的衣服。

换好衣服后，走出化妆间，见到徐星扬等候在化妆间的门前，乔锦月便说："局长大人，我回湘梦园去了！"不承想徐星扬拦住了正要出门的乔锦月："天这么黑了，我开车送你回去吧！"乔锦月摇摇头，拒绝："不必麻烦您了，您留在这里吧，我一个人也能回去！"徐星扬仍然执意："这么晚了你一个人走也不安全，还是我送你回去吧！"

"这……"乔锦月见拗不过徐星扬，便只好点点头，"那便麻烦局长您了！"

"请吧！"征得乔锦月的同意，徐星扬心里极其开怀。车上，徐星扬边开着车边向乔锦月问道："你是湘梦园的戏角儿？"乔锦月只说："是的！"徐星扬细细琢磨："难怪，难怪你会和文周社的相声角儿是干亲，欸，那你的戏应该不错吧？"乔锦月心中杂乱，无心回答徐星扬的问题，便随口答了句："还好！"

徐星扬见她心不在焉，便转移了话题："其实我想告诉你，要寻找救出你义兄的证据没有那么烦琐。你说那个映像是被人断章取义的，那你就尽快找到那个映像的后半段。有了那个凭证，就足以证实他是无罪的，到时候你义兄就可以无罪被释放了！"

"真的吗？"乔锦月果然提起精神，忙问，"局长大人，您是说，只要能够找到那个映像的后半段，交由警局，我义兄就可以无罪释放了？"

"当然！"徐星扬点点头，"你们在台上演出的时候，台下的看客大概还会有带着摄像机入场的。如果还有哪个看客那天带了摄像机录下那段映像，并仍有保留，你就可以带着那段映像来警局找我。有了那个证据，我就能够有理由为顾安笙平反昭雪了。"

"嗯！"乔锦月眼中燃起了希望，"我一定会尽力找到那段映像的，我若早一天找到，他便少受一天的罪！"

徐星扬不由得感叹："乔姑娘，你与你义兄并无亲缘关系，你却待他如此情深意重，你当真是个重情重义的好姑娘啊！"

乔锦月想说，自己与顾安笙之间的情意早就坚如磐石般不可转移，是无论如何都拆不散的。可是眼下这状况，她不便于承认她与顾安笙之间的关系，便只道："义兄待我好，我便全力待他就是了。"

徐星扬思忖了一下，又言："你是个好姑娘，你义兄也必然是个好人。你放心，看在你这么真诚的分上，我会差人好好照顾你义兄的。你不用担心他会在狱中受罪，你只管安心找那段映像就好。"

"好的！"乔锦月万分感激，"局长大人，真的谢谢您。遇到您这样的好人，锦月与义兄真的是三生有幸。救出我义兄后，我们二人必当结草衔环相报！"得到乔锦月的认可，徐星扬露出了满意的微笑："我不需要你们报答我，我只是欣赏你不畏强势、果敢冷静的个性。若你不介意，事后可愿意交下我这个朋友？"

乔锦月心里感激徐星扬素不相识却仗义相助，也十分认可徐星扬这个义薄云天的性子，便点点头："局长大人，您对锦月的恩情，锦月感激不尽，蒙您不嫌弃，锦月自然愿意结交您这样的朋友！"她顿了顿，又说："今日之事锦月起初以为太过荒诞，对局长您有所误会。虽然锦月不太清楚这件事的前因后果，但以局长您的人格，锦月相信您这是为了帮我。锦月刚刚对您的失礼之处，还望您海涵！"

徐星扬笑了笑，欣慰："你明白就好，其余的就不必说了。"

不多时，便到了湘梦园，徐星扬下了车，为乔锦月开了车门，轻声说："乔姑娘，湘梦园到了，你下车吧！"

乔锦月从车内走了出来，道了声："多谢！"徐星扬说："你义兄在狱中的事，你不必太挂心，我会好好照顾他的。你只管寻找证据就好！"

他顿了顿，目中含情地望着乔锦月："还有，你不要太过劳累了，记得注意休息！"乔锦月应着："多谢局长，锦月先告辞了！"

"去吧！"

徐星扬望着乔锦月离去的背影，慢慢舒展了脸上的笑意，望着她的背影，道了声："是个有趣的姑娘，这么好的姑娘既然被我遇见了，可容不得错过！"随即便坐上了轿车，扬长而去。

- 叁 -

"也不过短短几天的时间,这消息怎么流通得这么快啊,现在各大报纸上都有安笙的不良新闻了!"文周社正厅,柳疏玉忧心忡忡道。

"谁说不是呢!"胡仲怀亦像泄了气的皮球,说道,"不光是报纸,街边各种俱乐部的放映机里都有师兄和林师兄的那段相声,这是挡了谁的路了,存心要陷害师兄啊!"

"唉!"柳疏玉叹息道,"他们不只是存心要陷害安笙,他们的目标是击垮咱们整个文周社。安笙现在最红,他便成了咱们这的挡箭牌。可怜这孩子身子还没好,就要身陷囹圄,还要被这些新闻推到了风口浪尖上!"

林宏宇亦愤愤不平:"可是我们角儿他明明就是呼吁看客们热爱家国,哪里有半分不敬之意,到头来,还要蒙受这不白之冤!"

胡仲怀无奈:"师兄是没错,可君子无罪,怀璧其罪啊!"他顿了顿,又沉思:"锦月说,若是我们找到了那天表演的全部映像,便能为师兄平反昭雪。只是能带着摄像机入场的看客们太少了,找了这么多天都没有找到,也不知道锦月那边查得怎么样了。"他话音刚落,只听得门"吱呀"一声,从门外进入的是乔锦月,胡仲怀忙站起身,问:"怎么样,锦月,找到了吗?"

乔锦月失望地摇摇头,说:"我问了好多看客,他们记不清那天究竟是谁去了谁没去。只有几个确认是那天去的人,但是都没有带摄像机。"

"唉!"胡仲怀无奈,"时间太久了,要想找到有那段映像的人,真的太难了!"

乔锦月望着天花板，深深担忧："找是一定要找的，只不过这个过程真的好杂乱。现在报纸上全是他的不良新闻，再这样下去，安笙和文周社的名声都会被败坏的。"

　　柳疏玉摇了摇头："这几天真苦了你们几个孩子四处奔波为安笙找证据了，若真的找不到，我们就别找了，再想别的办法救出安笙吧！"

　　乔锦月否定："可是只有这个办法是为安笙平反昭雪最有力的证据，我们必须为安笙找到那段映像，不能让他，让文周社蒙受这不白之冤！"她顿了顿，看向柳疏玉，坚定："玉姨，我刚刚见了几个看客，他们虽然都没有映像，但是他们好多人说见过不止一个人带着摄像机进场的。既然有人录下了那段映像，那么我们就一定能把这个人找到！"

　　柳疏玉拍拍乔锦月的手，怜惜："好孩子，真是辛苦你了！"

　　乔锦月细细琢磨："能有摄像机的看客，一定不会是寻常百姓，大抵是官宦人家。若是官宦人家，我们该从哪里找起呢？'我既然不能得到他的人，他的映像我总可以拥有吧！''我以后见不到他，就靠放映机里这些画面来缓解相思！'"忽然间，乔锦月的脑海中忽明忽灭地闪过几段熟悉的画面，她蹙紧眉，仔细回想，又忽然抬起头，朗声："我想到一个人，说不定她会有那天的映像！"

　　胡仲怀忙问："真的？是谁？"

　　乔锦月振振道："曲卓然！"

　　"曲卓然？"胡仲怀惊讶，"你是说那个大明星曲卓然？她一个大明星怎么可能会成为师兄的看客，锦月你当真没有搞错？"

　　乔锦月捋了下发鬓："个中缘由来不及解释了，听我的，我们只要找到她，为安笙平反昭雪就有希望！"

　　林宏宇说道："既然能救角儿，不管她是什么人，我们都要找到。乔姑娘，她在哪里，我们该去哪儿寻她啊？"

　　乔锦月皱起了眉，沉思："我倒是忽略这事了，她现在结婚了就不住在曲宅了，我们找到她还真是不太容易。"她想了想，又说："她那天说,她嫁给付家长子付时奕,那就是说她在付家……"

"仲怀,林大哥!"乔锦月眼中燃起了希望,对胡仲怀和林宏宇朗声说,"我们有头绪了,她现在是付家的长媳,我们只要打探到付时奕这个人住在哪里,就能找到曲卓然!"

"好!"胡仲怀应着,"明儿我号召咱们师兄弟,一块去打听付时奕!"

"嗯。"乔锦月点点头,"天不早了,我再不回去师父就起疑了,明早我再来和你们一同商议!"

"好,路上小心!"

乔锦月回到湘梦园时,已经天黑了,她刚要拿出钥匙,打开湘梦园的大门时,突然被身后的一个人拍了一下肩膀。

"乔姑娘!"

"啊!"乔锦月回过头,竟被身后的身影下了一跳。那是一个女子的身形,只见她身着一身黑衣,披着斗篷,遮住了脸,完全看不清容貌。

"嘘!"那女子将食指放在唇边,示意噤声,并摘下斗篷:"乔姑娘别怕,是我!"

"曲小姐!"乔锦月惊道,"你怎么会在这里?"她又看了一眼她的穿着:"你怎么打扮成这个样子!"

想不到,自己正打算苦心去寻的曲卓然竟出现在了自己的面前。

曲卓然将乔锦月拉到一个无人的地方:"乔姑娘,我在这里等你好久了,我就是来找你的!"她眼中闪着点点泪光,悲声:"乔姑娘,我知道安笙的事了,他是被人算计的。都怪我,都怪我,都是因为我录的映像泄露了出去,安笙才被人设计陷害的!"

乔锦月讶异:"什么,你说那个映像是你录的?"

"是的！"曲卓然说，"是付时奕和程显威拿走了我的映像，并从中断章取义，用安笙的相声表演大做文章的！"

乔锦月握紧了拳头，恨恨而言："程显威，又是这个程显威！"她又抬起头，向曲卓然问："曲小姐，这是怎么一回事，好端端的，你怎么会把映像泄露给他们？"

曲卓然细细说道："都怪我防不胜防，那天我和付时奕吵了一架，他看到了我放映机中安笙的映像，就把那些胶片全都拿走了……"

原来那天曲卓然与付时奕吵了一架后，付时奕看到了曲卓然放映机中顾安笙的映像，登时勃然大怒，一气之下将所有的胶片都拿走了。他气极之时，准备将这些东西都烧掉，却突然想到自己有了这些顾安笙的映像，说不定可以拿这些映像大做文章，凭此扳倒文周社。所以他没有立即烧掉这些胶片，而是转交给了程显威。

起初，曲卓然也以为他将那些映像烧毁了，虽然伤心不已，但也没有多想。直到有一日，程显威再次来到付家，曲卓然在卧室中听到了程显威与付时奕的对话。

程显威侧卧在付家的沙发上，吸了一口烟，甚是得意地对付时奕说："你小子倒是机灵，这回扳倒文周社，可全靠你老婆录的这些胶片了！"

付时奕急切："怎么样，程三哥，我给你的那些映像能找到什么扳倒他们的理由吗？"

程显威奸邪一笑："我回去挨个看了一遍，我找了一段津城百姓都比较敏感的关于津城屠城案的话题，从中截取一半，送到警局。我本来是想试试看的，没想到，还真就成了。顾安笙会因为半截的映像因言获罪，明天他们就会把顾安笙抓进去了。这牢狱之灾对他那样一个半残不残的人来说，的确够他受的了。文周社估计也会因为他这个事，跌到谷底。明儿我再找几家报社，多刊登些关于他们的不良新闻，这样一来，给文周社火上浇油，这群戏子啊，就玩完了！"

"哈哈哈哈！"付时奕开怀大笑，"还是我们程三哥聪明，毫不费力，就扳倒了文周社！"

"等着吧！"程显威挑眉，轻蔑，"敢跟我们程家作对，迟早得玩完。上回顾安笙没摔死，这回就得被唾沫淹死！"曲卓然将一切听得清清楚楚，她又是自责又是愤恨，自责自己太大意，把映像泄露给付时奕，让他拿去凭此来陷害顾安笙，同时她恨极了程显威与付时奕的用心恶毒。她真想什么都不顾地冲上去，狠狠地给他们二人几个巴掌。但是她都理智地克制住了自己的冲动，她知道这件事是因她的冲动而起，事情已经发生，自己如若再冲动行事，便会让顾安笙进一步身陷险境。

她知道现在找他们算账没有用，便克制住了心中的怒火，当作什么事都没发生，再另谋他策。既然此事因她而起，她也不能袖手旁观，无论如何都要救出顾安笙。她此时也想到了，出事后乔锦月也会和她一样着急。于是便在付时奕不在家的时候悄悄跑到湘梦园等候乔锦月，向她道出实情，与她共同商议救出顾安笙的对策。

"乔姑娘，一切都是因我而起，我对不起安笙……"

曲卓然已经跪在地上，悔恨得声泪俱下："我万万没想到我因为自己的这一点私欲，害苦了安笙。乔姑娘，你打我骂我吧，这样我的心里还能好受点！"

乔锦月虽然对此事心有芥蒂，但也知曲卓然不是有意的，更深知此刻不是与曲卓然计较这些事的时候。她便一把把曲卓然拉了起来："现在说这些都没用了，事情发生了就是发生了，我们还是想想怎么救安笙吧！"

曲卓然真诚道："我来找你就是为了这件事，事情因我而起，我不能袖手旁观。若能救出安笙，我必当竭尽全力相助。"

乔锦月直视曲卓然，朗朗而言："正好，这事我们都帮不上忙，还真得靠你出手！"

"靠我？"曲卓然疑惑了一下，复又真挚地点点头道，"你且说我能做什么，我都会去做的。就算上刀山下火海，我也会去的！"

乔锦月细细说："我去问过警察局的局长，局长说，只要能找到他那段相声的全部映像，证实了他的言论并非对灾难做调侃，他就可以无罪释放。如果那个胶片你有机会碰到，就需要靠你把那个胶片拿回来了。我原以为那个胶片只是在你手里，没想到却在程显威手里，要想从他手里拿回，可就不容易了。"

乔锦月面露愁容，曲卓然却不假思索一口气答应了下来："放心，交给我，只要还在程显威那里，我就一定会拿得回来的！"

乔锦月问："当真可以？"

曲卓然点点头："付时奕隔三岔五就会去程府找程显威吃喝玩乐，到时候，我就可以借口说看望表哥与他同去。我可以趁他们玩乐之时不注意，悄悄潜入程显威的房间，偷出那个胶片！"

"如果真的可以就万事大吉了！"乔锦月眉间终于露出了喜色，"如果找到了那个胶片，安笙也就能平反昭雪了！只是……"乔锦月看向曲卓然，不禁担忧："那程显威狂暴不堪，若是被他发现是你拿走的，他会不会迁怒于你？"

曲卓然摇头："没事，他不敢。他忌惮曲家的权势，也得让我几分！"乔锦月终于放心："那就好，你万事小心！"

"嗯，知道了！"曲卓然说，"如果没有意外的话，三天后的这个时候，我还约在这里和你相见，并把胶片交给你。"

乔锦月叮嘱她："好，记得一定要小心谨慎！"

曲卓然看了看天色，说道"那我回去了，再晚些，付时奕发现我逃出来就糟了！"

"嗯，你回去吧！"

曲卓然思来想去，唯一能拿到胶片的办法就是主动向付时奕示好，因而才能得到去程家的机会，从而拿回胶片。可她对那贪得无厌的付时奕厌恶至极，对他半点也不想多接触，可为了顾安笙，她只得如此。反正她也是演员，只当是演戏罢了。她那高超的演技，逢场作戏又有何不可。

这一天付时奕起身换好西装，对曲卓然呼喝："老婆，去，给我把领带拿来！"

"好，这就来！"曲卓然将领带递给付时奕，温声而言，"用我帮你系上吗？"

"嗯……好！"本以为曲卓然会不情愿，或是发脾气，这么久付时奕也已经习惯了。可曲卓然突然变得柔情似水倒令付时奕诧异不已，他边由着曲卓然为他系领带，边奇道："今儿是怎么了，转性子了，难得没对我发火！"

"是啊！"曲卓然很随意地答："和你执拗了这么久，我也想明白了。与其和你这么别扭下去，不如对你温柔点。反正以后白头偕老的是我们，何苦天天横眉冷对呢，你说是不是？"

"哎呀，你终于明白了！"付时奕开怀，"这才是我付时奕的好老婆呢！"

曲卓然像是漫不经心地问："你今儿打算去哪儿啊？"

付时奕说："我要去程府找程三哥打牌，你要不要一起去啊？"

"好啊！"正中曲卓然的下怀，她心中得意，脸上露出温柔的笑，"正好在家里闷了这么多天了，我也想着去看看表哥呢，就和你一起去吧！"

"好，那我在楼下等你，你去换身衣服！"付时奕说罢就在曲卓然的脸上亲了一口，色眯眯而言，"我老婆就是漂亮！"他今天心情好，对曲卓然也算是温柔。说罢他就走出了房门，下了楼去。他走后，曲卓然从纸抽中抽出好几张纸，狠狠地擦了被付时奕亲过的地方，满脸厌恶。曲卓然换了衣服后，便随付时奕去了程府。

刚进程府的大厅，便见程显威侧卧在沙发上，还是一副吊儿郎当的样子，旁边有一个小妾为他端茶倒水。程家大厅中，聚集着好多人。程家大少爷程显耀、二少爷程显赫还有他们的妻子也都在，大概是程显威邀请而来的。

曲卓然对其他人都不甚在意。但见程显威这个样子，难以抑制的厌恶感便涌上心头，可脸上却笑着："表哥，好久不见了！"

程显威也被曲卓然莫名其妙的热情弄得心里发蒙，他坐直了身子，奇异："小表妹，你今儿是怎么了？我前几天到你家，你见都不肯见我。今儿怎么主动找上门了，还这么热情！"

"来，我帮你挂上！"曲卓然接过付时奕脱下的外衣，很自然地帮他挂在衣架上，并说，"我都想通了，我不想再与表哥和时奕置气了，这样谁也不开心。虽然当初和时奕成亲时，我不太情愿，但后半生要一块走的还是我俩啊。况且时奕对我这么好实在难得，不如好好和时奕过日子，我也得感谢表哥给我们牵的红线呢！"

曲卓然的模样甚是真诚，连程显威这样心机深沉的人都被骗过了。他以为是付时奕赢得了曲卓然的芳心，向他竖起了大拇指："你小子，有两下，终于把这倔强的丫头给搞定了！"

"那是啊！"付时奕朝程显威谄媚地笑，"也多亏了程三哥给我这么一个貌若天仙的好老婆呢，现在啊，她对我是服服帖帖的。"说罢，他又对曲卓然呼喝："老婆，去，给我和程三哥倒杯水！"

"好！"曲卓然转过身，去取茶具。

付时奕对她这样颐指气使，要换作平时，她早就怒不可遏了，可是今日有要事在身，只能先暂且忍耐。越是看这两个人沆瀣一气，狼狈为奸，曲卓然越是打心里感到厌恶。

她倒了两杯水，一杯放在付时奕面前，一杯放在程显威面前，装作无所谓的样子问："表哥，你和时奕一会儿要玩什么啊？"

程显威说道："我们约了几个爷们，一会儿打牌，表妹要一起来吗？"

"不要了吧！"曲卓然连忙摆手道，"都是男人玩的东西，我哪能插得上手啊！"她又看了看二表哥程显赫的妻子江昕冉，打了个招呼道："二表嫂最近还好吧？"

江昕冉轻轻微笑道："一切都好，有些日子没有见到表妹了呢！"

这个江昕冉是程家二少爷程显赫的妻子，她性格随和善良，和程家人都不一样。虽然当初是因为联姻嫁给程显赫的，程显赫待她也并非温厚，她在程家过得不是很好，但她却没有沾染任何不良的东西。她是程家人中唯一能和曲卓然很谈得来的，因为她们的命运都一样，都是被迫嫁给了自己不喜欢的人。之前曲卓然订婚还没结婚的时候，经常会去程家见她，每次遇到她都与她聊上几句。和同病相怜的人聊上一聊，心情便会好受一些。

　　程显威见她与江昕冉打招呼，便说："正好二嫂也不会打牌，你们姑嫂也好长时间没见面了，要么你俩一起去叙叙旧吧！"

　　曲卓然兴高采烈："好啊，结婚以来我一直都没有见到二表嫂，我都怪想你的！"

　　江昕冉微笑道："表妹也好久不见了，果然是结了婚的女子比以前更成熟稳重了呢！"

　　曲卓然看了看程显威与付时奕，说："三位表哥，时奕，你们一会儿要打牌，我就不妨碍你们了。我和二表嫂到楼上聊一聊，好吗？"

　　一旁的程显赫亦点点头，对江昕冉而言："当然可以，你带表妹到楼上卧房里去说说话吧！"

　　江昕冉又走到曲卓然身边，向她伸出手："表妹，随我来吧！"

　　曲卓然挽过江昕冉的手，与她上了楼。她进了江昕冉的房间，与她话家常地随意聊了几句。她的目的是潜入程显威的房间，寻找胶片。顷刻，便找了个由头说要去洗手间，离开了江昕冉的房间。她出了江昕冉的房间，先去楼下瞧了瞧，见程显威与付时奕还有其他几个男子正玩牌玩到了兴头上，毫无防备，便放下了心。又重新回到了楼上，跑到了程显威的房门前。可是见得那门是锁着的，曲卓然灵机一动，便从窗子跳了进去。

　　那房间极大，摆设又琳琅满目，曲卓然一时不知从何处找起，也只好一件一件地找。寻寻觅觅了好久，终于在书桌下的抽屉中寻到了那些胶片。曲卓然心中一喜，急忙将全部胶片放在自己的包里。万幸，程显威没有将最后的证据销毁,救出顾安笙就还有希望。她拿到胶片后,将一切摆设归为原位,以防被察觉出。又擦去了脸上的汗水,装作从容的样子,回到了江昕冉的房间。

她刚打开了江昕冉的房门,江昕冉便急道:"表妹,你去了趟洗手间,怎么去那么长时间啊!"

"哦,没事。"曲卓然像是什么事也没发生一般地淡然而言,"最近吃坏了东西,有些闹肚子。"

江昕冉也并未起疑,只关切道:"那你以后要注意饮食啊!"

"嗯,知道了。二表嫂,刚才我们说到哪儿了,对了,我之前拍的那部电影啊……"曲卓然神不知鬼不觉顺利地拿回了胶片,无人察觉,紧绷着的一颗心也算是放下了。

"乔姑娘,我把所有的胶片都拿回来了,还好他没有销毁!"曲卓然将全部胶片递到了乔锦月的手上,"我不知道你要的是哪个,所以我全都拿来了!"

"太好了!"乔锦月喜道,"如果那个胶片还完好无损,就能够证实安笙无罪了,曲小姐,谢谢你了!"

曲卓然惭愧地摇头:"事情是因我而起,谢我做什么。没有让安笙因我获罪,就是万幸了。乔姑娘,东西交到你的手上我就放心了,我回去了!"

乔锦月点点头:"嗯,好!"

次日,乔锦月带着全部胶片与胡仲怀和林宏宇一道去了警局找徐星扬,她不知哪个胶片是那天的完整映像,便和徐星扬一一查找。在查找的过程中,她既期盼又煎熬,她一方面期盼可以快一些找到证据,救顾安笙出狱;另一方面却也在担忧,若是没有她要找的那个胶片,便是前功尽弃,一切的努力都白费了。

播放其中一个映像时,乔锦月看出了顾安笙那天的装束,说道:"局长大人,就是这个映像,我记得的,这个应该是完整的!"

徐星扬说道："嗯，别急，继续看着。"

乔锦月心里在不停地打鼓，生怕这个映像也是从中截取的，若失了关键部分，就又是白费工夫。看得前面的片段还是一样的，只是后面说的话，是之前那个胶片中没有的。

映像中的顾安笙诚挚道："各位，荷花堡屠城案是津城百姓的痛楚，您各位应该没有人不知道吧！虽然已经过了十六年，但是我们受过的屈辱不能忘。""无论如何，我们都要振奋起来，勿忘国耻，振兴中华！记得，我们是中国人，我们是永不服输的炎黄子孙！"

顾安笙一席话说得铿锵有力，斩钉截铁。台下的看客纷纷鼓掌，他们跟着顾安笙一齐叫喊："勿忘国耻，振兴中华！"

"原来是这样！"徐星扬关闭了放映机，对乔锦月说，"真相已经大白，有了这个证据，便足以证实顾安笙无罪了。我会公开将这个映像投在街边的放映机中，为顾安笙平反昭雪的。现在你们可以去接顾安笙出来了！"

"太好了！"乔锦月喜道，朝徐星扬鞠了一躬，"多谢局长大人！"又对林宏宇与胡仲怀说道："林大哥，仲怀，我们去接安笙出来吧！"

说罢便带着他们二人出了警局，走向牢房。徐星扬望着乔锦月雀跃的背影，不禁笑道："这个小姑娘，还真是真诚！"

"安笙！"狱卒打开了监狱的门，乔锦月便扑进去抱住了顾安笙。

几日不见，乔锦月不禁心里难过，忍不住啜泣道："安笙，你受苦了！"

顾安笙拍着乔锦月的背，安抚地笑道："月儿，我没事。局长大人很仁义，这几天一直很照顾我。他知道我有伤在身，特意找人打扫了这里，避免了牢狱的阴暗潮湿，也没有让我做苦力。你看，我这不是好好的吗？"

乔锦月松开顾安笙，对着他上下打量了一番，见他除了消瘦些外，并没有想象中的憔悴不堪。她不由得喜极而泣："没事就好，没事就好，你受了这不白之冤,终于能够沉冤昭雪了!"

林宏宇与胡仲怀也走了上前,他们纷纷关切道:"师兄/角儿,你还好吧!"

顾安笙微笑:"都好,不必担心。月儿,仲怀,宏宇,此地不宜久留,我们走吧!"

出了监狱的门,见得徐星扬站在监狱门口,对顾安笙微笑:"顾公子,多亏了你的这位义妹,四处奔波为你找到了证据。这回好了,你终于能平反昭雪了,你的义妹也如愿以偿把你救出来了!"顾安笙当即便会意,知道乔锦月不便承认他们二人的关系,便谎称是他的义妹。于是便点点头说:"是啊,我这位义妹对我一直重情重义。这些日子,也多亏了局长大人您的照料呢!"

徐星扬摆摆手:"举手之劳,何足挂齿。出了狱,你就回去好好休息一阵子吧!"

"嗯,那便告辞了!"

"哎,乔姑娘,你等一下!"正欲离开之际,徐星扬却突然叫住了乔锦月,乔锦月不禁蒙了一下,回过头愣愣道:"怎么了,局长大人?"徐星扬只说:"我还有些事情想要对你说,你能否稍耽片刻?"

"嗯,好!"徐星扬帮了这么大的忙,他的请求乔锦月自然是没有理由拒绝的,她没有犹豫便答应了下来,又对顾安笙道,"安笙,你随仲怀和林大哥回去吧,我随后再去看你。"顾安笙点点头,便随林宏宇与胡仲怀离开了。他们走后,乔锦月问:"局长大人,您有什么事要对我说啊?"

徐星扬叹了口气:"唉,刚刚你义兄在,他身子不好,我不想让他焦虑便没当着他的面说,所以只能先告诉你了。他虽然并无调侃灾难的罪责,得以无罪释放,但终究是言论之失,没有牢狱之灾,但惩罚是免不了的。"

"什么?"乔锦月万万想不到事情会如此周折,不禁皱眉,"局长大人,您不是说找到了证据他就可以无罪释放了吗?又怎么会……"

徐星扬深沉地摇摇头,无奈道:"乔姑娘,有些法律上的事你不懂。他虽然无罪,但有过失,他毕竟提到了荷花堡屠城案一事,那就是言论之失。我也知道他是在呼吁看客们勿忘国耻,再惩罚他并不合适。但律法如此我们谁也不能违背,我是局长,职责在身,必须遵照律法行事,不然不能安抚民心。所以,真的要委屈他了!"

乔锦月蹙了蹙眉心,紧张而言:"那要做什么样的惩罚啊?"

徐星扬说道:"不会有什么重责,就可能会禁止他一段时间的演出,或是罚一些银款。具体的容我再做考虑,明日我便会公开为他平反昭雪。惩罚的事,便要等到为他昭雪之后再下达。"

得知顾安笙的惩罚不重,乔锦月虽说松了一口气,却也止不住心中的淡淡忧愁,她低下头,喃喃道:"虽然这些惩罚不会让他受肌肤之苦,但难免会打击他的信心的。这样一来,他又会身陷流言蜚语,好多事情也不能做了。他那么热爱这个戏台,到头来,却因为一句话毁了他……"

"现今的律法就是如此,这些规矩我们也改变不了啊!"徐星扬无奈,"抱歉,乔姑娘,我只能帮你到这里了。如今的世道,不懂得审时度势是活不下去的,切记,今后一定要谨言慎行!"

"谨言慎行。"乔锦月重复一遍徐星扬的话,望向天空,喃喃道,"既然改变不了这个世道,便只能改变自己了。"

她又看向徐星扬,言语间尽是真诚:"不管怎么说,局长大人,我义兄还是多亏了您的照顾,终归是要谢谢您的!"

徐星扬看着乔锦月如沐春风的秀颜,不禁扬起嘴角:"我这么做都是为了你啊!"

- 肆 -

乔锦月忙完了这几天的演出,终于抽出了时间去文周社看望顾安笙。进了文周社的正厅,只见胡仲怀与柳疏玉坐在正厅里。乔锦月与二人打了个招呼,并问:"玉姨,仲怀,这几日湘梦园忙得很,我都没能抽出时间来看安笙。安笙,他……他出了狱之后都还好吧?"

乔锦月边说着边惶恐不安地搓着手指,虽说顾安笙无罪释放,但那些惩罚会对他也会对文周社产生不利的影响,乔锦月只怕他会因此受到打击而郁郁寡欢。

"唉!"柳疏玉叹了口气,眉间闪过一丝忧虑,"安笙这孩子实在是命途多舛,出了这个事,他便成了众矢之的。这件事远比海辰和豫凡那件事影响大。有了这个污点,只怕他以后再也不能录唱片,代言茶叶了,不过这些都无所谓了,他平安就好。"

乔锦月握紧了衣袖,紧张而言:"安笙他现在不好吗?"

胡仲怀摇了摇头,声音低沉:"倒不是不好,只不过警局对文周社下达了这个惩罚之后,师兄便有了心结,他总觉得他对不住文周社和师兄弟们。文周社百年基业,其实这点惩罚对我们来说都不算什么,但师兄始终觉得他有愧于我们。这几天,师兄不能说相声了,他的话也少了,没事总把自己关在屋子里,也不知道在做什么。可怜我师兄这样一个身子还没康复的人,还要受到精神上的打击。"

"锦月"柳疏玉又道,"你去看看他吧,他这些天都不怎么和我们说话,真怕他郁结于心。或许你过去,他还能打开心扉和你说说。"

"好！"乔锦月离开了正厅，去了顾安笙的房间。走到房门前，乔锦月轻轻扣了两下房门："安笙，你在里面吗？我是月儿！"

"月儿，门没锁，你进来吧！"只听得屋内传来顾安笙淡然的声音，这声音听不出悲喜。

乔锦月推开门，走了进去，只见顾安笙手持羊毫笔，一笔一画地写着楷书。他见乔锦月进了屋子，便回头向她招手："月儿，你来看看，我写得怎么样？"

乔锦月走近，见得那宣纸上满满的都是顾安笙写的楷书，一张又一张，看似平凡，却好似带着些许的忧伤，似乎是在陈述着自己的无能为力。她只点头赞许："安笙你的字自然是极好的！"说罢她又双手搭在顾安笙的肩上，下巴亦抵在顾安笙的肩头，软软道："安笙，湘梦园这些日子忙得很，所以这几天我一直没来找你，你不会怪我吧！"

"怎么会呢，我知道月儿一直都在的！"顾安笙站起来，转过身，握住乔锦月的双肩。他深吸了一口气，深沉而言："也不过是短短不到一年的时间，在我身上发生的事实在是太多太多了，不过好在，还有月儿你陪着我。"

乔锦月的手摸着顾安笙那略带憔悴的脸颊，喃喃道："安笙，你……"她本想说些什么，却欲言又止。她本想说些安慰顾安笙的话，但又怕说出来会让顾安笙的内心更增添挫败感。

"月儿！"顾安笙握住乔锦月的那只手，眉眼间含着淡淡的忧郁，"我知道你想说什么，你不用劝我，该明白的我都明白。只是出了这么大的事，文周社和师兄弟都要受到我的牵连。现在我不能说相声，唱片也不能出了，茶叶也不能代言了。所有的一切，都毁在了这件事上。我实在有愧于师父的教导，有愧于这个戏台，我不配再做文周社的大师兄了！"

"安笙，不许这样说。"乔锦月挡住顾安笙的嘴，否认，"安笙，其实你本没有错。是他们用心太恶毒了，故意鸡蛋里挑骨头，从你的言论中下手。"

"本是无意,到头来却硬要被曲解,借此来打压你,打压文周社,这就是他们的目的。之前高海辰公子的事,不也是他们断章取义,想借机抹黑文周社吗?要怪就怪你太红了,抢占了别人的机会,惹得他人眼红。君子无罪,怀璧其罪啊!与其这样,我们就不要再做这么多工作了。你的身子还未完全康复,做那么多也会累的,正好还可以趁这个机会休息一阵子。我知道你最爱的是这个戏台,其余的都不重要了。你先好好休息,一个月后,你还是能继续说相声的,你还是看客们最看重的顾二爷,这一点不会变!"

"月儿!"顾安笙将乔锦月拥在了怀里,"你说得对,只要我还能说相声,其余的都不重要了。你放心,我连生死劫都经历过,就没有什么可怕的了。我不会一蹶不振,我会等待着继续站在台上说相声的,我比你想象中的还要坚强!"

乔锦月环住了顾安笙的腰:"这样想就对了,一切都不是问题。你在屋里待了好几天了吧,我陪你出去走一走吧!"

顾安笙点点头:"好!"

二人一同走在了文周社附近的羊肠小道上,微风轻拂,暖阳相照,顾安笙郁结的心,也舒畅了许多。

他们二人找了公园里的一处凉亭,坐在上面的石凳上。凉亭后就是报刊亭,这个时候正是人来人往的高峰,有许多人去报刊亭买报纸。有两个女子买了一份报纸,走到他们二人对面的凉亭中坐下。

其中一个边看报纸边说:"姐姐,你说这顾安笙是怎么回事,不是说他的相声段子涉及敏感话语被捕入狱了吗,怎么又无罪释放了!"

另一个说:"不知道,可能是托人找的关系吧。那些话说过就是说过,都是明摆着的,这有什么理由可证明他无罪。那些文周社捧出来的戏子真是没有良心,荷花堡屠城案是多少人的伤痛,可是他能拿来任意调侃的?"

那个女子亦附和:"是啊,的确是戏子无义。真不知道这戏子怎么莫名其妙就红了,好像是从天桥上摔下来,没摔死,就红了。"

"果然啊,爬得越高,跌得就越惨。今后啊,估计没有人会去听他的相声了。"那个女子顿了顿,又继续,"我之前就挺讨厌他的,我看了他第一眼就觉得他不是什么好货色,果然,这么快就惹事了。这回也好了,以后他出不来了,也用不着看到那戏子在眼前晃悠了!"

另一个说:"是啊,这种货色还出来混,真不怕丢人现眼。我之前还去看过他的相声,他在台上扭扭捏捏的,看得我浑身不舒服,一个大男人,还在耳朵边簪两朵小花,真是不伦不类。"

"岂有此理!"乔锦月不禁愤怒地站了起来,愤声而言,"不分青红皂白就乱说一气,这些目光短浅的人,真是太过分了!"

顾安笙摇了摇头,拉过乔锦月道:"月儿,别听她们的,我们走吧!"见得顾安笙的眼里满含着悲戚与失落,乔锦月的心里也不是滋味,只好点头,随着顾安笙离开了凉亭。

二人不知不觉中,走到了一处小溪旁。溪水潺潺,给这秋色连波的季节里添了一丝幽静。几步路的距离,顾安笙一句话也没有说。萧瑟的秋风拂过小溪,溪水泛起层层涟漪,就好比顾安笙此刻心中的波澜。

顾安笙沉默不语,乔锦月便想主动开口,她扯了扯顾安笙的衣袖,轻声而言:"安笙……"

"月儿!"哪知顾安笙一个转身,一把抱住了乔锦月。这一次不是他将她拥在怀里,而是他整个人都靠在了她那瘦小的身躯上。乔锦月被顾安笙突如其来的拥抱弄得手足无措,不禁怔怔地愣在了那里。

"月儿,别动,让我靠一会儿。"顾安笙的声音低沉而无力,"月儿,我再坚强,我也是人啊,有的时候,我也会累的!"

乔锦月的心不禁酸了一下,轻轻拍着他的背,安抚而言:"累的话,就歇一会儿吧,我在呢!"

"我知道!"顾安笙松开了乔锦月,将双手按在了她的肩上,凝望着她的双眼,缓缓说,"我都明白,只要有你在,有师父在,我就什么都不怕。"

乔锦月坚定而言："我一直都在，你的师父也不会离开，今后有什么事，你都不是自己一个人。"

顾安笙转过身，望着泛起微波的湖水，不觉有几分凄然："其实我只想安心做我自己该做的事，奈何天不遂人愿，我终究是不会得到世人的认可了。"

乔锦月握住了顾安笙的手："安笙，你还记得去年上元节，你在北仓老家时，写在纸上的楷书吗？"

顾安笙疑惑："什么？"

乔锦月说："你说过你最喜欢于谦的《石灰吟》。你说'粉身碎骨浑不怕，要留清白在人间'。那个时候我对这句话似懂非懂，但我现在明白了。你若崇尚石灰的品质，何不做石灰那样的人呢！只要你对那些流言蜚语置若罔闻，安心做自己该做的事，你的清白自然就会留在人间啊！"

"粉骨碎身浑不怕，要留清白在人间！"顾安笙若有所思地看着乔锦月，"月儿，我真的可以像石灰那样吗？"

"当然啊！"乔锦月毅然道，"只要你坚守本性，洁身自好，那些流言蜚语又有什么可畏的呢！你真正的品性，懂你的人自然会明白。不懂的人只会断章取义，他们只相信他们看到的，是不会去了解事情的本质的。你还记得去年我与曲卓然上头条新闻的事吗，我当时的处境又何尝不是如此呢？看到那个新闻的人，只会以为是乔锦月对曲卓然无礼，他们不会去想曲卓然对乔锦月做过什么。当时我身陷舆论，背后议论我的人也不少。可是事后，便没有人记得这件事了，我该演出，还一样演出。你现在也是一样啊，总有一天，这些事会在百姓眼中淡化的，到时候，你还是那个台上谈笑自若的顾公子！"

顾安笙点点头，终于眼中凝聚起了光彩，仿佛幡然醒悟，他拉住乔锦月的手，声音虔诚："月儿，你说得对啊，是你点醒了我。"

"只要我问心无愧，那些流言蜚语又算得了什么呢！我只要安心做好我自己该做的事，其他的都是过眼云烟。若要留得清白在，就要先学会荣辱不惊。我连生死都经历过了,这些人云亦云的流言蜚语算不得什么!"

乔锦月欣慰而笑:"安笙,你终于想通了。你是蜡梅,是劲竹,现在看来你亦是洁身自好的石灰!"

顾安笙似是在思虑些什么,顷刻间,又看着乔锦月,深沉而言:"月儿,虽然我可以对这些流言蜚语置若罔闻。但是,相声表演中的有些内容,是时候该做修改了,以免再落人话柄,贻人口实。"

乔锦月点点头,亦叹息:"是呀,要想在这世道生存,就必须学会察言观色,审时度势。你本是没有错的,但为了不落人话柄,必须谨言慎行,有些东西该舍弃的,就要舍弃了!"

顾安笙点点头:"这些没有演出的日子里,我该想想怎么修改那些相声段子的内容了。若是还有时间,我想回北仓看看爹娘和宁儿,你若是有时间,陪我一起去吧!"

"好啊!"乔锦月答得没有一丝犹豫,"你随便说个时间,我随时都能够陪你一起。"

"那便说好了!"顾安笙又言,"月儿,我们回去吧!"

"好!"

顾安笙不去想那些事情,这些日子里和乔锦月在一起倒也算安逸。恰巧在这几天,林宏宇的妻子茹蕙生了一个儿子。顾安笙大喜过望,刚回到津城,就带着乔锦月去医院探望。

"好可爱的小公子呢!"乔锦月抱着林宏宇的儿子,瞬间爱不释手,将他紧紧地抱在怀里,"这孩子生得真漂亮!"

"是啊,这孩子眉眼像茹蕙嫂子,脸型倒是跟宏宇一模一样!"顾安笙亦赞叹,"宏宇跟茹蕙嫂子真是有福气!"

顾安笙和林宏宇是搭档,林宏宇年龄比顾安笙大三岁,但是比顾安笙入门晚,所以也算是他的师弟。可顾安笙一直都把林宏宇当成哥哥看待，所以自然也当茹蕙是嫂子。乔锦月望向坐在病床上的茹蕙，关切地问："茹蕙嫂子也辛苦了，你现在身子感觉怎么样啊？"

茹蕙露出一抹慈爱的笑："都好都好，生他的时候差点要了我半条命，还好我的儿子顺利出生了！"

"就是啊！"林宏宇亦道，"生他的时候茹蕙疼得死去活来，我在外面都要紧张死了，还好最终母子平安！"

顾安笙望着他们两人，感叹而言："果然是做了父母的人，就是和从前不一样了！"林宏宇笑言："角儿，咱俩年纪差不多，我现在孩子都出生了，你什么时候和乔姑娘成亲啊？"顾安笙含情脉脉地凝望着乔锦月，说："我也打算筹备呢，过了这一阵子，我就去湘梦园提亲！"乔锦月没有说话，低下头，脸上洋溢着甜蜜的微笑。

"角儿，我还打算让我儿子长大后拜你为师呢！"

林宏宇又说："我们还没给他取名字，我和茹蕙都不懂这些。就由你这个师父给他取个名字吧！"

顾安笙没有推却，看着熟睡的婴儿红润的脸颊，思忖道："既然你说生他的时候十分不容易，那就给他取名叫易之吧！但愿他未来的生命中，少些艰难，平安顺遂地长大，不要像他出生的时候这么艰难。"

"易之，好，就叫易之！"林宏宇点点头，满意道，"林易之，是个好名字。但愿他真的可以像你说的那样，平安顺遂地长大。到时候我再让他拜你为师，告诉他他的名字是师父亲赐的。"

顾安笙微笑："我会看着他长大，等到那时候，我也会将我毕生所学一一地传授给他！"乔锦月亦欣慰："真好，安笙，没想到你这么快就有了徒弟了！"顾安笙凝望着乔锦月，笑言："是啊，到那时候你以后就是他的师母了呢！"乔锦月噘起嘴，俏皮而言："我还觉得自己是个孩子呢，没想到这么快就成了长辈了！"顾安笙刮了一下乔锦月的鼻尖，眼中满是宠溺："在我眼里，你多大都是个小丫头！"

"哈哈哈哈！"林宏宇和茹蕙听了这话，不禁都笑了起来。

这样安逸的生活过了一个月，这一个月，顾安笙做到了乔锦月所说的，什么也没有问，什么也没有听，只管安心做自己的事，等待着流言蜚语散去。一个月不长，很快就过去了，到了他可以再次登台的时候，他虽然期待，却也免不了惶恐不安。风波后的第一次登台，他怕有些看客不会接受这样的他。

"月儿，你说，经历了这场风波后，我真的还可以像以前一样站在台上吗？"

"当然了！"乔锦月鼓励而言，"你的看客们都在呢，他们是会一直支持你的。你别管其他的，只管好好在台上讲相声就行，我在后台看着你！"

"好！"顾安笙拍了拍乔锦月的手，微笑，"有你在，我心里就踏实！"

不多时，报幕人报上了顾安笙和林宏宇的名字，他们二人还如往常一样走上了戏台。顾安笙的紧张和惶惶在心里依然没有散去，但在台上依然面目含笑，把情绪压在心里，镇定自若地走上台前。经历了这么大的一件事后，他似乎也成长了。相声的台风也不比从前，似乎多了些成熟稳重，少了些桀骜不驯。

这一场相声结束，下一场依然是他的《歪唱太平歌词》，这是他的拿手活儿，每次相声大会，他都会说这个段子的。可是这一次，他没有像往常那样拿师父砸挂，他开言先道："提起太平歌词，很多人会唱，例如荷花女、吉评三等人，现在还有我的师父胡远道。他们都是我最尊敬的人，特别是我的师父，我学的太平歌词，都是我师父教给我的。现在会唱太平歌词的人很多，大街小巷，都有人能唱出几段。我先给大家唱一段吧！"

顾安笙说到此处时，台下沉默了，没有欢笑，没有议论，只有鼓掌。

看客们都知道，他之前说这个段子时，都会拿师父胡远道砸挂的，师徒关系好，徒弟拿师父砸挂，这些是在文周社里最正常不过的事了。可就算真的是台上无大小，为了表演的气氛，顾安笙也不会再拿师父砸挂了。同样，他也一改以往桀骜不驯的表演风格，没有再说只有自己会唱太平歌词,虽然只是在表演并不是真的,但他在台上也不会再说那些话了。他终究不再年少轻狂了,再也没有放肆开怀,少年意气,再也不会逆看人潮了。现在的他,已经舍弃了少年意气,在这戏台上变得稳重成熟。

乔锦月在后台听到这里,不禁心酸了一下。她想起与他初见时,在后台悄悄看他的表演时,也是现在这个样子。那时的他意气风发,少年才俊,不食人间烟火的模样在台上熠熠生辉。如今,却变得这样小心翼翼,谨言慎行,他还是当初的样子,只是没了眼睛里的星光。乔锦月又何尝不明白,自己当初就是因为他的砸挂而误会他,从而对他有了偏见。这些不合时宜的砸挂,也是时候该剔除了,以免会落人话柄。看到顾安笙改善了这些相声的内容,确实是也如她所愿,但是她心里还是忍不住地难过。其实,若想在这浊世中安然无恙地生存,有些东西,不得不去舍弃。

顾安笙说完了这场相声,回到了后台,脸上依然平和得如三月春风,他对乔锦月温和而言:"月儿,今天我还是很高兴的。虽然经历了这么大的事,但是他们还在,他们依然相信我。兜兜转转了这么久,到头来,我还能站在台上做我最喜欢的事,我就了无遗憾了!"

乔锦月百感交集地看着顾安笙,慨然道:"能看到你再次信心满满地站在台上,我也替你高兴,你终于又做回了从前的你。只是,有些东西,你终究还是改了……"

说到这里,乔锦月的心又酸楚了一下,不禁低下了头。

顾安笙拍拍乔锦月的肩,意味深长:"月儿,其实我们都应该明白,在这浊世生存,必须学会谨言慎行。我们已经不再年少了,已经过了任性妄为的年龄了。若要成长,有些东西必须舍弃了。"

乔锦月点点头,凝望着顾安笙:"都无所谓了,只要你安好,那些都不重要了。"

"月儿,我们出去吧!"

"好!"

顾安笙带着乔锦月刚打算走出后台时,乔锦月无意间瞥见了桌子上的报纸。"安笙,等一下!"乔锦月拿起报纸,惊奇地念道,"著名影星曲卓然从此息影,甘为家庭主妇!"乔锦月吃惊地看完了这一篇报道,不禁阵阵难过涌上心头,凄然道:"她那么骄傲的一个人,难道就真的沦落到这般境地了吗?"顾安笙不知,疑惑道:"这也许是她不想再拍戏了,甘愿相夫教子,月儿你为何要这么悲戚啊!"

"唉!"乔锦月叹了口气道,"其实有些事,并不是你想的那么美好,她所嫁并非良人。我也应该告诉你,你被捕入狱,无罪释放,这两件事都和她有着必然的联系。"

顾安笙惊异:"什么?"

乔锦月说:"她原本不让我对你说的,但是时候也应该告诉你了。" 乔锦月把曲卓然当初答应结婚的实情,录映像,偷胶片的事悉数地说给了顾安笙。

顾安笙听后,唏嘘不已:"真没想到她是为了我才和付家长子结婚的。她也是个性情中人,虽说这个风波是因她而起,但她也是个被利用的可怜人啊!"

"唉,对呀!"乔锦月亦叹息,"虽说这件事是因为她录的映像而引发的,但她也是受害者,我没有理由去责怪她。最终还是她找到了原胶片,你才得以获救的。付时奕待她不好,她现在也不能拍戏了,只怕她以后会受苦了。"

"唉!"顾安笙叹了口气,深沉而言,"她之前做了再多的错事,终究还是为了我,现在又为了我嫁给她不爱的人,这份情我如何还得起啊!我们什么都做不了,只能愿她少受些苦吧!"

乔锦月点点头道:"但愿吧!"

顾安笙被世事磨平了棱角,曲卓然何尝不是从一个盛气凌人的少女,变得逆来顺受?

乔锦月不禁感叹,一切的一切,终究是因世事而改变了。

第六部分

风浪涌

第十九章

谁知又有风浪生

- 壹 -

"星扬,你想好了,当真要去湘梦园,跟那个姓乔的姑娘提亲?"

"是的,陈叔!"徐星扬毅然而言,"她是我喜欢的人,无论如何这门亲都要提,好不容易遇到一个喜欢的人,我不能错过她!"

"可是,星扬……"陈叔踌躇了半秒,似有些不甘,"少爷,你要是真的喜欢她,老奴我也愿意为你上门提亲。可是你们的身份可是天壤之别啊,这样一来,会不会太委屈了你。若老爷和夫人在世,他们未必会同意这门亲事啊!"

"我是一定要娶她的!"徐星扬的眼神毅然而坚决,"我看中的是锦月这个人,我既然喜欢的是她的人,为何要在意她的身份?乔锦月为人率真可爱,聪慧机敏,我喜欢的就是这样的她。我只想和我喜欢的人在一起,无关其他,爹娘若在,也一定会同意的。"

陈叔犹豫了一下,说:"唉,老爷与夫人走得早,他们让老奴好好照顾你长大成人的。现在你长大了,也有自己的主见了,你若认定娶了她你会幸福,那老奴就听你的,为你上门提亲吧!"

徐星扬感激:"陈叔,谢谢你。星扬自幼没了双亲,万事都靠陈叔。陈叔若愿意帮星扬上门提亲,星扬感激不尽!"

陈叔无可奈何地笑了笑:"老奴一切都是以你为重的,只要你过得好,让老奴做什么都行。我也不管别人怎么看了,你若喜欢她,我就为你筹备着提亲的聘礼。"

过了几天,徐星扬和陈叔带着厚厚的聘礼去了湘梦园。当天只有乔咏晖在湘梦园,乔锦月与其他的师姐们都去唱戏了。乔咏晖见了那么多丰厚的聘礼,不禁吃了一惊:"你们这是?"

徐星扬朝乔咏晖鞠了一躬,笑言:"乔伯父,您还记得我吧,我叫徐星扬!"乔咏晖盯着徐星扬的面孔看了半秒,想了想,忽地道:"噢,我记得你,你是月儿的那个朋友对吧!"徐星扬点头,微笑道:"正是在下,今日在下来此,是想向令爱提亲的。来得唐突,若有失礼之处,还望伯父海涵!"乔咏晖愣了愣,随即便反应了过来,忙招呼着:"原来你和月儿是这样的关系啊,我就说嘛,来,进屋说话!"徐星扬见事情有了进展,心中浮起了喜悦,与陈叔相视一笑。转过身,脸上却依然保持着波澜不惊,只道:"好的,多谢伯父!"

乔咏晖将徐星扬与陈叔接待到了湘梦园正厅,为他们二人各奉上一杯清茶。后说:"实不相瞒,我们湘梦园是靠卖艺为生的。我们的身份,与您警局办公的身份相去甚远。局长您当真不嫌弃我们的身份卑贱,愿与小女结亲?"

徐星扬谦和而言:"伯父这话说得就不对了,同样为津城市民,哪里有什么尊贵卑贱之分?在下看中的是令爱的品格,所以特来提亲。而且在下向您保证,若有幸娶令爱过门,定会对令爱呵护有加,不会让她受一丝一毫的伤害!"

陈叔亦道:"乔老板,不瞒您说,星扬是我看着长大的孩子,就好似我的亲生儿子一样。他为人勤恳踏实,是绝对可依可靠的。这孩子父母走得早，我便替代他的父母来上门提亲，还望乔老板能够答应这门婚事！"

乔咏晖仔细地打量一番面前这个年轻人，见他确实是个踏实稳重的少年，言语也诚恳。又回想起乔锦月与他那日同行在街上的场景，他想乔锦月那般雀跃的神情，想必也是喜欢徐星扬这个人的。

乔咏晖也知自己的身子越来越差，怕是不能长伴女儿了，不如将女儿托付给这样一个可靠的人，自己也得以安心。便点点头，答应了下来："那日月儿与你同行时，瞧她那欢欣雀跃的模样，想必也是欣赏你的。若我的女儿得了一个可靠的归宿，何尝不是我这个做父亲的大半辈子的心愿。你若诚心诚意提亲，我又何乐而不为呢？这门亲事，我答应了！"

"真的吗？"徐星扬激动地站了起来，两眼放着光芒，"伯父，没想到你这么畅快就答应了，谢谢你的成全，我以后必定会好好待锦月的！"

"哈哈哈！"乔咏晖笑言，"我看着你也是个可靠的主儿，女儿交给你我也放心。不过我这个女儿啊，顽劣任性，你可要多多担待呀！"徐星扬欣喜："那是自然，若我娶了锦月过门，他日也会好好孝敬乔伯父的！"

陈叔亦喜："乔老板，真的谢谢你愿意相信我们星扬！"

"谢什么！"乔咏晖开怀，"以后咱们就是亲家了，一家人，说什么谢啊！"

"欸，乔老板！"陈叔四周环顾了一下，问，"怎么不见乔姑娘，她人呢？"

乔咏晖说："月儿去唱戏了，一时半会儿回不来，等她回来了，我会让她上门去拜访您的！"

陈叔笑："哈哈哈，不急不急，年轻人什么时候来都好！"

徐星扬又朝着乔咏晖鞠了一躬："伯父，您既然答应了下来，我们就回去策划成亲的事宜了。婚期定了下来，我们第一时间奉告您！"

"好好好！"乔咏晖欢喜，"这几天，我也好好给月儿准备些嫁妆，让她风风光光地出嫁！"

徐星扬笑："那是极好的，伯父，在下警局还有事，就先告辞了，改日再见！"

"好，慢走，改日再见！"

乔锦月唱完戏，一如既往地从剧场回到湘梦园，丝毫不知道徐星扬前来提亲之事。进了湘梦园正厅，看到地下堆放着的聘礼，不禁吃了一惊："爹，这些东西是……？"

"哈哈哈哈！"乔咏晖笑，"小丫头，你们的事你还想瞒你爹多久啊，人家都上门提亲了！""啊，这么快！"乔锦月以为是顾安笙，又羞涩又欣喜地低下了头，小声说，"说都不说一声，搞什么突然袭击，我这一点准备都没有呢！"

乔咏晖开怀："哈哈哈，你这丫头！人家来的时候，我就知道你一定是喜欢人家公子的。我看着他也是个靠谱的，所以我就答应了。你就安心在家等着吧，等爹给你准备好了嫁妆，送你风风光光地出嫁！"

"爹！"乔锦月拉过乔咏晖的袖子，伏在他的肩上撒娇，"女儿舍不得离开您，女儿若是嫁人了，就没有爹爹疼了！"

"傻孩子！"乔咏晖摸着她的发鬓笑，"嫁人了也可以经常回家看爹的啊，而且人家比爹还疼你呢，人家是警察局局长，你做了局长夫人，还怕委屈了你不成？"

"什么？"乔锦月心中一凛，忙松开乔咏晖的胳膊，骤然变了脸色，"爹，您说什么？提亲的是警察局局长？"

"是呀！"乔咏晖被乔锦月的反应弄得有些发怔，"刚刚来提亲的就是那天与你同行的警察局局长徐星扬啊，难道你不知道吗？"

"天哪，怎么可能？"乔锦月的头脑顿时一片混乱，"怎么会是他，怎么可能，他怎么能上门提亲呢！"

乔锦月转过身，对着乔咏晖严肃而言："爹，这件事搞错了。我喜欢的人不是徐星扬，要嫁的人也不是他，这门亲事您不能同意的！"

乔咏晖面色微愠，不悦道："月儿，你在乱七八糟地说些什么，你和他难道不是情投意合吗？答应下的亲事说什么退不退的！"

"不是，爹！"乔锦月一时间头脑乱如麻，皱着眉，"爹，这件事我不知道怎么跟您解释，我和他只是普通的朋友，我是不可能嫁给他的。这门亲事太荒唐，您都没跟我说，怎么能答应呢！趁现在为时不晚，我们赶快去找他送回聘礼，退了这门亲吧！求您了，爹！"

"荒唐！"乔咏晖真的怒了，厉声而言，"你到底在胡乱地说些什么，你若不是和他情投意合，为什么会大晚上的和他走在一起。人家警察局的局长你都看不上，你还想干什么？这门亲事我答应了就是答应了，哪有退了的道理？你要退亲，让人家局长的面子往哪儿搁，你爹我的面子往哪儿搁？"

"爹！"乔锦月急红了眼眶，跪下请求，"请恕女儿无礼，这门亲事是一定不能结的，请您帮女儿退了这门亲，好不好？"

乔锦月顿了顿，又缓缓说："爹，事到如今，女儿就把所有的事情跟您说了吧。其实女儿已有心仪之人，那个人不是徐星扬，是文周社的公子顾安笙，女儿已经和他私订终身了。所以，女儿是绝对不可能嫁给徐星扬的，所以请您退了这门亲事，让女儿和顾安笙有情人终成眷属，好不好？"

"顾安笙？"乔咏晖仔细琢磨，"就是那个文周社的从天桥上坠落的公子，不行，他身子不好，不可能把你照顾好的。你跟了他，我是绝对不可能放心的。你就别想着他了，乖乖在家等着嫁给徐局长吧！"

"爹！"乔锦月的心如被猛雷击中了一般，涕泪俱下："爹，女儿和顾安笙早就已经情投意合了，我们两个之间的情意早已如磐石一般不可转移。我们之间也经历了许多，无论如何我们两个都不能分开。女儿不管他身子好不好，但他是女儿唯一认定的人，只有跟了他女儿才会幸福。除了他，女儿谁都不嫁！"

"住嘴！"乔咏晖厉声呵斥，"你还真的是长大了，翅膀硬了，连你爹的话都不听了是吗？那个顾安笙你是绝对不可能嫁的，他身子不好，而今又身陷风波，你要是嫁给他不知道要跟他在一起吃多少苦，受多少罪呢，你爹我怎么能放心把你许配给那样的人？不可能，想都别想。婚姻大事向来都是父母之命，媒妁之言的，岂能容你自己做主，徐局长你是想嫁也得嫁，不想嫁也得嫁！"

乔锦月痛心疾首地流着泪："爹，您怎么能这么顽固？女儿嫁了自己不喜欢的人是不会幸福的，女儿想嫁的人只有顾安笙。您若是真想让女儿幸福，就听女儿的，退了这门亲，让女儿和顾安笙在一起吧！他虽然身子不好，但是他待女儿的心是没有人可以比拟的，只有跟了他，女儿才会幸福！"

"不可能！"乔咏晖坚决而言，"你就别想着文周社那个小子了！你真是鬼迷心窍，他待你好，没有人可以比拟，那徐局长不顾忌你们之间的身份悬殊，拿这么多的聘礼上门来提亲又算什么？聘礼已经下了，亲事我也答应了，你就少想着那个小子了。这几天，我会给你准备好嫁妆的，你就乖乖在湘梦园等着嫁给徐局长吧！"

"爹！"乔锦月又急又怒，朝着乔咏晖嘶吼，"在您眼里，女儿的幸福到底算什么？您是为了您自己的面子才把女儿许配给警察局局长的吧！亏得娘在临终前，让您好好照顾我，您就这么不明不白地把我许配给了徐星扬，您对得起您对娘的承诺吗？"

"放肆！"乔咏晖气得颤抖着手臂，一巴掌打在乔锦月的脸上，怒不可遏，"你真是我乔咏晖的好女儿，你敢搬出你娘来制衡你爹了是吧！我告诉你，你娘在的话也不会同意你嫁给顾安笙的。你别跟我废话了，无论如何这门亲事也不能退，你给我回房老实地待着！"

说罢便转过身，不再看乔锦月。

"爹，你竟然打我！"那巴掌下手不重，却重重地打到了乔锦月的心里。乔锦月不可置信地看着乔咏晖，惊惧："您从小到大从来没有打过我，我小时候不好好练功您也没有打过我，今天您竟然为了这事打我，好，我懂了！"

乔锦月悲戚地转过身："你不去，我自己找他退亲！"说罢便啜泣着跑出了正厅。

"孩子，你莫要怪爹！"乔咏晖转过身，不禁老泪纵横，他痛心而言，"月儿，并非爹不疼你。是以后的路爹不能陪着你走了，爹不能看着你下半生受苦受累，必须要给你找一个可以托付终身的好归宿，爹才能安心啊！"

"咳咳咳！"说罢他便一阵剧烈的咳嗽，拿出手帕擦了擦嘴，那手帕上已经沾满了鲜血。

乔锦月一夜未眠，明明一切都已经变得越来越好了，谁承想又多了这么一出，谁又能想到两个有情人之间，偏偏半路杀出个徐星扬呢。她与顾安笙早已情深入骨，是不可能这么容易就被拆散的，哪怕是父亲不允，她也一定要和顾安笙在一起。

第二天清晨，她便去警局，亲自去找徐星扬退了这门亲事。敲开了警局的门，开门还是第一天见到她的那个警官，乔锦月对他说："警官，我想找一下你们的局长。"谁料想那警官竟对乔锦月恭敬而言："夫人，我们局长在三楼的书房呢，下官这就送您上去！"这一声"夫人"叫得乔锦月更为恼火，她皱起了眉道："我不是你们的夫人！"

"是是是，为时过早了！"那警官也并未在意，对乔锦月道，"那在您二人成婚之前，下官还是称呼您为乔姑娘吧，下官带您去见局长！"

那警官为乔锦月引路到了徐星扬所在的书房，开了门，对徐星扬说："局长，您的未婚妻来看望您了！"

徐星扬放下手中的书卷，含笑地望着乔锦月，温声道："锦月，这么快就来找我了啊！"徐星扬又扭过头对那警官说："有劳你了，你先下去吧！"

"是！"警官走后，徐星扬向乔锦月招手："来，锦月，快来坐。你是来找我商量咱们婚礼上的事的吧，来，坐下来慢慢说。"

哪料想乔锦月的脸上并没有想象中的喜色，更多的是美目中的幽怨。

她走到徐星扬的身边，深沉而言："星扬，我只当你是朋友。你为什么问都没有问我，就私自到湘梦园下聘礼提亲，你有有尊重过我的意愿吗？"本以为乔锦月会开怀，不承想竟会惹得她愠怒，徐星扬不禁愣了神："什么？锦月，我没提前和你说，是想给你一个惊喜，难道你不开心吗？"

乔锦月无奈地摇了摇头："星扬，你为人宽厚仁慈，我当你是一位至交好友。但也仅仅只是朋友而已，没有什么其他的感情。你这么做，真的让我很为难。我爹不知，所以答应了。但我并不想结这门亲，你能不能把这些聘礼收回，退了这门亲事？"万万想不到事情竟会变得如此，徐星扬心中一震，极力压制住心中的杂乱。他目光灼灼地看着乔锦月说："不，锦月，这怎么可能。你不是说你很欣赏我，很愿意做我的朋友吗？你难道不是喜欢我的吗？"

乔锦月摇头，深吸了一口气："星扬，你误会我的意思了。我是很欣赏你刚正不阿的人格，但这并不是喜欢，我只当你是朋友，我们之间是没有可能的！"

"不，不是这样的！"徐星扬大失所望，占有欲压制了他的整个内心。他急切："锦月，但我是真心喜欢你的，我喜欢的人我必须争取到。你现在不喜欢我，没关系，我们结婚后，慢慢培养感情。我一定会好好疼爱你的，到时候你也一定能喜欢上我。这门亲是一定要结的，我们的婚礼一定要风光！"

乔锦月心中悲戚，不禁落下了泪，凄凄然："星扬，谢谢你的抬爱，只是你的这份情，锦月实在承受不起。实话告诉你吧，其实我早已经有喜欢的人了。顾安笙他不是我的义兄，请原谅我隐瞒了我们之间的真实关系，其实他才是我喜欢的人，我们早就已经情投意合了。我喜欢的人是他，所以不能和你结亲！"

"锦月，你是在和我开玩笑吧！"徐星扬的心凉了半截，自欺欺人地看着乔锦月。他说："他是你的义兄，你怎么能喜欢他？而且他自己都自顾不暇，哪里能让你过上好日子？我就不一样了，我是警察局局长，我有显赫的身份和地位，你嫁了我，我保证能够让你衣食无忧，我会比他更疼爱你的！"

"可是这都不是我想要的！"乔锦月边哭泣边说，"我只想嫁给我喜欢的人，这种感觉只有他能给我。星扬，我知道你是好人，求求你，成全我和安笙吧！"

徐星扬似乎失去了理智，上前一步抱紧了乔锦月，好似抱着一块珍宝生怕她从眼前消失一般。他颤声道："锦月，我自幼没有了双亲，好不容易遇到一个喜欢的姑娘，我绝对不能错过你。而且千田川已经认定你是我的女朋友了，他要是传出去，所有的人都会知道了。如果你不跟我，他不可能放弃你的，到时候你还会有危险。如今聘礼都已经下了，讯息已经登到各个媒体上了，退是不可能退了，你必须嫁给我！"

"放开我，放开我！"乔锦月挣扎着嘶叫着，"你不能这样做，你是警察局局长，你怎么能强娶民女？你这么做是横刀夺爱，你这么做会害了我的！我求求你，退了这门亲事吧！"

"我绝对不能放弃你！"徐星扬仍然紧紧地箍着乔锦月，口中迫切而言，"我不是横刀夺爱，我是下聘礼明媒正娶迎你进门的。你不管之前喜欢过谁，你现在必须嫁给我，你以后喜欢的也只能是我。我们的婚讯已经公开在整个津城了，过不了几天全城的百姓都知道了。你若是悔婚，湘梦园和警局的名声都会被毁掉，你我和我们亲人也不会有好下场。退婚的事想都别想，你逃到天涯海角我都能找到你，想要离开我是不可能的！"

乔锦月心中一震，挣扎的手臂垂了下去。她心中已然绝望，她知道徐星扬所言非虚，以徐星扬的实力，他若不同意，这门亲是不可能退的。若她真的擅自悔婚，那湘梦园所要承受的后果不堪设想。她不能为了与顾安笙在一起，就不顾自己的亲人。事到如今，成婚的事已经满城皆知，怕是真的没别的办法了。见乔锦月不挣扎也不说话，徐星扬扳过了她的身子，摸着她的脸："锦月，你想清楚了，你愿意嫁给我了？"

乔锦月两眼空洞，声音中满是绝望："事已至此，我还能有什么办法？"

- 贰 -

徐星扬未曾细想，以为乔锦月是突然想通了，瞬间大喜过望，忙说："锦月，你终于想明白了。你嫁给我，我保证会让你过得喜乐无忧！你就在家安心地等待吧，十天后就是我们的婚期！"

乔锦月没有说话，呆呆地看着墙壁。徐星扬又说："我还有公务要处理，我让我的助理送你回去吧！"

徐星扬叫了一位警官，开着车送乔锦月回了湘梦园。

乔锦月任由他安排，一路上始终没有说一句话，她知道她已经戴上了命运的枷锁，无论如何，都逃不掉了。或许她与顾安笙这一对命途多舛的有情人，终难成眷属。

乔锦月的双腿如灌了铅一般，绝望地踱步回了湘梦园。

她默默地走回了自己的房间，此时苏红袖也正在房中，她被乔锦月这个失魂落魄的样子吓了一跳。忙跑过去拉住她的手问："小七，你这是怎么了？你怎么出去一趟，就这么失魂落魄的！"

乔锦月呆呆的没有说话。苏红袖又问："小七，你是不是遇到什么事了？你要是有什么事就告诉师姐，师姐帮你想办法！"

"师姐，你们谁也帮不了我的！"乔锦月的心又一次被狠狠地刺痛，忍了许久的泪水夺眶而出。她抱住苏红袖大哭了起来，边哭边说："师姐，我不能和安笙在一起了。"

"为什么？为什么一切都好了，却偏偏出了这么一出？我们为什么历尽了这么多的磨难，老天还不让我们在一起，为什么，为什么？"

苏红袖拍着乔锦月的肩,边安慰边询问:"小七,你别哭,你说清楚,安笙他怎么了?谁不让你们在一起了?"

乔锦月啜泣道:"徐星扬已经下了聘礼了,我们的婚讯很快津城百姓都会尽人皆知,我不能不嫁给他。但我根本不爱他,我若是和徐星扬成婚了,安笙他怎么办?"

话音未落,听得外面响起一阵敲门声,那是师兄毕哲的声音:"锦月,你在不在啊?师父叫你过去一趟!"

乔锦月离开了苏红袖的怀抱,擦了擦泪水,对门外的毕哲道:"知道了毕师兄,我马上去!"

"好嘞,那我走了啊!"

苏红袖仍在云里雾里,怔怔地向乔锦月问:"小七,徐星扬不是你说的那个对你和安笙照顾有加的警察局局长吗?他竟下聘礼要娶你,这究竟是怎么一回事?"

乔锦月抬起头,仰面看着天花板,声音听不出任何悲喜:"师姐,你不要问了,我和安笙是注定不可能了!"她望着天花板直到望得脖颈生疼,才低下头,深吸了一口气道:"为了湘梦园,为了所有的亲人,我不得不嫁。若要了断,那便趁早了断吧!"

她又转过身,吸了下鼻子,对苏红袖说:"我没事,师姐。爹爹方才叫我过去,我去正厅找爹爹了!"说罢她便出了房间,留苏红袖一人愣在原地。

"爹,我来了!"乔锦月推开正厅的门,面无表情地走了进去。

"月儿,来爹身边坐着吧!"乔咏晖的态度一改昨日的严厉,对乔锦月温和而言,"月儿,昨儿爹打了你,是爹的错,爹向你道歉,你原谅爹吧!"

乔锦月呆呆地走到乔咏晖身边坐下,脸上仍然看不出悲喜:"您是我爹,女儿怎么敢怪爹啊!"

乔咏晖无奈地摇了摇头，将自己的手覆在了乔锦月的手背上，叹了口气，缓缓说："唉，月儿，爹不是不疼你，爹只希望你能明白爹的心意。爹的年岁越来越大，能陪你的日子也不多了。爹这辈子最大的心愿，就是你能有个好归宿。并非爹执意要拆散你和顾安笙，爹只是想让你明白，你不能被一时的情爱冲昏了头脑，他那样的状况你靠不住的。只有把你托付给徐局长那样的人，爹才能放心啊！"

乔锦月的心猛烈地痛了一下，眼角滑落了一滴泪："爹，您别说了，女儿都明白。事已至此，我们谁都改变不了，即便是我想逃，也逃不掉了。这一生，我与安笙注定无缘。您让女儿嫁，女儿嫁就是了！"

"月儿啊！"看着乔锦月那失魂落魄的神情，乔咏晖的心也不禁酸了一下。他将手搭在乔锦月的肩上，不禁心疼："爹就知道你是个懂事的好孩子，爹的苦心，你都明白。爹也知道你放不下那顾安笙，你暂且不去想他，等熬过了这一阵，就都好了！"

乔咏晖的这句话如同利刃一般，狠狠地戳在乔锦月的心上，乔锦月再也忍不住心绪，失声痛哭了起来。

"爹，我知道您是想让我过得更好，我也知道我是必须嫁给徐星扬的，但是我不爱他呀！我爱的人是顾安笙，我真的很喜欢很爱他！爹，我没有了他真的不知道怎样活下去，我忘不了他，我真的忘不了他！"

乔咏晖也不禁心疼地流下了泪水，他抱住女儿，忍不住心酸："好孩子，哭出来吧！爹知道爹让你受委屈了，你哭过了这一场，就把一切都放下吧。这几天你哪儿也别去了，在家好好准备着，爹会为你准备好嫁妆，让你风风光光地出嫁的！"

乔锦月伏在父亲的肩上，抽噎着："爹，我会听您的话，安心在家里准备出嫁。只是，我和顾安笙的情意，我现在还忘不了。您能不能允许我在出嫁前，再见顾安笙最后一面？"

乔咏晖抚摸着乔锦月的背，深沉地叹了口气，徐徐说："唉，你想做什么就去做吧，爹不拦你。你和顾安笙之间，也是时候该去做个了断了。只是你嫁了人之后，就不能和他纠缠不清了。"

乔锦月离开了父亲的怀抱，擦了去泪水，凛然道："爹，我知道了。我只去见他一面，把想说的话都和他说了，以后就不会与他再见了。"她顿了顿，又言："爹，女儿累了，回去休息了。"她说罢就跑出了正厅，哪知出去时正撞到了要进屋的陈颂娴。

"哎呀！"陈颂娴被突然冲过来的乔锦月吓了一跳，不禁惊叫一声。

"师父！"乔锦月低声与陈颂娴招呼一声就跑出去了。

"哎，小七……"陈颂娴还想对乔锦月说些什么，乔锦月却已经跑远了。陈颂娴只好走进了正厅，见乔咏晖情绪低沉地用手拄着头，坐在椅子上一言不发，见状，陈颂娴便知这父女二人闹得不愉快了。

她不禁长叹了口气："班主，您就真的这么着急把小七嫁出去吗？徐星扬这个人好是好，可是她不喜欢徐星扬，怕是她嫁了以后也不会如意啊！"

"唉，颂娴哪！"

乔咏晖无奈："喜不喜欢的不重要了，我也知道她放不下顾安笙，但是那顾安笙终究是没有能力照顾她的。只有徐星扬那样的身份，才有足够的能力去保护她。把她托付给那样的人，我才能放心啊！"

陈颂娴心酸而言："班主，您的良苦用心我这个做师父的何尝不明白呢。只是这孩子性子倔，只怕您让她嫁给她不喜欢的人，怕她会想不通啊！"

乔咏晖只道："我已经和她说明白了，她也答应我会嫁给徐局长了。我也不想看到她伤心难过，可为了她的终身幸福，只能在这一点上让她受委屈了。"

"喀喀喀！"说罢乔咏晖又一阵剧烈的咳嗽，他拿出手帕捂住了口，陈颂娴见状忙道："班主，您这是怎么了？"

"无碍，风寒罢了！"乔咏晖忙神色慌张地将手帕收起来。

可是那手帕上的血迹却没能逃过陈颂娴的眼睛,她疑惑:"班主,您是不是有什么事瞒着我啊,你这手帕……"

"没,没事!"乔咏晖慌张地岔开话题,"颂娴,你新收的两个徒弟怎么样了?"

"班主!"陈颂娴明显察觉到了事情的不对,上前一步抢过手帕,发觉那帕子上染满了血迹。

她不禁大惊失色,颤抖着双手:"班主,您这是得了什么病啊,都咯血了。我不问您还打算继续瞒着我吗?"

"唉!"乔咏晖叹了口气,"既然被你发现了,我就不瞒你了。我早先去看过大夫,大夫说我是成年累月积攒下的旧疾,已无药可医了,最多还有一年的活头。"

"我临终前最大的心愿,就是把月儿托付给一个好人家,我才好放心地去地下陪秀云啊!"

陈颂娴不禁心酸,哽咽着:"班主,是因为您的病,所以您才这么着急地把小七嫁出去吗?可您的病也并非无药可医啊!"

"没用的!"乔咏晖绝望地摇头,"大夫都说了无药可医,我也知道自己无力回天,是时候该去陪秀云了。我得知自己得了这个病时,临终前最大的心愿就是把月儿托付给一个好人家。恰巧这个时候,徐星扬上门来提亲了,所以我就这么快地答应了下来。若是没有这件事,我也会尽快给月儿找个好人家的。那顾安笙虽说人是不错,但他那身子终究不是月儿的良配,他们两个是注定无缘了。"

陈颂娴不禁流下了心酸的泪:"班主,要是小七知道了真相,她该有多难过啊!"

乔咏晖忙说:"不,颂娴,你千万不要告诉她,也不要告诉其他的孩子我的这个病。此事你知我知,绝不能让孩子们知道,我只想快快乐乐地和咱们整个湘梦园过完最后的日子。好了,颂娴,你也别难过了,开心点吧!"

陈颂娴拭去了泪水，含着泪答应着："班主，您的良苦用心颂娴明白，您的吩咐颂娴照做就是了！"

一个安静得连风都没有的黄昏，乔锦月独自一人出了湘梦园，步行从湘梦园走到了与湘梦园相隔几公里的文周社。早知注定的结局，她的心中已无悲喜，等待她的只有认命。

到了文周社时，已经夜色四合了。她走到文周社剧场附近的亭子里坐下，仰望着寂寂寒夜，任由寒风吹拂着她的发丝。她知道，如若顾安笙演出结束后，定是要经过这个亭子的。果不其然，不到一刻钟顾安笙便经过了这里。顾安笙见到乔锦月忙冲过去紧紧将她抱住，口中迫切："月儿，我就知道你会来找我的。你告诉我那些报纸上的新闻是怎么回事，你要和徐星扬成亲又是怎么回事？都是假的对不对，都是别人搞出来的对不对？"

乔锦月任由顾安笙抱着她，她没有抱住顾安笙，亦没有推开他，只是怔怔而言："这么快，你们都知道了？"

顾安笙松开了乔锦月，将双手搭在乔锦月的双肩上，又疑又忧道："什么，月儿你说什么？"乔锦月转过身，不去看顾安笙，吸了吸鼻子，强忍住眼中的泪："没错，都是真的。我就是要嫁给徐星扬了，我以后也不能跟你在一起了。我今天来找你，就是要跟你做一个了断的，你以后也别想着我了！"

"什么？"顾安笙绕到乔锦月身前，不可置信，"月儿，这究竟是怎么一回事？是不是他强迫你嫁给他的，还是说，你救我出监狱的代价就是你要嫁给他？如果是这样，那我情愿一辈子待在监狱里，说什么我都不能让你嫁给他的！"

"别说了！"乔锦月已经忍不住心中的痛楚，眼中的泪夺眶而出，"都不是，你别想了。是我答应要嫁给他的，他是警局局长，他的身份地位显赫，他能给我的你都给不了。是我决定要嫁给他的，我以后会跟他好好生活的，你也不要再想着我了！"

"不可能！"顾安笙毅然，"月儿，你不要对我说这种幼稚的谎言了，你瞒不了我的。我差一点半身瘫痪你都没有离开我，我身陷囹圉你仍然对我不离不弃,你怎么可能会在这一切都要圆满的时候,说你看上了别人的身份和地位,要弃我而去?我是绝对不可能相信的,你告诉我,你是不是有什么难言的苦衷?"

"安笙,你别说了!"乔锦月似乎失尽了全身的力气,跌坐了下来,失声痛哭道,"父母之命,媒妁之言,我爹答应了徐星扬的提亲,我自己无法做主啊!我嫁也得嫁,不嫁也得嫁。安笙,你我相识一场,注定是有缘无分了!"

"不,不会的!"顾安笙摇着头,双手拄着石桌,沉沉而言,"月儿,我们在一起这么久了,怎么可能会这么轻易地就被人拆散?不管怎样,我都不会把你交给别人!"

他的双手握住了乔锦月的肩,说道:"而且,月儿,你不是从来都不认命的吗?就算他下了聘礼又如何,就算是登报又如何?只要你不喜欢他,你就可以不嫁给他!如果你还爱我,你还相信我,那我就带着你走,我们去天涯海角,去没有人能找得到的地方!"

乔锦月站了起来,无力地痛哭道:"安笙,不可能的。我虽然不认命,但是我们不得不为这宿命所屈服。我们若为了一己情爱而私奔,那我们的亲人怎么办?你难道要为了我连最爱的戏台都要舍弃吗?不可能的!如果我们就这么不管不顾地走了,我们的亲人会替我们受谴责,他们要承受的我们不堪设想!"

顾安笙绝望地摇了摇头,不禁流下了不舍的泪水:"可是我们相爱了这么久,再大的磨难也经历过了,难道从此以后,就真的要一别两宽了吗?"

"安笙!"乔锦月抱住了顾安笙的背脊,心痛道:"我只许你惦念我这一晚上,过了今晚之后,你就不要再想着我了。我注定是要嫁给徐星扬的,对不起安笙,最终还是我负了你!"

顾安笙搂紧乔锦月的腰,不禁锥心:"你没有对不住我,你为了我付出了那么多,你怎么可能对不住我?要怪就怪命运玩弄,让我们有情人终不成眷属。若早知道你救我出狱,就要以嫁给徐星扬为代价,那我情愿不要平反昭雪!"

乔锦月的泪水已经洇湿了顾安笙的衣襟,她啜泣道:"我们都长大了,不能再那么幼稚了。发生了就是发生了,时光不会倒回,我们也没有回旋的余地。我嫁了徐星扬之后,你就尽快地忘了我,好好过你自己的生活。到时候,找一位你爱的好姑娘,与她白头偕老。"顾安笙的心被狠狠地刺痛,抓紧乔锦月的衣襟:"除了你,还有谁有资格与我白头偕老?你让我找一个我爱的人,难道你从此就真的能做到忘了我爱上徐星扬吗?你自己做不到的事,我怎么能做到!"

"安笙,你不要再说了,求求你,别说了!"乔锦月已经哭得没有了任何力气。顾安笙拭去了脸上的泪,又松开乔锦月,为她拭去眼角的泪。他安稳了心绪,平静而言:"别哭了月儿,你若要嫁给他,那也要欢欢喜喜地嫁给他。只要你平安喜乐,我就安心了!"乔锦月没有说话,只是无力地抽噎着。

顾安笙又说:"至少在你没有嫁人的这一刻,你还是我的。那我们都不要再难过了,我们都要好好珍惜短暂的相处时光,月儿,不哭了啊。"乔锦月擦拭了脸上的泪,极力压制住啜泣:"好,我听你的,我要开开心心的。至少现在,我们欢愉一刻是一刻。"

二人坐在了凉亭的石级上,乔锦月倚靠在顾安笙的肩膀上,侧脸斜望着月光。这一刻,无悲无喜,脸上亦是从未有过的平静与安详。是夜晴空,一钩弯月嵌在天边,这寂寂的寒夜中,幽深似海的夜空没有半颗星辰。乔锦月望着没有星辰的夜空,闪着眸中的点点泪光,呢喃而语:"月亮缺了又圆,圆了又缺,一个月也不过只能圆一回。当圆月变成弯月的时候,守护她的星辰也不在了!"

顾安笙的心不禁被刺痛了一下,黯然而言:"愿我如星君如月,夜夜流光相皎洁,只是星辰是注定不能守护月亮了。但是只要这月夜的流光皎洁,月亮是平安喜乐的,星辰便没有遗憾了。"

守护月亮的繁星不在了,圆月也成了弯月。这美好的期许,终将化为虚妄。

第二十章

难舍亲情

- 壹 -

终于到了乔锦月出嫁的那一天,那是一个寒风乍起的深秋清晨,是一个没有阳光的阴天。窗子不知不觉被寒风吹开了,那迎面而来的冷风不禁吹得乔锦月打了个寒战。

"小七,你冷吗?"苏红袖见状,连忙说,"我去把窗子关上。"

乔锦月却是一脸淡然没有说话。

这阴暗的天空,犹如她的心一样,所配非良人,心里终究是没有光的。其实她想说的是,关不关窗子已经无所谓了,心是凉的,身子再凉些又能如何?暖得了身子,也暖不了心。

那化妆的姑姑为乔锦月梳妆打扮好,不禁对着镜子赞叹:"哎呀,姑娘,你可真漂亮,你是我见过最美的新娘!"

乔锦月望着梳妆镜中的自己，淡淡而言："是吗？"

徐星扬一早便将婚纱礼服定制好了，还特意请了化妆师为乔锦月梳妆打扮，还有各类的设计师布置湘梦园。

湘梦园从来没有过像今天这样的豪华奢靡，可再光鲜亮丽，都进不到乔锦月的心里。西式的婚纱礼服，西洋的出嫁方式，都不是她想要的。

乔锦月希望的是，一身凤冠霞帔，铺十里红妆，嫁给自己喜欢的人。不过嫁的不是自己喜欢的人，怎样的婚礼她都不在乎了。

那化妆姑姑说："姑娘，是时候该启程了！"乔锦月点点头，面无表情地对苏红袖说："师姐，送我出去吧！"

"等一下！"苏红袖轻轻抬起手指，为乔锦月弹去了脸上掉落的睫毛，温声而言，"这睫毛都沾到脸上了，这样可不庄重了！"

苏红袖的温柔一如往昔，对乔锦月的关切也如往昔一般无微不至，看着眼前体贴入微的师姐，乔锦月第一次觉得距离如此遥远。她不禁心酸地握住了苏红袖的手，哽咽着："师姐，以后小七再也得不到你这样无微不至的照顾了！"

听了这话，苏红袖也不禁难过，脸上却依然保持着微笑，温声说："小七，你长大了，不能总依赖师姐了，你得学会自己照顾自己了！"

"你不管在哪儿，不管怎么样，都要照顾好自己，不能让师姐为你担心啊！"

乔锦月含着泪望着苏红袖："师姐，你放心，我再怎样都会好好的。我与安笙，是终成虚妄了。你和仲怀，可千万不要像我们两个这样，你的感情，你一定要好好把握啊！"

乔锦月的痛楚苏红袖都懂，她也忍不住难过："小七，真是造化弄人，你与安笙经历了这么多，好不容易走到一起，谁承想……唉，我与仲怀，怕是也难逃分离之命啊！"

"不,师姐!"乔锦月握住苏红袖的手,声音中满是坚决,"师姐,我已经无法把握住我自己的感情了,你千万不要像我这样,你答应我,一定要和仲怀好好的!"

苏红袖不忍心再说下去,拭去了泪水,低下头道:"好,我答应你就是了。不要再说了,我送你出去吧,一会儿耽误吉时就不好了。"

乔锦月无可奈何地四处张望了下,最终只无力地道了一个字:"好!"话音刚落,就听到师父的叩门声:"小七,你梳完妆了没有,师父想进来看看你!"

乔锦月说:"师父,您进来吧!"

陈颂娴推开了门,被一袭白衣装点的乔锦月惊了一下:"小七,你今天真漂亮啊!"

乔锦月只淡淡地点头:"还好!"脸上无悲亦无喜。

陈颂娴知道乔锦月所嫁非心中所属,不禁心酸,执过乔锦月的手,哽咽着:"我的孩子,苦了你了!"

"师父,今天是小七出嫁的日子,你别难过啊!"乔锦月勉强挤出一个微笑,"能嫁给警察局局长,是多少人求之不得的,怎么能说是苦呢!"

陈颂娴知道乔锦月心里的苦,也知道乔锦月是为了安慰她说的不是真心话,心里便更难过了。可她也无可奈何,不想再让乔锦月伤心,便拭了去眼角的泪痕,勉强微笑:"我们的小七如今也成大姑娘了,你是师父看着长大的,你这要嫁人了,师父还真的舍不得呢!"

乔锦月闻言不禁心酸,跪了下来,朝陈颂娴磕了个头:"师父的养育之恩,小七今生今世都不能忘怀,请受小七一拜!"

"小七,你这是做什么!"陈颂娴将乔锦月扶起来,"事不宜迟,咱们快走吧,别耽误了吉时!"

"是!"

苏红袖扶着乔锦月推开了门，见湘梦园的一众亲人都等候在门口，乔锦月不禁百感交集，想起往昔与亲人们在一起时的美好回忆，不禁潸然泪下。她看着面前的乔咏晖与沈岸辞，哽咽着："父亲，大师兄！"

"大喜的日子，你别哭啊！"乔咏晖亦心有不舍，执过乔锦月的手，为她戴上一只碧色的玉镯。他口中说："月儿，这是你娘出嫁时的嫁妆，她曾经说过，待到你出嫁时，一定要把这个镯子给你做陪嫁的。"

"爹也没什么好给你的，其余零零碎碎的，都差你的师兄们给你点装好了。这个镯子，你可一定要留着，这是爹和娘对你的期望啊！"

"我知道了，爹！"乔锦月啜泣着抱紧了乔咏晖，"爹，女儿舍不得您啊！"

乔咏晖拍了拍乔锦月的肩，松开了她，凝望着她："月儿，嫁了人就不是小孩子了，今后不能再娇纵任性了。从今儿起，你要好好地做一位贤惠的当家主母。"

乔锦月抽噎着答应："爹，女儿知道了！"

"夫人！"一个穿着制服的男子走近，对着乔锦月道，"夫人，公子的婚车已经到了，请夫人启程吧！"

乔锦月只对那男子淡声而言："知道了，马上就走！"她回过身，对着身后众人鞠了一躬，含泪而言："诸位，锦月拜别了！"又对那男子道："走吧！"

谁承想，那男子没有立即带乔锦月走，反而说："夫人，按照西式婚礼的习俗，是没有那么多规矩的。公子知道你不舍亲人，所以准备了车，要将你的亲人接过去一起热闹热闹呢！"乔锦月欣喜："真的吗？"那男子点点头："是的，我们公子准备了十多辆车，你的亲人都能接过去！"乔锦月回头对着身后的人说："爹，师父，师兄师姐，你们都随我一块走吧！"

"这……恐怕不合规矩吧！"乔咏晖上前一步，问，"这位先生，西洋婚礼的规矩我们不懂，但局长若是为了小女破了规矩，可不合适啊！"

"老先生，您想多了！"男子笑，"无论如何，您是岳丈，您都是一定要去的，到时候还要由您将夫人送到我们公子手上呢！"

乔咏晖点点头，答应了下来："如此，便多谢了！"

男子伸出了手，做了个有请的姿势："各位请吧！"一众人随着男子的指令上了车，每一辆车上都有各式各样的鲜花，极尽奢华。乔锦月看着亲人们上了车，走上了最前方的那辆车上。

车窗是开着的，一阵冷风吹来，乔锦月不禁又打了个寒战。即便有亲人相陪，乔锦月也开怀不起来。终究不是自己喜欢的婚礼仪式，嫁的亦不是自己喜欢的人。

婚车在津城的街道上驰骋着，这气派的婚礼场面，是整个津城城内少有的。路上的行人，都朝着乔锦月投来艳羡的目光，然而乔锦月却不以为然，始终望着车窗，呆呆出神。

嫁的不是自己心中的那个人，再气派的婚礼又有何用，不过就是一个将自己的真性情封锁住的仪式罢了。而自己与顾安笙的一切情爱，从今日起，都将化作云烟散去。

"乔姑娘，希望你能和安笙平安顺遂地在一起，永远也不要像我一样被迫嫁给自己不喜欢的人。他的心是你的，你要好好把握！"不知何时，脑海中突然闪过了曲卓然对自己说过的这句话，她的心不禁被刺痛了一下，一滴泪从眼角滑过，滴在了圣洁的婚纱上。那时的自己以为，这一切都不可能会发生的，却没想到一语成谶，全然被曲卓然说中了。曲卓然被迫嫁给了自己不爱的人，而自己又何尝会比她好到哪里去？

乔锦月望着窗外，喃喃而言："你所嫁非良人，我又何尝强过你？他的心是我的，但我已无法把握住了！"婚车一路驰骋，不多时便到了徐宅大院。徐家已经准备好了迎亲仪式，警局的警官们都排列成一排，等候迎亲。

"新娘子，徐家到了！"车门被打开，苏红袖将乔锦月搀扶下车。乔锦月从车上下来，仰头环顾了一周徐家的深宅大院，均是西洋风的建筑，极尽奢靡之风。可在乔锦月看来，这一切都是要束缚住自己的牢笼。

目光游走间，竟发觉那树下站着一抹分外熟悉的身影。

乔锦月不禁心中一颤，此时此刻，顾安笙身着初见时的蓝色长衫大褂，依旧长身玉立地站在树下。

他的眼中似乎流露着不甘与不舍，模样却是宠辱不惊。

乔锦月望向他时，他也在望着乔锦月，一对多情人就这样默默无言地对视着，这无声的眼神中，饱含着太多难以诉说的沧桑。

- 贰 -

其余的人都没有看见顾安笙，乔咏晖下了车，对乔锦月说道："月儿，走吧，去见新郎吧！"

一个随侍走近，对乔咏晖说道："乔老板，我们家公子在前面等着呢。"

"按照欧式婚礼的规矩，应该是您执着令千金的手，去往殿堂上，将令千金交到公子的手里，就算礼成了。"

"月儿！"只见顾安笙缓缓走近乔锦月，所有的人都被这位不速之客吓得一惊。

苏红袖惊："安笙，你怎么会出现在这里？"

沈岸辞冲上前挡住乔锦月，防备着："顾安笙，你怎么会在这里，师妹的婚礼容不得你作乱。我告诉你，你要是抢亲，我们湘梦园的人可饶不了你！"

"沈兄别误会！"顾安笙伸出手，仿佛是要制止沈岸辞，目光一刻也没离开乔锦月，不急亦不缓，"我不是来抢亲的，我只是想再送她一程。"

顾安笙向乔咏晖鞠了一躬："乔伯父，安笙与月儿相识一场。名义上，安笙是月儿的义兄，能否让安笙以兄长的名义，将月儿交与新郎的手上？从此以后，便再也不会来打扰月儿了！"

乔咏晖明白顾安笙对乔锦月的情意，见二人如此割舍不下，亦于心不忍，但又怕破了规矩，便对那随侍问："这……这样合规矩吗？"

那随侍不知道顾安笙与乔锦月之间的种种，只当是乔锦月的兄长，便答应："我们这里不需要讲究那么多规矩的，公子说了，只要夫人开心，怎么样都行。"

乔咏晖看着顾安笙，叹了口气，拍了拍顾安笙的肩膀，小声说："你与月儿错爱一场，也亏得你对月儿一往情深，你去吧，就当尽了你们最后的情分吧！"

顾安笙道谢："多谢伯父！"

说罢便执过乔锦月的手，乔锦月愣愣地被他拉过，起初有些执拗不肯，可顾安笙却是罕见的霸道，不理会乔锦月的挣扎，依然紧紧地拉着她的手。

顾安笙没有想象中的悲伤，只是淡然而言："他对你可真好，真是什么都会依着你的性子来。也好，这样我就放心了！"

乔锦月见状也不再挣扎，亦淡淡地问道："你为何还要过来？"

顾安笙目视前方，不去看乔锦月，毫无波澜地道了声："你说我是你的义兄，那我就尽到义兄的职责罢了！"

义兄？这个所谓的称呼有多么讽刺！

乔锦月按压住心中的悲戚，又说："你就不怕你到了这里，会被徐家的人赶走吗？"

顾安笙依旧毫无波澜："那至少还能再多见你一面，亲手把你交给他，亲眼看着你成了他的妻子，我也就彻底死心了！"

乔锦月的心再次被刺痛，眼角滑落一滴泪，强忍着哽咽道："侯门一入深如海，从此萧郎是路人。我们两个之间，便到此为止吧！"

顾安笙止住了脚步，转过身，拭去了乔锦月眼角的泪，一如往昔地温声道："别哭，大喜的日子不能流泪，这么美的月儿配上这么美的婚纱，哭了就不美了！"

他拭去了乔锦月眼角的泪，望着乔锦月，露出沧桑的笑容："月儿，今天的你是我见过你的最美的样子，比任何一天都要美！"

乔锦月已无法控制心绪，泪水汹涌而出："你说这样的话，是要刺痛我的心吗？"

顾安笙又一次耐心地为乔锦月拭去脸上的泪，并拥住她："不能再哭了，你答应我，你一定要幸福。"

乔锦月点点头，抽噎了一下："我知道了，我答应你就是了。"

顾安笙重新执过乔锦月的手，挽着她，继续朝殿堂走去。离殿堂越来越近，徐星扬身边的伴郎就是那天的警官，他看到顾安笙执着乔锦月的手，不禁气愤："他怎么来了？他还对夫人不肯死心，我去把他赶走！"

徐星扬见到顾安笙亦变了脸色，但却没有冲动，而是制止住了身旁的伴郎，只说："别冲动，锦月她有分寸的！"

顾安笙执着乔锦月的手缓缓走上殿堂，走到徐星扬面前。他沉思了一下，将乔锦月的手交到徐星扬的手中，望着徐星扬，声音真诚而又深沉："徐局长，我义妹就交给你了，望你今后能好好爱她护她！"

徐星扬当即会意，脸色也缓和了许多，接过乔锦月的手，看着顾安笙，眼中似乎含了感激："多谢，我会的！"

他顿了顿，又深深而言："顾兄，多谢你肯成全！"

顾安笙颔首，便退到了一旁，乔锦月望向顾安笙那落寞的背影，愣愣出神。沈岸辞走到顾安笙的身边，拍拍他的肩膀劝他："兄弟，该放下的，迟早都要放下的。"

顾安笙看向沈岸辞，沉沉而言："情深入骨，可是想放就能放下的。"

沈岸辞自嘲地笑了笑："是啊，我凭什么劝你放下，我自己都做不到真正放下。"他看了看殿堂中央，身着婚纱的乔锦月和身着燕尾服的徐星扬，感叹："虽然我嫉妒过你，但是锦月最后也不属于你，更不属于我,我们都输了。只有徐星扬,才是真正的赢家。"

顾安笙淡淡地摇了摇头,不悲不喜:"感情不是游戏,我们不是玩家,月儿更不是战利品,何来输赢一说?罢了,只要她能平安喜乐,无疾无忧,我就安心了。"

沈岸辞叹了口气,意味深长:"你总是为她考虑得那么周全,难怪她会对你那么痴情。你,终究比我幸运,你虽然得不到她的人,但她的心是你的。"

顾安笙淡淡而言:"她已为人妇,多情无益,我倒宁愿她此后心里再也没有我,好好地生活下去。"

"今天,我们众亲戚、朋友聚集在上帝面前,是为了见证新郎徐星扬、新娘乔锦月的神圣婚约,并祈求上帝赐福这一对新人。"

西式的婚礼看似规矩少,却也免不了这烦琐的过程。乔锦月不懂这西洋仪式,不喜西式的庆典,只呆呆地站在殿堂前,听着主婚人讲着滔滔不绝而又没有真情实感的主婚词。

"弟兄们,过来,是时候该咱们上场了!"明处欢聚一堂,却不想暗处虎视眈眈,千田川恶狠狠地看着殿堂中的徐星扬和乔锦月。他对身后的外族兄弟说:"就要等到他最兴奋的时候,给他致命一击,今天他们喜气洋洋地毫无防备,我就要让他们的婚礼,变成他们的葬礼!"

身后的手下应声:"是!"

千田川咬牙切齿:"徐星扬,老子忍你好久了,今天老子不忍了!"又看了看乔锦月,用同样的语气说:"小美妞,老子得不到的东西谁也别想得到,你不跟老子,老子今天就要把你毁掉!"

千田川一早便看到报纸上刊登的徐星扬与乔锦月的婚事,他本就对乔锦月有觊觎之心,看到这个新闻大为烦闷。无奈徐星扬的婚礼又没有邀请他,他所有的怒火都在这一刻爆发了出来。

他的红樱队受徐星扬和警局压制已久,表面与徐星扬称兄道弟,实际上早已经恨徐星扬恨得深入骨髓。这一次,他再也不想忍了,便一早带了全部红樱队的队员，潜伏在这里，准备在婚礼上行刺徐星扬。沉浸在喜悦中的徐星扬，丝毫没有发现暗处红樱队的虎视眈眈。所嫁非良人的乔锦月，沉浸在悲戚中，更没有发现暗处的千田川和红樱队。

主婚人将那长篇大论的主婚词说完，向徐星扬问："徐星扬先生，你愿意与乔锦月小姐白头偕老，从此以后，无论贫穷或富贵，都不相离，不相弃吗？"

徐星扬不假思索地答："我愿意！"

主婚人又朝着乔锦月问："乔锦月小姐，你愿意与徐星扬先生白头偕老，从此以后患难与共，荣辱与共吗？"

乔锦月却在呆呆出神，没有听到主婚人的话，亦没有做出半点回应。殿堂下的宾客们见状，都诧异不已。

"锦月！"徐星扬悄悄地拍了一下乔锦月，"主婚人问你话呢！"

"啊！"乔锦月刚回过神，见宾客们诧异地看着自己，脸上免不得带着一些惊慌失措的神色。

主婚人便又重复一遍："乔锦月小姐，你愿意与徐星扬先生白头偕老，从此以后患难与共，荣辱与共吗？"

这一次，乔锦月听清了主婚人的话，但她没有回答，她还是犹豫了。终究所嫁非心中所属，违心的话，她是不想说出口的。她看了看台下的顾安笙，一阵阵心痛又涌上了心头。

徐星扬见状不禁变了脸色，悄悄拉了一下乔锦月，在她耳边慎重地说："你快说愿意啊，这么多人看着呢，现在不是你任性的时候。"

"我……"张口间，那违心的话始终说不出口。

"砰！"就在乔锦月彷徨的时候，一颗子弹突然从乔锦月与徐星扬之间划过，打在了花束上，姹紫嫣红的鲜花掉落了一地。

"天啊，哪来的子弹？"宾客们听得这枪声，纷纷恐慌地站起身，不知所措。

"啊！"乔锦月被突如其来的子弹吓得一颤，不由得向后跌了几步。"月儿！"顾安笙见状也不由得一惊，本能地想冲上前去护住乔锦月。奈何殿堂前被花束包围，自己无法上前，只得无奈又焦急地站在一侧彷徨。

"砰！"又一枪子弹打过，这一枪正好打在乔锦月的发髻上，头纱掉落，满头的黑发如瀑布般倾泻下来。

"锦月，小心！"徐星扬大惊失色，忙将乔锦月护在身后，警惕地看着四周："是谁开的枪？"

"哈哈哈哈！"千田川慢步从一侧的角落走到殿堂正中央的位置，朝殿堂台上的徐星扬淫笑，"徐老弟，你可真不够意思，你的婚礼都不请大哥来。"

徐星扬骤然变了脸色，警惕："千田川，你想干什么？"

"干什么？"千田川狠狠而言，"老子受够你了，再不想跟你装下去，今儿就跟你杠到底了！"

徐星扬凝眉："你我有什么恩怨，我们私下解决，你别在我的婚礼上搅了兴致！"

"死到临头了还兴致！"千田川冷笑，"小徐啊小徐，你是死也想不到，我会选择在今天动手吧。没错，老子就是想在你的婚礼搅和搅和，不过老子也不是非要对你们下手的。你们中国有句老话叫作识时务者为俊杰，对吧！你只要答应我，你把警局局长的位置让给我，把警局所有的干部职位都让给我们红樱队，老子今天就放过你。"

徐星扬声音凛然："你想都别想，我们中国维持正义的警局，是不会交到外族人手上的！"

"嗨，那你就别怪我无情了！"千田川大手一挥，"弟兄们上，给我打！"

"是！"红樱队的全体队员从一侧一拥而出，手持棍棒，将宾客们纷纷包围住。

"糟糕，不好！"徐星扬见状忙护住乔锦月走到了殿堂下，"锦月，我们快躲开，千万不能被他们伤到！"

千田川的目的是以宾客做要挟，逼徐星扬交出手中的权力，所以只有他一人手中有枪，红樱队的队员手持的都是刀叉与棍棒。所幸他们手中无枪，宾客们便不会有性命危险，但他们会受到的伤害却是不容小觑的。千田川发出指令："弟兄们，给我打，给我狠狠地打！"

"是！"手下应了一声，棍棒齐下。

"不要打我，不要打我！"

"师姐，师妹！"

霎时间，殿堂里的宾客又惊又惧，被千田川的手下们围打着，场面已经乱作了一团。

"师父，爹，师姐！"乔锦月看着被围打的亲人们，又焦急又害怕："别打我的亲人，不要让我的亲人们受到伤害！"看着年迈的父亲被打得跪倒在地上，乔锦月想不顾一切地奔过去，却被徐星扬拦住，制止住她："锦月，你不能过去，你过去了会有危险的！"乔锦月不停地挣扎着，哭叫着："我的父亲，我的师父，难道要我眼睁睁地看着他们被这些人打死吗？"

婚礼上，徐星扬的手下只有不到十个人，而红樱队的队员却有几百人，这边的人势单力薄，是无论如何都制服不了这些作乱的贼的。

"阿恒，你过来！"徐星扬拉过离自己最近的一个手下，用最快的语速叮嘱，"你快去找赵大人，让他派遣一些人过来救急。你就说这里出事了，是我让的。记得，一定要快！"

"是，大人！"

"哈哈哈哈！"千田川叉腰淫笑，"徐老弟见到我们红樱队的厉害了吧！你要乖乖束手就擒，我就放过他们，不然，你就等着他们被打死吧！"

"千田川！"徐星扬咬牙，恨恨而言，"你卑鄙无耻！"

"哈哈哈哈！"千田川无耻地笑着，"任凭你怎么骂都没有用，老子今天就要让你好好尝尝这滋味！"

"安笙！"乔锦月看到顾安笙也被外族人围打，他身子本就不好，挨了数棍，已经从嘴角溢出了鲜血。趁着徐星扬与千田川说话的时候，乔锦月挣脱开了徐星扬的臂弯，跑到顾安笙面前，用自己瘦弱的身躯，为顾安笙抵挡那落下的棍棒。

"月儿，你疯了！"顾安笙将乔锦月紧紧抱在怀里，嗔道，"你为什么要过来，你是要寻死吗？"乔锦月抱住顾安笙，哽咽而言："你的身子怎么能受得了这一顿毒打，我要是不来，你就要被他们打死了！"顾安笙心痛："我男子汉大丈夫难道还要你来替我挨打吗？"乔锦月心疼地流下了泪水，啜泣着："我做不到眼睁睁看着你挨打！"

"锦月！"徐星扬见乔锦月冲锋陷阵，吓得变了脸色，想立即进去拉她出来。可慌乱间，他也被千田川手下的贼人们包围住。奈何场面太混乱，他尽管有些功夫在身，但凭他一人之力，终究无法冲出包围。

"别打了，别打了，再打就要出人命了！"

"我打的就是你，下贱东西！"

"住手，光天化日之下，你们这些外族人真当我们中国的律法是空气吗？"

"滚，臭东西，今天这是我们红樱队的天下，少在那里摆你那副臭架子！"

前一秒还是神圣的婚礼殿堂，后一秒就变成了鱼龙混杂的战场。被打的宾客，打人的红樱队员，制止纷乱的人，伴随着打骂声与哭叫声，这场面已然乱得不能再乱。

"局长！"两个手下将徐星扬从外族人的手中救了出来，问，"局长，您没事吧？"

"我没事！"徐星扬叮嘱他们，"你们不要管我，去保护宾客，尽量让他们少受些伤害。先拖延一会儿，等我们的军队赶来了，大家就得救了。"

"是！"那两个人应声而去。

"月儿，你让开，不能让他们打你！"

"你这样的身子骨，难道你就能受得了他们的毒打吗？"

"我是男子，总比你强吧！"

乔锦月仍然挡在顾安笙面前，替顾安笙挡住棍棒，顾安笙亦挣扎着护住乔锦月，让棍棒挨在自己的身上多一些。两个人就这样僵持着，身上已经有了不少淤青的痕迹。

"月儿！"顾安笙吃痛，"恐怕，今天我们真的要死在这里了！"

乔锦月亦有气无力，用最后的力气抱紧顾安笙的背脊，吃力地说："那我们就一起死吧，不能同生，那便共死吧！"

"好！"顾安笙抱紧了乔锦月，振振而言，"生，我们不能在一起；死，我们就要死在一起！"

乔锦月眼中滑落了两行泪，嘴角却是微笑着的："安笙，能和你死在一起，我这一生也算是值了！"一对多情人相拥而泣，不再闪躲这棍棒的袭击。

"锦月！"徐星扬将他们二人的对话听得清清楚楚，霎时间竟感动于他二人生死相依的情意，与此同时，又为得不到乔锦月的真心大为失落。可他深知此刻不是感慨的时候，他不能眼睁睁地看着乔锦月被这贼人们打死。他必须努力冲出包围，将乔锦月救出。看着徐星扬为乔锦月忧心不已的样子，千田川奸邪一笑，晃着脑袋："哼哼，有主意了！"他袖袍一挥，对着身侧的手下们喊着："你们告诉他们别打了，去把那个丫头给我拉过来！"

"是！"手下们点头哈腰道，并拎着棍棒走过去，对着其余的人耳边小声嘟囔几句，他们便停止了毒打，把乔锦月拉到了千田川身边。

千田川捏着乔锦月的下巴,眼中满是淫邪:"小美妞呀小美妞,你长得真是漂亮,你说那徐星扬有什么好的,你怎么就偏偏要跟他不跟我呢!"

"滚开!"乔锦月满脸憎恶地甩开千田川的手,"千田川,你下作无赖!"

"啪!"千田川一个重重的巴掌打到乔锦月的脸上,口中恶狠狠而言:"你别不识抬举,老子得不到的东西,你们谁也别想得到,老子今天就要毁了你!"

"月儿!"顾安笙不禁紧张,"放开月儿!"

徐星扬亦恨恨而言:"千田川,你要寻仇的人是我,你快把锦月给我放开!"千田川把乔锦月推到他的手下们的手里,嘟囔一句:"给我看好这娘们!"他紧接着又上前一步,大声豪气而言:"徐老弟,念在咱们兄弟一场的分上,我就给你一个机会。你只要现在立刻签订协议,把你的地盘让给我们兄弟,并且把你们这些伤我们红樱队弟兄的东西都给枪决了,再全体给我千田川下跪磕几个头,叫声爷爷,我就放了这丫头!"

徐星扬握紧了拳头,恨得咬牙切齿:"千田川,你竟然拿女人来威胁我,你的手段还真是下作!"

"哈哈哈哈哈!"千田川淫笑,"这叫作聪明,你要是不答应,哼哼!"他说着又捏起乔锦月的下巴:"这么个如花似玉的小美人可就要香消玉殒了!"

"滚开!"乔锦月用尽浑身的力气挣扎着向前走了一步,对徐星扬朗声而言,"星扬,不可以,千万不要答应他们。我死了没关系,我们国人的权威绝不能沦陷在这些外来的贼人的手上!"

徐星扬头上冷汗涔涔,他稍稍滞了一下,对乔锦月呼道:"锦月,你放心,我一定不会让你死的!"

二人僵持不定,乔锦月却在苦苦受着折辱,顾安笙再也忍不住,想不顾一切地冲上前去将乔锦月救回。他口中急切而言："月儿,你绝对不可以有事,我来救你!"

乔锦月深知顾安笙此刻冲上前,是必死无疑,惊慌地大声疾呼:"安笙,不要过来!"顾安笙刚迈出一步,就被徐星扬拉住了,顾安笙挣扎着想甩开徐星扬,他皱紧了眉头厉声嗔道:"月儿都命悬一线了,我们还跟他们费什么话?救出月儿要紧!"

徐星扬有功夫在身,顾安笙身子又弱,终究挣扎不过徐星扬。徐星扬对顾安笙厉声而言:"可你这么不顾一切地去冲上前去就能救回她吗?救不回她不说,还要搭上自己的一条命!"

顾安笙担忧乔锦月的安危,此刻已经心焦到了极致,望着乔锦月,不觉心痛,可却也坚决:"就算是死,我也要护着她一起死!"

徐星扬在顾安笙耳边小声道了句:"别冲动,我们的援军在赶来的路上,我们只要拖延时间,等来我们的援军,锦月就不会有危险。"听徐星扬此言,顾安笙慌乱的心稍稍镇静了一点,便不再多做挣扎,只对徐星扬说:"好,暂且听你的,总之一定要确保月儿的安危。"

千田川不耐烦道:"徐星扬,你想没想好,你到底照不照我说的做?"徐星扬顿了顿,镇定而言:"千田川,你想要的我都会给你。只不过事关重大,我和我们的警官还需要再商议一下才能做决定。"

"行吧!"千田川看了看怀表,"我暂且给你们二十分钟的讨论时间,要是不出结果,你的小美妞就难保性命了。"

"好!"徐星扬把几个警官召集在一起,装作讨论事情的样子,实际上却是在拖延时间,等待援军。

二十分钟很快便过去了,见徐星扬仍然没有商议出结果,千田川吼道:"你们到底讨论完了没有?"

"糟糕!"徐星扬不禁担忧,"他们怎么还没有赶来?"

其中一个警官对徐星扬说:"大人,赵大人的办公处距此地路途遥远,阿恒去一个来回,少说也得要半个小时才能到达啊!"

另一个警官焦急而言:"是啊,大人,我们几个人根本不是千田川他们的对手。那千田川要是急眼了,夫人怎么办啊?"

"唉!"徐星扬叹了口气,"我们随机应变,再拖延些时间吧。"

徐星扬转过身,对千田川说:"事关重大,这件事可不是那么容易就能商定下来的,请再给我们半个小时的时间。"

"一群老爷们少给我磨磨叽叽的!"千田川不耐烦地恶狠狠而言,"我看你分明是不想交出警权在商量什么对策吧,我告诉你,你们这些人加起来也不是我们红樱队的对手!"

他从一个手下的手中夺过一根棍棒,另一只手抓住乔锦月的胳膊,将她推倒在地上,朝她腿上就是一棍棒。

"啊!"乔锦月吃痛得嘶叫一声。

"月儿!"顾安笙惊慌地大叫一声乔锦月的名字,乔锦月吃力地支了起来,气若游丝地对顾安笙说:"安笙,我没事,你千万不要过来!"

她又对徐星扬说:"星扬,不要答应他的要求!"

千田川蹲下,掐着乔锦月的脸奸邪而言:"你这丫头片子,倒还挺有骨气的。不过啊,没有用!"他松开了乔锦月的脸,站起身:"不是要商量吗?好,可以商量。不过你们多商量一分钟,这丫头片子就要多挨一分钟的打。倘若真的打死了,可别怪我心狠!"

他朝着身后的那一群拿着棍棒的贼人说:"弟兄们,给我打这个丫头!"

"是!"棍棒再一次落在乔锦月的身上,乔锦月已经挨了不少棍棒了,此时连说话的力气都没有了,只气若游丝地瘫倒在地上。

"小七,不能再打小七了,再打就真出事了!"

"月儿,我的女儿不能被他们打死啊!"

"师父,我们快想办法救救锦月啊!"

湘梦园的弟子又是担忧又是害怕，却也没有办法救出乔锦月。霎时间，已经慌乱得不成样子。顾安笙已经涨红了脸，对徐星扬大声道："再这样下去，月儿就真的出事了，我们不能再拖延下去了！"

　　任凭徐星扬再临危不乱，此刻也慌张了，看了看挨打的乔锦月，又看了看慌乱的湘梦园弟子，再看了看身后的手下。他揉着脑袋："别慌，都别慌，我们再想想别的办法。锦月，锦月，你要挺住啊！"

　　"都什么时候了，还想办法！"顾安笙以为徐星扬会召集这几个会功夫的警官前去营救乔锦月，却没想到徐星扬看着乔锦月挨打，还想着拖延时间，顾安笙真是气不打一处来。

　　"月儿，月儿！"顾安笙再也看不得乔锦月这般受罪，能否敌得过千田川的手下，能否将乔锦月从千田川手中救出，他全然不顾了。

　　他整个人用尽全身的力气奔向了乔锦月："月儿，我来救你了！"顾安笙将乔锦月拉起来，想带她逃走，却被一棒子打在了腿上，与乔锦月双双跪在了地上。

　　"月儿！"顾安笙将乔锦月整个人护在了他的身子底下，替她受着这重重的棍打。

　　"安笙，不可以……"乔锦月用仅有的一丝力气挣扎着。

　　"月儿，别说话了。"顾安笙颤抖着声音，"就算我们都逃不出去了，能让你的痛减缓几分就是几分！"

　　"安笙，你傻啊！"乔锦月无能为力地落下了两行泪，心酸道，"他们要打的是我不是你，你本可以逃过去的，为什么冒死地冲进来？你是不是真的傻啊！"

　　顾安笙紧紧将乔锦月压在身下，吃力而言："对，我就是傻。遇见你，我就傻得彻底了。就算是死，我也要陪着你！"

　　"哼哼哼！"千田川在一旁冷眼旁观，嗤之以鼻，"这小美妞倒是挺有能耐的，多少男人肯为了你赴汤蹈火啊。别以为这样我就会心慈手软，要想死，我成全你。弟兄们，给我狠狠地打！"

"小七，安笙……"

"他们两个已经伤痕累累了，再这样打下去，会被打死的……"

看着顾安笙与乔锦月依偎在一起受打，湘梦园的人都忧愤交加，却也无能为力。

千田川朝着徐星扬喊："徐星扬，你真是个懦夫，到头来保护你心爱的女人的人竟然不是你，而是这个跛脚的男人！"这一句话正戳中了徐星扬的痛处，他悔恨不已，恼羞成怒："千田川，你给我住手！"

"呵呵呵，住手？"千田川再次冷笑，"你们几个全部在我面前自裁谢罪，我就住手！"

"欺人太甚！"徐星扬对身后的人说，"我们不忍了，去杀了他们！"

"是！"徐星扬带领着几个亲信一同上阵，与千田川的手下们当场厮杀起来。

然而几个人的力量终究抵不过几百人的力量。在救赎与厮杀中，徐星扬和手下们节节败退。

"哼，真是不自量力！"千田川斜睨了一眼徐星扬，说道，"你们真是不怕死，就凭你们几个，还想跟我们红樱队较劲……"

"砰！"千田川话音未落，一颗子弹从他的头顶划过，他毫无防备，不禁怔在原地。

徐星扬的手下阿恒喊道："大人，我们来了！"

"太好了！"徐星扬喜道，"快杀了这帮恶贼，不留活口！"

"是！"阿恒道，"兄弟们，上！"

援军手持枪杆，子弹一发出，千田川的人就频频倒地身亡。红樱队的队员手中没有枪，这一次，换作他们节节败退。

"砰！""啊！"看着那一群手下一个个被击毙，千田川大惊失色，不由得后退了一步，"怎么会这样？"他朝着徐星扬大骂道："徐星扬，你好生阴险狡诈,卑鄙无耻!"说着就从队伍之中拿出唯一的手枪,不由分说地乱打一气。

"砰!""砰!""砰!"由于他慌了神,几发子弹完全没有击中要害,反而好几发击到自己手下的身上。

"砰!"最后一发子弹,在迷乱之际正朝着顾安笙袭来。

"安笙,小心!"乔锦月看到了那枚子弹,手疾眼快地拉过顾安笙,用自己的背挡在顾安笙身前。所幸,那枚子弹没有击中顾安笙,也没有击中乔锦月,却在乔锦月的手臂上划过,留下一道重重的伤痕,染红了洁白的婚纱。

"啊!"乔锦月吃痛地跪倒在地上。

"月儿!月儿!"顾安笙看到乔锦月的伤口,不禁惶恐。

眼下没有纱布,乔锦月却血流不止,顾安笙只好从自己的衣服上扯下一块布料,为乔锦月包扎伤口,并将乔锦月扶起来。

"月儿,我们快走,快闪开他们!"

"安笙!"乔锦月已体力不支到极致,一步也走不动,再次跪倒在了地上。

她用仅剩的一丝力气推开顾安笙,虚弱不堪:"安笙,我……我要不行了,你快走吧,不要管我了。"

"不!"顾安笙抱着乔锦月,毅然决然,"我必须带你出去,现在我们两个,谁都不能死!"

他朝四周望了望,见援军势如破竹地打了进来,红樱队员手中没有枪杆,个个惊慌失措,死的死,伤的伤。顾安笙眸中骤然闪出一丝光亮,扶着乔锦月振奋而言:"月儿,挺住,我们马上就要胜利了!"他欲将乔锦月扶起来,可他遭了毒打后,天桥坠落的旧伤复发,此刻浑身上下无一处不疼痛。他不由得跌倒在地,无力再将乔锦月扶起。

顾安笙脸色苍白,额头冒起了涔涔冷汗,与乔锦月共同瘫倒在地。

乔锦月见状忙拼力抱紧顾安笙的背脊，惊慌道："安笙，安笙你怎么了？"

"啊啊啊，怎么会这样，怎么会这样啊！"看着自己的手下们一个个被击毙，千田川慌张不已。

此时此刻，他已猩红了双眼，抓狂地大叫，全然失去了神智。

"啊啊啊，我要杀了你们！"他不知从何处拔出一把刀，径直朝着乔锦月的方向奔去。

徐星扬看到了千田川这抓狂的举动，忙推开了身边的敌军，瞪大了双眼，惊道："锦月！"

他朝着千田川的方向击了一枪，奈何枪中已经没有子弹。

可千田川手持利刃，已距乔锦月越来越近，徐星扬想近身去阻拦，却也来不及了，他不由得慌了神，怔怔在原地矗立着。

湘梦园的人见状亦惊慌不已，朝着乔锦月惊慌道。

"小七！""月儿！""师妹！"

"月儿小心！"顾安笙见千田川手持利刃朝乔锦月袭来，本能地拼尽力气，抱着乔锦月转了一周，调换了自己与乔锦月的位置。不偏不倚，那利刃刚好插入顾安笙的背中。

"噗！"顾安笙吐出一口鲜血，倒在了乔锦月的怀里。

"安笙！"乔锦月惊惧得睁大了双眼，抱着顾安笙，发了疯似大声哭吼，"安笙，你为什么要替我挨这一刀，为什么，为什么？"

"月儿！"顾安笙似乎松了一口气，勉强挤出一丝微笑，摸着乔锦月的脸颊，气若游丝，"你没受伤就好！"

顾安笙替乔锦月挨这一刀，在众人的意料之外。此时此刻，所有的人都被惊得愣在了原地说不出话来。此时，千田川的手下已全数被击毙，唯独剩下千田川一人。

"大人，接枪！"一个警官将枪扔给徐星扬，徐星扬回过神，接住了枪，朝着千田川开了数枪。

"砰！砰！砰！"三枪击中了千田川的要害，千田川口吐鲜血，原地暴毙。

所有的外族人都已被消灭，宾客们也转危为安。本该是欢欣美满的一场婚礼，终究被搞成了一片废墟，横尸遍地的战场。在场的宾客们都倒抽了一口凉气，除了乔锦月和顾安笙。

看着顾安笙替乔锦月挡了这利刃，乔锦月哭得不能自已，虽然已经回归了平静，宾客们却无人上前劝慰他们，纷纷低下了头，沉默不语。

"安笙，你为什么要这么做？"

"月儿！"顾安笙伸出了一只手，想要抚摸乔锦月的鬓发，却已无力地垂下手，"只要你安好，拼了我这条命，也算是值了！"

他的手还未触碰到乔锦月的鬓发，就已然气绝晕了过去。

"安笙，安笙！"乔锦月声嘶力竭地哭吼着，"你若是不在了，我怎么活……"她最后一句话没说口，就已经耗尽了力气，两眼一黑，与顾安笙一同晕了过去。

第二十一章
拨开乌云见彩虹

- 壹 -

"安笙,你在里面吗?"

"月儿,我在,你进来吧,门没锁!"

乔锦月推开了门,走到顾安笙床前坐下,关切而言:"安笙,你的伤口还疼吗,现在怎么样了?"

"已经没事了,早就不疼了。"顾安笙看着乔锦月眼角的憔悴,温声嗔道,"你自己的伤还没好,就急着来看我,你就不怕旧伤复发啊!"

乔锦月噘起了嘴:"可是我看不到你,我的心也难安啊!"

今时今日,距那天的婚礼洗劫已经过了半个月。那天警局的心腹大患——红樱队被全数击毙,除了乔锦月与顾安笙,其他人均无碍。他们二人相继晕倒后,被送去了医院。所幸,顾安笙虽被刺了一刀,但没有伤到要害，只是受了些皮肉之伤，加上天桥坠落的旧伤复发，需要住院静养一些时日。乔锦月的腿轻度骨折，加上身上被打的淤伤，也需要住院静养些时日。二人都无性命之忧，也算是不幸中的万幸。

那天的婚礼被搅得一团乱，所滋生之事惊动了整个津城，婚礼只能就此作罢。

出了这样的事，徐星扬深知此事自己有着不可推卸的责任，他愧疚自己让乔锦月身受重伤，无法享受欢聚一堂的婚礼。同时，他亲眼看到了顾安笙与乔锦月之间的情深入骨，生死相依，他深深懊恼自己对乔锦月的爱及不上顾安笙，没有做到像顾安笙一样不顾一切地去保护乔锦月。住院期间，他去看过几次乔锦月，但对婚礼的事只字不提，他深知自己已无颜再提及此事。

另一旁，湘梦园的人均被此事吓得不轻，所幸乔锦月无碍。乔咏晖也同样见证了顾安笙对乔锦月的拼死守护，对顾安笙的印象有所改观。同时，感动于顾安笙对乔锦月的情意，便没有阻拦，任由住在同一家医院的乔锦月去看望顾安笙。他感念顾安笙以性命相救乔锦月，对婚礼的事也有所动容，同样再也没有提及乔锦月与徐星扬的婚事。

乔锦月看着顾安笙苍白的脸色，不禁起疑，严肃而言："安笙，你不许骗我，你要跟我说实话。现在你的伤口还疼吗？还难不难受？你若是不和我说实话，我便会日日挂心不已。"

顾安笙温和一笑："哪有你想的那么严重，医生都说了就是些皮外伤，现在伤口已经愈合了就没事了。倒是你，就爱瞎想。"顾安笙顿了顿，拉起乔锦月的手，亦关切而言："你别老想着我，连自己的伤都不顾。你腿上的伤怎么样啊，现在好些了吗？"

乔锦月颔首道："已经好多了，你瞧，我现在都能走路了。倒是你……"她不禁愧疚地低下头："你为了救我，受了这么重的伤，你又是何苦呢？你明知道自己身上还有旧伤，还偏偏要不顾一切地替我挨这一刀，你真是不要命了。"

顾安笙眼神坚毅道："月儿，你知道的，我不可能看着你被折磨啊。哪怕是拼死，我也要救你啊！"

乔锦月抱住顾安笙，动情地落下一滴泪，颤声而言："安笙，我就知道这个世上，只有你才能够为我奋不顾身。我差一点要嫁给别人了，你还为我义无反顾，终究是我对不住你。"

顾安笙亦抱住了乔锦月的背脊，温声说："我为你义无反顾，你何尝不是为我义无反顾？你替我挨的打你忘了我可忘不了，你没有对不住我，要怪只能怪造化弄人。"

乔锦月双手环得顾安笙更紧，好似生怕被夺走一般："安笙，哪怕是父母之命，媒妁之言，可我爱的还是你。就算是为了父亲之命，为了湘梦园嫁给徐星扬，我也不可能放下对你的感情，我还是想和你在一起。这事闹得这么大，满城皆知，婚礼的事徐星扬也对我只字不提，我估计这事只能放一放了。安笙，不管我们最终能不能走到一起，这一刻，我只想陪着你，我不想离开你。"

顾安笙松开了乔锦月，双手握住了乔锦月的肩，深情道："好，我们多欢喜一刻，便是一刻。"

乔锦月颔首道："你拼死救我的时候，我爹都看在了眼里。你舍命救我，我爹也没有理由阻止我来看你。所以这些日子，我便都要和你待在一起。"

顾安笙亦道："只要你来，我都会陪着你的。"

乔锦月握住了顾安笙的手，婉声而言："安笙，我们在医院住了那么久了，我也有些闷了，现在你我的伤都好得差不多了，你陪我出去走走好不好？"

顾安笙亦颔首道："好，我这就陪你去！"

他们二人的伤势均未痊愈，便没有走远，只站在医院的门口散散心。彼时，天空飘落起了小雪花，这正是今年冬季里的初雪。乔锦月倚靠在顾安笙的肩头，用手接住一片片的雪花，看着这些雪花入手即化，乔锦月不禁慨然："秋天过去了，冬天又来了，不知道什么时候又开始下雪了。"

"还记得去年这个时候,你刚刚学会了重新走路,你就是这个时候出的院,那个时候我还给你打造了一辆轮椅车。前年这个时候,我们好像刚在京城巡演回来吧,那时候我师兄得了急病,你代替师兄和我搭戏。我也是在那个时候对你动的心,我当时还不知道你对我的心思,可你偏偏就是不说,我还以为你不喜欢我呢。不知不觉就两年了,期间,我们经历了这么多。走过了这些路,我感觉自己成长了,也不像以前那么任性了。一切都变了,又好像没有变。"

顾安笙望着天上飘落的雪花,亦感慨:"变的是世事,不变的是真心。两年的时间,足以改变一个人了。你我都变了,我们都不再任性,变得成熟稳重。但我们也没有变,不变的就是爱彼此的心。"

"是啊!"乔锦月伏在顾安笙的肩上,轻轻说,"无论未来会如何,这一点怕是永远也不可能改变了。"

顾安笙和乔锦月不知观了多久的雪景,忽闻背后有人呼叫:"锦月,顾公子!"

乔锦月转过身,惊异:"星扬,你怎会……"

被徐星扬撞见自己与顾安笙在一起,乔锦月难免会有些尴尬,毕竟自己与徐星扬还有婚约在身。顾安笙亦同样尴尬,徐星扬知道自己与乔锦月之间的情意,而自己现在又与徐星扬的未婚妻待在一起,便觉得有些无地自容。更尴尬的却是徐星扬,相爱的是面前的二人,自己是横刀夺爱的那一个,此时此刻,在他们二人面前,自己仿佛就是一个多余的人。

三人站在一起,同时怔了几秒,俱无言以对。

"嗯……锦月啊!"沉默了几秒,徐星扬首先开口问,"你的伤怎么样啊,看你现在能下地行走了,应该好些了吧!"

"好多了!"乔锦月说,"再过几天就能够出院了,谢谢你这么忙还抽出时间来看我。"

徐星扬的心不禁酸了一下,虽然乔锦月看似以礼相待,但他明白乔锦月对他这么客气，是始终没有把自己当作未婚夫来看。他顿了顿，又向顾安笙问："顾公子，你的伤好些了吗？"

顾安笙只说："好些了，多谢徐局长关怀。"

"唉！"徐星扬不禁叹了口气，低下头，"出了这样的大事，我有不可推卸的责任。都怪我，把你们害成这样。"

"局长，这不怪您。"顾安笙是明事理之人，见徐星扬自责，便说，"此事怪不得局长大人您，都是那外族人心肠太恶毒。"

徐星扬若有所思地顿了顿，低下头仿佛是在纠结着什么，顷刻间，抬起头看着他们二人，毅然而言："锦月，顾公子，我今天来是向你们道歉的。都怪我害了你们二人受此重伤，而我身为警察局局长，竟横刀夺爱，妄想拆散你们，这真是大错特错，我已无颜再面对你们二人。我思量了好久，今天便做出了这个决定。"他复又抬头看向乔锦月，诚挚地说："锦月，我们的婚约弃了吧，我不该强占你，把你硬留在我的身边。我更不能为了自己的占有欲，毁了你们两个人的幸福。我已经到湘梦园退了我们的亲事，你真正爱的人是顾公子，他才应该是你最终的归宿。"

乔锦月眼中露出了喜色，自是万分欢喜："星扬，你说的是真的吗？"

"当然！"徐星扬深吸了一口气，看着他们二人不由得感叹，"千田川闹事的那天，我看着顾公子不顾一切地救你，他必然是爱你爱到了极致，甚至超越了爱自己性命的地步。他一个不会功夫的人，竟奋不顾身地拼命护住你。而我，明明有一身功夫，却因为畏惧红樱队的势力，不敢上前去救你。比起他对你的爱，我真的是自愧不如。我没有理由霸占你，你应该属于那个真正爱你爱到骨髓里的那个人。"

乔锦月不禁畅然，扬起了嘴角，十分感激："星扬，谢谢你肯成全我们。不管怎么说，你也为我们做了很多了，我们还是应该感谢你的。"

徐星扬看着乔锦月清澄的眼眸，不禁再次扣动了心弦，却知无益。一阵酸楚涌上心头，他深沉而言："其实锦月，我应该谢谢你的。虽然你我无缘，但至少因为遇见你，我知道了喜欢一个人是什么样的感觉。只不过是我自己无能，没办法保护好你。"徐星扬诚挚，乔锦月不禁感动于徐星扬对自己的这一番情意，她轻声劝慰："不，星扬，世界上有很多情谊是很重要的。你与我倾盖如故，你的仁义正直更是世间少有。你是个好人，我和安笙感激于你的仗义相助，其实我和安笙都愿意和你做朋友的。"

顾安笙亦说："局长您愿意成全顾某和锦月，顾某感激不尽。于监狱中对顾某的照拂，顾某更是没齿难忘。蒙局长大人不弃，若能与您结交，是顾某今生今世的福分。"

徐星扬看着他们二人，眼中流露出诚挚的感动，微笑道："虽然我失去了我喜欢的女孩，但是能得两个至交好友，这一次，也算是不枉了！"

"哦，对了。"徐星扬又言，"你们不要再叫我局长大人了，从今儿起我就不是什么局长了。这几天我把红樱队的残局收拾完了之后，就辞去了局长之位。我年纪太轻，资历不够，坐上这样的位置本就惹人无数闲话。而今出了这样大的事，我却没能合理应对，害得那么多百姓受惊，我深知自己愧对警察局局长这个职位，不如辞了去，给更有能力的人去做。"

"什么？"乔锦月惊异，"你竟然把局长之职辞了去？那你今后要做什么啊？"

徐星扬笑了笑，说："我空有一身功夫派不上用场，不如以身报国，守卫边疆。经千田川一事我才得知，外族人屡次进犯我国并残害我国无辜百姓。所以我打算远赴边疆充兵，以一己之力守卫神州大地，尽了这份赤子之心。"

乔锦月沉思了一会儿，轻声说："你若有此意也好，以一己之力报国，未尝不是远大志向。若能守住中华，亦是一件为人称颂的事。只是作为边疆守卫军，怕是要受的苦远比在警察局要多得多啊！"

顾安笙亦说："边塞之地苦寒，你若前去必定要耐得住寂寞与清苦，你当真想好了？"

徐星扬只是淡然而言："既然我做出了这样的决定，必然是能受得住这样的苦的。若想到是以青春之力报国，我便不觉得苦了。"

顾安笙不禁钦佩道："徐兄深明大义，顾某佩服至极！"

乔锦月沉默了几秒，又问："星扬，你打算什么时候走啊？"

徐星扬说："也不过就是这几日了。"他望着天上的落雪，呼了口气："这一去不知何时才能回还了，但与二位之间的情谊，徐某铭记于心。临别前，便提前先祝二位永结同心，白头偕老了。"

乔锦月颔首，感激而言："星扬，谢谢你，我和安笙都会铭记你的这份恩义的。"顾安笙亦道："多谢徐兄，也愿你远赴边疆后，平安顺遂。"

徐星扬意味深长地笑了笑，又说："我无缘守在锦月身边，顾兄一定要照顾好锦月。有你这样用生命守护她的人，没有人会不放心把她交付给你的。锦月已经受了太多的委屈，不能再让这个小丫头受苦了！"

顾安笙认真而言："无论何时何地，我都会保护好月儿，不让她受苦的。"

徐星扬看着他们二人相依相偎的身影，心酸之外，也添了些欣慰，他轻声说："愿有情人终成眷属吧，是时候该我回去了，我们有缘再见。"

乔锦月不知为何，心里竟有一丝难受，望着徐星扬形单影只的身影，颤声道了句："星扬，你保重！"徐星扬露出了个淡然的笑容："天太冷了，你们两个伤势未愈，快回去歇息吧！"说罢，便头也不回地离去了。乔锦月望着徐星扬落寞的背影，不禁感慨："其实星扬他是好人，只奈何生逢乱世，无可奈何。"

顾安笙亦点头："他肯放下你，成全我们，这份恩情我会永远记得的。我们也做不了别的，只愿他在边塞之地，能够少受些苦吧！"

乔锦月同样说："但愿吧，安笙，我们也回去吧！"

"好！"

二人携手，走回了病房。

- 贰 -

乔锦月与顾安笙相护搀扶着,走上一步又一步的台阶,心里不禁涌上了久违的喜悦。乔锦月倚靠在顾安笙的肩头,甜甜而言:"安笙,幸亏到了现在,我们都还在。真好,一切都可以像从前一样了。没了这桩婚约,我是必然要跟你在一起的。"

顾安笙嘴角亦扬起一抹笑意,揽住乔锦月,柔声说:"事到如今,我还能拥有你,何尝不是一种庆幸呢!"

二人走回了顾安笙的房间,却被病房中满座的人吓了一跳。只见胡远道、柳疏玉夫妇与胡仲怀、乔咏晖、陈颂娴与苏红袖都在顾安笙的病房里。乔锦月惊奇:"师父、爹、师姐,你们怎么会和玉姨他们……你们怎么都在安笙的病房里?"

"傻丫头!"陈颂娴笑着,"刚刚我们看到你和安笙在外面看雪了,我们没有打扰你们俩。就回了安笙这儿等你们,我们知道你们回来后一定会到安笙这儿的,所以专程到这来等你们。"

乔咏晖亦笑:"哈哈,我们和胡班主夫妇前来,是要告诉你们一桩喜事。徐局长愿意成全你们两个,昨儿已经来这把亲退了。看着你们两个一往情深,我和你师父就与胡班主夫妇商量好了,愿意成全你们两个的婚事!"

乔锦月喜得心中一震,不禁激动:"爹,是真的吗?您真的答应让我和安笙在一起……啊!"乔锦月激动过度,竟不由得牵动了腿上的伤,向后跌了一个趔趄。

"哎,小心……"在场所有的人都被乔锦月这动作吓了一跳。

"月儿！"幸得顾安笙手疾眼快，忙将乔锦月扶住，并将她扶到床上坐下，温声而言，"你腿上的伤还没有好，小心点，先坐下吧！"

"傻丫头！"乔咏晖笑嗔，"你自己的伤还没好，瞎激动什么，亏得安笙小心谨慎。有他这么呵护你这个不知深浅的丫头，爹也能放心了。"

乔锦月喜得两眼放光，忙说："爹，您怎么突然想明白，答应让我和安笙在一起了？"

乔咏晖吸了口气，深沉而言："唉，起初我是不看好你们的。这安笙虽然人不错，但是我怕他的身子无法照顾好你。但是婚礼上的闹剧我们也都看得一清二楚，你陷入绝境之际，奋不顾身去救你的人只有安笙这小子。他肯为了你不顾性命，这样的人，我还有什么不放心把你交给他的。他肯为了你拼命，日后也必定会护你周全，所以我和你师父便决定把你交给安笙了！"

"太好了，谢谢爹！"乔锦月拉着顾安笙的手，激动得闪着眼中的泪花，欢欣说，"安笙，你听到了吗？我爹终于答应了，我们终于能够在一起了！"顾安笙亦满心欢愉，朝着乔咏晖鞠了一躬："多谢乔伯父成全！"

乔咏晖看了看郎才女貌的二人，并叮嘱："你们两个的伤势还没痊愈，现在先好好养病。等你们痊愈出院之后，我就和胡班主夫妇商议你们两个的婚事！"说罢，他又看着柳疏玉和胡远道，笑着说："不愧是您二位的贤徒，果真是重情重义之人。我女儿跟了他，当真是错不了！"

柳疏玉看着相互依偎着的乔锦月和顾安笙，亦怜爱而言："安笙这孩子是我们看着长大的，就像我们亲生骨肉一样，这孩子向来重情，我们都看在眼里。若说到重情，锦月这孩子又何尝不是呢！当真是跟当年的秀云师妹如出一辙。那会儿安笙受伤了，锦月一直不离不弃地照顾他，说什么也不肯离开他。要我说安笙能恢复得这么快，还多亏有锦月在身边呢！锦月这么好的孩子，我们也认定了！"

"你这丫头！"乔咏晖指着乔锦月笑嗔了一句，"你和安笙在一起多长时间了，瞒了爹那么久，爹一点也不知情，要是爹早知道也不至于让你们受了那么多的罪啊！"

"爹！"乔锦月走到乔咏晖的身边，拉住他的胳膊撒娇，"我不是怕您不同意吗？我和安笙一直小心翼翼地来往，就怕您知道了骂我不守规矩。我原先打算等安笙来咱们这提亲的时候再告诉您我们俩的事，哪知道被这一件件的事给耽搁了。"

"唉！"乔咏晖摸着乔锦月的鬓发，不禁自责，"其实也怪爹，都是爹不好，爹以为给你找了个好归宿就会让你幸福，却不想事情竟会变得如此。现在爹知道了，只有让你和安笙在一起，才是皆大欢喜。月儿，你能原谅爹的过错吗？"

"爹，女儿不怪您！"乔锦月轻声笑，"只要爹能同意月儿和安笙在一起，月儿就什么都不在乎了！"

"哈哈哈，这样真是皆大欢喜了！"胡远道亦欣慰道，"这两个孩子经历了这么多的磨难，终于修成正果了。正好锦月这孩子的生母还是疏玉的师妹，这样一来，算得上亲上加亲了！"

陈颂娴亦笑道："这会儿真是皆大欢喜，一切都圆满了！"

"不，还不是真正的皆大欢喜。"乔锦月站起身，拉过身边的苏红袖，又对陈颂娴赤诚道，"师父，师姐是湘梦园的一众姐妹中，对小七最好的，也是您最器重的弟子。所以您也希望师姐和小七一样幸福快乐吧！"

陈颂娴奇异："对呀，小七，你这么说是想干什么呀？"

苏红袖亦是一头雾水，不禁怔怔然："小七,你要搞什么花样啊？"

乔锦月跪了下来，诚恳而言："师父，爹，你们肯成全锦月与安笙，锦月请求你们也成全了师姐吧！"她望了望苏红袖，又望了望胡仲怀，继续说："师姐与仲怀亦是两心相许，只是奈何身份差异，迟迟不敢承认这份感情。锦月恳请师父和爹也成全师姐和仲怀，他们是真心相爱的！"

苏红袖万万没想到乔锦月会在这个时候把她与胡仲怀的感情公之于众，大惊失色："小七，你说什么呢！"

胡仲怀亦愕然："锦月，你……"

"小七，快起来！"陈颂娴担心乔锦月的腿伤，忙把她拉起，"你腿上的伤还没好，不能跪着！"

"不！"乔锦月轻轻推开了陈颂娴，仍然执着道，"师父和爹若不答应，锦月便长跪不起！"

"月儿，不可胡闹！"乔咏晖无奈，只得说，"你先起来，一切都好说！"

乔锦月这才站起了身，对着父亲与师父俏皮一笑："一言既出，驷马难追。那锦月就当你们答应喽！既然答应了，可不准反悔啊！"乔锦月又转过身对柳疏玉与胡远道说："玉姨，胡叔叔，你们看我爹和师父都答应了师姐和仲怀的事，你们也成全他们了吧！"

"你这鬼丫头！"柳疏玉不禁哑然失笑，"你真是古灵精怪，鬼主意还不少呢！"

"仲怀，你过来！"她伸手，把胡仲怀招呼到身边，认真问道，"仲怀，你老实告诉娘，锦月说的可是真的？你当真喜欢苏姑娘，想要娶她为妻？"胡仲怀看了一眼乔锦月，不禁又可气又可笑地瞪了她一眼："你呀，嘴还真是快，没准备好的事，全都被你说出来了！"

乔锦月俏皮地眨眨眼睛，没有说话。胡仲怀明白她的意思，她是想说：我这是在帮你，你反倒还怪起我来了！

胡仲怀复又看着柳疏玉与胡远道，诚挚而言："爹，娘，不瞒你们说，儿子与红袖确实是两心相许。只是此事还没有定数，儿子本不想这么快就禀告爹娘。既然今天锦月将这件事说出来了，儿子便也不隐瞒了！"胡仲怀朝着父母鞠了一躬："儿子与红袖是真心相爱的，红袖温柔体贴，对儿子的照顾无微不至，还望爹娘肯接纳红袖，成全儿子这一番情意！"

柳疏玉顿了顿，朝苏红袖招了手，说道："红袖，你过来！"

苏红袖依言走了过去，她面对胡仲怀的父母，虽然内心忐忑，但还是鼓起了勇气，镇定而言："胡班主，胡夫人，请恕小女失礼，与仲怀私下来往。小女虽与仲怀相爱，却从未失过半点礼数，小女一直都是恪守本分的。小女不在意名分，但求能够陪在仲怀身边，还望班主和夫人肯成全小女的一片心意！"

柳疏玉仔细地打量着苏红袖，细细说："我还真没有仔细地瞧过你这个姑娘，这么一看，确实是个标致可人的姑娘，难怪仲怀会喜欢你。要是我没记错的话，你就是妙音娘子的大徒弟，对吧？"

苏红袖应答："正是小女。"

柳疏玉思量着："我依稀记得你师父说过，湘梦园的事宜都是你帮着打理的，这样一个温柔懂事的姑娘，想必也不会差。既然你和仲怀真心相爱，想必你对他也是十分尽心的。妙音娘子的徒弟，我自然是信得过，远道，你以为呢？"

胡远道说道："这姑娘一看就是个温柔本分的，有她管着仲怀，我们也能放心了。只要你同意，我没意见！"

"太好了，爹！"胡仲怀朝胡远道与柳疏玉鞠了一躬，兴奋而言，"多谢爹娘成全！"

"你先别急着谢我们。"胡远道转过身，看向陈颂娴与乔锦月，诚挚而言，"乔老板，妙音娘子，红袖这个姑娘我和夫人也很喜欢，他们俩的事，我们愿意答应。不知二位意下如何？"

陈颂娴笑："我这个大徒弟是我一众弟子中最懂事的，从小跟着我风吹日晒的没少受苦。您二位的儿子我们也信得过，这事我自然不会阻拦，红袖跟了少公子后，也能少受些苦。"乔班主亦说："红袖就跟颂娴的亲生女儿一样，她答应了，我自然也不会有意见！"

"真的吗？太好了！"胡仲怀激动地朝着二人鞠了一躬，"多谢乔老板，多谢妙音娘子！"

苏红袖亦欢喜："多谢师父与班主成全！"又转过身对胡远道夫妇鞠了一躬，感激道："多谢胡班主与夫人接纳红袖！"

"红袖，这是真的，这是真的！"胡仲怀喜不自胜，抱住了苏红袖，激动道，"太好了，我们终于能够名正言顺地在一起了！"苏红袖亦激动得热泪盈眶，抱住胡仲怀，止不住哽咽："仲怀，没想到我们真的有这么一天！"

见他们二人的感情得到了认可，乔锦月也欢喜得很，望着苏红袖笑道："师姐，这是喜事啊，你哭什么啊？"

"对啊，我不能哭。"苏红袖松开了胡仲怀，拭去了眼角的泪水，破涕为笑，"我是太开心了！"她走过去，拥抱住乔锦月，感激而言："小七，我也要谢谢你呢。谢谢你肯在师父、班主与胡班主夫妇面前为我开言，果然还是小七对师姐最好！"

"师姐，你跟我说什么谢啊！"乔锦月松开了苏红袖，笑道，"你是我最亲最爱的师姐，我必然要看着你幸福快乐啊！"她又向前走了两步，仰起头，对着胡仲怀戏谑而言："喂，仲怀，我可没让你失望，把师姐成功送到你手上了。不仅把师姐交到了你手上，还为你征得了你爹娘和我师父的同意呢！"

"不愧是锦月！"胡仲怀朝乔锦月竖起大拇指，"锦月一出手，万事不用愁！"

"仲怀，说什么呢！"苏红袖温声嗔了一句胡仲怀，羞涩地低下了头。她却又好似想到了什么，忽地抬起头，狐疑地看着乔锦月："不对，小七，你们两个是不是早就商量好了这一切，你是故意撮合我和仲怀的，合着我一直被你们蒙在鼓里呢！"

"哈哈哈！"乔锦月笑道，"师姐，你才知道啊，可惜你知道得太晚了！"

"你们这些年轻人啊，真好！"胡远道感叹，"这真是两桩喜事，双喜临门呢！这几个孩子的事，不如选个良辰吉日，一起办了吧！"

"甚好！"乔咏晖笑言，"我正有此意呢，看着这几个孩子有了好归宿，我们这些长辈也就放心了！"

"太好了！"乔锦月看着顾安笙，深情而言，"安笙，你听到了吗？我们终于可以名正言顺地在一起了，师姐和仲怀也修成正果了！"

顾安笙揽住了乔锦月的肩，亦满含温情："是啊，真好，这正是你我之所愿，如今终于如愿以偿了！"

一个月以后，顾安笙与乔锦月的伤势均已痊愈，他们二人便出了医院。经历了这大大小小的波折，二人的情意已比金石坚固。兜兜转转，他们还是相守在一起了，经历了悲欢离合后，他们也分外珍惜彼此之间的情意。不过现如今，二人便不同于往常那般小心谨慎，生怕被人发现他们的来往了。得到了长辈们的认可，二人便可以毫无顾忌地行走在看客们的面前。这是他们两个人出院后，顾安笙的初次登台。他们二人已经商议好，在这次顾安笙的个人专场上，将二人的情意公之于众。

"画好了，转过来，让我看看！"为顾安笙画完眉后，乔锦月瞧了瞧顾安笙的妆容，赞叹，"不错，的确是个英俊潇洒的少年郎。快要上场了吧，去准备一下吧！"

顾安笙拍了拍乔锦月的肩，声音满含宠溺："别光为我忙活了，你快给自己上妆吧，返场的时候你可是亮点呢！"

"知道啦！"乔锦月嘻嘻笑道，"你快去吧，记好我们的词儿，可别中途掉链子，那我们的颜面就被丢尽了！"

顾安笙作势戳了一下乔锦月的脑袋，假嗔道："你个鬼灵精，自己填的词儿，难道还能忘了不成？好啦，不多说了，我上场了啊！"

乔锦月点点头："去吧！"

顾安笙与林宏宇走上了台前，乔锦月对着入场口粲然一笑，便去换了自己的戏服。想到这一天要在戏台上与顾安笙将他们的感情公之于众，乔锦月分外激动，激动之外也有些许忐忑。他们二人商议好了，在返场的时候，顾安笙穿着乔锦月为他缝制的大褂，乔锦月穿着顾安笙为她定制的戏服，唱着两个人填词的小曲儿在台上公开感情。

临别月余，顾安笙再次登台，看客们也格外热情，一场相声节目进行得很顺利，顾安笙说得也格外舒畅。乔锦月在后台换上了白素贞的戏服，对着镜子仔细地为自己点缀上妆容。

"乔姑娘，你准备一下，该你入场了！"林宏宇对后台望着铜镜发呆的乔锦月说。

"啊，这么快呀！"乔锦月站起身，不禁心中小鹿乱撞，失笑而言，"哎呀，我还没准备好，一想到要公开我们的事，我还真有点忐忑不安呢！"

"怕什么啊，乔姑娘！"林宏宇笑着说，"有角儿在上面呢，你怕什么，快去吧！"

"嗯！"乔锦月点点头，走到了侧幕旁，掀开帘幕。

只见顾安笙长身玉立地站在台上，手持折扇，从容温和地笑道："各位，今天返场，我邀请到一位神秘的助演。"

看客们纷纷奇异："谁呀，顾二爷你怎么搞得这么神秘嘛！"

"什么人啊，顾二爷快告诉我们嘛！"

顾安笙微微一笑，故作玄虚："我先不说，你们都会知道的。话不多说，我为你们唱个小曲儿《照花台》吧！"

"啊，为什么不说啊？"

"好啊，唱《照花台》好呀，好久都没有听到顾二爷唱《照花台》了呢！"看客们一半失望，一半喜悦。失望的是顾安笙迟迟不道出那个人的姓名，喜悦的是顾安笙要为看客们唱《照花台》。

《照花台》是民国初年以来，在北京和津城一带十分流行的小曲儿小调。曲儿是传统的，词儿是后人填写的。《照花台》一共有好多个不同的版本，有《西厢记》版的，也有《唐伯虎点秋香》版的，顾安笙时常在返场的时候给看客们唱上一小段。小曲儿的曲调婉转,悦耳动听,也深受看客们喜爱。

顾安笙给了个手势,一旁的师弟便拉起了伴奏的弦儿,顾安笙清了清嗓,唱道:"一呀么更儿里呀,月了影儿照花台。才子呀会佳人我心里呀乐开怀呀。安笙我月下笑颜开呀,丽珊桥畔独徘徊,盼得那美人来呀。左等也不来呀,右等也不来,只见那云影静呀么静徘徊呀。不见哪佳人嗨,叫我呀好等待呀!"

听得这唱词不是以往听到过的,看客们纷纷诧异:"这不是我们平时听到过的《照花台》啊,这是哪一个版本的?"

"对呀,对呀,不是《西厢记》,也不是《唐伯虎点秋香》,词儿听着陌生,不过这词儿写得真不错呢!"

"你们仔细想想,顾二爷提到自己的名字了,也提到咱们津城的丽珊桥了,这词儿该不会是他自己写的吧!"

顾安笙对着那个说出实情的女看客会心一笑,道:"姑娘,你说对了,这词儿正是我自己写的!"

"啊?真被我们猜对了!"

其中一个看客站起来,大声问:"顾二爷,您既然提到自己了,也提到丽珊桥了,那你是不是说的是你自己的故事呀,那美人佳人都是谁呀?"那个看客说完后,其余的看客们也纷纷起了疑心:"是呀,是谁,难道是顾二爷的心上人吗?"

"顾二爷约会佳人,真的假的?"

顾安笙微微一笑,说:"别急,答案马上就揭晓了!"顾安笙又朝着那个拉弦儿的师弟打个手势,那师弟继续拉起弦儿来。

伴随着悦耳的乐曲声,不闻顾安笙开嗓,但见侧幕中走出一位身着水袖白衣的窈窕淑女。她迈着台步,舞着水袖,缓缓走上戏台,边舞着边用着清灵的嗓音唱:"二呀么更儿里呀,月色多清幽。难会那多情的人,我相思好难挨呀。"

"红烛呀,滴着那相思的泪呀,湘梦园困住了,痴情的女裙钗呀!"

"阁中我独徘徊呀,阁外我又徘徊,难能呀会郎才,我好呀么好伤怀呀。安笙呀,郎君呀,失约你且莫怪呀!"

望着那窈窕佳人,看客们纷纷惊讶得说不出话来,等着那姑娘将曲儿唱完。顷刻,有人问:"这个扮上白娘子的姑娘是谁呀?看起来好熟悉!"

"文周社说相声的哪里会有姑娘,这姑娘是从哪来的啊?"

"这么漂亮的姑娘,唱得这么动听,应该是个戏角儿吧!"

乔锦月转过身,被一位看客认出了相貌,大声说:"这是湘梦园的乔锦月乔姑娘!"乔锦月被一语道破了身份,不禁羞涩地低下了头,没有说话。

台下一片哗然,议论声纷纷响起:"这乔姑娘和顾二爷是什么关系啊?难道她就是顾二爷的神秘助演?"

"乔姑娘今天好漂亮啊!"

"你们仔细品这词儿,难道顾公子等的佳人就是乔姑娘,这两个人是什么关系,这词儿是真的假的?"

"顾二爷都说了这词儿是自己作的,八成乔姑娘这个也是,他们不会是恋人吧!"

顾安笙从容地笑了笑,没有说话,深情款款地看向乔锦月,继续唱:"三呀么更儿里呀,斜月映朦胧。独步那桥畔溪我怎生乐开怀呀,情人哪,你为何迟迟不来呀?冷月无影歌无声,安笙我好伤怀呀。又望那东门外,又望那西门外,不见那女婵娟,倒见那秋月白呀。明月呀,何时我抱得那美人怀呀!"

才子俊俏,佳人貌美,台上的一对璧人惊艳了四座,台下又是一片哗然。

"没错了,这歌词说的就是他们两个约会的场景!"

"真的是郎才女貌,天造地设的一对啊!"

"那年封箱的时候,就觉得他们两个很般配,过了这么久了,没想到他们两个真的在一起了!"

乔锦月莞尔一笑,继续朝顾安笙走近,婉转唱着:"四呀么更儿里呀,月华戏浮萍。逃出了红门外,小女我乐开怀。郎君哪,劳苦你久呀么久等待呀,等着我前去来,双双乐开怀。桥上多寂寥,桥下多寂寥。辛苦那多情的人,风露立中宵呀。但等我,佳人来,双双乐道遥啊!"

双双深情对视,执住了对方的手,合鸣而道:"五呀么更儿里呀,秋月隐浮云。不见那夜深深,见得那天熹微呀。多情的鸾和凤桥下喜相会呀,才子呀,佳人呀,我们两个永不离呀!才子呀佳人呀,我们两个永不离呀!"

"好!"台下看客不禁动情,纷纷鼓起掌来。

顾安笙拉着乔锦月的手,走到了台前,他面若三月春风,含笑温声对着台下看客介绍道:"诸位,这位就是我请到的神秘助演,湘梦园的乔锦月,现在是我的未婚妻!"乔锦月欠身对着台下的看客们鞠了一躬,台下一片讶异与哗然。

"天哪,果然是真的,乔姑娘当真和顾二爷在一起了!"

"这《照花台》说的就是你们两个吧!"

顾安笙微笑着制止住了台下的喧哗:"诸位,我知道你们有很多的疑问。今天你们若有什么问题尽管提出,我们两个会一一为诸位解答的!"

第一排其中的一个看客对顾安笙问:"顾二爷,你和乔姑娘好像很早就认识了,你们又是什么时候在一起的,怎么瞒了我们这么久啊?"

顾安笙笑了笑,说:"不瞒各位说,其实我们相识在前年的夏天,我们是前年湘梦园与文周社联合封箱的那个时候在一起的。当时我们没有告诉我们的长辈,所以我们私下里的来往没有让任何人知道。如今,长辈们同意了我们的婚事,我才带着乔姑娘来到这里,公开承认我们之间的关系。"

那个看客不由得惊讶:"哇,真好,果然是郎才女貌的一对,你们一定要幸福啊!"

顾安笙与乔锦月感激地朝着那个看客鞠了一躬,道:"多谢!"

另一个看客问:"顾二爷,你说你们是去年封箱的时候在一起的,那现在也有两年了,这两年发生了好多事,这些坎坷的路是不是都是乔姑娘陪着你一起走过的?"

顾安笙颔首,真诚而言:"是的,你说得没错。这两年发生了这么多事,都是她不离不弃地陪着我。我从天桥坠落,双腿瘫痪时,是她废寝忘食地照顾我,陪着我。我被诬陷入狱时,是她不辞辛苦地为我寻找证据,我才得以平反昭雪。她为我付出了这么多,我必然要好好待她,这一生都不会辜负她!"

那看客犹似恍然大悟:"顾二爷,去年封箱时,你说那个给你勇气,让你重新站立的人,就是乔姑娘吧!"

顾安笙颔首:"正是!"

台下看客感叹不已:"原来乔姑娘对顾二爷的感情这么深,她竟然为了顾二爷默默付出了这么多!"

"捧了顾二爷这么多年,看着顾二爷找到了一个这么好的姑娘,我们也能够放心了!"

"顾二爷!"一个看客站起身,支支吾吾地问:"我……顾二爷,我有个疑问……我,我不知道该不该说……希望你不要介意,我只是想知道真相……"

顾安笙温和地向那看客伸出手,温声而言:"但说无妨,我们都不会介意的!"那看客说:"那我就直接问了,乔姑娘与警察局局长的婚约前些日子登在了各个报刊上,后来好像是因为婚礼上被外族人意外攻击而终止了这场婚礼。我……我只是想知道答案,并没有其他的意思。既然乔姑娘和顾二爷早就在一起了,为什么会有和警察局局长的婚约,为什么这桩婚约又解除了,为什么乔姑娘又成了顾二爷的未婚妻?"

没有想到这个看客会问出这么大胆的问题,但同时,这也是其他看客们想知道却又不敢问的。

霎时间,台下鸦雀无声,没有人再多说一句话。

静默了两秒,乔锦月上前一步,朗声说:"这个问题由我来为各位解答吧,您各位是安笙的看客,我便也当各位是自家人,我就把事情的原委一五一十地告知各位吧。"她顿了顿,又徐徐而言:"我与安笙已私订终身,奈何婚姻大事是父母之命,媒妁之言,我自己做不了主。父亲将我许配给了警察局局长,我也没有办法拒绝,无奈只能辜负了安笙的情意,嫁给我不喜欢的人。不承想婚礼的当天,竟出了这样的意外。那天在场的宾客们都置身于危难之中,包括我,也包括安笙。我差一点丧命在了外族人的手里,是安笙为我挡下了致命的一刀,我才得以保全了这条命。局长感怀于安笙对我的誓死守护,愿意放弃婚约,成全我们。安笙对我的感情,也得到了父亲的认可,答应把我许配给安笙。经历了生与死的考验,我们现在还能安然无恙地在一起,实属难得。这一次,哪怕海枯石烂,我们再也不要分开了!"说到此处,乔锦月不禁动情,凝望着顾安笙,眼中满含了激动的泪水。

看客们也感动不已,纷纷感叹:"真没想到,你们竟然在一起经历了这么多!"

"你们现在还能在一起,真的不容易,这一次永远也不要再分开了!"

"一定要白头偕老,永结同心!"

"多谢您各位的祝愿,我们一定会的!"顾安笙朝台下鞠了一躬,感激道,并又转过身,双手紧握乔锦月的手,动情道,"月儿,此一生,我定不会负你!"乔锦月微笑,亦动情而言:"我也是!"

在看客的欢呼声中,二人紧紧相拥。情定今生,愿永不相离,不相弃。

第七部分

山河碎

第二十二章

泪雨凄凄犹自悲

- 壹 -

寒冬腊月,已至隆冬。

历年此刻,便是梨园弟子最忙碌的时候,不过忙完了这一阵,等到封完箱,便能落得个清闲过个安稳年了。

对于湘梦园和文周社,今年自然也不例外,不过今年似乎比往年还要忙上好几倍,因为一方面要忙着剧院的演出,另一方面要筹备顾安笙与乔锦月、胡仲怀与苏红袖的婚事。两个班子都弥漫着喜气洋洋的气息,虽然忙碌,但为了这喜事奔波,却也不亦乐乎。适逢这一天湘梦园小剧场的演出收尾,班主乔咏晖让弟子们先回去休息,自己留在剧院清点一下戏目。

彼时天色已晚,乔咏晖关了剧场的门,准备回到湘梦园。他刚走到剧场的台阶下,就瞧见一个衣衫褴褛、满身伤痕的姑娘狼狈地奔跑着,恰恰跑到了自己的面前时,被一块砖石绊倒,重重地跌在地上。

"啊……"那姑娘发出一声痛苦的嘶叫。

乔咏晖心善,上前一步将那姑娘扶起,关切而言:"姑娘,你没事吧?"那姑娘忍着痛站起身,吃痛地说:"没事,多谢老先生!"忽然听到背后怒吼:"曲卓然那个婆娘躲哪儿去了?"

"不知道啊,好像是往左边去了吧。"

"给我追,就算是把整座城翻过来也要给我把那个婆娘找到!"

"是!"

"啊!"那姑娘吓得浑身颤抖,躲到了乔咏晖身后,颤声道,"不能让他们找到我,要是让他们抓到我,他们会打死我的!"

乔咏晖奇异:"姑娘,你这是……"

那姑娘环顾了一周,见四周并无隐秘之处,只见那剧院屋门紧闭,便跪了下来,向乔咏晖恳求:"老先生,您刚刚是从这剧院走出来的吧。您是个善人,能不能求求你让我进剧院躲避一下?要是让他们找到我,我怕是只有死路一条了!"

"这……"乔咏晖愣了一下,又闻得那怒吼声越来越近,他不知事情的原委,但他知那伙人若再近一步,这姑娘就会陷入危机。于是动了恻隐之心,也没有细问,便对那满身伤痕的姑娘说:"好吧,你随我进来吧!"

那姑娘点头,满眼皆是感激:"多谢老先生,多谢老先生!"

"别说话了,快走吧!"

那姑娘腿上有伤,乔咏晖便扶着她一瘸一拐地进了剧院,并将里屋的门闩上。从剧院内听得那群人急促的脚步声,得知他们已经寻到了剧院外。其中一个大声喊道:"那婆娘不是跑到这儿了吗,人呢?"

另一个说:"我看着她跑过来,怎么不见了,她已经被咱们打伤跑不了的,应该是躲到哪个角落里去了吧!"

"给我找!"

听着那伙人的声音渐渐远去,那姑娘稍稍松了一口气,朝着乔咏晖跪下。她哽咽而言:"多谢老先生收留之恩,那伙追杀我的人还没有走远,您能否容我在此处躲藏片刻?"

乔咏晖见那姑娘可怜,忙将她扶起:"姑娘你快起来,你身上还有伤呢,你快坐下,我去给你倒杯水。"乔咏晖扶着那姑娘坐了下来,并为那姑娘倒了一杯水,递到她面前,温和道:"姑娘你别害怕,在我们这剧院是绝对安全的,先喝了水再说话吧!"

那姑娘将开水一饮而尽,擦了擦嘴角,转过身,对乔咏晖感激:"多谢老先生,救命之恩,小女没齿难忘!"

"举手之劳,何足挂齿。"乔咏晖看着那姑娘身上伤得不轻,衣服也被撕破了,便问,"姑娘,你是何人,他们为何要追杀你呀?"

那姑娘不禁涕泪齐下,悲戚而言:"他们是我的表哥和丈夫,他们都不是什么好人。他们与外族人串通,用计谋害得我娘家破产,父亲含冤而死,母亲被困家中。他们限制了我的自由,哪儿都不许我去,我逃出了夫家回娘家看母亲,他们便对我打骂不休。如今还说要打死我,我真的是怕极了!"

"真是豺狼虎豹之心!"乔咏晖听了,着实心疼这个可怜的姑娘。他也不禁愤恨而言,"与外族人串通做汉奸已经是罪大恶极,偏偏还要对你这么一个手无缚鸡之力的弱女子下狠手,真是心如蛇蝎!"

"可是我们也没有办法,他们为了自己的野心,害死了我父亲,如今连我和我娘都不肯放过!"那姑娘嘤嘤哭泣,她对着剧院环顾一周,认出了这是梨园弟子演出的地方。

那姑娘向乔咏晖问:"老先生,这里是唱戏的剧院,那您是……?"

乔咏晖说:"这里是湘梦园的剧场,我是湘梦园的班主乔咏晖。"

"湘梦园?我竟然走到湘梦园来了!"那姑娘也不禁惊奇不已,问,"那您可是乔锦月姑娘的父亲,乔老板?"

乔咏晖颔首:"正是老夫,姑娘可认得小女月儿?"

"没想到救我的竟然是她的父亲!"那女子不禁感慨,为了躲避自己表哥和丈夫的追杀,救自己的人竟然是乔锦月的父亲。但与乔锦月相识的经历实在复杂,她不便承认,便随意找了个借口说:"乔老板,我是乔姑娘的朋友,我叫曲卓然。真没想到救我的人竟然是乔姑娘的父亲,果然您父女二人都是良善之人。"

"原来是月儿的朋友啊!"乔咏晖听了不禁笑,"既然是月儿的朋友,那老夫就更应该救了。等一会儿追杀你的人走远了之后,你就跟着我回湘梦园,换身衣服,好好收拾收拾再走吧!"

曲卓然感激不已:"乔老板善心,小女感激不尽!"她看着乔咏晖慈眉善目,对自己这样一个陌生人都关怀备至,对乔锦月更是宠爱有加了。此一刻,她不禁羡慕起乔锦月来,她虽然出身低微,却有父亲的疼爱,有顾安笙的宠爱。而自己,虽然身世显赫,身边却没有一个真心关爱自己的人,还要承受着常人不必承受的苦楚。她不禁心里一酸,低下眼,喃喃而言:"我真的羡慕乔姑娘,有这样一个好父亲,又有安笙那样一个好伴侣。可这些我都没有,等待我的只有无穷无尽的痛苦与折磨……"

"我们兄弟几个都找遍了,还是没有找到曲卓然啊!"

"混账东西,找个人都找不到!"

"啊!他们来了!"曲卓然吓得打翻了水杯,连声音也颤抖了起来,"乔老板,他们又回来了,怎么办,怎么办啊!"

乔咏晖未见慌张之色,只压低了声音,小声说:"曲姑娘,我们别说话,他们找不到你就会走的!"

曲卓然捂紧了口鼻,点点头,大气都不敢喘。

"欸,程三哥,你看这是不是戏子唱戏的剧院啊?曲卓然那婆娘会不会在这里面?"

"好像真是个剧院,咱们进去看看!"

"砰砰砰！"听得一阵打门声，紧接着听得一个粗犷的叫喊声："喂，有没有人，给老子开门！"

"他们来了！"曲卓然大惊失色，"乔老板，他们真的找上来了！"

"嘘，别说话。"乔咏晖示意曲卓然噤声："别出动静，我们且不要理会。他们一会儿见剧院里没有人，也就走了。"

曲卓然点点头，没有再说话。

"砰砰砰，砰砰砰！"接连几声敲门，依然没有人回应。

付时奕说："这剧院好像没有人啊，那婆娘应该不会躲这里面来了吧！"程显威说："不怕一万就怕万一，你们去找几块石头，把这玻璃砸碎，咱们进去看看！"

"是！"

"不好！"曲卓然大惊，"乔老板，他们要砸这里的玻璃，好好的剧院不能让他们给砸毁了。"

"这可不行啊！"乔咏晖皱眉，思来想去只说，"这样吧，曲姑娘，我给你找个地儿藏一下，我去应付他们那帮人。"

曲卓然应着："好，那便多谢乔老板了。只是那伙人心思歹毒，您一定要小心应对呀！"

乔咏晖点点头："我知道的，你随我来吧。"

乔咏晖将曲卓然带到后台，打开衣柜，将里面的行头拿了出来放在桌子上。他对曲卓然说："曲姑娘，只能先委屈你到柜子里闷一阵子了，他们走之前，你可千万别出来啊！"曲卓然站进了衣柜里："我知道了，多谢您。您一定要小心应付那些人，千万不能让他们伤到了您。"乔咏晖将门关上："好，我去应付他们了。"

程显威的下人搬来了数块砖头，对程显威说："少爷，砖头我们已经找来了！"

程显威命令:"好,给我对着窗户砸!"

"是!"

"哎哟,别砸,别砸!"乔咏晖忙打开门,制止而言,"几位大爷,何事非要砸我们剧院的窗户啊!"

"老东西!"程显威走过,鄙夷地看着乔咏晖,抓起他的衣襟,恶狠狠道,"老东西,原来还有人在。为什么我们敲了那么长时间的门你不开门,我们要砸窗户你才跑出来?"

乔咏晖好脾气地赔着笑脸:"几位大爷,真是不好意思,我这演出收场,我忙着在里面打扫呢,没听见您各位的敲门声,实在抱歉。这不刚听到,就来给您开门了嘛!"

"老东西,少废话!"程显威冷哼一声,"你给我老老实实地说实话,你你剧院刚刚跑没跑进来一个二十来岁,穿得破破烂烂的女子?"

"女子,没有啊!"乔咏晖摇摇头装作诧异,"我们的演出早就结束了,这里就我一个人,而且我们梨园行一向讲究整洁,怎么会有穿得破破烂烂的女子呢?"

程显威狐疑地盯着乔咏晖:"当真如此,若是我们在你这找到了那个婆娘,这包庇之罪你可受不起啊!"

乔咏晖却是一脸坦然:"当真没有,这就我一个人收拾东西呢!"

程显威大手一挥,命令而言:"伙计们,给我进去搜!"

"是!"

见一众人要闯进去,乔咏晖拦在了剧场门口,阻止道:"您各位这是要干什么,我都说了没见过那个女子,您可不能私闯民宅啊!"

"呵呵,私闯民宅?本少爷行事,可由不得你这个老东西来管,闪开!"他一把推开了乔咏晖,向身后一众人示意道,"走!"

乔咏晖被程显威推到了墙角,见那一伙人如强盗般地闯了进去,他不禁皱紧了眉头，不由得忧心："糟了，曲姑娘怕是要有危险了。"说罢，他就跟着那些人一同进了剧院。

"给我仔细搜，任何一个角落都不许放过！"

眼看着剧院被一众人翻得乱七八糟，乔咏晖不禁慌张，只怕曲卓然藏身的柜子被他们找到。于是心生一计，走近前，对程显威说："大爷，我们这剧院还没有打扫干净，很乱的。您看您也不知道这里哪是哪的，要不老夫我带着你们找吧！"程显威盯着乔咏晖打量一番，脸上满是奸邪之色："老东西，算你识相。我警告你，你要是敢耍花招，少爷我让你吃不了兜着走！"乔咏晖忙说："是是是，几位大爷随我来吧。"乔咏晖带领他们把剧院的上上下下都找了个遍，唯独没有带他们去后台。

付时奕见确实没有曲卓然的身影，便对程显威说："程三哥，该找的地方都找了，那婆娘好像确实不在这，要不我们走吧。"

"慢着！"程显威紧盯着后台的门口说，"好像有一个地方我们没有进去。"他恶狠狠地看着乔咏晖："老东西，那是个什么地方，你为什么没带我们去那里？"

"呃……"乔咏晖滞了一下，后又圆滑地说："那里是我们演出的后台，现在很乱的。我还没收拾完，怕您各位进去了，脏了各位的眼睛啊！"

程显威冷哼一声："少废话，进去搜！"边说着边带着下人进了后台。乔咏晖心中一凛，不免慌了神，忙跑进去制止道："几位等一下……"

"都瞧仔细了！"

程显威的手下把后台的行头都扔在了地下，刚好瞧见那个衣柜，对手下人命令："打开！"

"几位大爷使不得呀！"乔咏晖忙奔过去挡在衣柜前，恳求他，"这个衣柜你们不能碰啊！"

其中一个手下问："我们凭什么不能碰？"

"因为，因为……"乔咏晖嗫嚅一下，随即便编了个理由。

他说："因为这是我们梨园的规矩，装行头的柜子外人碰不得，就像戏一旦开场就不能停是一个道理。这是梨园规矩，我们不能破呀，您各位高抬贵手，放过我们这些卖艺做营生的吧！"程显威上前一步，掐住乔咏晖的脖子，脸上满是厌恶："你这个老奸巨猾的老东西废话真多，你那么鬼鬼祟祟又啰啰嗦嗦的，我看分明是里面有鬼！"

"滚开！"他一把将乔咏晖推倒在地上，对身后的手下说道，"给我打开！"

"是！"

乔咏晖倒在了地下，看着马上要被打开的柜子，忙伸出手制止："别……"然而已经来不及制止了，柜子已经被程显威的手下打开。

"滚开！"柜门刚刚被打开，那个手下便被扔了一身厚重的行头，曲卓然从柜中走出，盯着程显威，憎恶而言："程显威，你真是卑鄙无耻！"

"曲卓然！"程显威咬牙切齿道，"你果然在这里！"

他又看向乔咏晖，恶狠狠道："老东西，你竟敢耍我们，去死吧！"他一脚踹在乔咏晖的胸口上，将刚刚爬起来的乔咏晖踹倒在地上。

"喀喀喀……"一阵剧烈的咳嗽后，乔咏晖从口中喷涌出一大口鲜血。

"乔老板！"曲卓然忙跑过去，将乔咏晖扶起，见乔咏晖被鲜血洇湿的衣襟，不禁惊慌："乔老板，您吐血了！"说着便悔恨交加的流下了泪水，啜泣道："对不起，乔老板，都是我连累的您。"

"曲姑娘，你快走！"乔咏晖虚弱的推了下曲卓然："我没事，你快走，不然他们不会放过你的！"

"哎哟哟，真是重情重义啊，都自身难保了，还想着救别人！"程显威怒声道，"敢骗本少爷，老东西你胆子还真不小，我告诉你，你们一老一少,都别想活命!"

说着他便大步流星地朝乔咏晖走来,那狠辣的目光仿佛要烧掉乔咏晖,曲卓然忙挡在乔咏晖面前:"程显威,你们的目标是我,不许伤害乔老板!"

"你给我过来!"付时奕一把将曲卓然拉了过去。程显威拎起乔咏晖的衣襟,恨恨而言:"你个老奸巨猾的臭戏子,连本少爷也敢要是吗?"

"我看你是活腻了,今天本少爷就让你去见阎王爷!"

"不许动乔班主!"曲卓然剧烈地嘶吼道,趁付时奕没留神,挣脱开了付时奕。只见墙角有一把唱戏的道具刀刃,便慌乱地抓起,拔出刀,对程显威恐吓:"程显威,你要是敢碰乔班主,我就杀了你!"

另一旁的乔锦月百无聊赖地在湘梦园大厅中等待乔咏晖,丝毫不知父亲已陷入危机,她把玩着衣袖,昏昏欲睡。"说好了要检查我的功课,爹怎么还不来,再不来,我就要睡着了。"

同在正厅的沈岸辞说:"师父刚演出完,可能在剧院整理行头还没整理完呢。"

乔锦月摇头:"按理说再晚也不至于到现在还没回来呀,爹一向守时,今天怎么会这么晚,该不会是遇到什么事了吧!"说到此处,乔锦月不禁心中一凛,忙站起身,更为担忧:"师兄,你说爹不会是真的出了什么事吧!"

- 贰 -

沈岸辞无奈地笑了一笑,丝毫没把乔锦月的话放在心上,只道:"锦月,你这么疑神疑鬼的干什么,师父可能是在剧场忙得忘了时间了。在咱们湘梦园的剧场能出什么事啊!"

"不对!"乔锦月摇了摇头,一种不祥的预感涌上心头,不由得凝眉,"师兄,我要去剧场找一找爹,爹不回来我就一直心神不宁的。"

"好吧,你去吧。"沈岸辞为了安乔锦月的心,便答应了下来,"天黑了,找到了师父快点回来啊!"

"知道了,师兄!"说罢乔锦月就奔出了正厅,跑向了剧院。

"不自量力,就凭你还想杀了我?"程显威将乔咏晖丢到一旁,抓住曲卓然,怒声大吼,"好啊,你杀呀,杀呀!"

"你你你……"曲卓然握着刀的手已经颤抖得不成样子,声音亦是颤颤巍巍的,"你别以为我不敢杀你……"曲卓然虽然嘴上强硬,但终究还是下不去手。

"蠢女人,跟着那老东西一块去死吧!"说罢他就狠狠地把曲卓然往前一推,曲卓然不受控制地向前倾倒,那刀刃,正巧插在了乔咏晖的小腹之中。

"啊!"乔咏晖吃痛地瘫坐在地上。

"不要!"曲卓然怎么也没想到自己竟然伤到了乔咏晖,心中猛然如雷击了一般,惊慌失措地乱叫:"乔老板,不是我,不是我………"

"你……"乔咏晖伸出手,指向程显威,想说些什么,却又无力地垂了下去。

曲卓然早已惊慌得不知所措,颤抖着身子,手中握着的刀刃依然没有松开,口中喏喏着:"我竟然杀人了,我不要杀人,我不要……"

"哈哈哈!"程显威在一旁侧着头冷嘲热讽,"啧啧,曲卓然,我们可什么都没做,人是你杀的。哎哟,你够狠哪,连你的救命恩人你都杀。"

"爹,爹,你在哪里啊!"剧院里,传来了乔锦月的呼叫声。

"爹!"乔锦月推开后台的门,看到散落一地的行头,乔咏晖有气无力地瘫坐在地上,口中溢着鲜血。

曲卓然手中握着刀刃,插在乔咏晖的小腹中,她转身看到乔锦月,已经茫然得不知道躲开,只是口中不停地喏喏:"乔姑娘,乔姑娘,乔老板不是我杀的,不是我,不是我……"

看到眼前这场景,乔锦月整个人如被雷劈了般地一震,双腿一软,无力地扶住门框,失声叫道:"爹!"

"爹!"乔锦月奔过去,看着乔咏晖惨白的脸,失声痛哭,"爹,你这是怎么了,是谁做的,是谁杀害你的?"

曲卓然颤抖的手离开了刀刃,哆嗦着向后退了一步,矢口否认:"不是我做的,不是我做的!"乔锦月转头,看见曲卓然惊慌失措的模样,一瞬间所有的哀痛与恼怒都迸发了出来,怒声吼着:"曲卓然,你为什么要杀害我的父亲?"

程显威在一旁幸灾乐祸地哂笑:"哎哟,这不是那个小戏子乔锦月吗?真是冤家路窄,没想到这老东西是你的父亲!"

乔锦月这才注意到了程显威和他的一众随从,站起身,满眼愤恨地看向程显威,似乎要将他撕成碎片,一字一句地从牙缝中咬出:"程显威,又是你!"

"没错,是我,小戏子,亏你还记得本少爷。"程显威偏着脑袋,声音阴阳怪调,"我说这个老东西怎么那么犯贱呢,原来是你老子啊,果然是亲生的父女,都一个德行,下贱!"

乔锦月不禁恨恨:"程显威,曲卓然,你们为什么要杀害我的父亲,为什么?"

"乔姑娘,对不起,对不起!"曲卓然跪在了地上,满心的悔恨与难过,涕泪齐下,"乔姑娘,乔老板不是我杀的,是程显威陷害的,真的不是我!"

"别解释了!"乔锦月痛心疾首地摇摇头,拉起曲卓然,声音中满是愤怒,"我亲眼看到就是你握着刀刃插在我爹的小腹上的,难道还能有假不成?我爹爹到底做了什么对不起你的事,你非要杀他泄恨?"

曲卓然摇着头,哀哀哭泣:"真的不是我,是程显威推的我我才误伤到乔老板的。乔老板救了我,我怎么能伤害他呢?真的不是我!"

乔锦月心痛地流下了泪水,悲声泣着:"曲卓然,你到底想怎么样,为什么每次你的出现都会有不幸的事情发生?自从你出现后,我们就接二连三地出事。"

"你搅在我和安笙之间,让我们的生活不得安宁。我师兄受伤是因为你,我嗓子失声也是因为你,安笙入狱还是因为你,现在,你又来伤害我的父亲。曲卓然,你到底居心何在?"

"对,小戏子,你说得对!"程显威在一旁添枝加叶:"小戏子,就是曲卓然这婆娘杀了你老子的,你快杀她报仇啊!"

"程显威!"乔锦月满眼愤恨,"我要杀了你!"

乔锦月悲痛欲绝,不顾一切地拿起椅子,朝着程显威砸去。乔咏晖刚刚缓过一口气,气若游丝地呼唤:"月儿,月儿……"

"爹!"听到乔咏晖的呼唤,乔锦月忙扔掉椅子,奔到乔咏晖身旁,"爹,您叫我,您怎么样,您还好吧?"

"贱人，我弄死你！"程显威说着便向乔锦月走去，想要掐她的脖子，却被曲卓然拉住了胳膊，嘶叫着："程显威，你无赖！"

"滚开！"程显威甩开曲卓然，继续朝乔锦月走去，却被付时奕拦住了："程三哥，咱们别管这些戏子了，这个婆娘已经耽误咱们这么长时间了，还是先把她带回去处理了吧！"程显威思忖了一下，同意了他的提议："也好，先把她给我带走。"又看着乔锦月，恶狠狠而言："小戏子，今天本少爷饶你一命，你给我等着瞧，我们走！"说罢就带着付时奕和手下，拉着曲卓然离开了剧院。

"爹，您暂且等一下，我去叫师兄师姐送你去医院！"

说罢乔锦月就要离开，却被乔咏晖拉住了衣袖，声音吃力："月儿，别去了，没用的。"

"爹！"乔锦月蹲下，握着乔咏晖的手，泣不成声，"您说什么呢，您一定不会有事的，您还要看着女儿成亲，看着我子孙满堂呢！"

乔咏晖无力地摇了摇头，用仅剩的一丝气力说着："月儿，爹知道自己的状况，大限已至，你别徒劳了。"

乔锦月心里一颤，不肯相信地摇头颤声而言："爹，您不能就这样离女儿而去，女儿还没来得及孝敬您呢！"

"傻丫头。"乔咏晖吃力地抬起手，摸着乔锦月的脸颊，说着，"爹知道自己时日无多了，不可能陪着你一辈子的，有些话，爹一定要叮嘱你……"

"爹，您别说了！"乔锦月握住乔咏晖摸着自己脸颊的那只手，不禁啜泣，"有什么话以后再说，以后的时间还长着呢！"

"月儿，你听话。"乔咏晖已气若游丝，"爹不说，恐怕就再也没有机会说了。"

乔锦月落下了两行泪水，痛心疾首地点头："好，爹您说吧，女儿听着就是！"

"喀喀喀……"一阵剧烈的咳嗽后，乔咏晖缓缓说着，"月儿，爹是时候该去陪你娘了。月儿长大了，就不需要总依赖着爹了。和安笙成亲后，你一定要懂事，要贤惠，做好一个当家主母，不能再娇纵任性了。爹对不住你，爹没办法等到你成亲那日，看着你穿着大红嫁衣，和安笙拜天地了！"

乔锦月心如刀割，扑在乔咏晖的怀里，无力地哭道："爹，女儿不能没有爹啊，爹您不能离开我……"

乔咏晖拍着乔锦月的肩，继续说道："孩子，别哭了，听爹把话说完。月儿，你自幼没了娘亲，是你师父亲手把你带大的。她为了你，这一辈子都没有嫁人，她这一生可谓是为你操碎了心。现在你长大了，一定要好好孝敬你的师父，她是这个世界上最疼你的人，你不能让她再受累了。"

乔锦月流着泪点头："爹，女儿知道了，女儿会孝敬好师父的，女儿也要孝敬您呢！"

乔咏晖勉力扯出一个笑容，说道："别说傻话了，月儿。爹最后叮嘱你一件事，也是最重要的一件事，一定要守护好咱们的湘梦园。那是我和你娘一手创建的，爹不在了，你师父年岁也大了，湘梦园的未来就要靠你了。你是班主的女儿，也是津城的名角儿，你一定要为爹娘坚守好咱们的湘梦园。爹的话，你可记住了吗？"

乔锦月泣不成声地点头："女儿知道了，女儿全都知道了！"

乔咏晖欣慰地点头，呼出一口气："我的月儿真的是长大了，懂事了。你这么懂事，爹也可以放心地去陪你娘了。"

乔锦月抱着乔咏晖哭道："爹，女儿求求您，能不能不要离开女儿……"乔咏晖摸着乔锦月的鬓发，轻声而言："傻孩子，爹寿数已尽，这一点爹没办法答应你了。爹还要你答应爹一件事，爹走后，你不要伤心难过，你要坚强，要振作，要好好活下去！"

乔锦月的心如刀绞般地痛，可还是听了父亲的话，拭去了泪水，说道："爹，女儿答应您，女儿会坚强振作的。"说罢她又满腔怒火地握紧了拳头,愤恨而言:"程显威,曲卓然,都是他们,爹,我要杀了他们,我要杀了他们!"

"月儿,你别冲动!"乔咏晖拉住乔锦月的手,安抚道,"程家势力强大,这个仇不是你现在想报就能报的,你千万别做傻事。还有,你不要去找曲姑娘,这事不怪她,爹不是她……不是……不是……"

乔咏晖半句话没有说出来,便噎在了那里,脸涨得通红,乔锦月大惊失色,摇着乔咏晖的身子哭叫:"爹,您怎么了,别吓女儿……"

"噗……"乔咏晖吐出一口鲜血,垂下了头。霎时间,停了心跳,止了呼吸。

"爹,您不能离开女儿啊,爹!您说好要看着女儿出嫁的,您怎么能食言呢!爹,您说话,说话啊……"任凭乔锦月怎样撕心裂肺地哭喊,乔咏晖都不会再回应了。他已经永远地闭上了双眼,亦永远都不会再回应。

昏暗的剧场里,只剩一个单薄的女子抱着她父亲的尸身失声痛哭。

"放开我,放开我!"曲卓然在程显威的手中挣扎着,并骂着:"程显威,付时奕,你们两个畜生。你们为非作歹,草菅人命,迟早会遭报应的!"

"烦死了,闭嘴!"程显威重重地给了曲卓然一巴掌,狠狠而言,"曲卓然,我告诉你,你现在就是我们手中的一只蝼蚁,我随时都能要了你的性命。念在小时候的情分,我留你一条命,你非但不感恩,反倒恩将仇报,我告诉你你别不识好歹,当心你的小命!"

"我呸!"曲卓然啐了一口,不禁愤恨,"程显威,你真的是大言不惭,恩将仇报的是你。我爹对你们怎么样你心里清楚,你却联合你爹害得我们家破产,逼死了我爹。你现在留我一条命在,不就是想看着我受折磨的吗?你既然害死了我爹,你有种也杀了我!"

"你个吃里爬外的东西你还有脸说话!"程显威厉声骂道,"我把你嫁给了时奕,他待你怎么样,你偏偏想着顾安笙那个臭戏子。你把我们骗得团团转，盗走了胶片救出了那个戏子。要不是你这个扫把星，我们也不至于大计失利！"他掐着曲卓然的脖子，将她送到付时奕的手中，他被曲卓然吵得头脑乱如麻，满是厌恶："贱女人，我现在看着她就恶心。时奕，你把她带回你家处置吧，我先回程府了。"

"是！"付时奕抓起曲卓然的衣襟，声音狠狠，"臭婆娘，你给我老实点！"

他带着曲卓然回了付宅，将曲卓然锁在了仓库里，将曲卓然像杂物一样往里一丢，并锁上了仓库的门。

"老实在里面待着吧，得了空再来收拾你！"

曲卓然竭力地拍打着仓库门："放我出去，放我出去啊！"面对她的只有仓库里冰冷的瓶瓶罐罐，没有半点温暖的气息。她无力地瘫倒在地上，失声痛哭："为什么会变成这样，爹，娘……"

一夜之间，曲航瑞从一个电影公司的老板变成了一个负债累累的破落户，曲航瑞被要债的人殴打致死，曲家由此败落。曲家人都知道，这一切都是程老爷精心策划施计陷害的，却无人能与程家抗衡。恰巧当时，顾安笙无罪释放，程显威发觉了胶片的丢失，也便知道了是曲卓然所为。

曲家败落，曲卓然便没有了任何的利用价值，程显威与付时奕便可以毫无顾忌地对曲卓然又打又骂了。因为胶片的事，付时奕怒不可遏，便以此为由狠狠地折磨曲卓然，程显威为了泄愤，也会时常拿曲卓然出气。一时间，曲卓然便被折磨得遍体鳞伤，又失去了所有的自由，被囚禁在付家。她的母亲曲夫人与丫鬟小燕被困家中，她无时无刻不在担忧着，却也没办法回娘家探望。

这一天她趁着付时奕没留意，逃出了付家，想要回家探望母亲，结果还没进家门，就被程显威和付时奕追上来了。

"娘，小燕，你们现在怎么样了？爹已经不在了，娘，你知不知道女儿现在生不如死啊！"

曲卓然嘤嘤地哭泣着:"娘,我什么时候还能再见到你啊,你现在怎么样了,他们有没有再纠缠你,女儿现在什么也不知道……"她想起被自己误杀的乔咏晖,不禁心痛地落下了泪,悔恨道:"我真的是个罪人,我造了杀孽,我害了人。乔老板好心救我,我却害得他丧命,我真的该死,真的该死……"

"小姐,小姐,是你吗?"

听得门外有人呼唤,那声音犹似丫鬟小燕。曲卓然止住了哭泣忙跑过去,不由得期盼:"小燕,真的是你吗?"

门外传来小燕欣喜的声音,"小姐,真的是你,你在里面啊!"

"是我,是我!"曲卓然转悲为喜,"小燕,你怎么进来的?"

小燕说:"小姐,你等着,我进去救你!"

顷刻,小燕不知怎么解了门锁,进了仓库,见了曲卓然,不禁狂喜:"小姐,真的是你,小燕不会是在做梦吧!"

曲卓然一把抱住小燕,失声痛哭:"小燕,你终于来了,我还以为我永远都见不到你了呢……"主仆二人抱头痛哭了一会儿,平定了心绪,曲卓然才向小燕问:"小燕,你怎么进来的,没有人发现你吧!"

小燕说:"我扮作杂役跟着混进来的,没有人发现,你放心吧。"

"小姐,我已经在这里五六天了,这几日我日日担惊受怕,生怕被人发现。我找了你好久,今天终于找到你了!"

曲卓然握着小燕的手,上下打量小燕:"小燕,这些日子你没受委屈吧,还有我娘,我娘她怎么样了?"小燕低下头,沉默着不说话。曲卓然意识到了事情的不对,心中一凛,紧张而言:"小燕,你为什么不说话,是不是出事了,你告诉我我娘她怎么了?"

小燕红了眼眶,吞吞吐吐道:"小姐,小燕告诉你实话,你一定要挺住啊。那些要债的找上门来,把家里值钱的东西都搬走了。他们还对夫人百般折辱,夫人忍受不住,跳楼自尽了……"

"什么?"曲卓然整个人一震,跟跄地退后了一步,睁大了双眼,不可置信道,"娘也不在了……"她眼中满含绝望,跌坐在了地上。

"小姐!"小燕忙跑过去,扶住曲卓然,"小姐,曲家现在就剩小姐一个人了,你千万别有什么三长两短啊!"

"爹,娘!"曲卓然扑到小燕怀里,失声痛哭,"老天爷,我这是造了什么孽啊,为什么我身边的人一个都不肯放过,我现在真的是一无所有了……"

"小姐,你别哭了。"小燕极力克制着哽咽,拍着曲卓然的背,安抚着她,"小姐,你还有小燕啊。小燕知道老爷和夫人走了,小姐难过,小燕也难过。但是眼下不是我们伤心的时候,小姐你要振作起来,替老爷和夫人报仇雪恨啊!"曲卓然依然不停地哭:"报仇雪恨,我也想啊,可是现在我自身都难保了啊!"

"不,小姐!"小燕说,"小燕此番前来就是要救你出去的,小燕知道怎么样能走出付宅,小燕带你回曲家!"曲卓然霍然止住了哭泣,握着小燕的肩膀,满眼含泪地看着小燕:"小燕,你说的是真的吗?"

"当然是真的!"小燕点头,"小姐,我必须带你离开这个鬼地方,我们一定要回去将老爷和夫人安葬好,再想办法重整旗鼓,为老爷和夫人报仇雪恨啊!"小燕一语点醒了曲卓然,她拭去了泪水,点点头,坚定而言:"小燕,你说得对,我现在不能难过,曲家只剩我一个人了,我必须振作起来为爹娘报仇雪恨!"

小燕欣慰而言:"这就对了,事不宜迟,小姐,我们快些走吧!"

曲卓然答应:"好!"

说罢,曲卓然便跟着小燕逃离了付宅。

- 叁 -

腊月的寒雪簌簌打在乔锦月的脸上,她却早已没有了知觉。她红肿着双眼,抱着父亲的牌位,走在送葬队伍的前头。湘梦园长长的送葬队伍,无一人不一身缟素,无一人不面无悲色。将父亲安葬在母亲的坟旁后,乔锦月跪在坟墓前,默默不语。

许久后,她摸着父亲的墓碑,不禁凄凄然:"爹,我们把您和娘葬在一起了,您终于和娘永远地在一起了,你们再也不会分开了。"

"爹,您放心,女儿会听您的话,会守护好我们的湘梦园的。爹,您安息吧!"

"小七!"陈颂娴走到乔锦月身前,欲扶起乔锦月,"你的孝心班主知道,天这么冷,咱们该回去了。"

"不,师父。"乔锦月轻轻推开陈颂娴,摇着头,"师父,您带着师兄师姐他们回去吧,我是爹唯一的女儿,我还想再单独陪爹待一会儿。"

"这,小七……"陈颂娴犹豫,"这大雪天,又是荒郊野外,你一个人……"

"放心吧师父,小七没事。"乔锦月勉强挤出一个微笑,"小七只是想单独陪爹一会儿,您不用担心小七,您带着他们回去吧。"

"唉!"陈颂娴叹了口气,拍拍乔锦月的肩,说,"也好,那师父带他们先走了,你也要早些回去啊!"

乔锦月点点头:"知道了!"

陈颂娴回头，指令道："咱们回去吧！"

"可是，妙音娘子……"沈岸辞上前一步，不由得担忧，"妙音娘子，不能让小师妹一个人留在这儿，怕她会想不开啊！"

陈颂娴拉过沈岸辞，低声而言："她心里不好受，让她单独陪班主一会儿吧，这样她还能好过些。她那么坚强，不可能想不开的，我们走吧！"

沈岸辞点点头，只得作罢："那好吧！"

"走吧！"陈颂娴带着一众弟子离开了坟山。

"爹！"乔锦月看着空无一人的孤山寂坟，摸着那冰冷的墓碑，忍不住声泪俱下："爹，您就这么离开女儿了，女儿好想您啊。您说过您要看着女儿风风光光地出嫁，您怎么可以食言呢！他们真歹毒，竟对您下此毒手……"

说到此处，乔锦月拭去了眼角的泪，眸中的坚定掩住了悲伤，毅然而言："爹，您放心吧，月儿不再是小孩子了，月儿已经长大了。月儿会听您的话的，月儿要坚强，要亲手杀了那群歹人，替您报仇！"

"乔姑娘。"

乔锦月回头，见曲卓然亦是一身缟素地跪在自己身后，她不由得怒火中烧，上前一步，掐着曲卓然的脖子厉声而言："曲卓然，是你害死了我爹，你还来干什么？"

"乔姑娘，你别激动，喀喀喀……"曲卓然被乔锦月掐得喘不上气，吃力地说，"我是来拜祭乔老板的……"

乔锦月松开了曲卓然的脖子，却依然愤恨："你到底想说什么？"

曲卓然悲戚地落下了泪水，不禁哽咽："乔姑娘，我知道乔老板的死我难辞其咎。但是乔老板真的不是我杀的，我本是想杀程显威，谁知被他一推，竟误杀了乔老板。我怎么能杀他，他救了我，他那么善良的人却死在了我的手里……"

乔锦月任由她絮叨，只闭上了双眼，哀凄道："是也罢，非也罢，我爹小腹的刀刃，是你插上去的没有错，你就是罪人。"

曲卓然低着头啜泣："我是罪人，乔姑娘，我今天来此就是赎罪的。乔姑娘，你打我也好，骂我也罢，我只求你先留我一条命在，我爹娘死在了他们手上，我要亲手杀了程显威和付时奕报仇。待我为家里人报了仇，我便任由你处置。"

"你！"乔锦月扬起手，想一巴掌拍在曲卓然的脸上，曲卓然下意识地闭上了双眼，然而等待她的只有一阵凉风而已。

曲卓然睁开了双眼，见乔锦月背对着她，仰望着天空，不禁奇异："乔姑娘，你为什么不下手？"

乔锦月只望着天空沉沉道："我打你又有何用，我打你我爹就能活过来吗？我爹临终前说此事不怪你，你也说你自己是受害者，那我打你做什么？你不是让我留你一条命吗？罢了，害人的是程显威，我留你一条命就是了！"

曲卓然喃喃道："乔姑娘，这么说，你是肯原谅我了？"

乔锦月转过身，冷冷道："原不原谅的谈不上，你都说了你不是有心的，看在我爹遗言的分上，我也就不想和你纠缠了，但是程显威这个罪魁祸首我非杀不可！"

曲卓然朝乔锦月磕了一个头，满是感激："乔姑娘，多谢你大人大量，肯饶恕我。你若要杀程显威，那么我们就是同一条战线上的人了，我们可以共同御敌！""曲卓然，你别自讨没趣！"乔锦月声音凛凛，"我爹的死是你造成的，我不跟你计较，就已经做到极致了，程显威我自然要杀，谁要跟你同一条战线？"

曲卓然哑口无言："我……"

乔锦月摇了摇头，双眸含着憎色看着曲卓然，怒声而言："曲卓然，你为什么要频频出现在我们生命中？如果没有你，一切都会好好的。你之前几次三番地要拆散我和安笙不成，我们没与你计较。而后又是因为你,我的嗓子失声,安笙入狱获罪,现在又是我的父亲身亡!你不要说你是无心的了,这几次三番的风波都是因为你,你当真是个扫把星转世!"

"我……"曲卓然被乔锦月骂得无地自容,不禁落下泪水,要换作曾经的影坛明星,她那么骄傲的性子被这样羞辱,一定会怒不可遏。可是如今她被打压了无数次,早就没有了当年的盛气凌人,只能瘫倒在地上,无力地喃喃道:"你说得对,没有错,都是我,我害了安笙,害了你,也害了乔老板。"

乔锦月的眼角滑过一滴泪,她轻轻用袖角拭去,侧过身,不去看曲卓然,只说:"你走吧,走得远远的,不要再来打扰我爹,也不要再让我看到你!"

"乔姑娘!"曲卓然哀求,"乔班主对我有救命之恩,你让我为乔班主尽了最后的哀思吧!"

乔锦月转过身,厉声而言:"赶紧走开,我说了不想看到你!"

她刚说完,便下意识地看了眼乔咏晖和徐秀云的墓碑,意识到自己失了态,便克制住情绪,声音沉沉:"我爹娘的墓前,我不想扰他们安宁。你赶紧走,别逼我动手。"

曲卓然滞了一下,只得站起身,不禁凄楚:"我理解你恨我,我无颜赖在这里不走,你让我走,我走就是了。"说罢,她便离开了孤山。

荒凉的孤山清坟,阵阵寒风拂起了乔锦月素色的衣襟。

这孤山清坟,只留乔锦月一人,孤独地面对着双亲的坟墓。

第二十三章

雪上加霜再添伤

- 壹 -

近些日子津城内并不太平,常有外族军出没欺压津城的百姓,任凭百姓怎样愤恨地挣扎,却也无力还击。

乔咏晖的丧期已过,湘梦园也停演了很长时间。再怎样悲痛,可日子总是要过下去的,若不去演出,便也没了生计。这一日,是乔咏晖离世后湘梦园的第一场演出,地点在津城最中央的一座大剧院。

一共有三场演出,前两场都是师兄师姐们的戏,乔锦月与师兄沈岸辞的戏放在了最后。虽然一个多月没有演出,但是看客们的热情依然没有散去,从前捧湘梦园的看客现在依然还在捧着。他们对这些年轻戏角儿的支持一如往昔,也对乔咏晖的离世纷纷感到惋惜。

乔锦月和师兄师姐们虽然嘴上不说,但是心里还是很感激这些看客们的。

前两场演出进行得很顺利,待到第三场乔锦月与沈岸辞的《长生殿》时,拉弦儿的师傅还没有奏起,便听得一声枪响。

"砰!"

"啊,哪来的枪声,怎么回事?"看客们纷纷惊得回头。

"砰!砰!砰!"又闻得三声枪响,只见四个身着黄绿色军服的男人,手持长枪,大摇大摆地走进了剧院,用着绕口的中文说:"这里是我们的地盘,识相的赶紧滚!"

"啊,快走,快走!"看客们大惊失色,纷纷惊慌地逃离了剧院。霎时间,座无虚席的看客台下变得空无一人。

四个男人大摇大摆地走到第一排,纷纷入座,为首的那个军官阴阳怪调地对乔锦月与沈岸辞说:"听说你们国人管这玩意叫京戏?"

"这一个个脸抹得跟猴屁股似的,别说啊,还挺好看的。爷们儿个还没看过这儿的歌剧呢,来来来,今儿算你们走运遇到爷们了,快给爷们唱一出。唱好了,爷们重重有赏!"

见那些人的装束,又听他们的口音,乔锦月已经料到了他们的来历,沉下脸问:"你们几个可是外族军?"

那人说道:"小娘们还挺有眼力的,正是!少废话,快唱,爷们可没什么耐心等你们。"

见到外族人,乔锦月满心的憎恶与怒火蓄势待发,声音也提高了几度,恨恨道:"你们不在你们国里好好待着,反倒来我们国家侵占我们土地,欺压我们百姓!真是狼子野心,无耻下作!"

那外族军官听不太懂本国的语言,但听着乔锦月的语气,知道她说的不是好话,便嚷嚷道:"什么狼的心,五个牙齿的。别跟我废话,爷们来你们这儿听你们唱戏是你们的福气,快唱快唱!"

沈岸辞亦恨恨道:"你们死了这条心吧,我们中国人是不会唱戏给外族人听的!"

梨园的规矩是戏一旦开场了就不能停，但这出戏还没有开场，所以不唱便算不得破了规矩。虽然湘梦园是出身低微的戏班子，但是日军在中国造的孽他们都知道，他们是宁死都不可能背弃中国人，给外族人唱戏的。为首的那个军官站起来，怒声说："不要脸的东西，你唱还是不唱！"乔锦月面不改色，声音依旧冷冷："我们国人只唱戏给国人听，我们是不会给你们这些无耻的外族人唱戏的！"

那军官举起枪，对准乔锦月，并恐吓："小娘们，敢这么跟爷们说话，你这条命是要还是不要了。爷们就给你一句话，要么唱，要么死！"乔锦月没有一丝畏惧的神色，脸上写着的只有决绝，坦然而言："我们国人有国人的风骨，难道会屈服在你们这等小人的权势下？就算是死，我们也不会唱给你们听的！"

"呀呀呀，气死我了！"那外族军被乔锦月的凛然气得怒不可遏，本就不会说中文的他气得语无伦次。

他转过身，对身后的外族军用外族语说道："他们欺人太甚，把他们杀了，把剧院也给毁了，一个活口都不许留！"

"是！"一声令下，那外族军便朝着沈岸辞开了一枪。

沈岸辞弯腰一闪，躲过了那一发子弹，那子弹正好打在台后的帷幕上，那红色的帷幕上瞬间多了一个窟窿。沈岸辞忙将乔锦月护住，慎重而言："锦月，我们快告诉其他的师弟师妹赶紧离开，千万不能伤在这些外族人的手里！"

慌乱之际，乔锦月只道了一个字："好！"

二人跑回了后台，其他的师兄师姐们都聚集在后台，一个都没有离去。他们见二人归来，纷纷紧张道："大师兄，小师妹，你们没事吧！"

乔锦月摇摇头："我们没事，别多说了，一会儿他追上来了，大家快从后门离开！"

"好！"

"给我追上去！"外族军的子弹打得剧院内的墙砖纷纷掉落。

"啊！"天花板上的一片墙砖掉落，不偏不倚地砸到了沈媛儿的右肩上。沈媛儿吃痛，捂着右肩跪倒在了地上。

"媛儿！"沈岸辞忙上前去将妹妹扶起来。

"我没事，哥。"沈媛儿忍痛站起来，咬着牙说道，"哥……你们快走啊！一会儿他们就追上来了！"

"媛儿，大师兄！"杜天赐也奔了过去，看着沈媛儿肩上的伤口，不禁紧张道，"媛儿，你受伤了！"

"狂徒，放开我！"听到乔锦月的叫声，沈岸辞忙回头，只见乔锦月被一个外族军用手勒住了脖子，乔锦月挣扎不开，便重重地咬在了那个外族军的手臂上。

"啊！"那外族军疼得松开了手，乔锦月趁机逃脱开来。

"啊！"那外族军不知用外族语骂了一句什么，对准乔锦月就是一枪。

"砰！"乔锦月忙低头躲过了那枚子弹，所幸那子弹没有击在她的身上。她欲起身逃走，却不想现在的自己正穿着杨贵妃厚重的行头，走起路来十分困难，慌乱之际竟自己把自己绊倒，重重摔在了地上。

"啊！"乔锦月摔得膝盖生疼，不禁嘶叫一声，欲起身，却被一身的行头束缚住，无法立刻站起来。

见状，沈岸辞心中一凛，忙对杜天赐道："天赐，你快护着媛儿离开，千万要看护好她，绝不能让她受到伤害！"

"好！"说罢杜天赐便护着沈媛儿匆匆离去。

"锦月！"沈岸辞一个箭步冲上前，将乔锦月扶起，紧迫道："我们快走！"

"呀呀呀！"一个外族军不知口中说着些什么，奔了过来，拉住乔锦月的胳膊不肯撒手。

"放开我，放开我！"乔锦月用力挣扎，还是没能甩开那个外族军。

"锦月！"沈岸辞见状，趁那外族军不注意，一把夺过了那外族军手中的枪。

"砰！砰！砰！"沈岸辞迅速开枪，将那个外族军击毙。

"锦月，我们快一点离开这里。"解决了那个外族军，沈岸辞护住乔锦月匆匆逃离。

"呀呀呀呀！"见同伙被击毙，其余的外族军恼羞成怒，一连朝二人开了数枪。

"砰！砰！砰！砰！砰……！"

"小心！"见状，沈岸辞忙护着乔锦月卧倒在地上，虽说有行头在身，但梨园弟子自幼练功，身姿的灵活性远胜于他人，二人动作极快，一发子弹都没有中。

"砰！"沈岸辞趁那个外族军不防备，在他的腿上击了一枪。

"啊！"那外族军毫无防备，当即中枪，他瞬间掉落了手上的枪，立即跪倒在了地上。

沈岸辞迅速将乔锦月扶起："锦月，我们快走！"

- 贰 -

见两个同伙被沈岸辞击中，外族军怒不可遏，这一次放弃了乔锦月，抓住了沈岸辞不肯撒手。

"啊！"沈岸辞被迫与乔锦月分开，乔锦月被甩在了桌子上。

沈岸辞被两个外族军扯住了衣服，他被迫扔掉了手上的枪，他各用一只手掰住了左右两个外族军的一只手腕，极力制止他们开枪。奈何沈岸辞一个人的力气终究敌不过二人，眼看着就要支撑不住了，乔锦月忙惊叫："大师兄！"

"锦月，你……"沈岸辞吃力地朝乔锦月叫喊，"你别管我，快走，快走啊……"

"不可以！"乔锦月看着师兄即将被俘虏，无论如何也不能不顾师兄的安危而独自逃走。慌乱之际，她看到桌子上有一个瓷花瓶，霎时间急中生智，抢起花瓶朝那个外族军砸去。

"啊！"花瓶砸在了其中一个外族军的脑袋上，瞬间砸得他头破血流，倒地而亡。

另一个外族军见同伙伤亡，不禁惊慌失措地退后了一步，沈岸辞手疾眼快，忙捡起扔在地上的枪，趁那个外族军未回过神，朝他连开了三枪。

"砰！砰！砰！"

"啊！"那三枪击中了外族军的要害，那个外族军瞬间倒地而亡。

沈岸辞松了一口气，对乔锦月道："没事了，锦月，我们快些离开这儿吧！"

乔锦月点头："好！"

正欲离开之际，沈岸辞突然看到被自己击中腿的那个外族军站了起来，正欲朝乔锦月开枪，沈岸辞忙惊叫道："小心！"

"砰！"乔锦月还没来得及反应，一发子弹便已袭来，所幸没有击中要害，但从乔锦月的肩膀上划过，衣衫被划破，渗出了鲜血来。

"啊！"乔锦月吃痛地倒在了地上。

"锦月！"沈岸辞见状忙去扶起乔锦月，却见到那外族军又要朝着乔锦月开枪。此时已来不及再回击，沈岸辞只得用自己的身子护住了乔锦月，替她挨了那一枪。

"砰！砰！砰！"那外族军又开了三枪。三发子弹全数击中沈岸辞，他口中溢出了鲜血，整个人倒在了乔锦月的怀里。

"师兄！"乔锦月见沈岸辞中弹，惊慌地大叫。

"军官，他们在那里！"只闻得沈媛儿的声音。

"大胆外族军！"不知从何处来了几个本国军官，见那外族军，中国军官朝他开了数枪，他瞬间倒地而亡。敌军全数被消灭，沈岸辞却已经身受重伤，奄奄一息。

"师兄！"乔锦月惊慌地抱着沈岸辞啜泣，"师兄，你别吓我！"

"锦月，我……"沈岸辞虚弱地呼出乔锦月的名字，一句话没能说出口，便又吐出一口鲜血。

"大师兄！"

"哥哥！"

转危为安后，所有的师弟师妹全都围了过来。看着身中数弹、口溢鲜血的沈岸辞，惊慌不已。沈媛儿颤抖着握着沈岸辞的手，不禁惊叫:"哥哥,你怎么了,你怎么了,你说话啊!"

"嗯……啊……"沈岸辞嘴角不停地往外溢着鲜血,呓语着不知说些什么。

"大师兄!"乔锦月啜泣着,"大师兄中了好几枪子弹,他伤得很重。事不宜迟,我们快把他送到医院去救治!"

"这位公子伤得很重,现在去医院等不及了。"只见一个身着白色医护服的女子说,"我是大夫,我来给他瞧瞧吧!"

"好!"乔锦月点点头,带着师兄师姐退到了一侧,"有劳您了。"

她摸着沈岸辞的脉搏,顷刻,站起身对着乔锦月等人摇了摇头,声音沉重:"他身中数弹,伤及肺腑,已经无力回天了。"

"什么?"乔锦月仿佛被击中了天灵盖一般,整个人一颤,不可置信地摇头:"不可能,这不可能的……"

"呃……"沈岸辞嗫嚅着,好像还想说些什么,却说不出话来。

"哥哥,哥哥!"见状,沈嫒儿忙走上前,跪在他身边,看着他痛苦的样子,不禁落下泪水,颤声而言,"哥哥,你想说什么?"

"唔……"嘴唇翕动间,沈岸辞痛苦地挣扎着,却一句话也说不出。

那女大夫见状,走过去问:"你是有什么话要说吗?"沈岸辞吃力地点着头,那女大夫便回头:"麻烦您去把我的医药箱拿过来。"

"好。"身后的军官把医药箱递给了女大夫,那女大夫不知从中取出来了什么药物,塞到沈岸辞口中:"这是为你续命的人参,你一定要努力把它咽下去。"

沈岸辞听到了军医的话,吃力地咀嚼着口中的人参,痛苦地咽了下去,却也痛得额头上冷汗涔涔。看着沈岸辞咽下了人参,那女大夫便站起身对乔锦月一众人说:"我用人参吊住了他的命,他大概还能撑一刻钟的时间。若有什么话,你们尽快说吧。"

说罢,她便走出了门,那几个军官也随之而去。

沈岸辞奄奄一息地张开了嘴,望着沈媛儿,已然气若游丝:"媛儿……"沈媛儿的泪水如断了线的珠子,连声啜泣:"哥哥,哥哥……"沈岸辞抬起手,沈媛儿便握住了他的手,沈岸辞吃力地笑:"媛儿,都多大的姑娘了,还哭鼻子呢。听话,不许哭,从小你可是最听哥哥的话了。"

"好,我听话,我不哭。"沈媛儿用手背擦去了脸上的泪水,虽然她嘴上说着不哭,可泪水依然止不住地从眼角滑落。

沈岸辞看向杜天赐,又说:"天赐……"杜天赐忙上前:"大师兄,我在呢!"

沈岸辞又继续说:"天赐,你是个值得托付的人。我这个马马虎虎的妹妹,以后就要交付给你了,你一定要好好待她。"杜天赐心一酸,不由得哽咽:"大师兄,媛儿我一定会好好待她的。但是大师兄你也不能离开啊,媛儿不能没有你这个亲哥哥,我们更不能没有你这个大师兄啊!"

沈岸辞的心猛烈一痛,从眼角滑落一滴泪水,哀声而言:"我也舍不得你们,我也不想离开。可是我没有办法支持下去了,我大概要下去陪师父了。你们答应我,没有了我,你们也要好好活着,好好唱戏。湘梦园没我这个大师兄,照样还是红遍津城的湘梦园。"

"哥哥……"沈媛儿泣不成声,"你我自幼没有了父母,相依为命地活到了今天,哥哥是我在这个世界上唯一的血亲了。从小一直是哥哥照顾我,呵护我,我才没有受到饥寒交迫和委屈。哥哥若是不在了,媛儿就真的连唯一的血亲都没有了。"

"傻妹妹。"沈岸辞只能劝着:"哥哥不可能陪你一辈子的,你终归是要嫁人的。天赐待你那么好,你跟了他,哥哥放心。你虽然没有了哥哥这个血亲,但是你还有湘梦园啊。答应哥哥,没有哥哥你也要好好活着。"

沈媛儿啜泣着点点头,已哽咽得说不出话来。

"锦月。"沈岸辞扭头,看向一旁已经哭红了眼睛的乔锦月,又对其他人说,"我有些话想单独对小师妹说说,你们先出去一下,好吗?"

"好!"杜天赐应着,护着沈媛儿和其他两个师弟师妹走了出去。

乔锦月握住了沈岸辞的手,抽泣着:"大师兄,锦月在呢!"

沈岸辞闭了一下双眼,深深而言:"锦月,你没事,我就放心了。"

霎时间,乔锦月泪如泉涌,悔恨交加地失声痛哭:"大师兄,是锦月不好,是锦月害得你。若是没有锦月,师兄便不会中弹。师兄为什么要替锦月受罪,这不是大师兄该承受的!"

沈岸辞勉强勾起了嘴角,撑着一抹吃力的微笑,低声劝着:"锦月,别哭了,哭花了脸,就不美了……"

乔锦月仍然不停地哭着:"大师兄,你为什么每次都要代我受罪,小时候我调皮惹祸要你替我背黑锅,百惠剧院的吊灯坠落要你替我挡着。今天又要你替我挡枪,大师兄,这些都不是你该承受的……"

"锦月。"沈岸辞的手覆上了乔锦月沾满泪水的脸颊,深沉而言,"我是你的大师兄啊,我本就应该保护你,呵护你啊,今天我为了你而死,我也算对你尽心了。"

乔锦月又悔恨,又难过,哀声道:"师兄,都是锦月的错。锦月对不起师兄……"

沈岸辞摇摇头,继续说:"锦月,你没有对不起我,这些都是我自愿的,如果重来一次,我还是会选择替你挡枪的。我为你做这些,不仅仅因为我是你的大师兄,是因为,是因为……"说到这里,沈岸辞心一酸,从眼角落下了两行泪:"是因为我喜欢你啊,我自幼就喜欢你了,这种喜欢绝不是哥哥对妹妹的喜欢,是男欢女爱的喜欢。我知道你把我当成哥哥,但是我从来就没有把你当成妹妹。我们青梅竹马,两小无猜,一起唱戏,一起练功,你早就成为我生命中不可割舍的一部分了。我也曾想过,未来的路我们还能够一块走下去。我甚至还痴心妄想,将来会有这么一天,我能够成为你的丈夫,你能够做我的妻子。奈何襄王有梦,神女无心。你爱的人终究不是我,既然如此,那我就放手吧,你的幸福才是我最大的追求。既然你爱的是顾安笙,那我便祝福你们,愿你和顾安笙白头偕老。只是锦月,哪怕我知道你不爱我,可我对你的感情也没有办法改变了。我做不到放下你去接受别人,只有你是我喜欢的姑娘,我的心里已经容不下旁人了。"

"师兄。"乔锦月心如刀割,摇着头哀哀哭泣,"师兄,是锦月的错,锦月没有用,锦月辜负了师兄。"

看着乔锦月撕心裂肺地痛哭,沈岸辞也不免伤情,他拭去了乔锦月脸上的泪水,安慰她:"锦月,我对你说这些不是想让你难过的。我只想在临死前把一切说出来,只有把我的心事都告诉你了,我才能走得安心。锦月,我是真心祝福你和顾安笙的,你们才是天造地设的一对,你们必须幸福,这是大师兄最赤诚的祝愿,听到了没有?"

"我知道,我会的。"乔锦月拼命地点头,颤声道,"大师兄,我舍不得你,大师兄从锦月五岁就陪着锦月了,锦月不能离开大师兄,大师兄能不能不要走……"

沈岸辞无奈地摇了摇头:"师兄也不想离开锦月,只是师兄办不到了。师兄能为了你死,已经很开心了。"沈岸辞顿了顿,看着乔锦月的脸,心酸又欣慰:"其实师兄的心里是开心的,师兄终于奋不顾身地救了你一回。顾安笙可以为了你义无反顾地拼死相救,我沈岸辞也可以为了你舍弃我自己的性命啊。只不过,是师兄没有福分,没有办法成为你生命中最重要的那个人。"

乔锦月心猛然一痛,紧紧地握住了沈岸辞的手,悲声哭着:"师兄,你一直都是锦月生命中最重要的人啊,你是锦月最敬爱的师兄,师兄在锦月心中的位置,在这个世界上是没有任何人能够替代得了的!"

沈岸辞沧桑的脸上终于闪烁出一抹欣慰的微笑:"锦月,能听到你这么说,师兄就没有遗憾了。爱了你一辈子,能在你心中拥有这么重要的位置,我这一生也算是值了!"看着乔锦月那姣好的容颜,沈岸辞不禁想起幼年初遇之时,那个满脸稚气的小姑娘,不由得感慨:

"不知不觉十几年了，想当初在湘梦园遇见你的时候，你只有五岁，我也不过九岁而已。你告诉我，你的父亲是湘梦园的班主，我成了班主的徒弟，我就是你的师兄了。"

"是呀！"历历在目的往事浮现眼前，乔锦月回想起来，嘴角噙起了一抹笑意，"那个时候我年纪太小，我爹不让我拜师，我每天无所事事，便时常缠着大师兄，让大师兄陪我玩躲猫猫。"

沈岸辞嘴角的笑颜逐渐展开，仿佛回到了幼年之时，与乔锦月两小无猜的静好时光，他继续回想着："可是你太古灵精怪了，每次藏的地方都不一样。那次不知道你怎么跑到了大树上，我怎么也找不到你，把我急坏了。后来我听到了你的哭声，我才知道你爬上了树，却下不来了，哈哈……"

乔锦月含着泪微笑着："我们两个之间的回忆还有好多呢。我还记得我长大了一点的时候，成了师父的徒弟。那时候我嘴馋，爱吃铺子里的蜜糖糕，可是师父怕我吃了发胖，不让我吃，师兄就把你的零用钱攒起来，趁师父和父亲不备，偷偷买给我吃。"

"哈哈……"沈岸辞不禁露出了笑容，"我当时以为是在对你好，却不想差点害了你。你那次吃了太多的蜜糖糕，结果牙疼了一个晚上。后来师父和妙音娘子知道了，还把我们俩教训了一顿呢，从此以后，我便再也不敢偷偷地给你买吃的了。"

"小师妹。"一瞬间，仿佛回到了幼时的模样，沈岸辞学着当初稚气的语气对乔锦月说，"这些蜜糖糕是师兄费了好大的劲儿才买到的，你快点拿回去藏起来，要是让我师父或者你师父发现了，咱们俩就惨了。"

乔锦月的心如刀绞般地难受，勉强露出年幼时澄澈的微笑，亦用着当年的语气说："谢谢大师兄，锦月一定不会让爹爹和师父发现的，大师兄对锦月真好！"

"哈哈哈哈！"沈岸辞脸上浮现了从未有过的开怀，回味着，"那个时候真好啊，天空总是那么蓝，时间过得也那么慢。我们没有忧伤，也没有难过，无忧无虑地在湘梦园玩耍、唱戏，仿佛这个世界就是我们的。那个时候也没有顾安笙，我以为，小师妹永远是我一个人的。可是后来有一天，我们突然就长大了，还没有反应过来，我们就都长大了。现在我才知道，我们长大了就再也回不去从前了，那些天真与美好岁月，也回不去了。"

他望着天花板，嘴角的微笑若隐若现，继续说："小时候，听师父说戏，讲到杨家将保家卫国的故事，我当时义愤填膺。我那会儿啊，特别崇拜杨家将，我还想过，长大也要当像杨家将这样的英雄。今天，我誓死不屈，杀了外族贼寇，我也算是圆了幼年时的梦了吧！"

乔锦月流着泪点头，凄然道："师兄，你舍命护住了锦月，杀死了外族贼寇，你就是英雄啊！"

"我终于做到了！"沈岸辞似乎已经力竭，用着最后一丝气力说着，"我用自己的生命护住了我最爱的姑娘，实现了幼时的梦想，做了一回英雄。我这一辈子，虽然短暂，但也值了！"他呼出了最后一口气，垂下了手臂，永远地闭上了眼睛。

乔锦月的心碎了，她也恢复了平静，没有痛哭到失声，只是默默地垂着泪。

"小师妹，你放心，以后有大师兄保护你，你什么都不用怕。锦月，锦月，花园的荷花开了，我们一块去赏花吧！小师妹，你这句词儿唱得不对，你听我给你唱一遍……"

此时此刻，乔锦月的脑海中依稀浮现了二人两小无猜时，嬉戏玩闹的幼年模样。她将沈岸辞的手按在自己胸口，闭上眼睛，从眼角溢出一滴泪，深深而言："大师兄，从小到大，你一直都是锦月心中的英雄啊！"

那日沈岸辞在剧院遇刺身亡，后来湘梦园妥当地安葬了沈岸辞。

短短几个月的时间，湘梦园就失去了最重要的班主和大师兄，刹那间，所有人都沉浸在了难以诉说的痛苦之中。最难过的当数乔锦月，只一瞬间，竟失去了两个疼爱自己的人。这一切来得猝不及防，乔锦月真的难以接受这个残酷的现实。她常常在夜半梦醒时分，对父亲和师兄想念到难以自拔,躲在被窝里嘤嘤哭泣。可她偏偏生性好强,心里再苦也没有对任何人说,只是默默地把这份伤痛压在了心底。

白天在众人面前,她还是那个坚强的乔锦月。

"卖报,卖报,今日头条:湘梦园京戏演员沈岸辞击杀外族贼寇,为国捐躯!"听到了这个有关大师兄的新闻,乔锦月忙唤过卖报的小男孩:"小弟弟,我买一张报。"

"好嘞,谢谢姐姐!"

乔锦月接过报纸,展开细看,见那报纸上都是赞颂沈岸辞的民族气节,称赞他的舍生取义。这一次,那些新闻媒体难得地没有歧视和贬低他们梨园行当,对他们的称呼也不再是"戏子"而是带了尊重的"京戏演员"。沈岸辞此举,终是给湘梦园亦是给所有的梨园弟子增了光添了彩。看着看着,乔锦月的脸上便洋溢起了欣慰的笑容,感叹:"师兄虽然不在了,但是他死得其所。他终于圆了自己年幼时的梦想,做成了英雄。也是他让那些人对我们梨园弟子的看法有了改观,他是我们湘梦园的骄傲,也是梨园行的骄傲。"

"是啊!"顾安笙亦钦佩,"你们宁死不屈服于外族贼寇,沈兄与外族军拼搏到底。虽然他英年早逝,但他是舍生取义,也算不枉此生了。"

想到师兄是为自己挡了枪而亡,乔锦月还是难忍压在心底的伤悲,不禁红了眼眶:"可是这几枪本应该是我受的,师兄是为了保护我而死。从小到大,一直都是他让着我,宠着我,最后还要让他为了救我性命而死。一直以来与我搭戏的都是师兄,他不在了,我都不知道该如何唱戏了。"

顾安笙心中亦添了一丝伤情,看着面容憔悴的乔锦月,揽住她,温声说:"沈兄这么做,都是为了你。他也一定不希望你这么难过下去,为了他,你也要打起精神好好活下去,才不辜负他用生命救了你。"

乔锦月怕触景伤情,不想再就着这个话题说下去了,便点头:"安笙,我们走吧。"

第二十四章

碧落黄泉两相依

- 壹 -

这一天苏红袖与乔锦月一同去集市，想起逝去的乔咏晖和沈岸辞，苏红袖不禁感伤道："眼下城中一直不太平，多少事情都是我们始料未及的。班主和大师兄已经去了，剩下的人可万万不能再出意外了。但愿我们其他的人能保全性命，在这烽火乱世中平平安安地活着吧。"

望着师姐温柔的侧颜，乔锦月抱住了她，竟又像小时候那样的依赖着她，对她撒娇："师姐，这个世界上你是和小七在一起度过的岁月最长的。无论以后会怎么样，你一定不要离开小七，小七要一直这样赖着你。"

"多大了还这么撒娇。"苏红袖亦慨叹这世事无常，庆幸的是这个最疼爱的小师妹还在身边，抚摸着乔锦月的鬓发爱怜道，"师姐答应你，永远都是你的师姐，一直陪在你的身边。"

乔锦月甜甜地笑道："师姐最好了！"

二人边漫聊着边向前走去，乔锦月远远望去，见远处的一座楼阁冒着黑色的烟雾，不禁惊奇："师姐，你看那边的房子怎么了，怎么烟雾都变成黑色的了？"

苏红袖看了看，亦奇异："是呀，该不会是着火了吧！"

乔锦月惊异："师姐，你这么说好像还真有可能是失火了，我们过去看看吧！"

二人匆匆地走到了那冒着黑色烟雾的楼阁附近，但见好多人围在了那楼阁的四周，匆忙奔走，神色俱是慌乱不已。

"快点，快点，快拿水来，拿水来呀！"

"楼上还有几个人没有出来呢！"

乔锦月心里涌上一阵不祥的感觉，拉住了一个奔走的人，并问："这位先生，敢问前面发生什么事了？"

"哎呀呀。"那个男子神色慌张，"前面那个剧场被外族人放了火，火势现在很大，文周社的角儿还有好几个在里面没能出来呢。"

"哎呀哎呀，不多说了，赶紧去取水救人吧！"说罢那人便匆匆离去。

"文周社！"乔锦月与苏红袖相互对视一眼，双双凝重了神色，害怕出事的是自己心里牵挂的人。乔锦月拉着苏红袖的手，凝眉而言："师姐，是文周社的人，我们快去看看！"

"好！"

二人以最快的速度走到了那楼阁下，但见一个两层的不大的剧院，被熊熊的大火包围着。不断地有人扶着奄奄一息的人从剧院中出来，也不断地有人往那熊熊烈火燃烧的剧院泼着水，但大火仍然没有任何被扑灭的架势。

"陈公子。"乔锦月瞧见一个认识的文周社弟子，忙拉过他问，"陈公子，这究竟是怎么回事，还有谁在剧院里？"

"喀喀喀……"刚从大火中死里逃生的陈公子被烟雾呛得咳嗽不已，他极力使自己平复下来，说，"乔姑娘啊，我们师兄弟几个今晚在这演出，谁料这里竟被外族人放了一把大火，整个剧院的两层楼都被烧了起来。"

"火还没烧起来时，仲怀师兄让看客们先走。后来火烧得越来越大，仲怀师兄护着我们让我们先出来，他自己到现在还在剧院里没能出来啊！"

"仲怀……仲怀！"苏红袖的心猛然一凉，如临万丈深渊，头脑一阵眩晕，竟向后跌了一个跟跄。

"师姐！"乔锦月忙扶住苏红袖，"师姐，你没事吧！"

"仲怀，仲怀！"再沉着的苏红袖此刻已慌了神，只觉得整颗心犹如炸裂一般颤抖着。她握住乔锦月的手，不禁颤声："小七，仲怀还在里面，他还没有逃出来，我们怎么办，怎么办啊？"

"师姐，仲怀……"乔锦月的心里也焦虑难安，她极力保持着冷静，握着苏红袖的手，安慰着，"师姐，别急，我们想想办法，一定能把仲怀救出来的。"她向四周望了望，想了想，说："水，对，我们跟着他们一块去取水，把这大火扑灭！"

此时此刻也无其他的办法，苏红袖只得应声前去，二人说罢，便跟着路人一同去附近的河边去取水。

"喀喀喀，师兄，我不行了，你快走啊！"

熊熊烈火燃烧的剧院，一个奄奄一息的师弟喘息着对胡仲怀说："胡师兄，我走不了了，你别管我了，赶快逃生吧！"

"说什么呢，我们一个人都不能放弃！"胡仲怀厉声呵斥道，并将那个弟子架起来，"跟着我，我送你出去，我不会让你们任何一个人出事的！"

一楼的正门已经被烈火包围了，胡仲怀吃力地架着那师弟，将他从二楼的窗台送出。其他救生的人攀着梯子，将那个师弟接了出去。

将那个师弟送出去后，胡仲怀又回到了烈火中去救另一个师弟。

"师兄……"另一个师弟也已经奄奄一息，半昏半醒地啜嚅道："我还能活命吗？""别说话，跟我走。"胡仲怀快速将他架起，紧迫而言，"我马上送你出去，不会让你死的！"

剧场外的人已经朝着剧院泼了好多桶水，然而杯水车薪，大火不但没有被熄灭，反而越烧越旺，这样的救火方式终究无济于事。

"快，把他送出去。"胡仲怀将那个师弟从窗外送出去后，已经精疲力竭，不觉有些头晕目眩。他靠在墙上，拭去了额头的汗水。

"仲怀，仲怀！"场外的苏红袖看到剧院里的胡仲怀，又焦灼又激动地朝着楼上挥手，大声叫着："仲怀，仲怀！"

"红袖，是红袖！"见到苏红袖，胡仲怀整个人都振奋了起来，疲惫之意霎时烟消云散，朝着楼下的苏红袖扬声喊道，"红袖，我在呢，我没事，你等着我！"

苏红袖喊着："仲怀，你快出来啊！"胡仲怀说："你等着我，我还有一个师弟没有救出，你等着我把他送出来，我就下去见你！"苏红袖点头，呼唤着："我就在这等着你，你一定要平安地出来！"

过了五六分钟的时间，可还是不见胡仲怀的踪影。苏红袖急得如同热锅上的蚂蚁在原地踱来踱去。"小七，仲怀怎么还不没出来，他会不会有危险啊？"

"不会的师姐，别瞎想。"乔锦月一手握着苏红袖的手，一手揽着她的肩，劝慰着她，同时劝慰着自己，"师姐，仲怀他还说过要娶你为妻呢，他为了你也不会有事。我们要相信仲怀，这一劫他一定能平安地度过的。"她虽然嘴上在劝慰，然而看着越来越大的火势，自己也越发心神不宁，只能在心里默默祈祷：仲怀千万不要有事。

"仲怀，仲怀！"苏红袖朝着剧院叫喊了几声，可迟迟听不到回应。

"仲怀，我是红袖啊，你能听到我的声音吗？"此时此刻能听到的只有火烧着石木发出"吱吱"的响声，仍然不见胡仲怀回应。

"啊……仲怀，仲怀！"苏红袖不禁慌了神，心已然凉了半截，颤声而言，"仲怀，他不会真的被困在里面了吧。不可以，不可以，绝对不可以！"

她说着就挣脱开了乔锦月，拎起一桶水，跑向了剧院的入口。

乔锦月没拉住苏红袖，眼看着她朝着那龙潭虎穴奔去，大惊失色："师姐，你要干什么？"苏红袖一门心思想着胡仲怀，无暇去理会她。她抱着那一桶水扑向门口的熊熊大火，自己冲了进去。

"喀喀喀……"苏红袖冲进了火场，被那烟雾呛得直咳嗽。

虽然水能克火，可那火势太凶，她的左侧衣服被烧破，左臂也有了烧伤的痕迹。然而此时此刻她已经全然顾不上自己的伤势，只一心想着救出胡仲怀。"仲怀，仲怀！"她跑上了二楼，只见胡仲怀昏厥了地面上，额头上冒着涔涔的汗珠不省人事。"仲怀！"苏红袖急忙跑过去，将他抱在怀里，用手上残留的水渍拍着他的额头，又按了他的人中穴，他才徐徐醒来。但见面前出现一个模糊的人影，胡仲怀喃喃而言："红袖……"

"仲怀！"苏红袖搓着胡仲怀的手，喜忧参半，"仲怀，你醒过来了，是我，是我！"

"红袖！"胡仲怀慌忙抬起头，看清楚了苏红袖被烧焦的衣服和烧伤的伤痕，不由得阵阵心痛。

他皱着眉嗔道："你疯了吗……喀喀，你真是不要命了，竟然闯到了这火海之中，你看看你都被烧成什么样子了！"

"我就是疯了！"苏红袖落下一滴泪，不禁哽咽，"我叫你你不回应，你不知道我有多害怕，你要是出了什么事，你要我怎么活！"

"红袖，对不起！"胡仲怀一把将苏红袖拉到了怀里，紧紧拥着她，自责而言，"我让你担心了，你放心，我还要和你成亲呢，我一定不会有事的。"说罢他好似忽然想起了什么，立刻松开了苏红袖，严肃道："我们别在这里耽误时间了，在这里多待一刻危险便多一分。"

"快，先救人！"胡仲怀抱起地上那个已经晕厥的弟子，对苏红袖说，"他已经被火呛得晕过去了，快先把他送出去，晚一刻他就会有危险的。"

"好！"他们两个人抬着那个晕厥的师弟，将他送到了窗口，对着窗外叫："还有人在吗？"那个救援的人说："少班主，我们在呢。"胡仲怀迅速而言："快，把他接过去。"

"好！"那两个救援的人将那个师弟抬了下去。

心急火燎的乔锦月终于在楼下见到了安然无恙的胡仲怀与苏红袖，悬着的心放下了一半："师姐，仲怀！"

"锦月！"胡仲怀朝着楼下喊道，"你等着，我们马上就下去了！"

乔锦月点点头，大声叮嘱："我等着你们，你们一定要小心啊！"

胡仲怀对苏红袖说："红袖，快，你先下去……""啊！"话音未落，一块燃烧着的房梁便从棚顶坠落到了窗台，整个窗子被燃烧了起来，堵住了这个剧院唯一的出口。

"糟了！"胡仲怀一惊，"唯一的出口也被堵上了，怎么办？"

苏红袖向四周望了望："我们看看有没有别处可逃生的路。"胡仲怀点点头："也只能这样了。"

火势越来越大，二人被烟雾呛得直咳嗽。二人寻觅了一周，见一楼与二楼之间的通道已经被烈火蔓延，无法通行了。而二楼的三个窗户，另两个已经被烧毁，只剩下这一个还有一丝希望逃生的窗口。

苏红袖无奈地摇头："其余的出口都被火势蔓延了，我们只有这一个出口还有希望逃生了。"她思忖了一下，忽然对胡仲怀言："仲怀，我有主意了！"说罢她又对窗外救援的人说："你们帮我们取两桶水，一定要快！"

"好！"那两个人答应着便顺着梯子爬了下去取水。

苏红袖对胡仲怀说："我进来的时候，是靠一桶水顶着烈火进来的。

我们若想出去，只能用同样的方法。"

胡仲怀答应："事到如今也只有这一个办法了，但愿他们取水回来之时，这火势不要再蔓延了。"

烟雾呛得二人越发难受，他们也只能在心里默默祈祷这火势不要再蔓延，然而事与愿违，这火势越烧越烈，几乎已经要将这整整一面墙点燃。

"少班主，少班主，水取回来了，能听到我说话吗？"

"听到了！"胡仲怀对着外面救援的人说，"一会儿我出去时，你们就把水泼进来。"

那人应声道："好！"

胡仲怀又转过身，对苏红袖说："红袖，这火势太大，为了确保安全，我先出去探一下，然后再接你出来。"说罢胡仲怀便冲向了窗户，一桶水泼进来，火势丝毫没有变弱。

- 贰 -

就在此时,又从屋檐上掉下一块燃烧着的房梁,正好砸在了胡仲怀的身上。

"啊!"胡仲怀退后了一步,退回了屋子里,他的一只手臂已被烈火烧得体无完肤。

"仲怀!"苏红袖惊惧地抱住胡仲怀,看着他那烧伤的手臂,再也忍不住,失声痛哭,"仲怀,你的手臂,怎么会这样,怎么会这样?"

此时胡仲怀已经耗尽了所有的体力,再无逃生的力气了,他被烟雾呛得说不出话来,奄奄一息地抬起手,不禁绝望:"红袖,最后的出口被烧了,我们怕是出不去了。"

看着逃生的希望已然破灭,苏红袖心如刀绞:"你把你的师弟们都救了出来,而你自己却被困在了这烈火之中,为什么会这样?"

胡仲怀却无悲无喜地坦然而言:"我是师兄,也是少班主,遇到危险的时候本就应该保护师弟们啊。"他顿了顿,又摸着苏红袖的脸颊,不由得泛起一阵心酸:"可你又是何苦呢,你冒死冲进大火,只怕要连累你和我一起被烧死在这里了。"

苏红袖摇了摇头,脸上满是毅然:"如果再来一次,我还是会冲进来的。你的安危就是我的全部,你要是有什么三长两短,我也活不下去了。如今,我们真的要丧生在这火场里了,那我们就一起赴死吧,黄泉路上有我陪着你,你也不会孤单的。"

"红袖!"胡仲怀心生感动,拥住了苏红袖,感怀而言,"我没有想到你对我的感情竟然这么深,竟义无反顾陷入火场陪着我。既然我们都逃不掉了,那我们就一起赴死吧。只是红袖,是我负了你。我对得起文周社少班主这个称呼,我也对得起文周社的师弟们,我唯独没能对得起你。我救出了师弟们,但是唯独自己没有逃得出来,害得你陪我一起丧生于这熊熊烈火中,我最终没能做到如愿许你一场婚礼,娶你为妻。"

苏红袖亦紧紧地拥着胡仲怀,心中动情:"你用你自己的命换回了师弟们的命,你的不顾安危,舍己救人,是国人的风骨,也是文周社的骄傲,更是我的骄傲。守护师弟师妹,这是师兄师姐义不容辞的责任,若换作是我,我也会这么做的。你很勇敢,勇敢得出乎了我的意料,你没有辜负我。既然你逃不掉了,我也不愿一个人独活,我们生不能在一起,那就一起赴死。到了阴曹地府,我们也不会分开!"

"师姐,仲怀,师姐!"看着那越燃越旺的烈火,迟迟不见二人的身影,乔锦月在楼下心焦地大声呼叫着。

"小七,是小七在叫我们……"

苏红袖走过窗前,透过烈火看着乔锦月那瘦弱的身影,心痛得落下了泪:"小七,师姐以后不能陪着你了,未来的路只能靠你一个人来走了。"

"什么?"乔锦月心中一颤,差一点跌倒,不敢置信地摇着头,"师姐,这不是真的。你在和小七开玩笑是不是,你说好了你以后不会离开小七的,你是湘梦园的大师姐,你怎么能够食言?父亲和大师兄已经不在了,难道师姐你也要离开小七吗?"

"小七,对不起。"苏红袖心痛难忍,垂着泪而言,"师姐食言了,师姐真的不能陪你了。你已经长大了,不需要师姐在身边时时刻刻照顾你了,你一定要学会坚强,听到没有?"

"不!"乔锦月绝望地跌坐在地上,一瞬间泪如雨下,哭喊道,"师姐你不能走,我们两个自幼便生活在一起,你怎么能这么狠心地抛下小七?你要是走了,留小七一个人,小七没办法坚强,小七做不到,做不到!"

"锦月，听话，不许哭！"胡仲怀朝着乔锦月大声喊道，"没有什么可伤心的，我和红袖终于能够在一起了，你应该为我们开心才对。你不许哭，坚强一点！"

"仲怀……"傍晚的天色微沉，熊熊的火焰映着二人的脸熠熠生辉，乔锦月心犹如被利刃穿过一般，失声痛哭，"仲怀，连你也要离我而去吗？"

"说好了，要一起举办婚礼的，你怎么能和师姐就这么离开了。是你撮合了我和安笙，而我又刚把师姐交给你，你怎么能就这么跟师姐一块离开我们。"

胡仲怀继续说："锦月，我和红袖已经永远不会再分开了，就不再需要什么婚礼了，但是你和师兄一定举办一场风风光光的婚礼。你和师兄是我撮合到一起去的，你要是感念我们之间的友谊，就好好和师兄在一起。以后我不能在你们身边为你们说和了，你们必须好好在一起，不许再因为误会分开了！"

乔锦月心痛地摇着头："我们两个在一起了，你们两个也在一起了，我们四个人一路走到了现在，难道从此以后我们就要与你们阴阳相隔吗？"

四面火光照映，若隐若现的微弱火光中，胡仲怀瞧见苏红袖那细腻温柔的侧颜。虽然烧焦了衣服，蓬乱了发髻，但这倾城容颜却一如往昔，从来都没有改变过。

神情恍惚间，竟回想起了他们初遇时的模样。仿佛还是那个二十岁的艳阳天，自己在厅堂中冲撞到了那个唱着《苏三起解》的姑娘。当时只觉得她好美，美得如同九天玄女，不可方物，或许只是那寻常的惊鸿一瞥，便注定了这一世的牵绊。

而今回想起曾经的旧事，竟恍如隔世，胡仲怀不禁动情，执起苏红袖的手，眸中满是深情："红袖，今天的你好美，亦如我们初见时那样的美。我永远也忘不了二十岁那年初夏，在文周社正厅初见时你的模样。我只看了她一眼，那个身着红衣、眉目如画的姑娘便已然扣动了我的心弦。从那一刻起，我就知道我这一辈子都逃不掉了。那个柔情似水的姑娘，就是我这一生最大的牵绊。"

苏红袖握紧胡仲怀的手，慢慢展开了嘴角沧桑的笑容："我不知道自己是什么时候对你动心的，但我发觉自己的感情后，这份感情早已情深入骨，割舍不去。其实我应该早一点明白的，害得你苦等了我那么久。"

胡仲怀摇摇头，微笑而言："不，我一点也不苦。爱着你是一件非常开心的事，而且还能够得到你的一往情深，我就是三生有幸了。虽然这时光很短暂，但我也不枉此生了。"

火光闪烁，似乎有什么温情而又凄凉的东西，弥漫在二人之间。

苏红袖眼角滑落一滴泪，滴在了胡仲怀的手背上，她低下头，不禁哀恸："我虽然名叫红袖，但我却始终没能红袖添香地陪着你。都怪我，对自己的感情醒悟得太晚了，竟白白错过了你这么久的爱。"

胡仲怀拭去了苏红袖脸颊上的泪水，温声说："没关系，红袖。虽然这一生，我们注定要葬身火海了，但来世，我一定要许你一场浪漫的婚礼。与你山高水长，花前月下，共享凡世烟火。"

苏红袖点点头，声音中满是毅然："那便约好了，我们来世还要一起走！"

胡仲怀伸出小指："那就钩指起誓吧！"

苏红袖亦伸出小指，二人小指相绕，口中念道："说好了，来世也要在一起，谁都不许反悔！"

双双对视，竟都笑了起来。这看似轻松的欢笑，却饱含了太多无可奈何的悲伤。

"师姐，仲怀……"乔锦月瘫倒在冰凉的地面，哭得不能自已。

"小七！"苏红袖大声朝乔锦月喊着，"师姐的时间不多了，临去前有几句话要叮嘱你，你一定要牢牢记住！"紧接着又说："外族军袭城，险象环生，湘梦园是我们的家，无论世道怎样艰险，一定要守住我们的湘梦园!"她顿了顿,又说:"还有,你要记得这一切的血与泪,都是残暴的外族人造成的。身为国人,我们不能受这样的屈辱,你必须振作起来,守护津城,守护湘梦园。你要记得师兄和我们是如何被害的,这血债不能忘,一定不能屈服于外族贼寇,要做守护祖国山河的好儿女!"

乔锦月流着泪点头:"师姐,小七都知道,都知道!"

"锦月!"胡仲怀亦嘱咐,"我是见不到师兄和爹娘最后一面了,你日后见到他们,一定要替我转告他们,仲怀没有辜负他们的期望,做到了舍生取义,只是仲怀不孝,不能在爹娘膝下尽孝了。以后没有了我,文周社的顶梁柱就只剩下师兄一人了,你让他带着我的那份期望,守护好文周社,仲怀在九泉之下也会瞑目的。"

乔锦月已经悲痛到了极致,哽咽着说不出话来,只有默默地点头。

"还有最后一件事!"苏红袖又说,"如若这大火熄灭后,还能找到我们的尸骨,你一定要把我和仲怀葬在一起,我们生不能同衾,死要同穴!"

胡仲怀亦说:"对,生不能同衾,死一定同穴,生死都要在一起!"

隐隐火光中,苏红袖含着泪执住了胡仲怀的手,叹惋道:"仲怀,你说我们之间,真的是造化弄人。从前的你我合唱那一曲《梁祝》,当时只当作寻常,而今你我竟真的落得个如梁山伯与祝英台那般的结局。果然美人自古如名将,不许人间见白头。"

"是啊,造化弄人,偏偏不许人间见白头。"胡仲怀眼中亦有隐隐的泪光闪烁,复又握紧了苏红袖的手,决绝而言,"不过没关系,红袖,梁祝生不能同寝,但死后至少化蝶离去,至此后便没有人可以分开他们了。而你我生不能在一起,至少死后会化作烟尘共同消散,这样,我们永生永世都不可能被分开了。"

苏红袖动情地点头:"对,我们永生永世都不会分开,我们会永远的在一起。"

"喀喀喀……"苏红袖被烟雾呛得难受至极,已支撑不住,倒在了地上。

"袖儿!"胡仲怀过去,将她揽进了怀里。

"仲怀……"苏红袖奄奄一息地抬起手,"你叫我什么?"

"袖儿!"胡仲怀决然而言,"师兄叫锦月月儿,我就要叫你袖儿。"

"你的出现,给我平淡的生命中增添了一抹亮丽的光彩,这一生虽然短暂,但至少因为有你,我从未后悔!"

苏红袖亦说:"我也是,因为有你,我无怨无悔……"

话音刚落,整个剧院楼已经轰然倒塌,烈火伴随着残垣断壁仍然不停地燃烧着,已然再无任何人的声息。

"师姐,仲怀……"乔锦月声嘶力竭地哭喊着,可此刻已经得不到任何回应了。

"月儿!"

乔锦月回头,见顾安笙匆匆赶来的身影,整个人扑到了他的怀中,失声痛哭:"安笙,都不在了,他们都不在了……"

"月儿,你说什么!"顾安笙不禁急迫,"难道仲怀他们……"

乔锦月抽噎着:"所有的人都救出来了,只有仲怀丧生在了烈火之中,师姐,师姐也随他去了。"但见那熊熊烈火燃烧的残垣断壁中,只有慢慢化作灰烬的石木。那对苦命的有情人,已经身赴黄泉。

"师姐,仲怀,你们终于能够在一起了,没有人能够把你们分开了。"

孤山上,乔锦月轻抚着两座墓的墓碑,内心深处的悲恸使她泣不成声:"我以为你们两个会和我们两个一起成亲,未来的路还有很长很长。你们为什么这么早就要离我们而去,师姐,仲怀,我好想你们……"

"月儿。"顾安笙扶起了久跪在墓碑前的乔锦月,劝道,"他们葬身在了一起，最终做成了夫妻，于他们而言，也算是落得一个圆满的结局了。"

身前的两座墓碑，一块上刻着"胡仲怀之墓"，另一块上刻着"妻苏红袖之墓"。这一对苦命的多情人生前未能遂心愿，死后便如二人所愿，配了冥婚，永生永世不相离弃。乔锦月望着两座墓碑，不禁凄凄："记得那年封箱，师姐与仲怀唱了一曲越剧《梁祝》，谁承想，他们竟真的落得个梁山伯与祝英台的结局。他们两个永远在一起了，可是他们也永远不可能再回来了。"

"安笙！"乔锦月扑在顾安笙的怀里，哀哀哭着，"为什么只在这短短的一夜之间，我身边的亲人都一个一个地离开了我。"

"爹，大师兄，师姐，仲怀，他们都是我身边最重要的人，他们现在都不在了。这接二连三地失去亲人，我真的快要受不住了。"

"月儿！"顾安笙的心也微微刺痛，拥紧了乔锦月，不住叹息，"生逢乱世，这是我们没有办法抉择的。外族军侵袭，生灵涂炭，饱受这些苦难的又何止是我们，是全国的百姓啊！"

"外族贼寇！"乔锦月握紧了拳头，满腔愤恨，"他们惨无人道，屠我家园，他们犯下的十恶不赦的罪孽罪不容诛。他们害死我那么多的亲人，这笔血债我忘不了。我一定报了这个血海深仇，让我们的家园恢复以往的平静与安宁。这血海深仇，必须报。"

顾安笙亦坚毅道："我爹娘和妹妹的死，又何尝不是拜这些外族人所赐。我爹也说过，要我记得这笔血债，投身于抗击外族救亡中。山河破碎，国家危亡之际，我们已经做不得其他了，我们必然要将全部的热血奉献给家国和山河。"

"那我们便一起吧！"乔锦月握住顾安笙的手，将眼中的悲伤隐去，毅然而言，"无论是山河破碎，还是盛世太平，我都要陪着你一起。未来的路，再艰难我们都要一起走下去。愿执子之手，此生不渝。"

顾安笙亦点头，真挚而言："愿将小爱化为大爱，是太平抑或乱世，我们永远生死相依！"

微风拂过,拂起了乔锦月的衣袖,顾安笙替乔锦月整了整衣襟:"月儿,你得闲的时候去看看我师娘吧,仲怀不在了,师父又远去海城未归。师娘现在很痛苦,她需要我们的陪伴,才能走得出来。"

"玉姨她……"乔锦月不禁心里一酸,垂下了眼,"白发人送黑发人,更何况她已经失去第二个孩子了,这种痛不是常人能够经受得起的。"

"安笙,我们现在就去看看玉姨吧!"

"好!"

二人离开了孤山,去往了文周社。走到柳疏玉的房门口,顾安笙轻轻地敲了敲房门:"师娘,您在里面吗?我和月儿来看您了!"

听得屋内传来苍白无力的声音:"安笙啊,门没锁,你进来吧!"

"噢。"顾安笙轻轻推开门,只见柳疏玉苍白的面颊上带着泪痕,犹如生了一场大病般憔悴不堪,侧着枯木般的身子,倚靠在床头。

乔锦月见柳疏玉这般憔悴,不禁鼻子一酸,落下了泪,跑到床前扑到了她的怀里,喃喃而言:"玉姨。"

"锦月,我的孩子呀。"柳疏玉也落下了泪,拍着乔锦月的背,大为悲恸,"我的伯怀和仲怀都不在了,玉姨现在只有你和安笙了。"

"玉姨。"乔锦月垂泪,"锦月会一直陪着您的,锦月和安笙会一直都在的。"

"师娘,您吃药了吗?"顾安笙问道。

"唉。"柳疏玉叹了口气,"左右身子都已经这样了,吃药又顶什么用。我两个儿子都没了,我也快支撑不下去了。"

- 叁 -

顾安笙强忍住心中的悲恸,劝说着:"师娘,再怎样都要好好活下去啊,您还有师父,还有我们呢。师娘,以后安笙就是你的儿子。"他走到柜台上,端起汤药,又说:"药已经凉了,我去热一下吧。"说罢便转身出了门。

"锦月啊!"柳疏玉哀声而言,"我唯一的孩子去了,我怎么也没想到他会走在我的前头啊!"

"远道在海城,他还不知道仲怀已经去了的消息,他回来后我都不知道该怎么跟他说。这白发人送黑发人的苦,要我们怎么承受啊!"

"玉姨。"乔锦月悄悄拭去眼中的泪水,忍着痛劝慰道,"仲怀是为了救他的师弟们,才丧生于大火中的,他这是舍生取义,玉姨应该为他感到骄傲才是。"

"仲怀虽然不在了,但是您还有我和安笙啊。玉姨,您说过让我把你和胡叔叔当作自己爹娘的,以后锦月就是您的亲女儿。"

"安笙是您和胡叔叔当的儿徒,安笙也就是您的儿子。"

柳疏玉拭去了泪水,稍稍宽慰了些,望着乔锦月消瘦的面庞,说:"至少你们俩还在,我这一把老骨头还不至于晚年孤独无依。孩子,这些日子经历了这么多,你也受苦了吧!"

本以为乔锦月会哀痛不已,然而她却出乎意料地摇摇头,只留一抹悲壮:"玉姨,我也是在一夜之间就失去了父亲、大师兄、红袖师姐。这些噩耗接踵而来,最亲最爱的人都接二连三地离我而去,我真的也快承受不住了。但是锦月知道,锦月不能倒下,他们不在了,湘梦园便要靠锦月去守护了。锦月也知道，这些伤痛是外族人带来的，我的亲人们临终前都嘱咐我，不能忘记耻辱，要好好守护祖国的山河。锦月再难过也不能一蹶不振，锦月必须好好活下去，记住这血债，以一己之力守护祖国山河！"

看着年纪轻轻的姑娘坚毅的眼神，将心中的大义表诉得如此斩钉截铁，一瞬间，柳疏玉既欣慰，又心疼。她摸着乔锦月的脸颊，说："孩子，你能够把这份伤痛转化成对祖国对山河守护的大爱，这份胸怀与气度，真是让人佩服！"

"师娘，药好了。"顾安笙走进屋，关上门，将汤药递给柳疏玉，"师娘，快喝了吧。"

柳疏玉接过汤药，一饮而尽，顾安笙将碗放在了桌子上，又对柳疏玉说："师娘，安笙有一个想法，想和师娘说一下，不知师娘可否同意。"

柳疏玉问："什么想法？"

顾安笙说："师娘，仲怀的离世，我爹娘的离世，还有月儿的亲人们的离世，都是那些惨无人道的外族人做的。如果我们再这样无动于衷，还会有更多的人被他们残害的，这样下去，我们的家国迟早会灭亡。所以师娘，我想带着我们文周社的师弟们一起参加救国活动，用自己微弱的力量来守护我们的家园。虽然我们的力量微不足道，但在这山河破碎，风雨飘零之际，把我们的青春和热血献给国家和家园，也算不负一腔热血！"

"好孩子！"柳疏玉眼中闪烁着泪光，亦带着欣慰，"你和锦月一样，难得年纪轻轻就有这份爱家爱国的热情。你的确没有辜负你师父的教导，是个有担当的铁血男儿！"

顾安笙坚毅而言："国家危亡之际，谁能眼睁睁地看着自己的家园被毁，而自己独善其身呢。"

"只是，月儿。"顾安笙将手搭在了乔锦月的肩上，不由得愧疚，"我对你的承诺，一直都没有兑现。眼下这般情形，恐怕我们的婚礼不能如期举行了。月儿,还是我对不住你,始终没能如约,许给你一个明媒正娶的婚礼。"

"不,安笙。"乔锦月淡然地摇了摇头,"现如今狼烟四起,烽火连天,我们哪里还能不顾家国的安危去想着我们的婚礼之事。就像你说的,在这国家危亡之际,谁能眼睁睁地看着自己的家园被毁,而自己独善其身。安笙,我都明白,此事怪不得你,要怪只能怪那时局,只能怪那些狼子野心的外族人。在这个国家陷入危难的时候,凡事都要以家国大事为重,儿女情暂且先放在一旁吧。我现在明白了,大爱是家国,小爱是你我,在家国面前,儿女情长是不值一提的。"

顾安笙颔首,悲壮的眼神中带着深情:"月儿,我虽然不能许你一场婚礼,但这些日子,我绝对不会离开你,今后若有什么坎坷劫难,我陪你一起应对。我答应你,待到河清海晏,国泰民安时,一定会许你一场浪漫的婚礼,与你花前月下,共享繁华。"

"安笙,锦月,你们都是好孩子,都是有胸怀的好少年。"柳疏玉欣慰道,"安笙有这报国的大志,锦月更是巾帼好儿女。你们真的不愧为梨园弟子,更不愧为中华少年!"

"位卑未敢忘忧国,哪怕无人知我姓名。"乔锦月望着窗外浮云,毅然而言,"他们都说戏子无情,可在这国家危亡的时候,谁又能够无情呢?从前唱戏的时候,只道粉黛浓妆,戏幕起落,唱得尽是他人的故事。穆桂英也好,杨家将也罢,悲欢离合都是我们演绎的,与我们本不相关。直到如今之际,山河破碎,哀鸿遍野,我才知道,哪怕我们的身份再卑微,这些也是我们义不容辞的责任。"

"安笙。"乔锦月转过身,对顾安笙道,"既然你说要带着文周社参加救国,那我也要带着湘梦园一起。国家危亡,我们也不可能再寻欢唱戏了。安笙,就让我们一起为我们的祖国家园尽这一份力吧!"

"好!"顾安笙执过乔锦月的手,眸中含着深情,"大爱是国,小爱是你。哪怕是在这烽火连天的乱世,我们也绝不分开!"

乔锦月亦说:"是乱世,是太平,我们都不分开。在这烽火连天的时候,你我且做保卫河山的英雄儿女。待到我们将外族人驱逐出国,祖国大地恢复一片生机时，我们再做恣意潇洒的神仙眷侣。"

柳疏玉看着这一双心怀大义的少年男女，霎时间又是感动又是心疼，不由得感叹："你们两个在一起经历了那么多，现在又是如此情深义重。若是你们生在太平盛世，你们一定是一对恩爱有加的少年夫妻。只可惜你们生在这兵荒马乱的烽火乱世，却偏偏要受这些和平年代没有的苦难，真是苦了你们了。"

乔锦月苦笑了一下："我何尝不想生在太平盛世，与安笙花前月下，过平静安宁的日子呢。奈何我们生逢乱世，守护祖国河山就是我们义不容辞的责任啊！"

顾安笙亦言："国家陷入危难，我们身为中华儿女，哪怕再卑微，也不能忘记忧国。我们不能让中原大地沦陷在外族人的手里，做他们的亡国奴。"他顿了顿，感慨道："小时候，记得师父唱过的元杂曲：峰峦如聚，波涛如怒，山河表里潼关路。望西都，意踌躇。伤心秦汉经行处，宫阙万间都做了土。"唱到此处，他目光凝望着窗外浮云，不再唱下去了。乔锦月接着唱："兴，百姓苦；亡，百姓苦。"唱毕，她不由得生出了一阵又一阵的慨然："如若家国沦落在了外族贼寇的手里，那无论是兴是亡，苦的都是百姓啊！"

顾安笙回过头，望着乔锦月，坚定而言："没有错，如若家国真的沦为了外族的亡国奴，我们丧失了主权，是兴是亡，百姓都是苦的。所以，我们哪怕是拼了性命也要守住祖国万里山河！"

乔锦月转过身，缓缓唱道："峰峦如聚，波涛如怒，山河表里潼关路。望西都，意踌躇。伤心秦汉经行处，宫阙万间都做了土。成，你我相依；败，你我相依。"她默默地把最后一句的"兴，百姓苦；亡，百姓苦"改成了"成，你我相依；败，你我相依"。唱毕，她转过身，深沉地望着顾安笙："山河破碎，血流漂橹，在这乱世之中，战火打响，谁都难说能在这烽火连天中保全性命。但无论是成是败，你我都相依相守，不相离弃。"

顾安笙执住了乔锦月的手，目光中流露着深情与坚毅："成，你我相依；败，你我相依。是成是败，你我都相依相守，此生不渝。"

第二十五章

山河破碎风飘絮

- 壹 -

近些日子，津城的平静已然被全数打破。自从外族军侵袭进城后，百姓一直处在担惊受怕中。这种血流漂橹、民不聊生的日子一日复一日。自从沈岸辞离世后，湘梦园便再也没有登台唱过戏。他们深知，在国家危难之际，自己不能不顾国家的安危，犹自寻欢唱戏了。这些日子也只能靠曾经卖票赚的钱生存度日，但这种只有支出没有收入的日子，过得必然拮据困苦，不再复往昔的无忧无虑了。

"砰！""砰！砰！""砰！""砰！砰！砰！"

一个天色未明的清晨，乔锦月被这惊天的炮火声惊醒，她坐起身，对着同一间房的沈媛儿问："二师姐，你听这是什么声音？"

几声惊天的炮响，扰了清晨的宁静，似乎把整个世界都震了一震，沈媛儿不由得惊慌："小七，听这声音是哪里被炸了，该不会是外族人又袭进来了吧。"

乔锦月心中一凛,忙坐起来,飞快地换上衣服,边换边急促道:"恐怕真的外族军又袭进来了,二师姐,我们快去通知其他的师兄师姐们,大家快走,不然他们会袭过来伤到大家的。"

"好!"沈媛儿也快速地换好了衣服,与乔锦月匆匆离开房间。

"师父,我们快出去躲一躲,外族人已经侵袭到湘梦园的边缘了!"乔锦月为陈颂娴披上衣服,不禁急促,"快一些,一会儿怕我们就出不去了!"

"小七,喀喀喀……"陈颂娴刚想说话,却焦急地咳了起来。乔锦月拍着陈颂娴的背,为她顺气:"怎么样,师父,没事吧!"

"小七,师父没事。"陈颂娴拉住乔锦月的手,焦急道,"你不要只顾着师父,咱们湘梦园其他的人都逃出去了吗?"

"二师姐已经去通知他们了。"乔锦月点头道,"师父不必担心,他们大概现在已经出去了,我们也快些走吧。"说罢,她便扶着陈颂娴快速地走出了房间。

年近五十的陈颂娴行动起来已经不是十分顺畅了,也没有体力逃跑,只能由乔锦月扶着,颤颤巍巍地走出了庭院。

"砰!"

"啊!"乔锦月被突然炸过来的炮弹吓得浑身一颤。那炮弹正好炸到了湘梦园的门口,顷刻,那红门已经被炸出了一个窟窿。

"小七,我们先别动。"陈颂娴见状,谨慎嘱咐她,"这炮火已经袭进来了,现在我们出去太危险了,我们先躲一躲,等一会儿平静了再走。"

"好,师父。"乔锦月扶着陈颂娴躲到一处屋檐下,并扶着她蹲下道,"师父,这里安全。我们先在这里躲避一会儿,安全了我们再走。"

"喀喀喀……"陈颂娴急促地咳了几声,只艰难地道了声,"好。"

"砰！""砰！"

又接连两个炮弹炸到了湘梦园大院的边缘，一块玻璃从空中掉落，砸在了陈颂娴的手臂上，划破了衣服，在她的手臂上留下一道重重的伤痕。

"啊！"陈颂娴吃痛地皱紧了眉头。

"师父，你流血了！"乔锦月紧张道，并扯出手帕，在陈颂娴的流血手臂上简单地包裹了一下，"现在没有东西能处理伤口，师父你先暂且忍一下，等我们回去了再给你包扎伤口。"

"小七，师父没事。"陈颂娴安慰，"不用担心师父，你自己也要小心点，别被这炮火伤到了。"

乔锦月点点头，又往房檐下退后了几步。"砰！""砰！""砰！砰！"紧接着又听到了几声震耳欲聋的声响，外墙的墙皮纷纷被震得脱落。大概过了一刻钟的时间，见再没有了动静，乔锦月便对陈颂娴说："师父，现在好像安全了，我先出去看一下。"说罢她便小心翼翼地踏出了院落。

她只见院外一片被炮火炸得凌乱，地上都是横七竖八的碎石乱瓦。见四周无人，八成也不会再有炮火了，乔锦月便回到了屋檐下，将陈颂娴扶起："师父，现在外面是安全的，我们快些出去吧。"

"好。"乔锦月扶着陈颂娴小心翼翼地出了院子，二人走到了大街上，只一夜之间，津城的街道就大变了模样。

"娘，娘，我要娘亲……"

"儿啊，我的儿啊，你在哪里……"

宁静的街巷上遍布着百姓叫苦不迭的哭喊声，一侧的楼房倒的倒，塌的塌，俨然一片狼藉。乔锦月愕然，见这被摧毁的天街市，心中一阵阵刺痛不禁红了眼眶："好好的津城，怎么会变成这样？"

"姑娘，快些逃命吧。"一个坐在地上的白发苍苍的老婆婆悲声而言,"刚刚不知道从哪里过来的炮弹,把整个明阳巷都炸毁了,八成又是这外族人干的。听说北仓已经被他们屠了,这会儿又进到津城境内了。"

乔锦月蹲下身,向那老婆婆问道:"老婆婆,您可看到外族贼寇袭过来了吗?"

那老婆婆道:"他们只投了炮弹,还没有杀进来。刚刚已经有人去报官了,你们还是快些走吧,估计一会儿他们可能还会杀过来的。"

"好,多谢!"乔锦月站起身,对陈颂娴道,"师父,咱们快点离开这里,晚一些恐怕还会有危险的。"

"杀……"

"砰!砰!"

乔锦月听到了不远处外族军的叫喊声与枪声,心中一凛,对陈颂娴说:"不好,我听到他们的声音了。师父,咱们快点走,一会儿他们会追上来的!"

陈颂娴边随着乔锦月跑,边力竭地喘息:"小七,我……哎呀!"一个不留意,便摔在了地上。

"师父,快起来!"乔锦月手疾眼快地将陈颂娴扶起来,"我们快走,他们就在我们身后!"

"小七,师父不行了。"陈颂娴似乎已经体力透支,流着汗喘息着说道,"小七,师父怕是没有力气再跑了,必要之时,你先自己逃命吧,不要管师父了。"

"说什么呢,师父!"乔锦月的心猛然一痛,忍不住哽咽,"爹爹他们都不在了,小七怎么能不管师父?我们再坚持一下,一定能躲过的,无论如何,小七都不能放弃师父!"

想起逝去的班主和那两个逝去的弟子,陈颂娴心中也不禁泛起阵阵难过。看着这个已经不再天真烂漫的小徒弟在失去了诸多亲人后,仍然用坚强包装着自己,她是溢于言表地心疼。此刻她便下定了决心,无论怎样都要逃过这一劫,不能再让这个可怜的徒弟失去自己这个师父。她扶着乔锦月的手臂,坚决而言:"好,师父答应你和你一起逃脱,师父不会离开你的。"

"砰!"

又听得一声枪响,乔锦月忙扶着陈颂娴趴在了地上,压低了声音:"不好,他们过来了,我们快趴下!"

"砰!砰!砰!"

"啊,不要,快逃啊!"

只见那穿着黄绿色军服的外族军侵袭了过来,逃难的百姓在巷子里奔跑着,霎时间不大的巷子里已经堵满了人。

"哎呀,师父!"乔锦月和陈颂娴趴在地上,被逃难拥上来的百姓纷纷堵住,已无法起身。慌乱之中,已经有好多人踩到了乔锦月和陈颂娴的身上。

"啊!"不知是何人,踩到了陈颂娴被玻璃划伤的胳膊上,本就没有愈合的伤口又溢出了鲜血,陈颂娴吃痛地嘶叫了一声。

"师父!"乔锦月惊叫道,眼看着更多的人蜂拥而来,二人无法站起身。乔锦月没有别的办法,只好趴在陈颂娴的身上,用自己的身子替陈颂娴挡住,以防师父再被其他人踩伤。

"小七,你做什么,快起开!"见乔锦月的身子不停地被人踩踏到,陈颂娴实在不忍,在乔锦月身下挣扎道,"这样你会受伤的,快起开!"

"我没事,师父。"乔锦月极力忍着被踩伤的疼痛,吃力而言,"师父,你身上有伤,不能让他们踩到你。小七比你年轻,被踩几下没事的。"

"傻孩子……"嘴唇翕动间,陈颂娴还想说什么,却已经被来往的人潮压抑得说不出话来,亦无法再做挣扎。

俄顷,见熙熙攘攘逃命的行人少了些,乔锦月才吃力地从地上爬起。此时浑身上下已被踩了无数脚，说不上的浑身酸痛，整洁的衣衫上也多了好多尘土。

"来，师父，快起来。"乔锦月将陈颂娴拉起，"师父，这明阳巷的后面都是外族人，我们快些逃出这明阳巷，到一处安全的地方躲起来。"

望着乔锦月一身的尘土，陈颂娴不禁担忧："小七，你被踩了那么多下，你没事吧。"

乔锦月摇头："不妨事，师父我们快些走吧。"嘴上说着没事，但腿上的疼痛却已经钻心入骨。乔锦月的腿被重重地踩了好几脚，之前骨折的旧伤又复发了，此时那伤口已经开始隐隐作痛。可她硬是咬着牙没有说，忍着痛扶着陈颂娴在明阳巷中奔跑。

"哎呀！"不知被谁撞了一下，乔锦月竟险些跌倒。她踉跄了几步，所幸没有被撞倒，又重新站稳了脚步。陈颂娴见状不由得紧张："小七！小七，你没事吧！"

"我没事，师父。"乔锦月知道自己现在旧伤复发，无论如何也跑不快了。加上陈颂娴也已体力不支，她二人恐怕无法顺利地走出明阳巷了。这样跑下去，恐怕不但逃不出龙潭虎穴，反而离险境会越来越近。乔锦月向后望了望，见一大批外族军手持枪杆，已经朝着自己的方向袭来，便只好对陈颂娴说："师父，我的腿又开始痛了。我们现在怕是跑不出这明阳巷了，咱们两个若还是在这里挣扎，怕是会被更多的人撞到。不如我们先找个地方躲一下，能躲一时是一时吧。"

陈颂娴见乔锦月的额头已经冒起了冷汗，难免心疼，便答应着："也好，我们先躲一躲吧。"乔锦月扶着陈颂娴躲到了一个炸毁了一半的屋檐下，但见街上奔着慌张逃生的百姓，身后还有着喊打喊杀的外族贼寇。看着家园被毁，同胞被屠，乔锦月又心痛又愤恨，握紧了拳头，眼中已经露出了杀气，恨恨而语："这些草菅人命的外族狂徒，这笔账总有一天要算清楚！"

"啊，小七。"陈颂娴抓紧了乔锦月的衣袖，不禁紧张，"小七，你看那个是不是你的四师姐若雪啊？"

"四师姐，她在哪儿？"乔锦月朝着陈颂娴手指的方向看去，只见一个穿着绿色衣衫的女子捂着胳膊跪在了地上。她的胳膊不断地涌出鲜红的血液，显然是中了子弹。她受了伤，此时她已经痛苦跪在地上，无法起身。

"啊！"听得她又尖叫一声，只见得她被来往的路人撞倒，整个人扑倒在了街上。那个女子不是旁人，正是自己的四师姐周若雪。见状，乔锦月心中一紧，更甚急迫："真的是四师姐，她受了伤了！"

陈颂娴亦不由得焦虑："是若雪，怎么办哪小七，不能让她再出了什么意外啊！"

眼下除了亲自上阵营救，也没有其他的办法了。乔锦月不是不知道情况的危险，但她不能眼睁睁地看着师姐陷入危机而无动于衷，便只好对陈颂娴道："师父，你在这里等我一下，我去救四师姐。"说罢她便不顾自身安危地冲进了那刀山火海，走到周若雪身边，将她扶起，并道："四师姐，快起来，我是小七！"

"小七……"她站起身，待到看清楚了乔锦月，她不禁忧心地皱起眉，"小七，你从哪里来的？快走啊，后面全是外族军，这太危险了。"

"别说话，四师姐。"乔锦月挡在周若雪的前面，"别怕，跟着我就行，我带你出去！"

"砰！砰！砰！"接连又听得好几声枪响，周若雪惊慌失措道："小七，他们又杀过来了？"

慌乱之际，乔锦月扭过头，不想竟露出了喜色，欣喜道："四师姐，别怕，是我们的救援军来了！"紧接着便听到军官铿锵有力地指挥："杀了这群外族人，一个都不许放过！"

"啊啊啊……"接二连三的外族人被击倒，他们早已乱了阵脚，慌乱不已。

"四师姐，我们小心。"乔锦月扶着周若雪猫下腰，低声道，"我们的救援军来了，我们也要小心，别被自己人误伤到。"

"啊，放开我！"不知何时，周若雪竟被一个倒在地上受了重伤的外族人拽住了脚腕，那外族人已经失去了神智，满眼只有杀意。

"四师姐！"乔锦月一脚踹开那个外族人，却牵动了自己腿上的伤，伤口竟剧烈地疼了起来。

"啊！"乔锦月痛得弯下了腰。

"小七，你怎么样？"周若雪搀扶住乔锦月，紧张道。

"我没事。"乔锦月吃力地站直了身子，拂去了鬓边沾了汗水都乱发。低头间，见那外族军从衣袋中掏出一个手榴弹竟要拉响。乔锦月心中一惊："不好，他是想和咱们同归于尽！"见身后还有许多本国的救援军和逃难的百姓，如若他将手榴弹拉响，此刻会伤亡的人不占少数，所以不能让他拉响手榴弹。那个外族军伤势不轻，乔锦月轻易地便从他手中夺走了手榴弹，并从地上捡起他掉落的枪，一枪将他击毙。"四师姐，你拿着。"乔锦月将手榴弹放在周若雪的手中，并道，"跟着我，一起冲出去！"她手中有枪做武器，一边开枪去击毙阻拦的外族人，一边带着周若雪逃脱。终于，她们二人冒着枪林弹雨回到了陈颂娴的身边，所幸有惊无险，也可谓是九死一生。

"若雪，小七，你们终于回来了。"陈颂娴不禁红了眼眶，哽咽道，"吓死师父了！"

"我们没事了，师父。"乔锦月终于松了心里紧绷着的弦儿，几乎累得瘫倒在了地上。

"小七……"见乔锦月这精疲力竭的样子，周若雪不禁自责，抱住了乔锦月，不禁哽咽，"都是我没有用，差一点害死你……"

"你是我师姐，我怎么能看着你身陷险境而不顾。"乔锦月松开周若雪，擦拭了额头上的汗水，安慰着，"四师姐，我们都已经没事了，就别说这些了。""四师姐，你受伤了？"乔锦月看着周若雪胳膊上被染红了一大片的血迹，紧张道。

转危为安后，周若雪才想起自己的伤势，此时一阵钻心的痛袭来，她咬着牙忍痛道："我刚刚中了一发子弹，现在还在胳膊里没有取出来，我好痛……"手帕已经给陈颂娴包扎了伤口，乔锦月只得从袖口撕下一块纱布，为周若雪将受伤的胳膊包扎上，并道："四师姐，痛你就先忍一会儿吧。当务之急先把伤口包扎上，把血止住最重要。等这外面战火平息后，我们再去医院给你把子弹取出来吧。"

她透过带着裂纹的木墙朝外望了望，见本国救援军占了上风，外族军已经被击毙了大多数。便对陈颂娴和周若雪道："我们的救援军马上就要胜利了，咱们先在这儿等一会儿再出去。"

大概过了半个小时，打斗声渐渐停息，乔锦月朝外面望了望，见这场战争已经结束了，便对二人道："师父，四师姐，现在没事了，我们回湘梦园吧。"

陈颂娴与周若雪点点头，三人一同走出了残破的屋檐。一路上，见尸横遍地，楼屋坍塌。无数失去了亲人的百姓们撕心裂肺地哭喊着，可他们的亲人却已经永远地闭上了眼睛，血色几乎已经染红了整座津城。乔锦月闭上了眼睛，不忍去看，也不忍去听。她一路默默无语，一句话也没有多说，这哀鸿遍野的惨状让她痛彻心扉。

回到了湘梦园，见湘梦园的半个院子已经被炸毁，好多间屋子都被炸得片甲不留了，只有少数的房屋完好无损。看着自己生活了二十二年的湘梦园被毁得惨不忍睹，乔锦月再也忍不住心中的悲恸，失声痛哭了起来："我的家，这是我生活了二十二年的家为什么会变成这样？"周若雪也不禁失声痛哭："整座津城被外族人侵袭，我们的湘梦园也逃不过……"姐妹二人抱头痛哭了起来，失去家园的痛楚，已经化为了心底最深的恨。

此时，湘梦园逃出去的弟子们陆陆续续都回来了，见湘梦园被炸，都心痛不已。然而他们除了湘梦园已经别无居处，只能几个人挤一挤，住在了没有被炸毁的房间。这场浩劫，乔锦月的三师姐唐伊胸口中了一弹，已不治身亡，其他的人虽保住了性命，却也受了不轻的伤。此时正有一位义诊的女大夫主动到了湘梦园，为受伤的弟子们处理并包扎伤口，湘梦园的人都对这位年纪轻轻又心怀仁义的女大夫感激不尽。

- 贰 -

已经失去了太多的亲人，对于三师姐唐伊的死，乔锦月的内心已然麻木得感觉不到痛了。看着唐伊的尸首，她双拳紧握，嘴角溢着鲜血，眼睛却睁得老大。乔锦月知道她是恨极了外族人，不甘死在外族人的手里，亦死不瞑目。乔锦月默默走到她身边，用手为她合上了双眼，淡淡道："三师姐，你放心吧，你的仇我们一定会报的！"

寒风吹过，乔锦月只觉得身上阵阵寒意。

或许是痛到极致已使内心麻木，或许是内心千锤百炼，已经刀枪不入便不会再痛，此时此刻她看着师姐的尸体，竟没有流一滴眼泪。

那位女大夫为陈颂娴处理完了伤口，又替周若雪取出了子弹，也为其他受伤的人做了诊疗。一切处理完毕后，她见乔锦月黯然神伤，便走到了乔锦月的身旁想对她劝慰一番。乔锦月并未察觉她的到来，只呆呆地望着被炸毁一半的湘梦园，自言自语着："三师姐，你说我们是应该庆幸的吧，至少湘梦园毁了一半，还留了一半供我们居住。若是全部都炸毁了，我们真的就无家可归了。"

那位女大夫听到了她的话，在她身后轻声道："姑娘切莫太过忧伤，乱世烽火，能够保全性命已是大幸。这风雨飘摇之际，多少人流离失所，无处安家，至少姑娘你亲朋还安在。"

乔锦月望着天空喃喃而语："是啊，乱世硝烟，我该庆幸的是至少他们还在我的身边。"她转过身，欲对那位女大夫说些感谢的话，待到看清她的面孔，却凛然一惊，不禁惊喜："大夫，原来是你啊！"

那女大夫怔怔而言："姑娘，你认得我？"

乔锦月卸了妆的容貌与穿着戏服时的样貌有所不同，那位女大夫显然没有认出她来，乔锦月便解释："大夫，你不记得那日在剧院你为我师兄续命的事了吗？"想起那天的事，那位女大夫仔细地瞧了瞧，认出了乔锦月，恍然大悟地笑了笑："原来是你啊姑娘，真巧，又遇到你了。"

这个女大夫就是那天在剧场为沈岸辞用人参续命的大夫，那天她为沈岸辞续命后，就悄然离开了，乔锦月本欲感谢她，奈何已经找不到了她的踪迹。乔锦月上前一步，感激而言："大夫，上次你为我师兄续命的事我还没来得及感谢你，你就已经走了。今天你又为我们湘梦园的人义诊，你真是我们的大恩人。"

那女大夫摇头："姑娘不必如此客气，医者仁心，这是我们该做的。在这山河破碎的烽火乱世，我们能做的就是为百姓义诊，是不求回报的。"说罢她又低下了头，不禁愧疚："其实那日没能救回令师兄，我也很惭愧……"

提起了逝去的大师兄，乔锦月不禁心中隐隐作痛，却还是摇了摇头，宽慰她："大夫，此事你已经尽力了，你不必惭愧。"

"最后还是你为我师兄续了命，让他把想说的话都说了出来，他去得也没有遗憾，我们应该感谢你才对。"

那女大夫轻轻地点了点头，看着唐伊的尸首，不禁叹了口气，对乔锦月说："姑娘，已逝之人的尸首不宜放置太久，今日我也并无其他要事，我陪你们去把这位姑娘安葬了吧。"

乔锦月望着唐伊染了血迹的尸首，答应着："也对，我们去吧。"

又是那座孤山，湘梦园众人将唐伊安葬在了沈岸辞的墓边，空山两座墓碑，倒不至于显得太落寞。乔锦月摸着唐伊的墓碑，轻轻而言："三师姐，我们把你安葬在了大师兄的墓边。有自家师兄做伴，不会让你寂寞的。安息吧，三师姐，你和大师兄的仇，我们一定会报！"乔锦月的语气淡淡，并无悲愤之情，面容也并无大悲的神色，许是已经习惯了身边不断有人逝去，便不再哀伤了。

那女大夫说道："姑娘，是时候该回去了。"

乔锦月又深深凝望了一眼两座墓碑，转过身道："回去吧。"她看着那年纪轻轻、心善面慈的女大夫，感激道："大夫，今天的事真的感谢你了。两次得大夫相助，是湘梦园的荣幸，还未请教大夫的尊姓大名呢。"

那女大夫轻笑一下，轻声说："不敢，我叫楚沐歌，沐浴的沐，歌舞的歌。"乔锦月点点头："原来是楚大夫，我叫乔锦月，锦绣的锦，月亮的月，是在湘梦园唱戏的小角儿，幸会！"她顿了顿，看着那年龄不大的大夫楚沐歌，又问："楚大夫，我瞧着你年岁不大，为何年纪轻轻就做了这广施仁善的医者呢？"

楚沐歌叹了口气："唉！乔姑娘，不瞒你说，我父母亲人都是在这战乱中去世的。我本生在大户人家，曾在国外留学四年，如今回国做了医者。"

"奈何这一场屠杀，我如今已经一无所有。我空有一身医术，不如以一己之力救助战乱中伤亡的百姓，也算是为祖国尽了一份心力，不负恩师与父母的教诲。"

乔锦月钦佩道："楚大夫，你能以一己之力报效家国，锦月着实佩服。"说罢她又叹了口气："我的亲人何尝不是在战乱中身亡的，我恨透了外族贼寇，我也想像你一样以一己之力报效家国，可惜我现在都不知道我能做些什么。你受过优良的教育，又有一技之长，而我们只是没有上过学的梨园弟子。哪怕是想为国尽一份力，都不知道该做些什么。"

楚沐歌轻声说："乔姑娘身为梨园弟子，不忘忧国，你这等胸襟不怕没有用武之地。若想报国，做什么不可以呢。我们医院在整个津城的各个巷子里都设有义诊棚，专为那些在战乱时受伤的官兵与百姓诊治。乔姑娘若是愿意，可以来我们这里做帮手，救助受伤的人。"

"真的可以吗？"乔锦月眼中闪现了光芒，"没想到像我这样没念过书，什么都不懂，别人眼中最无情最卑贱的戏子，也能有这样的机会为国为民尽一份心力。"

"乔姑娘，不能这样讲。"楚沐歌否认，"我回国的时候，曾经听过几次你们湘梦园的戏。我虽然不太懂这些，但我知道各行各业都有各自的信仰。按照国外的观念，人人理应平等，并无高低贵贱之分。所以无论是我们这样的受教育者，还是你们这样学艺的人，对家国对山河的热爱，都是一样的。"

乔锦月不禁觉得一阵温馨，心中好似被什么温暖的东西包裹住了，情不自禁地挽住了楚沐歌的胳膊。她婉声说："楚大夫深明大义又心怀仁义，能够遇到你，是锦月和湘梦园的福气。如若楚大夫不嫌弃，锦月愿同楚大夫一样，去义诊棚救助百姓，以尽拳拳之心。"

楚沐歌笑了笑，温声而言："你若愿意，什么时候来找我都可以，我住在蓝门街的合欢宅，你可以随时过来。"她看了看天，只见艳阳高照于头顶，她又说："乔姑娘，晌午了，我是时候该回医院了。你累了半天了，也回去好好休息休息吧，我们改日再见。"

乔锦月颔首："楚大夫慢走，我们改日再见。"

湘梦园的院子被炸毁了一半，如今只剩下了残存的一半。由于墙壁透风，夜间安枕时，总会感到阵阵的凉意，让人久久不能入眠。即便是这样，这些艰苦也得硬生生地受着，这样的现状无力改变。

由于墙壁穿透，就连隔壁邻居的说话声音乔锦月在房中也能听得一清二楚。但听得一个女子的哭诉声："娘，我们整个蓝门街都被外族人围堵了。他们不知道投掷了多少炸弹，整条街都要沦陷了。我和丈夫失散了，现在怎么找也找不到，娘，我该怎么办哪？"

又听得一个两三岁的小女孩嘤嘤哭泣："外婆我好害怕，我爹不见了，我们什么时候能找到爹？"

这一对母女乔锦月都认识，这个女子比乔锦月大了四五岁，是隔壁郭大娘家的闺女。前几年嫁给了蓝门街的一个茶商，生了一个女儿，这个小女孩就是她的女儿。

又听见郭大娘安慰着："莺儿别怕，你爹会找着的，外婆在这呢！"

听到了蓝门街被围攻的讯息，乔锦月心里一惊。文周社的位置在蓝门街的正中央，她生怕身在文周社的顾安笙出了意外。她急忙跑过去，透过墙壁的窟窿，向那个女子问："郭家姐姐，实在抱歉，刚刚你们说的话我都听见了。郭姐姐你说的蓝门街是怎么回事，难道蓝门街也被外族人侵袭了？"

"是啊，锦月姑娘。"那女子啜泣道，"昨儿就被侵袭了，被炸的时候我丈夫失踪了，也不知现在是生是死……"

乔锦月不禁冒了一层冷汗，不由得紧张："郭姐姐，那你知不知道文周社有没有被侵袭？"

"文周社？"那女子摇头，"我不知道，但是蓝门街大多数住宅被侵袭了。"

"糟了，安笙！"乔锦月忙奔出了院子，声音满是焦急，"安笙还在文周社，安笙，你等着我，我马上去找你，你千万不能出事！"

"小七，你干什么呢？"沈嫒儿看着乔锦月匆匆忙忙的样子，诧异道。

"二师姐。"乔锦月急促，"文周社可能出事了，我要立刻赶过去看看！"

沈嫒儿说："小七，那我们和你一起去吧！"

"对，小师妹。"沈嫒儿身后的湘梦园弟子亦说，"我们都和你一起去救文周社。"众多师兄师姐们异口同声，乔锦月不禁惊异："师兄，师姐，你们真的要跟我同去吗？"

"对！"沈嫒儿满面毅然，"虽然我们是梨园弟子，但是面对国家危难，同胞遇害时，我们都要为祖国尽一份力。更何况师父说过，文周社与我们是至交，他们遇难我们更不可能袖手旁观。所以小七，我们和你一同去救助文周社！"

"好！"乔锦月感动，"那我们便一起去，共同御敌！"

乔锦月与湘梦园的一众人快速地赶到了蓝门街,短短几日,蓝门街便被炸成了一片废墟。走到文周社的门口,乔锦月见大门和牌匾都被炸毁了,顿时心中一凛,忙奔了进去。刚进大院,便看见顾安笙带着文周社一众弟子和对面的一队人在僵持着什么。

见顾安笙安然无恙,乔锦月忙奔了过去,拉住顾安笙的手,大为欣喜:"安笙,你们都没事吧,吓死我了!"顾安笙见到乔锦月,不禁担忧地皱起眉,嗔怪着她:"月儿,这个时候你怎么来了,你不知道蓝门街被屠杀,这里情况很危险吗?"

乔锦月毅然道:"我就是知道这里很危险,我才来找你的,再危险我都要陪你一起。"

"哈哈哈哈!"听到了一个熟悉的声音哂笑道,"好一对多情的鸳鸯啊,不过你要是不听话,再多情也没有用了!"

乔锦月转过身,看清了那个熟悉的面孔,不禁恨得咬牙切齿,厉声而言:"程显威,你已害死了我的父亲,如今还要来这里害人!"

程显威偏着头,鄙夷道:"杀你父亲的人可不是我,是曲卓然那个婆娘。而且我可没有要害你们谁的意思,只要你们肯听小雅先生的话,我们就饶过你们。你们要是不听,可别怪我们无情了。"

"程显威!"乔锦月咬着牙从口中吐出这三个字。来文周社之前,她带上了那天从外族人手中夺来的枪,以备不时之需。

此时她摸着衣袋,恨不得马上掏出枪,立刻击毙程显威。但她深知,哪怕她再想为父亲报仇,也不能这样冲动行事。若是她击毙了程显威,惹怒了他身后的人,父亲的仇是报了,但其他人会受到的伤害不堪设想。她只能按捺性子,强迫自己不发作。

"顾公子,你想好了没有?只要你们肯心甘情愿为我们做事,我们不但不伤害你们,还会给你们享不尽的荣华富贵。"

说话的人是一个穿着黄绿色军服、四十多岁的男人。一听这生疏的中文,就知道是外族军官,便是程显威口中的小雅先生。

顾安笙凛然道："你们死了这条心吧，我们中国人宁死都不会做外族人的走狗，向你们这些强盗摇尾乞怜的！"

"放肆！"程显威对顾安笙喊道，"你个臭戏子对小雅先生说话放尊重些！"

"程显威，你个无耻汉奸！"乔锦月怒不可遏，对程显威怒声道，"你背叛国人，做外族人的走狗，你身上不配流淌国人的血！"

程显威斜睨着乔锦月，悻悻而言："配不配不是你个臭戏子说了算的，哪里有荣华富贵，我就去哪里！"

小雅氏拉住程显威，指令他："既然他们不肯屈服我们，我们就别跟他们废话了，杀吧！"

程显威朝身后喊了一声："兄弟们，上！"

"是！"

- 叁 -

紧接着无数枪声响起,子弹纷纷袭来。

"不好!"乔锦月一惊,掏出枪朝对面的程显威和外族人开了一枪,这一枪不知击中了谁,只听得身后有人惨叫了一声。

乔锦月也顾不得其他,拉起顾安笙就跑:"快走!"

"砰砰砰砰砰……"随着密密麻麻的枪声响起,接二连三的子弹如落雨般地朝众人袭来。

"快走!"乔锦月朝着众人喊,"不要被他们伤到。"

文周社与湘梦园的一众人跑到了文周社院子之外,程显威与外族人也追到了蓝门街。伴随着阵阵枪声,蓝门街的百姓们慌乱不已,皆鱼贯而出,跑的跑,逃的逃,霎时间乱成一团。乔锦月与顾安笙奔逃之时,时不时四周回望,若有危机之时,便会对着外族人开一枪。况且乔锦月本有学艺的功夫在身,身姿矫健,能轻而易举地躲过外族军的子弹。乔锦月的反应又灵敏,不过外族军身形庞大,躲过自己的子弹就没有那么容易了,这便是乔锦月的优势所在。

他们见乔锦月不好追捕,便放弃了她与顾安笙,去袭击旁的人。

除了乔锦月,别人的手中都没有枪,想要躲避外族军就没有那么容易了。

见不断有人中枪倒地,乔锦月心急火燎,虽然不能用向他们屈服的办法以此来减少伤亡,但也不能眼睁睁地看着同胞百姓受到这样的伤害。忧心之际,突然摸到了衣服口袋中的手榴弹,那是上次从一个外族军的手中夺来的，为了防身，乔锦月一直把它带在身上。她顿时灵机一动，竟急中生智，掏出手榴弹迅猛转过身，正撞上追过来的小雅氏，乔锦月高声叫："叫你的人都退后，不然我拉响它，咱们都死在这里，谁都别想活命！"

小雅氏是外族的军官，不会不知道手榴弹的威力。见乔锦月手中的手榴弹，不觉惊惧，如若乔锦月真的将手榴弹拉响，那所有人都只有死路一条。

"退后，快退后！"小雅氏不由得慌张，"那丫头手里有手榴弹，咱们不能轻举妄动！"身后的外族军见乔锦月高举手榴弹，心中亦有了忌惮，听了小雅氏的指令，纷纷退后。只有程显威嘲讽道："小雅先生，不用怕她，要是她拉响了，她也难逃一死，她不敢的。贱人，少在这里逞能，我就不信你不怕死！"

乔锦月低声在顾安笙耳边说："安笙，你带着他们退到安全的地方。"顾安笙闻言怔了一下，他不知乔锦月有何用意。但见身后的人有诸多伤亡，在外族军面前又有随时丧命的危险，便点点头，带着众人向后退去。

乔锦月举着手榴弹，步步逼近，对着程显威冷笑道："你以为我不敢？那你就试一试啊。程显威，你这个叛徒真是我们国人的耻辱，你为了荣华富贵，做外族人的走狗，你扪心自问一下，你对得起你的列祖列宗吗？你帮着他们害死多少同胞儿女，你的良心过得去吗？我告诉你，你这样无耻的汉奸，我总有一天会让你死无葬身之地！"

乔锦月步步紧逼，外族军队便步步后退。乔锦月回头，见顾安笙带着百姓们已经退得很远了，此刻就算自己拉响了手榴弹，也不会伤到自己人，这样她才放心了下来。她对程显威说了这么长的一段话，她知道像程显威这样利欲熏心的人，就算自己说得再多他也不会听进去的。她的目的也不是想劝服程显威，只是想逼着他们后退，退得离津城的百姓们越远，百姓们就越安全。必要之时，她便可以拉响手榴弹，与外族军同归于尽。她深知乱世之中，人命如草芥，若能以自己的命换得百姓们的安全，她宁愿献出自己微不足道的性命。

此时此刻,她早就已经做好了赴死的准备。

程显威着实被乔锦月凛然的气势吓到了,他万万没想到乔锦月这个看似娇弱的小姑娘竟能说出如此铿锵有力的一番话。但他也不是十分忌惮,他自己就是一个贪生怕死的人,他以为乔锦月这样一个正值花季的小姑娘必定惜命。她这样做只不过是虚张声势吓唬小雅氏和外族军,她终究是不敢拉响手榴弹的。

他斜睨着乔锦月,恶狠狠而言:"臭戏子,你知不知道你刚刚开枪正好击中了付时奕的胸口,他已经被你打死了。你口口声声说你是国人,你却打死了国人同胞,你知不知道你也该死!"

"付时奕?"乔锦月听到这个名字,先是怔了一下,后又猛然想起了这个人,他是强娶曲卓然的那个付家长子,她听曲卓然说起过他的残暴,况且他跟在程显威身边也必定不是什么好人。那天程显威害死父亲之时,他也在场,处死了这样一个杀父仇人的帮凶,她的心里也有所宽慰。

"呵!"乔锦月冷哼一声,凛凛而言,"和外族人混在一起的都是走狗,算不得国人。他为外族人做事,他就该死,更该死的其实是你!"

程显威举起枪,对着乔锦月满面憎恶:"少废话,臭戏子,去死吧!"

"你开枪啊!"乔锦月面无惧色,满眼凌厉地对程显威道,"左右都是个死,咱们就一起去死吧!"说罢她就已经准备拉响手榴弹。

"蠢货,把枪放下!"小雅氏满面慌张,对程显威呵斥一声,又对乔锦月讨好而言,"别,姑娘,千万别拉响。你要我们做什么我们都听你的,千万别杀了我们,我也知道你并不想死。大家都好聚好散,你说行不行?"

见那小雅氏奴颜婢膝、贪生怕死的模样,饶是像乔锦月这样的脾性,更加打心里鄙夷,只冷冷说:"你们害死了我们那么多同胞,现在后悔已经晚了。你们现在后悔也来不及了,我们一起去死吧!"

乔锦月悲壮地转过身，朝身后一百米处的顾安笙及众人说道："安笙，诸位，你们保重，锦月来世再与你们相会吧！"

"不，月儿，不可！"顾安笙已经惊得变了脸色，朝乔锦月大声喊着，"月儿，住手，你不能这样做！"

沈媛儿亦惊叫："小七，你疯了，不要啊！"

乔锦月露出一抹沧桑的微笑，从眼角滑落一滴泪水，对顾安笙道："安笙，月儿今生与你无缘做夫妻，你保重，我们来世再见吧！"

顾安笙声嘶力竭地喊道："不！"

乔锦月转过身，闭上眼睛，正准备拉响手榴弹，与外族军同归于尽。

"给我杀了这帮外族军，一个不留！"正欲拉响之际，忽见本国救援军赶来，上百人瞬间将这几十人包围住。乔锦月见救援军赶来，便收了手，没有立即拉响手榴弹。

"救援军来了，太好了。"沈媛儿亦欣喜，"小七不会有事了！"

顾安笙亦松了一口气，不知不觉眼中已噙满了泪水，颤声道："月儿，你这个傻瓜，你要是就这么去了，你叫我怎么办。"

"给我杀！"数以百计的本国救援军瞬间就击毙了小雅氏带领的二十余个外族军。

程显威虽然与外族军为伍，但未着外族军服，本国救援军不知他是汉奸，以为他和乔锦月一样是本国普通的百姓，便没有对他下手。程显威趁乱正欲逃走，乔锦月忙高声道："不能放过他，他是汉奸！"说罢她又拿出手中的枪，扣动扳机，向程显威击去，一发子弹击中了他的右臂，另一发子弹打偏了方向，没有击中。然而再开枪时，枪中已然没了子弹。竟然让他这么轻易地就逃了，乔锦月恨得握紧了拳头，咬牙而言："逃得了一时逃不了一世，我早晚要亲手杀了你！"

不知什么时候，顾安笙已然奔赴到乔锦月的身边，将她一把拉进了怀里。他紧紧地抱住她，似乎是在抱着一块生怕飞走的珍宝一般，声音不觉颤抖:"你这个傻瓜,你怎么能拿自己的性命开玩笑?你要是随他们去了,你叫我一个人怎么活。你好狠的心,竟然要让我眼睁睁地看着你在我面前做这种事,你怎么忍心……"

顾安笙的一滴泪落在了乔锦月的脖颈上,那滴泪似乎要将乔锦月灼伤一般。她明白,那是他深入骨髓的痛。这一次,他是真的怕了。她不禁心酸,亦流下了泪水,抱紧顾安笙的背脊:"没事了,都没事了,我不会再离开你了……"

"你这个傻子!"顾安笙松开了乔锦月,双手紧紧地握住了她的双肩,脸上浮现了从未有过的怒色,对她厉声呵斥,"你知不知道差一点你就离开我了,你知不知道那一刻我有多害怕。你要保护蓝门街的百姓就要以牺牲自己的性命作为代价吗?我们是没事了,可是你这么做你让我怎么办?同生共死的誓言难道你都忘了吗?你的心竟然这么狠,你竟然妄想留我一个人在这个世上苟活!"

顾安笙涨红了脸,两道眉几乎拧成了一个川字,手臂青筋暴起,狠狠地摇晃着乔锦月的肩,仿佛要将她吃掉一般。一向温和的顾安笙,罕见地发了这么大的怒火,尤其是对乔锦月,他脸上的怒色更是前所未有。

乔锦月知道,他是真的怕了,他怕她真的就这么拉响了手榴弹,他也就真的永远地失去了她。她看着顾安笙惶惶的模样,不觉又悔恨又伤心,一瞬间竟泪如雨下,低着头啜泣:"安笙,对不起,我错了。我不该用自己的性命作为代价去报仇,我没有考虑你的感受,更不应该弃你而去,对不起……"

"傻月儿!"顾安笙看着乔锦月嘤嘤哭泣的模样不觉心软了下来,更甚心疼,再次把她拥入怀中,紧紧抱住她,深深而言,"对不起,是我的话太重了。但是我真的怕失去你啊,你现在必须答应我,再也不会做这样的事了。"

"好,我答应,我答应!"乔锦月流着泪拼命地点头:"我答应你再也不会做这样的事了,我答应永远地在你身边。"

"小七……"

听到不远处有人带着哭腔叫着自己，乔锦月松开顾安笙，回过头，喃喃而语："二师姐……"

"小七！"沈媛儿走上前，拉住乔锦月的手，上下打量她，见她无碍，便一把抱住了她，低声啜泣道，"你怎么能这么傻，你拉响了手榴弹，是杀了他们，也确保了我们的安危。可你有没有想过我们，你要是真跟他们一块去了，我们得自责一辈子？还好你没事，我们已经失去了大师兄和大师姐了，不能再失去你了……"

想起逝去的沈岸辞与苏红袖，乔锦月又难过又自责，拥抱住沈媛儿，拍着她的背，哽咽着："二师姐，小七错了。小七答应你，以后都不会做这样的事了。"

沈媛儿松开了乔锦月，擦拭着眼角的泪，抽噎着："没事就好，咱们都别说了。小七，你必须记得，以后无论在哪里，都要爱惜自己的性命。"

"其实不得不说，乔姑娘是真的勇敢。"身后的一个中年男子，朝乔锦月竖起了大拇指，钦佩道，"从前听乔姑娘唱戏的时候，只当你是一个柔柔弱弱的女子。没想到遇到这样的事，你竟然一点也不畏惧，我当真是小看你了，你真是一个巾帼不让须眉的女中豪杰啊！"

"是啊，是啊！"另一个女子亦说，"多亏了乔姑娘呢，要不是乔姑娘冲锋陷阵，到他们阵营里拖延了一会儿时间，等到我们救援军赶来，我们恐怕还会有更多的人伤亡。是乔姑娘救了我们大家伙啊！"

一个中年妇女揩了揩泪："没想到这么小的一个小姑娘，竟然有如此胸襟。"

"你是真的不怕死啊，你为了救我们，竟不惜以牺牲自己的性命做代价。还好你没事，你要是真的出了事，我们不得难受死啊！"

乔锦月不禁被他们夸赞得有些脸红，低下头，欠身道："其实锦月也没做什么，只是不想看到更多的人受到伤害。锦月知道，外族人残害我们的无数同胞，作为中华儿女，这个仇我们是一定要报的。哪怕是死，我们都不会向外族人屈服！"

"对，乔姑娘说得对。"身前的一个人高声道，"我们国人有国人的骨气，我们是有骨气的国人，就算是死也不会向外族人屈服！"

"对，我们就算是死，也不会向外族人屈服！我们生生世世都做华夏人！"

满腔热血的呐喊声络绎不绝，顿时，乔锦月热血沸腾，亦高声道："此生无悔入华夏，来世还做中国人！"

"乔姑娘说得对！"

身后众人纷纷举起右拳，高声附和道："此生无悔入华夏，来世还做中国人！"百姓们满腔的热血几乎震撼了整个津城，虽然城市已成废墟，但是中国人骨子里的坚韧却永远不会消散。

乔锦月与顾安笙带着一行百姓，当街游行高呼："此生无悔入华夏，来世还做中国人！"

这高声呼喊的口号中，凝结了全部爱国之人的热血豪情，亦激发了无数人的斗志。一路上，不断地有人加入这支队伍，一同高呼，从而使对家国的信念凝结得更深。游行了一天，嗓子喊哑了，四肢也酸软了。但是因此凝结了百姓们不屈服的爱国斗志，再累也是值得的。游行结束之时，乔锦月在一个帷布搭建的简陋的棚子里见到一个熟悉的身影，她不禁欣喜："楚大夫！"

楚沐歌放下了手中的急救箱，走到了乔锦月面前，笑道："乔姑娘，这么巧，又遇见你了。"乔锦月看了看这义诊棚中的摆设和被包扎后躺在里面的病人，问她："楚大夫，这就是你所说的义诊棚啊？"

"是啊！"楚沐歌点点头，说，"这个义诊棚在津城设置了好多个，近些天一直有外族军侵犯，我们就在这为受伤的百姓免费诊治。"她顿了顿，又说道："乔姑娘，刚刚我听到你们在街上游行了。没想到你这么年轻，竟有如此强的号召力，要不是我在这里看护病人，真想和你们一块去呢！"

乔锦月笑了笑："其实不是什么号召力，是百姓们都有一颗爱国的心。我这样的人也做不了别的，只能这样凝聚百姓们的爱国斗志罢了！"

"欸，对了！"乔锦月又说，"前几天还说要到这里来帮忙，没想到今天就在这遇见你了，那我是不是可以留在这帮你做事啊？"

楚沐歌微笑而言："当然可以啊，我们现在正缺人手呢，有人相助我求之不得！"

"小师妹，我们也要留下来，一起救助受伤的百姓。"

"乔姑娘，我们也要一起帮忙。"身后的湘梦园弟子与文周社弟子纷纷说道。

乔锦月转过身，感动地点点头："好，既然我们大家都有这样的心，那便一起留下来帮助楚大夫！"她又转过身，对楚沐歌说："楚大夫，让他们也留下来吧！"

楚沐歌也万分感激："当然可以，感谢你们都有这样一份心！"

接连几天没有战火打响，也算是难得地过了几天太平生活。但是大批外族军一直潜伏在津城这一带，谁也不敢说什么时候他们就会再次开战。在这水深火热的津城内，百姓们免不了担惊受怕。如今的形势，乔锦月定然是不能再唱戏了。这些日子无事可做，便带着湘梦园所有的师兄师姐，去义诊棚做义务救援工作。

乔锦月与顾安笙在同一个义诊棚救助，他们用最短的时间和楚沐歌学会了消毒和包扎。看着不断地有人送来或轻伤或重伤的百姓，乔锦月的心里五味杂陈。看着重伤的人受着截肢的痛苦，轻伤的人也头破血流，乔锦月如万箭穿心般地难受。

战火纷飞，受伤的人比比皆是，乔锦月深知自己见到的只是一小部分，津城受伤的百姓远不止这些人。与此同时她更明白，覆巢之下，安有完卵？受苦受难的人太多了，凭他们几人之力，是不可能全部救得过来的。但在这交战之际，能救得了一个，就是一个，她尽全力去多救一些人。

"阿嚏！"乔锦月在义诊棚的桌子上收拾桌子上的纱布时，竟打了一个喷嚏。她并未在意，只揉了揉鼻子，继续收拾。

"月儿，你怎么了？"顾安笙走了过来，不由得紧张，"你这几天脸色一直不好，人也消瘦了不少。你今天又一直打喷嚏，是不是染上风寒了，要不让楚大夫给你看看吧。"

"我没事，楚大夫那么忙，我们就别打扰她了。"乔锦月转过身，笑着说，"就是打个喷嚏而已，我哪有那么娇气。"

顾安笙却越发凝重："月儿，你这些日子一直那么忙碌，在这战乱的时候，你可千万别把自己给累病了。"

乔锦月点点头，微笑而言："我知道啦，你放心，我不会让自己生病的。"

乔锦月话音刚落，就听到身后的小环又打了一个喷嚏。顾安笙不禁起疑："我看着你们湘梦园的师姐妹师兄弟们这几天总打喷嚏，也不只是你一个人。你们这是集体吃坏了什么东西，还是怎么了？"

"唉！"顾安笙提起，乔锦月不禁幽幽地叹了口气，转过身，"可能是湘梦园的房子被炸毁了，墙壁透风的缘故吧。前些天，我们湘梦园的房子被炸毁了一多半，完好无损的房子只剩下一间。师父年纪大了，我们便把那个最好的房间给了师父住。我们师兄弟师姐妹们便挤在那些残破的房间。可是墙壁透风，我们晚上睡觉的时候，总是能感受到寒风刺骨，大概他们也都因此受了风了吧。"

"月儿……"顾安笙不禁心疼家园被毁的乔锦月，揽住她的肩，劝着她，"这可不成，这样会生病的。要不你来文周社住吧，我们文周社还有几间空余的房间。"

乔锦月摇了摇头，轻声说："不用了安笙，我不能看着师兄师姐们受苦，自己一个人去乐得安逸。而且你也不用担心我，虽然我们的墙壁透风，但是现在我们想了一个办法，已经用木板把透风的地方堵上了。所以现在没事了，你不用担心。"她顿了顿，脸上浮现一丝忧伤，不禁凄然："安笙，其实我的心里是真的恨啊，恨他们毁了我的家，害了我们的同胞。我真的恨不得立刻杀了他们报仇，我差一点就可以杀了程显威那个汉奸了,只可惜让他逃了,最终我只是杀了付时奕那个帮凶一人。"

顾安笙将手搭在乔锦月的肩上,宽慰而言:"君子报仇,十年不晚。他逃得了一时但逃不了一世,我们总有一天会血债血偿的。至少你现在杀了付时奕,乔伯父的仇也算是报了一半,他在天之灵也能够安息了。"

乔锦月展开自己的双手,呆呆地望着这已经被磨出茧子的双手,似是有些不可置信地呢喃着:"我真的不敢相信我竟然杀人了,虽然他是汉奸,但人也是我亲手杀的。"

她看向顾安笙,哀哀而言:"安笙,我从前是绝对不会做这么血腥的事的。但是为了报他们残害同胞的仇,我不能优柔寡断,我必须亲手解决掉他们。我也没想到,我杀人竟然这么毫不犹豫,我本不想杀人的,可我还是杀了。不管是为了什么,只要杀了人,死后就是会下无间地狱的。我不想这么做,但我必须这么做,我真的很纠结……"

想到自己亲手杀了人,乔锦月又痛苦又纠结,不禁红了眼眶。

顾安笙心疼地把她搂在怀里,安慰着:"月儿,没事,你不需要纠结。他们是十恶不赦的罪人,你杀他们是替天行道,他们本就该死,你没有罪过的。"

顾安笙没有再继续说下去,他着实心疼这样的乔锦月。他何尝不知道,初见时的乔锦月快人快语,天真烂漫。而今经历了这么多事,她当时的天真早就已经消失殆尽了,现在她眼里早就没有了当时的天真无邪,取而代之的是一种让人心疼的坚毅。看着她失去了那么多的亲人后,这过分的坚强总是更让人心疼。这时势逼得她不得不去做一些违背自己本意的事,看着乔锦月这样的不得已,顾安笙不禁泛起了阵阵心酸。

"哇哇哇……"一阵啼哭声打破了这沉寂,乔锦月回过身,看见一个五六岁的小女孩大声啼哭。乔锦月走到她身边,问她:"小朋友,你怎么了?"

她伸出手臂:"姐姐,我好痛啊!"

"天哪，怎么伤成了这样？"乔锦月看着她手臂上的伤口已经化了脓，这疼痛必然是锥心入骨的。

她不禁皱起了眉，拉着小女孩坐在了椅子上，安慰道："乖，你先坐好，不要害怕。等姐姐给你上了药，你就不疼了。"说罢她便取出药箱中的消炎药，为小女孩涂上，并用纱布将伤口包扎好。顷刻，那小女孩便安静了下来，不再哭泣。见她不哭了，乔锦月又问："你还疼吗？"

小女孩摇头："不疼了，谢谢姐姐！"

乔锦月摸摸她的头，微笑而言："不用谢，你去一边玩一会儿吧！"

"嗯！"说罢小女孩便跑走了。乔锦月站起身，不禁叹息："这乱世烽火，连这么小的孩子都要受这种苦。"

"顾公子，乔姑娘。"乔锦月转过身，只见楚沐歌端着两杯水，一杯递给了她，一杯递给了顾安笙，"忙了一天了，喝口水歇一歇吧！"

乔锦月将水一饮而尽："谢谢楚大夫！"

楚沐歌望着他们二人并肩相依的身影，不禁感叹："你们这样一对鹣鲽情深的璧人，能在这烽火连天的乱世中相依相守，共同救助百姓。无论是这仁义的胸怀，还是彼此间的情意，都真的羡杀人啊。"

乔锦月笑了笑，说："楚大夫，其实我和安笙还不是夫妻，说不得鹣鲽情深。在这个时候，我们这样的人能做的只有尽全力去报效家国，儿女情长什么的只能先放在一旁了。不过我们已经说好了，要永远相依相守，哪怕再艰难，都要守在一起。"说罢，乔锦月深情地看向顾安笙。顾安笙也回以深情凝望，毅然而言："大爱是家国，小爱是我们。国家危难之际，在大爱面前的小爱从来都是微不足道的。待到战火熄灭，家国永安之时，我必然要迎娶月儿过门！"

看着二人之间的深情款款，楚沐歌唏嘘不已："你们二人有如此报国胸怀，又如此情深义重，这份情意当真令人感叹。待到河清海晏之时，你们二人必将是一对令人称羡的神仙眷侣。"

- 肆 -

乔锦月在义诊棚里忙到了很晚才回了湘梦园，由于湘梦园正厅的门已经被炸掉了，乔锦月一进门就看到了正在正厅中收拾东西的陈颂娴。她便走了进去，问："师父，这么晚了你在这里做什么啊？"

陈颂娴边收拾桌子上的杂物，边说："前些天这里被炸得不成样子，这院子虽然破了，但该住总得住。"小环和佩真的屋子透风透得很严重，她们俩要是再在那间屋子里住下去，迟早会生病的。师父便想着把这正厅收拾收拾，腾出一个地方，给她们俩住。"

乔锦月听了不禁心里阵阵难过，本该和乐安宁的湘梦园，如今连居住都成了问题。她吸了吸鼻子，将悲伤压到心底，走了过去，对陈颂娴说："师父，小七来帮你吧！"说罢她便走了过去，陈颂娴却拒绝："不用了小七，你忙了一天了也累了，你回去歇着吧！"

乔锦月却仍然坚持："没事，师父，我不累，我来帮你吧！"

陈颂娴见她执意，只好答应："那好吧，小七，你去把书桌抽屉里的东西先搬出来吧。"

乔锦月应着："好。"便走向了书桌，她将东西拿出时，突然一个纸袋从手中掉落。她将纸袋捡起，发觉这是一包中草药，不禁奇异："咱们湘梦园也没有人生病啊，这是哪里来的中草药，难道师父你生病了？"

陈颂娴只说："你胡思乱想些什么，师父怎么会生病，这是多久以前的东西了，就一直放在这里没扔罢了。"

"不对。"乔锦月心里起疑，仔细观察那中草药，"这看起来一点也不像很久以前的。"她走到陈颂娴身边，凝重而问："师父，你是不是有事瞒着我，你究竟生了什么病？"

"唉，你呀！"陈颂娴不禁无奈地笑了笑，"小七，你看师父像生了病的样子吗？说你还不信。"她顿了顿又说："告诉你也无妨，只是怕你伤心。其实这药是你爹的，他其实在剧场遇刺前就已经得了很严重的咯血病，只能靠药物维持着。他怕你们担心，所以一直没有告诉你们。"

"什么？"乔锦月只觉得不可思议，不禁大惊，"这怎么可能呢，爹得了这个病，为什么我们都不知道？"

"唉！"陈颂娴叹了口气，心酸而言，"他那个时候已经知道自己命不久矣，但他不想让你们知道，害怕你们伤心。他只想让你们陪在他身边让他快快乐乐地过完余生最后的时光，所以他当初才会那么急着把你嫁给徐星扬的，他就是怕他走后没有人能够照顾你啊。"

"爹爹！"乔锦月的心痛了一下，想起往事，不禁流下了眼泪，悲声而言，"爹爹受了那么多苦我竟然不知道，他为了我长远考虑，不惜让我误会他，爹爹……"

"小七，别伤心了。"陈颂娴拍着她的背，安慰着，"事情都已经过去那么久了，就别想了。过好眼下最重要，你好好的，你爹在天之灵才会安息的。"

"不对！"乔锦月心中一凛，好似突然想起了什么似的，向陈颂娴凝重地说道，"师父，你是说我爹在遇刺前就得了咯血病，就算他没有遇刺，也命不久矣了，对吗？"

陈颂娴点点头："是啊，小七，怎么了？"

"哦，没什么。"乔锦月呆呆道，她没有说话，心中却浮现了一团解不开的疑虑。

陈颂娴以为乔锦月是想起亡父而伤情，便对乔锦月劝着："小七，你还是先回去歇着吧，这里马上就收拾完了，这点活就留给师父干吧。"

"哦。"乔锦月依然呆愣愣,"那我回去了,师父你也早些休息。"

乔锦月回到了房间,坐在椅子上仔细地回想乔咏晖在剧场遇刺一事。现在想起,那件事情确实有蹊跷,只不过当时自己太过悲伤而未曾在意。她想起那一天,那把刀插在父亲的小腹上,而不是胸口上,小腹并不是要害之处,并不会造成太大的伤害,这她是知道的。可是父亲当时还是口中吐出鲜血了,这样想来父亲吐出的鲜血并不是刀刃刺入内脏造成的,而是父亲本身就有咯血病。

想必是慌乱之中,一时气急才吐血的。她又想起当时曲卓然握刀的动作,正常人若手中拿着刀刃刺杀,与手臂平行的方向便是胸口,按理说应该刺入胸口。而那把刀却刺入了父亲的小腹中,如此看来曲卓然并不是要刺杀乔咏晖,而是有意避开乔咏晖的要害,减轻所造成的伤害。而且曲卓然也对自己说了,她本不想杀乔咏晖,是被程显威推了所以误杀乔咏晖。

乔锦月虽然信了她的话,但还是因为父亲的死迁怒于她,并将她骂个狗血喷头。这样推测,或许曲卓然是想救乔咏晖,避免他受到更严重的伤害,但还是要以伤害他的身体作为代价。可是谁料想到了父亲的咯血病,最终还是没能留住性命。如此看来,那一刀并不足以致命,父亲的死,是因为被程显威气得咯血,而加速死亡。若真是如此,杀死父亲的真凶只有程显威一人。乔锦月却误以为曲卓然是程显威手中杀人的刀,虽然自己没有责怪她,但因此迁怒于她。她也是想救乔咏晖而最终却没有救成,其实她也是受害者。想来想去,想得乔锦月脑子很乱。她想或许真的是自己误会曲卓然了,但事情已经发生了,再追究这些也没有任何意义了。她想得脑袋疼,便不再想了,索性直接躺在床上睡了去。

这一天乔锦月依然按往常的时间去了义诊棚救助,可是过了很久,却仍然迟迟不见顾安笙。乔锦月不禁起疑,问了楚沐歌,楚沐歌只说今天一天都没有见到他。又问了文周社其他来义诊棚救助的弟子,他们说他们走之前顾安笙在照顾柳疏玉,只说随后到,而后就没有见到他。

乔锦月便在义诊棚里又等了一会儿,可是眼看就快要到响午了,却仍然迟迟不见顾安笙。她不禁开始心焦,只怕这混乱之中顾安笙出了什么意外,她决定去文周社看一看。她刚走出义诊棚不到十步,就看到文周社的陈公子急匆匆地赶来,乔锦月看他如此神色,不禁心里涌起了不祥的预感,向他问:"陈公子,你怎么才到,你顾师兄呢?"

"乔……乔姑娘……"他边喘着粗气边说,"我们今天来的时候,去了百香餐馆吃饭。结果突然遇到外族军侵袭,我们和师兄失散了,现在还找不到师兄,不知道他去了哪里……"

"什么?"乔锦月心中一凛,皱起了眉,"糟了,他不会出事了吧,我马上去找他!"

她一路朝百香餐馆的方向狂奔,一边奔跑一边在心中祈祷:安笙,你千万不要有事。到了百香餐馆时,只见那酒楼已经被得残缺不全。乔锦月心中一紧,忙奔了进去。酒楼里,只见被打翻在地上的陈设,一片狼藉的屋子里,并无任何人的踪迹。

"安笙,你在里面吗?"乔锦月轻声呼唤,餐馆中却无人回应。乔锦月便小心地探步上前,在一片狼藉中寻找顾安笙的踪迹。

"啊!"不知何时,脚下竟躺着横七竖八的好几具尸体,自己只顾着寻找顾安笙,竟然没有看到。未曾留意,竟踩到了一具尸体的手臂上,吓得她汗毛孓立,不由得发出一声歇斯底里的尖叫。她迅速地收回脚,向后退了几步,骤然吓得变了脸色。看着那尸体上的血迹,俱是中枪而死,瞧着身上的服饰,大概都是在餐馆用餐的客人。

乔锦月不由得心中一凉,霎时间只觉得顾安笙的安危又少了一层担保,提心吊胆地朝楼上走去。

"安笙,安笙……"乔锦月不停地呼唤着,却依然没有人响应。

二楼的地面上,躺着更多中枪而亡的尸体,乔锦月看得出来,有好多具尸体都是文周社的公子的。

乔锦月不禁惊惧得冒起冷汗,又忧又急地四处寻找顾安笙。见地上的尸体没有顾安笙的,心中多了一分庆幸却也更增一分焦虑,急忙朝那些包间里寻去。

"安笙！"乔锦月打开了一扇门，呼叫道。

"什么人？"只听得一个女子凛冽的声音，她被突如其来的乔锦月吓了一跳，而乔锦月也被那个包间内的女子吓了一跳。

那女子转过身，二人双双对视，待到认出彼此，双双俱是一怔。

二人几乎同时叫出："曲卓然/乔锦月！"

乔锦月见了曲卓然，惊得怔在原地说不出话来。她怎么也没有想到会在这里撞见曲卓然，又想到对曲卓然的误会，心里更是五味杂陈。曲卓然却没有像乔锦月那样吃惊，她知道乔锦月前来定是寻找顾安笙的。她见乔锦月那般疑惑的神情，只当是乔锦月对她心怀芥蒂，便解释："乔姑娘，我和你一样是到这里来寻找安笙的。你不要误会，我是听到文周社在这里遇害之时，才过来寻找的。"

自从那天小燕从付宅中救出曲卓然，她便随着小燕回了家中，为跳楼自尽的母亲安葬，并留在了曲宅。她这些日子一直东躲西藏，生怕被程显威和付时奕找到，同时在谋划着如何去找程显威报了这个仇。前些日子曲宅也被外族军轰炸，整座楼轰然倒塌。小燕被掉落的墙砖砸中了头部，已不治身亡，所幸曲卓然逃过了这一劫。

今天曲卓然把小燕安葬好，在回来的路上经过百香餐馆，听到文周社的弟子在说他们在餐馆遇害，师兄顾安笙下落不明。虽然酒楼里危机重重，但她实在放心不下，便不顾一切地进了餐馆去寻找顾安笙。看着地上的尸体没有顾安笙的，她进了各个包间仍然没有寻到顾安笙，焦急之时，却不想正撞见了乔锦月。

此时此刻，乔锦月只想着快一些找到顾安笙，无心她们二人之间的恩怨纠葛。正好多了一个曲卓然，也便多了一个寻找顾安笙的助手。便只淡然而言："不必多说了，既然来了我们就一起寻找吧！"

见乔锦月爽朗，曲卓然亦没有多言，只是点头，道了一个字："好！"

两人飞快地把三层餐馆的各个包间都寻了个遍，却依然没有顾安笙的身影。顾安笙下落依然不明，二人都不禁心焦不已。出了包间，乔锦月见到迎面而来的曲卓然，刚想问她，她却无奈地摇了摇头，声音沉重："我把该找的地方都找了，没有看到安笙，你找到了吗？"

乔锦月亦无奈地垂下了头，叹了口气："唉，没有啊！"

她突然好似想到了什么，抬起头，对曲卓然说："安笙会不会已经脱离危险了，他不在这里，有可能是已经逃出去了啊！"

曲卓然思考了一下，亦点头赞同："未必没有这样的可能，那我们去别处找一找吧！"

乔锦月说："好，那我们快离开这儿吧！"说罢她们二人便下了楼梯。

"嘀、嘀、嘀、嘀……"二人下到了一楼，不知何处突然响起了古怪的声响。

"什么声音？"乔锦月被这古怪的声音吸引了注意力，这声音不觉使她汗毛乍立，总觉得存在潜伏的危机。她朝着声音的方向寻去，只见一个犹似西洋电子钟表一样的东西，在发出这嘀嘀的声响。乔锦月将它拿起，打量了一下，得知了响声是这个电子钟表发出来的，便放下了心："不过是个钟表而已，我们走吧！"她刚要将手中的东西放下，曲卓然却大惊失色，不由得惊叫："你别动，千万别把它放下！"

乔锦月被曲卓然的呼喊声吓了一跳，没有当即放下钟表，手悬在了半空中，怔怔而言："怎么了？"

曲卓然走了过去，看了看乔锦月手中的东西，摇了摇头，凝重了神色："这不是钟表，是个定时炸弹，定是外族人藏在这里的。还有三分钟的时间它就会爆炸，而你若是现在就把它放下，它立刻就会爆炸。"

"啊？"乔锦月心中一凛，眼看着自己陷入危机已无法逃脱，而曲卓然又在自己的身旁。若是自己因此受害，也会连累到她。既然自己逃脱不掉，不能让别人与自己一起受害，她便扭过头，对曲卓然说："你快出去吧，既然逃不了这危机，那遇害的也只能是我一个人，不能连累你。等你逃了出去，记得一定要找到安笙，若我在这里被炸死了，请你替我转达安笙，让他好好活下去。"

曲卓然攥着衣袖，没有说话，也没有离开。她低下头，似乎是在犹豫着，又似乎是在纠结着什么。乔锦月见她不走，不禁焦急："你快走啊，你再不走我们两个都会被炸死在这里！"曲卓然一咬牙，终于抬起了头，似是下定了决心一样，对乔锦月凛然而言："乔姑娘，你把这个炸弹交给我，你出去找安笙吧！"

"不行！"乔锦月毅然地摇头，"灾祸是我引起的，你不能替我受过。你快点出去，再晚些就来不及了！"

"哎呀！"见乔锦月不答应，曲卓然不禁恼火，"我让你给我你就快点给我，我又不是要替你去受死。我知道避免这个炸弹爆炸的方法，你快点交给我！"

乔锦月半信半疑："当真如此？"

曲卓然凛然："还能有假不成，你听我的指令，先别动。"曲卓然将自己的双手放在了那个定时炸弹下，复又对乔锦月说："你松手吧。"

乔锦月依言松开了手，又问："我们该怎么做？"

曲卓然迟疑了一下，说："炸弹放到水里就会失效，你快出去打一盆水。"

"好。"乔锦月答应，"我这就去！"说罢她就奔出了餐馆。见乔锦月出了餐馆，曲卓然深吸了一口气，仿佛已经心如止水。她走过去，一脚将餐馆的正门踹上。乔锦月刚跑出了几步，听到了这关门的声响，不禁起疑，回头问："曲卓然，你要干什么？"

"呵呵。"曲卓然痛彻心扉地失笑着，"你真是个傻姑娘，若是定时炸弹真的能失效，那就不叫定时炸弹了。"

"什么？"乔锦月大惊失色，不禁向后跌了两步，不可置信，"这么说你全都是骗我的？曲卓然，你是不是傻，炸弹是我拿起来的，受害的人应该是我，你为什么要这么做？"

曲卓然闭上了双眼，深沉而言："你父亲的死是我造成的，我始终欠你一条命，今天我替你去死，也算是赎了这罪过了。"

乔锦月摇摇头，不禁哀声而言："其实我都知道了，我爹本来就有咯血的毛病，他的死是恼怒造成的咯血而亡。要怪只怪程显威，和你没有关系，你不必如此啊！"

曲卓然已从眼角溢出了两行泪，满腹心酸："你不必和我说这些了，不管怎么说，该死的人是我也不是你。我孑然一身，了无牵挂，死了就死了。你还有安笙，还有那么多人爱你，你不能死。我救下你一条命，就是要你好好地和安笙一起活下去。倘若死的是你，他会难过死的，而我不一样，他不爱我亦不会为我伤心难过。"

"你怎么可以这样？"乔锦月痛心地摇着头，哽咽着："我不需要你替我去死，你还……"

"嘀、嘀、嘀……"那定时炸弹又不停地响了起来，曲卓然见状忙高声呼叫，"来不及了，还有十秒钟的时间它就爆炸了，你快到一个安全的地方躲起来！"

乔锦月哀恸得慌了神，站在原地仍然没有移动一步，亦没有回曲卓然一句话。曲卓然听不到乔锦月的声音，便再一次高声呼叫："乔锦月，你有没有听到我说话？快到一个安全的地方躲起来，炸弹马上就要爆炸了！"曲卓然话音刚落，便听到一个震耳欲聋的声响。"轰"的一声，整座餐馆轰然倒塌。

"啊！"乔锦月只觉得脚上失去了力气，一股跌坐在了地上。待她回过神，站起身时，面前的百香餐馆已然变成了一片废墟。

"喀喀喀……"乔锦月被炸弹炸起的烟灰呛得直咳嗽，她用手扑去了面前的灰尘。烟灰散去，她见到变成一片废墟的百香餐馆时，心猛然一颤，忙奔向废墟中，大声呼叫："曲卓然！"两三秒过后，她依然没有听到曲卓然的回应。她知道曲卓然定是被压在了砖瓦之下，曲卓然承受了这样的重力袭击，必然是凶多吉少了。想到这里，她的心不禁凉了半截，用手去扒地上的木板碎石，边扒边呼叫："曲卓然，你在哪里，你若是听到我说话，你回我一声！"不多时，她的手已经被碎石乱瓦磨出了鲜血，可依然没有找到曲卓然。她累得瘫倒在地上，口中呢喃着："曲卓然，你、你到底在哪里……"

"砰！"突然面前的砖瓦动了一下，一块石头滚落了下来，从石头下传来了低微的声音："乔……乔姑娘……"

乔锦月立刻凝神："曲卓然，是你吗？"她走上前，搬开了那处碎砖石，只见一条流着血正在颤抖着的胳膊。通过衣服的颜色，她认出来了这的确是曲卓然，很庆幸她没有被砸身亡。乔锦月便燃起了希望，对埋在石砖下的曲卓然说："你等着，我马上救你出来。"

"唔……"废墟下传来曲卓然喂喏着的声音，便再没了其他的动静。乔锦月飞快搬走了压在曲卓然身上的碎砖石，渐渐地露出了曲卓然被砸得遍体鳞伤的身体，待到乔锦月搬开所有的碎砖石时，她已经累得精疲力竭，大汗淋漓。她拭了拭额头的汗水，不禁气喘吁吁："呼……还好，总算把你给救出来了。"此时躺在废墟中的曲卓然身上满是血迹，已经闭了双眼，没有了声息。乔锦月一惊，忙过去探她的鼻息，见还有微弱的气息，便松了一口气，摇着她的身子，叫喊着："曲卓然，曲卓然，你醒一醒，醒一醒啊！"

迷离之中，曲卓然缓缓睁开了双目，看着面前的乔锦月，气若游丝道："乔姑娘……"

"你醒过来了就好！"乔锦月见曲卓然苏醒，忙说，"你忍一下痛，我马上带你去看大夫！"

说罢她就要架起曲卓然，曲卓然用着最微弱的力气拒绝道："没有用的，乔姑娘。我现在的状况我很清楚，我的经脉已断，失了大量的血，现在只剩下最后一口气了，没有大夫能救得了我。"

乔锦月见她遍体鳞伤，身下已经流出了大片的鲜血。在义诊棚救助了那么多的病人，她也清楚曲卓然现在伤势的严重性，就算是华佗再世也无力回天了。看着曲卓然惨不忍睹的伤势，乔锦月很清楚这些本应该是自己承受的，却偏偏是她替自己承受。而今自己安然无恙，而她却命不久矣，乔锦月的心猛然一痛，流下了两行泪水，垂下头，哀声道："该死的人是我，你不应该替我承受这些。"

"噗！"曲卓然刚想开口，却从口中吐出了一大口鲜血，紧接着便伴随着一阵剧烈的咳嗽，"喀喀喀……"

乔锦月轻轻地为曲卓然顺着胸口的气，垂着泪："你是还有话想说吗？"曲卓然平静了下来，用着微弱的气息说着："乔姑娘，这是我自愿的，你不需要自责。你父亲的死，我难辞其咎，而今我用我的命救了你，我也算是赎了罪。就算我要死了，我也是安心的。"

乔锦月摇着头，霎时间泪如雨下，甚是哀凄："这不关你的事，你何苦呢！我现在全都知道了，我爹的死不是你造成的。你有意减轻伤害，没有让刀刀刺入我爹的要害，但是我爹的咯血病当场发作了，就在那一刀刺入小腹中的时候走了。这是天命难违，要怪就怪程显威的恶毒，与你无关啊。你有心避免伤害，我却因此迁怒于你，还骂了你，是我应该对你说抱歉，可你没有错啊。而如今却又要你为我而死，这份恩情要我怎么能承受？"

曲卓然无神的眼眸中闪出一丝淡淡的欣慰，轻轻说："乔姑娘，你终于明白了我不是有意为之的。罢了，反正我也要死了，说这些也没有用了。"乔姑娘，其实你说得没错，是因为我的到来，把你们的一切都扰乱了。要是没有我，就不会生出这么多事端，你和安笙就能好好地在一起。这一切都是我的罪过，我今天因救你而死，也算是把之前造下的所有孽都还清了。"

乔锦月痛心疾首："那不是你的错，是奸人陷害，怎么能怪到你的头上。那些是我的气话，你何必当真？"曲卓然勉强扯出一丝笑容，气若游丝道："乔姑娘，我知道你是个心直口快的好姑娘，你是有口无心的，我也没有怪你。可是我造成的伤害我自己心里清楚，这罪若是不赎，我心难安。还好，老天给了我这样一个机会。"说到这里，曲卓然已经消耗了不少力气，她喘息了一会儿，待到气力恢复，又说："其实我肯用我的命来救你，并不仅仅是因为这些，也是为了安笙。你是他最爱的人，你若是死了，怕是他也活不下去了。而我已经孑然一身，活着也没什么意义了。正好用我的命换了你的命，你活下去，也能让他好好活着。我也算是为了他而死，能为他护住了他最爱的人，我终于也算是为他做了一件有意义的事，也便不枉此生了。"

说到此处，她不禁心酸，从眼角滑落一滴泪，哀戚道："我就是爱惨了他，哪怕他不爱我，哪怕我已嫁作人妇，我还是忘不了他。

如今临了，我竟还希望我能在临死前见他最后一面，但是我知道不可能了……"

"月儿，月儿！"远处传来了顾安笙焦急不已的叫喊声，这叫喊声渐渐靠近，直到不远处出现了顾安笙的身影。

顾安笙见到了被炸成一片废墟的餐馆，不禁心头一凛，所幸乔锦月安然无恙，他一把抱住了她。他颤抖着声音："月儿，师弟们说你到餐馆来寻我了，你怎么这么冲动，不知道这里很危险吗？谢天谢地，还好你没出意外，你真的要吓死我了！"说罢便松开了乔锦月，对着她上下打量，满面紧张："月儿，让我看看，你有没有受伤？"

"我没事。"乔锦月凄然地摇摇头，看着地上奄奄一息的曲卓然，垂着泪，"曲小姐为了救我，被炸弹炸成了重伤，本来躺在这里的人应该是我……"

顾安笙光顾着关怀乔锦月，这才注意到地上遍体鳞伤的曲卓然，不禁被吓了一跳，怔怔而言："曲小姐，你怎么会在这里？"

曲卓然见顾安笙赶来时，心中一喜，没想到临终前最后一个愿望竟然真的实现了。可顾安笙完全忽视了自己的存在，只顾着乔锦月的安危，她不禁心里泛起了一阵酸涩，哀哀而言："果然哪，你最关心的人还是她，我果然没有猜错。"她顿了顿，又突然笑了起来，笑声中带着凄婉与苦涩："哈哈哈，这个时候我应该庆幸才对，有什么好感叹的，我早就知道你爱的人不是我。我刚刚还想在临死之前见你最后一面呢，你这就来了。是上天垂怜，在我临前，把你送到我身边了吗？"

顾安笙不可置信地看着曲卓然："曲小姐，你……你真的是为了救月儿才……"

"哈哈哈！"曲卓然脸上幽怨的笑容若隐若现，笑着笑着便流下了眼泪，凄楚而言，"还好是我，若是她死了，你得多难过，我怎么忍心让你难过……"

看着她这个模样，顾安笙不禁哀恸，眼神中闪烁着说不清的复杂，黯然而言："她死了我自然会难过，可是你这又是何苦？"

曲卓然眼角滑落了一滴泪，声音沉沉："安笙，其实我还欠你一句抱歉。对不起，都是因为我，害得你们两个不得安生。是我一直夹杂在你们中间，妄想拆散你们，是我授人以柄，害得你们接二连三地出事。我知道你对我的所作所为反感至极，我也知道你讨厌我。如今我终于能够把我的罪赎清了，我不求你的原谅，但求能在临死前见你最后一面，我就死而无憾了。"

顾安笙叹了口气，心酸地摇头："事情虽然是因你而起，但始作俑者是程显威，你何尝不是受害者。你在背后也为我做了很多，这些我都知道，其实我从来就没有真正地讨厌过你啊。"

"真的吗？"曲卓然黯淡的双眼中突然闪现了一丝光亮，嘴角牵出一抹若即若离的欣喜，"安笙，听到你这么说，我真的好高兴。其实，虽然我知道你心里没有我，但我还是爱你。自从那日在北平演出时，与你在胡同的街角相识，你把我送到医院的那一刻，我便知道我这辈子已经沉沦了。我逃不掉了，哪怕你心里没有我，可我还是不能停止爱你，哪怕是爱得粉身碎骨，我也没办法放下。"

说到此处，她又不禁心痛得潸然泪下，继续凄婉道："我名字叫曲卓然，但我这一生，从未卓然。我虽然高枕无忧，身份显赫，但我却受了常人没有忍受的苦难。父母不疼，把我当成曲家赚钱的工具；表哥不仁，把我嫁给凶残恶毒的夫君；而我爱的人，又不爱我。我这辈子注定是孑然一身，或许我这一生，本就是失败的吧！"她的泪水汹涌而下，情绪的起伏已经使她虚弱得说不出话来，似乎她已经命在旦夕了。

乔锦月见她这个样子，又心痛又愧疚，哀声劝着："曲小姐，你不要说这些了，你……"说到此处，她竟语塞，不知道该说些什么。她本是想说几句劝慰的话，可曲卓然所言都是事实。事到如今，她竟不知该对曲卓然说些什么来劝慰。或许曲卓然这样一个可怜人，没有任何理由可以让她觉得她的人生不可悲吧，想到这里，她的心里更多了一分难受。

"临了，说这些还有什么用？"曲卓然自嘲地笑了笑，抬起手，伸向乔锦月，"乔姑娘……"

乔锦月见她仿佛有话要说，忙握住了她的那只手，道："你是有什么话要对我说吗？"

曲卓然绽开了眼角，仿佛恍然大悟般地说着："我现在终于明白了，这所有的前因后果，都是注定好了的。我以一部《莺莺传》红遍影坛，而你以一曲《西厢记》名扬津城，我们都是崔莺莺，但是结局是截然不同的。"我注定是《莺莺传》中爱而不得的崔莺莺，只有你才是《西厢记》中值得爱与被爱的崔莺莺。"

曲卓然的一席话令乔锦月心中更添一丝酸楚，她不知是心疼曲卓然，还是懊恼自己对曲卓然的误会至深，一滴泪落在了曲卓然的手背上，竟哽咽得说不出话来。

"傻姑娘，别哭了。"曲卓然勉力笑着，"我知道你是个好姑娘，安笙既然喜欢的是你，你就要和他好好地在一起。你的命是我救回来的，你要是想报答我，就要好好地爱安笙，连带我的那份爱一起爱他。"

乔锦月垂着泪点头："曲小姐，谢谢你……"

"安笙……"她吃力地扭过头，看向顾安笙，顾安笙见她这个样子，也不禁心酸，握住了她抬起的手，"你要说什么？"

曲卓然万万没有想到顾安笙会突然握住了她的手，她不禁一怔，随即心中便浮现了许久没有出现的温暖，情不自禁的扬起了嘴角，温声而言："你肯握住我的手，是不是你现在不再讨厌我了？"

顾安笙的心微微刺痛，不禁从眼角滑落一滴泪，摇头："你也是一个至情至性的好姑娘，我从来就没有真正地讨厌过你啊！"

曲卓然脸上浮现了从未有过的欣喜："安笙，你竟然为我流泪了。我爱了你这么久，换得你一滴眼泪，我这一生也算是值了。"她顿了顿，又说："这一次，我是真心地祝福你和乔姑娘的，愿你们幸福长久，喜乐安康。"

顾安笙低沉而言："曲小姐，谢谢你……"

"安笙。"曲卓然又说，"我最后有一个厚颜无耻的请求，你能叫我一声然然吗？印象里，只有真心待我的人，才会这样叫我，我已经好久没有听到这个称呼了……"

"然然。"顾安笙没有犹豫就叫出了口，"然然，你为我们做了这么多，你若有什么未了的心愿，就说出来吧，我不会让你有遗憾的。"

曲卓然感动得眼里闪烁着泪花，望着天花板："真好，安笙，你知道吗？我真的好开心呀。我这一生一直活在阴霾中，唯一快乐的事，就是遇见你，并爱上了你。哪怕这份感情得不到回报，我也是开心的。我能在临死前听你叫我一声然然，我这一生就算再不值得，也没有遗憾了。我最后的心愿就是……喀喀……"她从口中喷出了一口鲜血，不停地咳嗽起来，却坚持说道："你……喀喀……你和乔姑娘，喀喀……一定要……幸福。还有，就是世事凶险，你一定……喀喀……一定要小心，谨慎……另外……程显威害得我家破人亡……他投靠了外族人……你们要杀了他这个汉奸……不能让国人蒙羞……"

顾安笙见她这痛苦的样子实在心酸，便将她制止住："你说的我我都会做到的，你现在很虚弱，你不要再说了。"

"不……喀喀……我再不说就没有机会了……"她极力地撑着自己的体力，说道，"安笙，你虽然不爱我，但我会在你心里留下一个重要的位置吗？"她问出这句话的时候，没有半声咳嗽，问得真诚，满怀着期待。顾安笙深深地点着头："你这个至情至性的姑娘，我会永远记住你的！"

"那便好！"她眼中闪烁着光亮，说出了最后三个字，便耗尽了所有的力气，垂下了手，永远地闭上了眼睛。她虽满面血迹，却十分安详，她去了，去得没有遗憾。

- 伍 -

寒风拂过，枝头上没有一只倦鸟，孤山的清坟显得更为寥落。

乔锦月摸着那块冰凉的墓碑，轻声而言："曲小姐，你安息吧，我会依照你的遗言，连带着你的爱，与安笙一起好好活下去的。"

顾安笙亦摸着墓碑，真挚而言："你的情意，安笙这辈子都不会忘的。你放心，我们一定会杀了程显威，为你报仇雪恨的。"

冷风拍打在墓碑上，给这荒凉的坟墓更添一丝凉意，墓碑前的两个人，心里掠过一层淡淡的忧伤。

顾安笙望着那孤坟，幽幽地叹了口气："唉，曲卓然，你这样一个敢爱敢恨真性情的女子，你的一生本不该如此的。你这样的性情，本该有一个美满幸福的人生，只奈何你生在了这样的人家。"

"唉！"乔锦月亦叹了口气，望向苍天，不禁哀叹，"她何尝不是爱你爱得至情至性，她嫁入那样的人家，是用她的终身幸福，确保了你的安危。她被程显威折磨，也是因为救了你。这一次她用她的性命救了我，还是为了你。只奈何落花有意，流水无情，她这份感情，明知道不会有结果，却还是要拼了命地付出。"

顾安笙深深感叹："我真的没有想到她对我的感情竟然这么深，这一切的一切，都是为了我。我虽没办法回应这份感情，但是她的情意我会永远地铭记在心。"

凉风拂过乔锦月的发丝，她的眼中似乎多了一丝欣慰，这丝欣慰是为曲卓然而生的。

她望着曲卓然的墓碑，轻轻地扬起了嘴角："虽然她走了，但是她能在你心里留下这样的位置，于她而言也算是值了。她这一生虽然悲苦，但至少她爱过你，她这一生才无怨无悔。"

顾安笙低下头，沉默不语。顷刻，又好似想起了什么，忽然抬起了头，对乔锦月说："对了，月儿，我突然想起来了一件事，那是一个被遗忘了很久的信件，但我好像还留着……"

乔锦月奇道："什么？"

顾安笙拉起乔锦月的手，语气仓促："月儿，你随我回文周社一趟。"

文周社，顾安笙的房间，他从书架中抽出一封信，递到乔锦月的手中："这个是前年我从天桥坠落住院时，出院前一天，她去医院看我的时候递给我的。当时她把这封信送到我手里，她就走了。她只说是她结婚前留给我最后的念想，还说什么我未必会懂，但她一定要送之类的话。我当时打开后，看这封信里写的都是洋文，我根本看不懂，我只以为是个恶作剧，本想丢弃来着。但是想到她说是最后的留念，我就把它留下了。出院后，我把它随手丢在了书架中，过后也就忘了这件事。今天我才想起来还有这样一封信，可我至今还未想明白，她明知道我这样的梨园弟子不懂洋文，为何还要用洋文给我写信。"

乔锦月打开信封，看着满纸晦涩的洋文，不禁秀眉微蹙，摇了摇头道："这些洋文我们这些梨园弟子都不会懂的，她可能是想表达什么难以启齿的东西吧。"

她复又抬起头，对顾安笙说："安笙，楚大夫是从法国留学回来的，这些洋文，或许她会懂，我们去问问她吧。"

顾安笙点头："好。"

二人一起去了义诊棚，二人走到正在桌子前收拾杂物的楚沐歌前，顾安笙开言："楚大夫，有一件事我想麻烦你一下，可以吗？"

楚沐歌抬起头："什么事呀？"

顾安笙将那封信拿了出来，随意想了个理由，对楚沐歌说："我的一个师弟收到了一个姑娘送的信，但是这信是用洋文写的，可我们这里的梨园弟子没有人懂得洋文。我和月儿想着楚大夫你是留洋回来的，或许你会懂，便想请你来帮忙翻译一下这书信中的含义。"

楚沐歌接过信封："你给我吧，我看一下。"

她打开信封，只见信纸上写着几句不长的英文："I love you, but I just love you. Don't need you to understand. May you be safe and happy, worthy of love and beloved. Your life is safe, is my biggest pursuit."

看着看着，楚沐歌不禁唏嘘："这个女子大概是爱了一个不爱他的男子，她却爱得不求回报，无怨无悔。"

顾安笙忙问道："楚大夫，她说的什么？"

楚沐歌说："这几句话的中文含义是，我爱你，但仅仅是我爱你而已，不需要你明白。愿你平安喜乐，值得爱与被爱。你一生安好，便是我最大的追求。"

翻译完，楚沐歌又不禁感叹："这个女子大概是极其喜爱那个男子的，但她不想让那个男子知道她的情感，所以选择了这样的表达方式吧。"

顾安笙的心不禁颤了一下，脸上却平静地点点头，只对楚沐歌道："我知道了，楚大夫，谢谢你。真是打扰你了，你快去忙吧。"

楚沐歌笑言："无妨，那我先去忙了。"

楚沐歌离开后，顾安笙转过身，恍然大悟般地对乔锦月说："月儿，我现在明白了，她明明知道我不懂洋文，可还是选择了这样的表达方式。原来她只是想表达出自己的感情，但却不想让我知道。"

乔锦月感慨不已，唏嘘而言："有些话说了只是想让自己安心，但不需要你懂。她最大的心愿就是你平安喜乐，这份卑微的爱何其伟大？她曾经是那么骄傲的一个人，只是因为爱了你，一步一步地把自己埋到了尘埃里。"

顾安笙亦唏嘘："是啊，曾经的她是何等的骄傲。她从曾经的盛气凌人，变成了现在的含垢忍辱，皆是为我啊。你的情意安笙今生无以为报，只愿你来世能够生在一户寻常人家，遇到一个真心爱你的人，幸福一生亦平淡一生。"

战火这几天没有在附近的街道打响，这些天的日子过得倒也安宁。

顾安笙与乔锦月依然在义诊棚里帮助楚沐歌做救援工作，于乔锦月而言，在这烽火乱世之中，还能与顾安笙守在一起，共同做着为国为民的事，便是最平淡的喜悦了。

"砰！"正在为伤员包扎伤口的乔锦月不禁被这响彻云霄的炮火声吓了一跳，怔了一下："什么声音？"

楚沐歌似乎已对这类声音见惯不惊，只淡淡而言："大概又是哪里被炸了，这样的事情在我们这里发生得还少吗，我们早就该习惯了。"

"是啊。"乔锦月心里蒙上了一层酸楚，不免郁郁，"在这风雨飘摇的时候，出现这样的声响太正常不过了。什么时候我们竟然对这敌人侵犯我们的炮火声习以为常了，可这一切我们终究没有能力改变，只能眼睁睁地看着自己的同胞被残害。"

楚沐歌抬起头，眼中闪烁着淡淡的哀伤："就是这样一个声响过后，我们的家园便变得生灵涂炭。这种突如其来的侵袭，让百姓流离失所，失去亲人。可我们这些手无寸铁的百姓终究是不可能改变得了这样的局面的，我能做的只有用一己之力来救助那些受伤的同胞，虽然救不了全部，但至少能救一个是一个。"

乔锦月亦叹息："这何尝不是我所愿呢，我这样的梨园弟子还不如你，至少你还有一身医术，而我只能用自己最微弱的力量来救我们的同胞。"

"不好了，不好了……"听得急促而又慌张的叫喊声，只见一个文周社的弟子奔向顾安笙，气喘吁吁地说："师兄……淮南街被炸了，房子都倒塌了。林宏宇师兄和他的妻子还住在那里，我们现在找不到他。"

"什么?"顾安笙心中一凛,握紧了拳头,满是担忧,"宏宇和茹蕙嫂子他们……"

"林大哥和茹蕙嫂子?"乔锦月听到了他们的对话,走过去细细问,"罗公子,究竟是怎么回事?"

那罗公子说:"刚才一个炮弹投在了淮南街,林师兄和他妻子就住在淮南街的中央,我们刚刚去寻了很久都没有见到人影,他们现在不知踪迹……"

"月儿。"顾安笙的手搭在了乔锦月的肩上,沉沉的语气中透露着深深的担忧,"宏宇是自幼与我一起的搭档,他生死未明,我实在放心不下。我必须过去寻找他的下落,你先在这儿等着我。"

"我和你一起去。"乔锦月按住了顾安笙的手,坚定而言,"我不是说过,无论出了什么事都要和你在一起的吗?你要去寻找林大哥,我必然是要和你一起去的。"

顾安笙知道以乔锦月现在的坚决,自己无论如何都不可能劝住她的。于是没有说任何拒绝的话,便握住了她的手,一口答应了下来:"好,我们一起去。"

二人与楚沐歌招呼了一声,便匆匆赶去了淮南街,淮南街与蓝门街只隔了不到两公里的距离,二人不出十分钟便赶到了那里。

到达时,只见尸横遍地,废墟中还冒着未燃尽的硝烟。顾安笙心中一紧,忙带着乔锦月朝林宏宇的住宅奔了去。那四层的住宅楼,如今已经变成了一片荒凉的废墟。

"宏宇,茹蕙嫂子,你们在哪里……"

"林大哥,茹蕙嫂子……"

几乎快要喊破喉咙的一声声呼唤,得不到半点回应。

"砰!"不知从何处打来了一发子弹,正在乔锦月弯腰时,从乔锦月的头顶划过。

"啊！"乔锦月吓得浑身一颤，忙闪了开来。

"月儿小心！"顾安笙也被这毫无设防的枪声吓得一惊，忙闪过身护住乔锦月，警惕地朝四周寻觅子弹的源头。

"程显威，竟然是你！"乔锦月一看程显威那丑恶的嘴脸，满腔的怒火便犹如闷雷般蓄势待发，憎恶地握紧了拳头，怒声而道，"你又在这里干什么！"

"我要杀……杀了你们。"只见程显威如同蚂蚱一般匍匐在地上，满面的灰尘与血迹，还有那褴褛得不成样子的衣衫。

没想到短短几天他竟落魄到了如此境地，与那天巴结在小雅氏身边趾高气扬的模样判若两人。他的五官几乎已经拧成了一团，贼眉鼠眼的目光中透着猥琐与奸邪，声音中皆是恶狠狠："都是你们这些臭戏子，杀死了小雅团队的所有人，害得我居无定所，被所有人通缉。这种躲躲藏藏的日子都是拜你们所赐，我真的是受够了，我要杀了你，我要杀了你们……啊……"

程显威已经抓狂得近乎失了神智，乔锦月看着他那苟延残喘的身躯，不觉阵阵反胃，转过身冷冷道："你投靠外族军，背信弃义，做出此等叛国之事，你早该料想到你会有今天了。"

程显威抓狂得一只手抓着枪，一只手拍着地面，怒吼道："都是你害的，都是你害的，我要杀了你……"说罢他又扣动了扳机，一发子弹又从枪眼中发出。可由于他已体力不支，那发子弹偏偏射歪了，没有击中乔锦月与顾安笙任何一人。

顾安笙见程显威这苟延残喘的模样，想必是已经被逮捕并受了严重的惩戒，后又从官兵的手中死里逃生出来找二人寻仇的。他如今的体力是无法与二人抗衡的，顾安笙便对乔锦月说："月儿，凭他现在的力量，是无法与我们二人对抗的。不如趁现在，我们把他解决了，正好替天行道，也为你父亲报了仇。"二人对视一眼，乔锦月点点头，顾安笙当即就去控制住了程显威。

"放开我，放开我，臭戏子，快放开老子……"然而他现在的体力已经挣扎不开了,只能任由顾安笙将他束缚在地上。

乔锦月从他手中夺过了手枪,站起身,用枪眼对准了他。程显威不由得惊惧:"啊……你要干什么,你要杀了我吗?我告诉你,我可是小雅先生的兄弟,你敢杀我,哈哈哈,谁给你的勇气,你不怕大外族帝国找你报仇吗?哈哈哈哈……"

顷刻间,他已由惊惧变成了止不住的狂笑。

乔锦月的枪眼对准了他,仿佛在思忖着什么,迟迟没有对程显威开枪。顾安笙不由得皱眉:"他已经疯了,月儿你快动手啊,还等什么呢?"

乔锦月看着不停抓狂的程显威,面无表情地冷冷而言:"程显威,你为虎作伥,草菅人命,残害本国百姓。有今天的报应,都是你咎由自取,你哪怕是死,也死有余辜!"

她深深地闭上双眼,默默地扣动了扳机。

"砰!砰!砰!"三发子弹从枪眼中发出,击向程显威的胸腔处。他霎时间停止了狂笑声,口吐鲜血而亡。听着他的声音已然消失在云雾里,乔锦月缓缓地睁开了眼睛,见他口吐鲜血地气绝在自己面前。

不知为何,看着杀父仇敌被自己亲手杀死,这一刻,她竟然没有想象中的欣喜。一瞬间,仿佛心中有什么坚固的东西轰然倒塌,把所有的力量都抽了出去,让她失去了所有的力气,手枪从手中脱落,整个人似乎失尽了力气般地跪倒在了地上。

"爹,女儿为您报仇了,终于杀了程显威,为您报仇了!"

乔锦月跪在地上,仰望苍天呼唤着:"爹,您看到了吗?女儿亲手杀了程显威,您在天之灵终于可以安息了!"乔锦月边呼唤着,边从眼中落下了泪。

"月儿!"看着险些瘫倒在地上的乔锦月,顾安笙忙上前一步把她拥到了怀里。

"安笙。"乔锦月环住了顾安笙的腰，失声痛哭着，"我们终于报仇了，你从天桥坠落的仇报了，我被下毒的仇也报了，曲卓然的仇，我爹的仇，今天全都报了，全都报了……"

看着乔锦月在自己的怀里失声痛哭，顾安笙的心也隐隐作痛，他抱紧了乔锦月温声而言："月儿，哭吧，哭完了就都过去了。这些仇都报了，我们就开始新的生活吧。"

顾安笙轻轻地拍着乔锦月的肩，用自己温暖的怀抱作为支撑她的力量。顾安笙都懂，那积怨在乔锦月的心里已经埋得很深很深，她是完全靠着这仇恨的力量坚强起来的。而如今，她终于亲手杀了程显威报了血海深仇，那支撑她的力量便骤然从心里撤了去，她才会突然间变得如此脆弱。她心里的苦，他都明白，如今，他能做的只有让自己成为她最坚实的臂膀。

"月儿，别哭了。"顾安笙光顾着安慰乔锦月，竟险些忘了大事。

他把乔锦月从自己怀里扶起来，握住她的肩，凝重地说："宏宇和茹蕙嫂子现在还下落不明呢，咱们怎么能忘了这事！"

"对啊！"乔锦月止住了哭泣，擦干了脸上的泪水，站起身，吸了吸鼻子，"现在还不是难过的时候，安笙，我们快去寻找他们吧。"

想起了来此处的最初目的，乔锦月一心想着寻人，便遗忘了心中的痛苦，振作起来，与顾安笙一同寻找林宏宇与茹蕙。

"宏宇，茹蕙嫂子……"

"哇哇哇……"突然闻得一阵婴儿的啼哭声，乔锦月竖起耳朵仔细听去，确认了这声音的来源，便抬起头，对顾安笙慎重而言："安笙，你听，好像有孩子在哭叫。"

顾安笙凝神仔细听去，确实是婴儿撕心裂肺的啼哭声，他心中一凛，凝眉而言："确实是孩子的哭声，不会是易之吧。"

乔锦月思忖了一下，点头："很有可能是易之，我们循着声音的方向去看看吧。"

"好。"二人循着哭声，走到了一片废墟上，听得声音是从脚下传来的，顾安笙蹲下身，对乔锦月说，"月儿，这声音是从下面传出来的，想必这孩子是埋在废墟底下的。我们把这些碎石搬开，看看能不能把这孩子救出来。"

"好！"二人合力把地上的残瓦石搬开，只见一个遍体鳞伤的女人，身下护着一个哭得快要断了气的孩子。

顾安笙一眼便认出了那个女人，惊异："茹蕙嫂子，真的是她！"她身上的道道伤痕尤为触目惊心，乔锦月也被她身上的伤吓得一惊。忙伸手探了探她的鼻息，见她还有气息，便松了口气，对顾安笙说："茹蕙嫂子还有气，我们快把她送去就医！"

"好！"二人合力移开了压在她腿上的砖瓦，却不想砖瓦下，她的腿竟然已经被砸得碎成了粉末状，流出黑色的血。

"啊！"乔锦月从未见过有人受过这么重的伤，不由得吓得心中一震，跌坐在地上。

"呃……"只听得茹蕙从口中发出一声微弱的呻吟，奄奄一息地睁开了眼睛。

"茹蕙嫂子！"见她醒来，乔锦月拂开茹蕙脸颊上蓬乱的发丝，忙说，"茹蕙嫂子，你醒了，你等一下，我们马上带你去就医！"

"不用了……"茹蕙用仅存的一丝气力勉强开口道，"我快不行了，别白费力气了，易之，易之，快……"她已经没有力气再说下去了，乔锦月已然懂了她的意思，从她身下将小易之抱了出来。那孩子啼哭不止，想必是受了极大的委屈，乔锦月拍着他的背，安抚道："好孩子，不哭不哭，没事了啊……"

顾安笙靠近一步，凝眉问："茹蕙嫂子，我和锦月听说这里被炸了，匆忙过来寻找你们一家人，你怎么伤成这个样子，宏宇他在哪里？"

茹蕙闭上了双眼，眼角溢出一滴泪："这里坍塌得猝不及防，把我们一家都埋在了这坍塌的屋子下。我和宏宇用身体护住了易之，宏宇……他就在我身旁,他伤及头部,已经去了……"

"什么?"顾安笙心里咯噔一下,听了茹蕙的话后,忙徒手去扒地下的碎瓦,将那乱石碎瓦移开,方才看到林宏宇的尸体。他头部有一大片血迹,双眼紧闭,显然已经气绝多时。

"宏宇……"顾安笙心痛地跪在了地上,瞬间落下了泪水。自幼相互扶持,一路走到现在的搭档,就这样气绝在自己眼前,这种感觉让他痛彻心扉。

"安笙……"茹蕙虚弱地抬起手,已然气若游丝,"你切莫太过忧伤,我们命该如此,逃不掉的。不过还好……"

她悲戚的眼神中闪过一丝欣慰,勉强牵出一丝微笑:"还好我们唯一的孩子安然无恙,这个孩子是我们用生命护住的啊!"

"安笙,锦月……"茹蕙喘息了一下,继续说着,"我就要去了,临死前,我想求你们最后一件事,能不能,能不能答应我……"

茹蕙眼中满满的哀伤与祈求,乔锦月不忍心见她这样的神色,心一痛,骤然流下了眼泪。此时此刻,茹蕙说什么她都不可能拒绝的,她一手抱着易之,一手握着茹蕙的手,凄楚而又毅然而言:"茹蕙嫂子,你有什么请求尽管说吧,上刀山下火海,我们都会帮你去做的!"

"锦月,谢谢你!"茹蕙感动得落下了泪,艰难地转过头看向顾安笙,乞求着,"安笙,你和宏宇在一起搭档了这么多年,能不能看在你们之间多年的情谊,帮他抚养这个唯一的孩子。他是我们两个用生命护下来的,他也是你的徒弟。"

顾安笙心如刀绞般地拼命点头:"宏宇是我兄弟,易之是我徒弟,我一定会像待自己的亲生骨肉一样待他的,你放心吧!"

"那便好。"茹蕙嘴角缓缓绽出一抹感激的微笑,诚挚而言,"有你们照顾易之,抚养他长大,我就可以放心地走了。他的名字是你取的,你是他的师父,也是他的父亲,他跟着你,绝对不会受委屈的。安笙,锦月,我这个母亲没有办法看着我唯一的孩子长大成人了,以后你们就是这个孩子的父母了。"

"茹蕙嫂子。"乔锦月已然心痛得泣不成声,点头颤声道,"你放心,你和林大哥的孩子,我们一定会当作自己的亲生骨肉对待的。"

"锦月,安笙,认识你们真的是我和宏宇这辈子的福气,真的谢谢你们。"茹蕙眼中闪烁着感激之情,又对乔锦月说,"我快要死了,你让我再最后摸一摸这个可怜的孩子吧。"

"嗯。"乔锦月把易之递给了茹蕙,茹蕙的手刚碰到易之的脑袋,那孩子便仿佛受了什么刺激一样,刚刚平复了下来又啼哭不止。

一个未足周岁的孩子,看似什么都不懂,却似乎什么都明白了,他仿佛是在哭自己失去了父母亲。

那撕心裂肺的哭声,已然哭碎了三个人的心,茹蕙的眼泪也止不住地流了下来,摸着易之的头,哀哀而言:"孩子,爹娘没有福气陪你长大成人了。你以后要听师父师娘的话,以后他们就是你的父母,你要孝敬你的师父师娘,他们是这个世界上待你最好的人……"

茹蕙硬撑着将最后一句话说出了口,那摸着孩子的手便已然无力地垂了下去,她永远地闭上了双眼,气绝而亡。

留下默默垂泪的顾安笙与乔锦月,还有那哭得撕心裂肺的易之。

乔锦月将易之紧紧地抱在了怀里,哀声道:"孩子,你要记得你的命是你父母用生命换来的,你一定要带着你父母的希望,好好地活下去。"

- 陆 -

这些烽火连天的日子,整个津城似乎一直被悲伤笼罩着。

顾安笙与乔锦月亦如此,虽然看似平静,但接二连三地失去身边一个个重要的人,这剜心之痛是没有办法抹去的。不知是两个人都过于坚强,还是怕彼此伤心,相见之时总是异常平和,就像从前什么都没有发生时一样,从未把心底的那份悲伤在彼此面前展现出来。

顾安笙与乔锦月把林宏宇和茹蕙安葬了,易之也收养了下来。由于乔锦月与顾安笙都不会照顾易之这么小的孩子,便把他带去了文周社,请柳疏玉一同带这个孩子。他们两个一边学着怎么照顾未足周岁的孩子,一边去义诊棚帮忙护理。

自从有了小易之后,悲伤的气氛似乎也缓和了许多。

顾安笙与乔锦月一直把易之当作自己的孩子一样,身边有了这样小、这样可爱的孩子,倒也能让他们在这烽火连天的日子里感受到阖家之欢的温暖,同时让不能履行婚约的两个人憧憬到了孩童承欢,举案齐眉做夫妻的感觉。

只是自从胡仲怀离世后,柳疏玉的身子便一直不大好,胡远道又久在海城未归,柳疏玉思念成疾,病便更重了。顾安笙一边要照顾柳疏玉,一边要看管易之,去义诊棚护理的时间也越来越少。顾安笙忙成这个样子,乔锦月是不可能坐视不理的,她也时常去文周社帮忙照顾。义诊棚护理的事,便交给了其他的师兄弟师姐妹们。

这一天乔锦月没有去义诊棚,而早早地去了文周社。顾安笙与易之都在柳疏玉的房间里，乔锦月刚刚敲开了门，便听到了易之的啼叫声。听着那么小的孩子软糯糯的声音，哪怕心里有再多的阴霾，此刻也烟消云散了。

乔锦月见到易之瞬间喜笑颜开，走上前抱住了他，柔声笑着："易之，有没有想师娘啊？"

虽然乔锦月与顾安笙还没有正式成亲，但易之是顾安笙认定的徒弟，他们也没有顾及太多的礼数，已然把乔锦月默认为易之的师娘。而易之这么小的年纪也没有正式地拜师，算不上顾安笙正式的徒弟，可师父也已经成了他们教导易之的称呼，便没有顾及那么多的礼数了。

柳疏玉看着乔锦月，亦慈祥地笑着："这个小家伙见了你可亲了呢！"

"喀喀喀……"柳疏玉话音刚落便剧烈地咳了起来。乔锦月见状，便放下易之，去拍柳疏玉的背为她顺气，但见柳疏玉整个人比以前更憔悴了，脸色苍白得没有一丝血色。乔锦月不由得忧心："玉姨，你这病断断续续的怎么还没有好啊，要不我再找个大夫给你医治一下？"

"喀喀喀……不必了……"柳疏玉咳得涨红了脸，握住乔锦月的手，阻止道，"喀喀……我这病就这样了，再怎么医治也是白费……"

顾安笙深深吸了一口气，倒了一杯水，递给柳疏玉，说道："师娘，快喝些水润润喉吧。"

"好。"柳疏玉刚刚停止咳嗽，她此时已经咳得精疲力竭，喘息着接过水，刚喝进半口水，便又急促地咳了起来，那一杯水全洒在了被子上。

"喀喀喀……"柳疏玉又剧烈地咳了起来。

"玉姨。"乔锦月见状一惊，拍着她的背为她顺气。

顾安笙拾起了打翻的杯子："师娘，被子湿了，我去给您换一床被子吧。"说罢他便抱走了被子，去柜子里拿出一床干净的被子，为柳疏玉盖上。

乔锦月见柳疏玉咳成这个样子，不由得心疼又心焦，站起身，对着顾安笙小声问："怎么几日不见，玉姨就病成了这个样子？"

"唉。"顾安笙叹了口气，愁眉紧锁，"师娘这是心病啊！"

二人的声音虽小，但是他们的谈话柳疏玉还是听到了，不由得勾起了伤心事。她从眼角落下了两行泪，凄然而言："是心病，无药可医的。伯怀、仲怀不在了，远道又久去未归，他不回来，我的心哪里能放得下啊！"

见柳疏玉这愁苦不堪的病容，乔锦月的心里也不好受。但她不能将自己的难过在柳疏玉面前展现出来，只得坐下，拍着柳疏玉的肩，安慰着她："玉姨，你不用忧心，胡叔叔很快就会回来的。而且现在还有我和安笙，还有易之陪着你呢。"

乔锦月的安慰虽然无济于事，但也让柳疏玉忧郁的心稍稍舒展了一些。她露出一个勉强的淡淡的微笑，拍着乔锦月的手背，温声而言："还好，还有你们几个陪着我，不至于让我太孤独。"

二人陪着柳疏玉在房中聊了几句，一个小时过后，柳疏玉疲惫地睡下了，顾安笙便和乔锦月出了文周社，去往义诊棚帮忙护理。

一路上，顾安笙一直愁眉紧锁，好似在犹豫着什么，又好像在纠结、彷徨着什么。总是一副欲言又止的样子，似乎是有什么难以启齿的事要对乔锦月诉说。乔锦月瞧出了他的为难，便先开言，对他道："安笙，你是不是在担心玉姨的病情，要么我们让楚大夫去给玉姨瞧一瞧吧，她医术高明，一定会有医治的办法的。"

顾安笙深深地摇了摇头，依旧愁眉紧锁，沉沉说着："月儿，我们已经找过很多大夫了，大夫都说是心病，心病只能心药医。如果师娘心中一直这么郁结下去，吃再多的药也是无济于事的。"

乔锦月问："玉姨是在思念胡叔叔吗？胡叔叔也去了大概有两个月了，为什么到现在还迟迟不归啊？"

顾安笙叹了口气，转过身，将双手搭在乔锦月的肩上，闭上眼睛，沉重而言："师父前几天发来了电报，说他们被外族人困在了海城，无法脱身，一时半会儿回不来了。他让我们不要担心，他自会想办法脱身，但我们怎么可能一点也不担心。这件事我们一直瞒着师娘，却没想到还是被她知道了。她一直担心着师父的安危，所以病得也越发严重。"

"怎么会这样？"乔锦月听了不由得吃了一惊，"那么说胡叔叔在外族人手里，也就是尚在危险之中，那玉姨的病……"

"所以，月儿。"顾安笙深沉地望着乔锦月，似乎是在极力忍着心痛，"我不能眼睁睁地看着师父陷入困境，师娘卧床不起。思来想去，我只有一个办法，就是去海城把师父救出来，只有这样，师娘的病才能好起来。"

"什么？"乔锦月听到顾安笙的话，整个人犹如被五雷轰顶般一震。她握紧了顾安笙的手，不禁震惊："安笙，你当真要去海城那个危机重重的地方，你可知你去了那里就好比入了龙潭虎穴，能不能留住性命都是问题啊！"

顾安笙凝眉："师父陷入危机，我是师父的大弟子，又是文周社的大师兄，去救师父，这是我当仁不让的责任，焉能置之不理？我知道以我一人之力，未必能力挽狂澜，但至少能换得师娘和师弟们一份心安。我必须前去解救师父，哪怕前方是刀山火海，我也只能孤注一掷。"他顿了顿，双手攀在了乔锦月的肩上，极力忍着心酸："月儿，对不起，这些日子我不能陪在你身边了。你若要怪我，我也无话可说。但我不管在哪里，都不会忘了你，我救了师父回来，一定会第一时间来见你。"

乔锦月望着顾安笙紧锁的眉头，诺诺而言："那你若此去，多久能回来？"顾安笙沉思了一下，说道："我也不知道会有多久，但我尽量在一个月内速速赶回。津城一直都是牵挂啊，为了你，我也会尽快回归。"

乔锦月握住了顾安笙的双手，噙着眼中的泪，强忍着不让泪水流出。她答应了他："安笙，你挂怀恩师，我不能阻拦，你若去便去吧，只是我要你答应我……"说到此处，她眸中带着深情与祈求地望着顾安笙："无论如何，你答应我，一定要平安归来。我在这里等你，天荒地老，我都在这里等你。"

"好。"顾安笙将乔锦月拥在了怀里，动情而言："月儿，谢谢你肯理解我。我答应你救回师父后，一定会平安归来。待我归来后，一定会速速来找你。到时候我们便永远厮守在一起，再也不分离。"

说到此处，顾安笙已经止不住地哽咽了，乔锦月再也忍不住眼中的泪水，瞬间夺眶而出。她伏在顾安笙的肩上不停地流着泪，霎时间，泪水染湿了顾安笙的衣襟。

顾安笙已经决心要前往海城救胡远道，为了尽快救出师父，他没有多耽搁，与乔锦月说完此事后，第二天就前往海城了。初秋清晨，蒙蒙的细雨潇潇不歇，似乎是在为这即将离去的人饯行。这雨下了一夜，初秋的荒凉之意似乎被这潇潇落雨更添了一丝凄凉。

"月儿，我不在的时候，师娘就要靠你照顾了。还有易之，他是我们的徒弟，他还不到周岁，你也要照顾好他，等着我回来。"

车站的送客台上，顾安笙事无巨细地向乔锦月叮嘱道。

"我都知道。"乔锦月撑着伞，半边衣襟已经被这雨水淋得湿透，她含着泪凝望着顾安笙，嘱咐着他，"海城危机重重，你无论如何都要保住性命。勿要多做耽搁，救出了胡叔叔，一定要平安归来。"

"我会的。"顾安笙重重地点点头，望着乔锦月那消瘦的脸颊，双手情不自禁地攀上了她的发丝，抚着那沾着雨水的鬓发，双手逐渐从她的发丝滑过她的肩，并把她紧紧地拥在了怀里。

这一次，他抱她抱得比任何一次都要紧，仿佛生怕她从眼前消失，说话间也带了沉重的哽咽："月儿，终是我对不起你。在这风雨飘摇之际，我本该寸步不离地守在你身边，可是这么简单的需求我最终还是没能做到，对不起。"

"安笙。"乔锦月的泪水不由自主地从眼角滑落，这深沉的拥抱似乎让她更舍不下他。她把脸埋在了他的肩上，声音低低："你要记得我在这里等你，无论海城是怎样风云诡谲，腥风血雨，你一定要保证自己的安危，救回你的师父后，平安地全身而退。"说到此处，她忍不住抽噎了一下，吸了吸鼻子，继续说着："你必须平安归来，你若出了什么意外，我也不会独活。哪怕是阴曹地府，我也要随你而去。"乔锦月说得决绝而毅然，而此刻的心似乎已经被碾压得粉碎，话到此处已然泣不成声。

顾安笙闭上眼点着头："为了你，我一定会活着回来的，我不会让自己有事，更不会让你有事。等到天下大治的那一天，我还要和你花前月下，烹酒煮茶，等着我们新婚宴尔，我与你厮守一世，永不分离。"

大雨滂沱，似乎是在为这一对多情人的离别而伤感不已。

乔锦月轻轻推开了顾安笙，她怕自己对这温暖的怀抱贪得无厌，以至于不能从容地送他离开。她拭去了脸上的不知是雨水还是泪水，站在顾安笙的面前，望着他深邃的眼眸，凝重而言："记得我说过的话，无论在哪里都不能忘记，我，玉姨，易之，我们都在津城等着你。"

顾安笙望着乔锦月那蓄满泪水带着血丝的双眼，不由得心被刺痛了一下，他不忍去看她，只怕多看一眼心就会多痛一分。他低下头，握住她的一只手："月儿，我不在的这些日子里，你最重要的事就是照顾好你自己，这才是重中之重。这短短几个月，你已经瘦得不成样子了，你不能再这样消瘦下去了。我希望我回来的时候，还能看到当初的那个光彩照人的月儿，亦如我们初见时的模样。"

"初见时……"乔锦月不由得恍惚了一下，思绪飘飞，回到初遇时的那年夏天。那时的自己还是一个不经世事、冲动直率的小姑娘。每天要做的事，只是练功，唱戏，没有任何值得自己去忧心的事，顶多就是调皮了被师父和父亲教训一顿。所谓的烦恼，也只能说是为赋新词强说愁。那个时候，师姐，师兄，父亲他们都还在，自己生活在他们的庇佑下，无忧无虑，喜乐安然，那时根本不懂得什么是家国之忧。

如今距那个时候已经隔了三年了，三年的时间不长，但又仿佛已经久得不能再久，这三年已经彻底地改变了一切，也彻底地改变了乔锦月整个人。山河破碎，亲眷亡故，她再也不会做那个高枕无忧、怡然自乐的乔锦月了。昔日喜乐,而今已化作云烟,想到此处,乔锦月不禁怆然,却还是忍着泪点头:"我会的。"

"去往海城127列车的乘客请到检票口检票。"广播声响起,顾安笙朝那个方向看了一眼,又转过身,凝望着乔锦月,沉声说着,"月儿,我真的该走了。"

"安笙!"乔锦月忽然高声叫出了顾安笙的名字,不顾一切地将伞丢在了地上,任凭雨水打湿自己的衣襟,踮起脚尖,吻上了他的唇。这个吻没有从前的炽热,却满含了难以诉说的苦涩。唇齿相依间,不知夹杂了多少的不舍与心酸。

顾安笙揽住了乔锦月的腰,深沉地回应着她的这个吻,这细腻而又绵长的吻,仿佛已经倾盖了整个人世间。良久,顾安笙依依不舍地离开了乔锦月的唇,为她捡起雨伞,递到她的手中,嘱咐着她:"天气严寒,你不能再淋雨了,回去后记得洗个热水澡,千万别着凉了。"说罢,便提起了行李箱,撑起了另一把雨伞,对乔锦月道:"月儿,我真的要走了。"

透过雨幕,乔锦月望着顾安笙那沾满雨水的脸:"安笙,你一定要平安归来,我在这里等着你。"

顾安笙点点头:"一定。"两个字并不长,却凝聚了他全部的坚毅。他转过身,不再回头,径直上了列车。

列车上,依然能看到乔锦月撑着一把雨伞,那瘦弱的身影朝着列车的方向不停地张望。她终于透过那阴暗的车窗,看到了列车里的顾安笙。那车窗上的雨痕,犹如一道泪痕,她最后一次声嘶力竭地呼唤:"安笙,一定要平安归来!"

"嘀……"随着一声汽笛响起,列车缓缓开起,乔锦月已然听不清顾安笙在说些什么。只看到这列车从眼前缓缓驶过,那影子在眼中变得越来越小,直到消失不见。这不知归期的诀别,犹如一次孤注一掷的赌博。前方是龙潭抑或是虎穴,都犹未可知,只怕这无声无息的诀别,成了生命中的最后一次道别。

"安笙,我在这里等你。"乔锦月望着列车已然消失不见的铁道,垂下了手,雨伞掉落在了地上。

这一瞬间,仿佛心里压抑已久的哀伤被什么东西一触即发,她就在那一瞬间,彻彻底底地崩溃了。终于,她在那大雨滂沱的列车站,一个人蹲在了地上,哭到不能自已。

顾安笙离开后,乔锦月也只能带着对顾安笙的牵挂,支撑着自己坚持下去。可自从没了他在身边,仿佛自己的灵魂也缺失了一半。这一个接连一个的噩耗接踵而来,厄运来得措手不及,她那弱小的身躯真的要坚持不下去了。但她不断地告诫自己,此时此刻,自己千万不能倒下去,她没有倒下去的资格。

师兄师姐和父亲都不在了,安笙也远赴海城,一切只能靠着自己来支撑。顾安笙走后的几天,柳疏玉的病越发严重,虽然顾安笙远赴海城去寻胡远道,但她心里的焦灼与担忧始终没能消散。而湘梦园的这一边,天气转凉,院子被炸了后又透风,陈颂娴年迈,经受不住这寒意,在这初秋之际患了风寒。可现在的生活比不上从前,这只有支出没有收入的日子过了许久,哪怕再富裕,陈年的积蓄也已经花得差不多了。弟子们无奈,只得变卖了所有值钱的东西,换一些钱,支撑着生存。但这样终究不是长久之计,后顾之忧数不胜数。

这一日乔锦月在湘梦园把一切安顿好了之后,便去了文周社照顾柳疏玉。这一日柳疏玉不知为何,竟然烧了一整天,无论服什么药都无济于事,始终高热不退。

乔锦月焦灼不已,便去义诊棚请了楚沐歌为柳疏玉医治。

"仲怀……远道……"昏昏沉沉之间,柳疏玉胡乱地呓语着。

"楚大夫,我玉姨她怎么样啊?她这一天一直这样昏昏沉沉的,把喝的药都吐出来了,高热一直不退,怎么办啊?"

楚沐歌凝重地摇了摇头,走到乔锦月身边:"乔姑娘,我们借一步说话吧。"

乔锦月怔了一怔，随后又拉着楚沐歌出了柳疏玉的卧房。她看楚沐歌的神色，似乎已经意识到了事情的严峻，蹙起了眉："楚大夫，你老实告诉我，我玉姨究竟是怎么回事？"

楚沐歌沉重地摇了摇头，握住了乔锦月的手，似乎是在安慰着她："乔姑娘，生死有命，富贵在天，你莫要太过忧伤，一切都是尽人事听天命罢了。"

乔锦月心中一颤，慌道："楚大夫，你是说我玉姨她已经……"她心痛得险些说不下去了，吸了一口气，勉强继续道："她已经回光返照了……"

楚沐歌闭上眼睛，凄然点头："她已经病入膏肓，药石无医，寿命所剩不多了。她是由于伤心过度而引起的心病，没想到胡夫人竟然有如此重的心结。乔姑娘，我刚刚给她注射了西药，暂时能帮她把烧退下来。以后的事，便听天由命吧。"

乔锦月眼角滑落了一滴泪，不禁痛心疾首："安笙临别前让我好好照顾玉姨，可我还是没能照顾好她，是我没用。"她啜泣了一会儿，又抬起头，朝着楚沐歌问："楚大夫，要是按多了算，玉姨她还能活多久？"

楚沐歌说："如若能让她心结舒展，病痛便能缓解一些，多说还能维持两个月的生命吧。稍后我给她开几副西药，她要是再烧，你就给她服用一副，虽然药效不足以维持她的生命，但至少能让她缓解一些痛苦。"

"两个月……"乔锦月喃喃念着，"两个月的时间，胡叔叔应该能回来了，若是能让她见到胡叔叔的最后一面，也足够了。"

她拭去了眼角的泪，感激而言："楚大夫，谢谢你，虽然玉姨她的寿命所剩不多了，但我会依照你的吩咐，尽量让她撑到胡叔叔回来那一天的。"

"你我之间不必客气。"楚沐歌顿了顿，又问道，"不过乔姑娘，胡夫人究竟是因为什么原因郁结于心，而患了如此重病？"

第八部分

别离苦

第二十六章

身世浮沉雨打萍

- 壹 -

"唉。"乔锦月长叹一声,声音沉重,"仲怀年纪轻轻便丧生在了外族人手里,玉姨白发人送黑发人,叫她如何不痛苦。况且现在她的丈夫又在海城被困,无法脱身,玉姨忧思成疾,所以便患了如此之重的心病。"楚沐歌听了也不禁心中酸楚,低下头:"时局动荡,国家危难,这些烧杀掠夺的外族人害了多少人啊!"

乔锦月亦凄凄道:"谁说不是呢。"

二人沉默了片刻,楚沐歌转过身,面向乔锦月,缓缓道:"乔姑娘,其实我还有一件事要告诉你的,过几天我就要离开津城一阵子了,这一去也不知道多久才能回来。"

"离开?"乔锦月微微震惊了一下,问,"这兵荒马乱的你要去哪里啊?"

楚沐歌吸了口气，坦然而言："乔姑娘，相识这么久我已经把你当作至交好友了，索性便对你直言了。我的未婚夫他也在外省，他已经离开这里很久了，现在他在那边的状况我一概不知。我知道那边也已经沦陷，但我必须去寻他。"

相识以来，乔锦月从未听楚沐歌说过她有一个未婚夫，许是有什么难言之隐，她也不便多问。她理解楚沐歌的心情，若换作是顾安笙，她也会风雨无阻地去寻他。

楚沐歌言毕，乔锦月便点点头："如今的时局风起云涌，你此去一定要注意安危。待你回津城之时，我们再相见。"

虽然乔锦月与楚沐歌相识的时间不长，但楚沐歌细心又热情，乔锦月早就把她当作朋友了。身边的人一个个离去后，楚沐歌要远走，也让她心里添了些不舍与忧伤。她沉默了一下，又真挚而言："楚大夫，不，我应该可以叫你沐歌了吧。虽然我们相识的时间不长，但是你真的给了我很大的帮助，我是真心的感谢你，在我心里，已经把你当成最好的朋友了。你说你要离开了，我还真的有些不舍。你一定要保重，愿你顺利找到你的未婚夫，我会在津城等你的。"

"谢谢你，锦月。"楚沐歌笑了笑，说，"那我也可以叫你锦月了吧，你为人心善又满怀正义，我也早就把你当作朋友了。你放心，我回来后，我们还会再见面的。"乔锦月一时伤情，抱住了楚沐歌，拍拍她的肩，诚挚道："沐歌，一定要保重。"楚沐歌亦拍着乔锦月的肩，温声说着："会的，你也是，愿你和顾公子早日有情人终成眷属。"

提到远赴海城不知音信的顾安笙，乔锦月的心不由得颤了一下，这些天她对他的思念已经魂牵梦萦，可他的归来之日仍遥遥无期。即便再心酸，那终究也是楚沐歌对她最赤诚的祝愿，她还是点点头，温声而言："一定会的。"

大概过了一个月，顾安笙在海城仍然杳无音信。

一切都如往常一样，战火在津城不停地打响，所幸没有打到湘梦园和文周社。日子虽然过得艰苦，但没有再受到残害，乔锦月还是庆幸的。只是柳疏玉的病越来越重，虽然乔锦月极力地宽慰她，但她心中的郁结最终还是无法疏解。她知道柳疏玉的寿命所剩不多，她只是想让柳疏玉撑到胡远道归来的那一天，依照了楚沐歌的吩咐照顾她，给她服药。但柳疏玉的病还是越来越重，她真怕柳疏玉撑不到那一日。

"乔姑娘，乔姑娘。"文周社的陈公子急匆匆地跑到屋外，寻找正在哄易之玩耍的乔锦月。他慌张地说着："乔姑娘，师娘她正在发高烧，我把退烧药给她服了，结果她全都吐出来了。她现在烧得迷迷糊糊，正在说着胡话，我不知道该如何是好了，你去看看吧。"

"玉姨又发高烧了。"乔锦月心里一紧，把易之递给陈公子，叮嘱他，"你替我照顾一下易之，我去看看玉姨。"说罢她便奔去了柳疏玉的房间。

"玉姨！"她推开门，但见柳疏玉躺在床上，剧烈地喘息着，口中不知在呓语着什么。她走到床边坐下，握住她的手："玉姨，你醒一醒啊，我是锦月，我是锦月啊！"

柳疏玉似乎没有听到乔锦月的声音，只在半梦半醒间说着些无厘头的话："仲怀啊，你长大了，娘可以放心了。你要跟着你大哥好好学，伯怀可是你爹最器重的弟子啊！"

乔锦月见她烧得实在厉害，眼下退烧药也没有了，便只好用冷毛巾敷在了她的额头上。继续握住她的手，试图唤回她的意识："玉姨，你能听到我说话吗？我是锦月啊！"

柳疏玉继续呓语着："红袖啊，你说你是真的喜欢仲怀啊。真好，我们仲怀能娶到一个这么好的姑娘，我这做娘的也能放心了。"

柳疏玉提到的皆是一些已经逝去了的人，不由得勾起了乔锦月心底的悲伤，可她知道现在不是悲伤的时候，只得收回那悲怆。柳疏玉烧得这样厉害，她不禁忧心地皱起了眉头："这该如何是好啊！"

"锦月。"听得柳疏玉突然呼唤出了自己的名字，乔锦月欣喜，"玉姨，你醒了，你认出我了？"

可柳疏玉依然胡乱地说着："锦月，你和安笙情深义重，我们准许你们择日成婚，婚礼就和仲怀与红袖他们一起举办吧，正好好事成双，你说好不好，远道？"见柳疏玉依然呓语不停，乔锦月泄气地低下了头："玉姨还是没有清醒过来，这该如何是啊！"

"啊……啊……"柳疏玉突然之间不再说话，而是艰难地喘息着，不多时脸已经涨得通红。

"玉姨，你怎么了？"乔锦月紧张道。乔锦月去探她的鼻息，见她的鼻息已然变得微弱，又去摸她的胸口，她的心跳也变得微弱不堪了。乔锦月不禁心中一震，意识到了她这个状态大概是大限已至，无力回天了。又一阵剧烈的心痛袭来，她哽咽着："玉姨，你不能现在走啊，你还没有见到胡叔叔呢。你再撑几日，撑到胡叔叔回来那天，好不好啊！"

柳疏玉喘息了一会儿，便不再喘息了，缓缓地睁开了肿胀的双眼，看向乔锦月。见柳疏玉睁开了眼睛，乔锦月忙道："玉姨，你醒了，你能听到我说话吗？"柳疏玉盯着她看了几秒，缓缓开口："秀云，我怎么看到你了？我看到了你，是不是我马上就要离开这个世界，与你同去了。你是不是来接我走的？"

柳疏玉这一句话，深深地刺痛了乔锦月的心，她流着泪啜泣："玉姨，我不是我娘，我是锦月啊。你要等到胡叔叔归来的那一天，你不能去啊！"柳疏玉又盯着她看了几秒，吃力地抬起了手，握住了乔锦月的手，声音中满是虚弱："锦月，玉姨恐怕真的要去了……"

"玉姨！"乔锦月又悲又喜，"你清醒过来了，你真的认出我来了？"

柳疏玉涣散的意识逐渐清醒，艰难地点着头："锦月，玉姨清醒了，玉姨怕是等不到安笙和远道回来的那一天了。你要多保重，照顾好你自己，还有易之。"

乔锦月猛烈地摇着头，啜泣着："玉姨，不可以，不可以啊。你再坚持几天，等到胡叔叔回来的那一天，你一定可以的。锦月答应安笙照顾好玉姨的，锦月不能食言啊！"

"傻孩子。"柳疏玉眼角溢出一滴泪，尽是苦涩，"这是玉姨的命，怪不得你，你已经对玉姨尽心尽力了。我终于能见到我的仲怀和伯怀了，你应该为玉姨感到开心才对。他们两个不能没有母亲的照顾，我终于可以去陪他们了。"我还要看着仲怀和红袖成亲，还要去见你娘，和我那师妹话话家常，多好啊！"

此时此刻，乔锦月想起那些逝去的亲人，已经心痛得窒息，说不出话来，只剩无力地啜泣。

柳疏玉又说："孩子，别难过，你和安笙要好好的。还有远道，我对不起他，远道，我撑不到你回来的那一日了。"她眼中已经蓄满了泪水，艰难地伸出手，好似要抓住什么，却怎么也抓不到，凄凄开口："远道，你在哪里呢，你现在如何了？我好想你啊，可惜，我见不到你最后一面了。我记得二十岁那年，你说青青河边草，绵绵思远道。你是远道，我便是绵绵，从此之后，我的小字便叫作绵绵。绵绵思远道，我一直在思念着你啊，我好想再听你叫我一声绵绵啊，可惜不能了。"她眼角又溢出一滴泪，停歇了片刻，继续说着："不过你不用担心我，我是去找我们的孩子了。仲怀，伯怀，娘来陪你们了……"她一句话刚说出口，便垂下了手，闭上了双眼，停止了呼吸。

"玉姨。"乔锦月伏在柳疏玉的身上，呜咽着痛哭，"胡叔叔还没回来，你怎么能够就这么去了，你不是说你就是锦月的娘吗？锦月已经没有娘亲和爹爹了，你怎么能离锦月而去……"

寂静的房间，回荡着她久未停歇的哭声。

乔锦月尽了全力还是没能留住柳疏玉的命，只能亲眼看着她在自己面前撒手人寰。虽然明知道她寿数无多，但最终没能让她在临终前见到胡远道最后一面，是乔锦月最大的遗憾。她临终前说，青青河边草，绵绵思远道。自己又何尝不是像柳疏玉思念胡远道一样思念着顾安笙，只是她辜负了顾安笙的承诺，没能照顾好他的师娘，不知他归来时见师娘已去，该会是怎样的伤心。可这些都是后话了，如今连顾安笙的归期，都是一个未知数。

柳疏玉离世后，乔锦月把她安葬在了文周社的陵园。随后蓝门街的战火又一次打响，文周社已然被炸成了一片废墟，乔锦月只得把易之带到了湘梦园来照顾。

- 贰 -

"易之，吃饭了。"湘梦园中，乔锦月与小环、佩真在陈颂娴的房中照顾着易之。

陈颂娴抱着易之，乔锦月手持汤匙，一口一口地喂他吃着热粥。那热粥是粗粮所制，每一口喂到嘴里都十分苦涩，难以咀嚼下咽。只有一岁的孩子仿佛已经什么都明白了，明明那热粥难以下咽，他还是艰难地咀嚼着，勉强咽了下去，小小的孩子竟然懂事得让人心疼。

"唉。"小环不禁叹了口气，幽幽而言，"让这么小的孩子吃这些难以入口的粗粮，真的是委屈他了。"

"谁说不是呢。"佩真亦叹息，"可是我们这里只有这些能吃的了，若不吃，便只能饿死了。"

乔锦月喂易之吃完饭后，将碗与汤匙放在了桌子上，并用手帕为他擦了擦嘴，只是面色淡淡："有吃的总比没有好，这食不果腹的日子，有这些吃的就算不错了。"说罢她又怜爱地摸了摸易之的脑袋，柔声说着："还好他什么都肯吃，我还担心这些东西他吃不下去呢。这么小的孩子，就要跟我们一起受这些苦，也是苦了他了。"

"小七，你抱着他吧。"陈颂娴把易之递给了乔锦月，"师父风寒未愈，怕把病气过渡给了他。"

乔锦月依言抱过了易之，但见那孩子听话地蜷缩在乔锦月的怀里，不哭也不闹。

陈颂娴见他这模样不由得心酸，凄凄然而言："这孩子名叫易之，可却一点也不易。可怜这孩子一出生就降落在了这个哀鸿遍野的乱世，战争让他刚出世就没了父母。还好现在我们还有能力收养他，要不然这么小的孩子还真不知道该怎么活下去。"

她顿了顿，又仔细地打量了一下面前的乔锦月。

不知从何时起，好像只是一瞬间，便觉得这个曾经最小的徒弟长大了，她不再依赖师父和师姐，而是有了自己的责任与担当。她脸上早就没了曾经的稚气，取而代之的，是一种坚毅的成熟。

陈颂娴不禁感慨："小七，从前你是师父最小的徒弟，师父觉得你就是个孩子。不知道从什么时候起，你也会照顾别人了，小七，你真的长大了。"

乔锦月笑了笑，眸中隐隐透着复杂的光，慨然而言："时过境迁，早就不是从前了。如今有了小环和佩真，大师姐大师兄和爹爹他们也不在了，小七再也不是从前那个不懂事、处处依赖别人的小七了。如今时局混乱，小七又是班主的女儿，小七必须明白自己身上的重任，只有自己强大起来，才能保护好湘梦园，保护好我们的家园。人总是会长大的，也许成长只需要一瞬间，看着家园被毁，亲人离世的时候，小七便知道自己该长大了。"

话音刚落，怀中的小易之便啼叫了一声，乔锦月摸着他的头，温声说："易之的父母不在了，他是他母亲临终前托付给我和安笙的，也是安笙未来的徒弟。如今安笙又远在海城，我便是易之的娘亲，我会对他尽到一个母亲的责任。"

"轰……"不知道从何处发出一声震耳欲聋的声响，瞬间房梁便从屋顶落了下来。

"啊！"乔锦月不知被什么东西砸倒在地上，手一松，便把易之丢到了地上。

"哇……"易之痛得哭了起来。乔锦月被掉落的房梁砸中了腰部，腰间不由得隐隐作痛。她吃力地抬起头，只见前一秒还宁静祥和的小房间，瞬间就变成了一片废墟，小环、佩真和师父都已经不知了去向。只见易之趴在自己的面前哀哀哭泣。

"易之！"乔锦月吃力地从废墟中挣扎起来，想要抱起易之，却不知被头上掉下的什么东西砸到，不偏不倚正砸中了头部，两眼一黑，晕了过去。

"哗……"再次苏醒时，已经是黄昏时刻。天空下起了小雨，乔锦月是被这小雨淋醒的，醒来时，只觉得身上阵阵寒凉。

脑部被一块碎石砸中，到现在还在隐隐作痛，腰部也受了伤。她吃力地从废墟中爬了起来，只见那残留的半座湘梦园，现在已全数变成了废墟。她的心瞬间如被这雨水浇灌了一般，凉如冰水。看着那残垣断壁，不由得怔在了原地。那雨水淋得她打了个寒战，她方才回过神，只见小环、佩真与陈颂娴都被压在了残垣断壁下，昏迷不醒。

"师父，小环，佩真！"乔锦月忙过去搬起了压在她们身上的乱石碎瓦，边搬边声声地呼唤："小环，佩真，你们醒一醒，醒一醒啊！"

在乔锦月的呼唤声中，二人悠悠转醒，小环睁开了眼睛，不由得怔然："师姐，我们这是在哪里，这是湘梦园吗？"乔锦月无暇回答她的问题，匆忙地把她们两个扶起道："你们两个快起来，师父还在下面呢。"

"师父，师父！"二人站起身，才发现陈颂娴已被压在了一大块房梁之下，忙惊呼，"师父，你醒一醒啊！"

乔锦月指挥着："快，咱们快把这房梁搬起来。"

"好。"三人合力搬起了那块巨大的房梁，那房梁的重力不小，乔锦月已累得手臂酸痛，便按着自己的肩膀轻轻地晃动着手臂，以此来缓解手臂上的酸涩。

"师父！"乔锦月只见陈颂娴晕倒在地上，手臂已经被划破一道长长的伤口，还在不停地往外渗着鲜血。

此时她也顾不上自己了，忙说："小环，佩真，你们快把师父扶起来。"

"好。"二人依言扶起了陈颂娴，此时身边也没有什么止血的药物，乔锦月只得从裙摆上撕下一块布料，为陈颂娴包扎上伤口。

"小七……"陈颂娴方才转醒，缓缓睁开眼睛，但见灰头土脸的三个徒弟，不禁紧张，"你们三个没事吧，有没有受伤？"

乔锦月被砸中的头部和腰部还有些生疼，其余都无碍。小环和佩真也是被房梁砸得身上添了些淤青的痕迹，也均无大碍。四个人中，伤得最重的便是陈颂娴了。

乔锦月摇摇头："师父，我们三个都没事，只有你受伤了，你现在感觉怎么样，还难受吗？"

陈颂娴摇了摇头，言语间的虚弱却难以掩盖："一点小伤，师父没事。"她吃力地抬起了头，又说："小七，小环，佩真，咱们湘梦园被炸了，你们其他的师兄师姐怎么样？还有易之，都哪里去了？他们逃出去了没有，你们快去看看啊！"

"糟了。"乔锦月光顾着陈颂娴，方才想起整个湘梦园被炸毁，湘梦园院子里所有的人尚在危险之中，忙道，"小环，你在这儿守着师父，我和佩真去看看。"说罢，便带着佩真去了院子的其他角落，二人呼唤道："师兄，师姐！"

"啊！"小环惊呼一声，"锦月师姐，这是媛儿师姐和……和天赐师兄！"

乔锦月回过头，骤然惊得浑身一颤，只见沈媛儿和杜天赐双手紧握，浑身是血地躺在地上。身上被巨大的石块压着，这鲜血淋漓的样子触目惊心，乔锦月忙奔过去，惊叫着："媛儿师姐，天赐师兄！"可二人的面容僵硬，已不会做出回应了，乔锦月去探他们的鼻息，方才知道他们已经气绝多时。

这又是一对苦命的多情人，哪怕已经离开了人世，握紧的双手也没有松开。乔锦月望着他们僵硬的尸体，绝望地坐在了地上，哀声道："佩真，他们已经去了。"

"毕哲师兄，若雪师姐，莫嫣师姐……"但见佩真坐在地上无力地失声痛哭:"锦月师姐,他们全都不在了,全都不在了……"

乔锦月回过神,但见佩真面前的七八个师兄师姐已然被砸伤得惨不忍睹,完全没了生息。她的头脑轰地一震,心犹如被剜去了一块,泪水瞬间倾泻而出:"全都去了,他们都不在了,我们的家园没了,亲人也没了……"二人绝望地走回了陈颂娴与小环身边,见二人归来,陈颂娴不由得焦急:"怎么样,他们有没有受伤?"

"师父!"乔锦月瘫倒在地上,扑到了陈颂娴怀里,痛哭着,"师父,他们都死了,湘梦园,只有我们四个人了……"

"什么?"陈颂娴又心痛又震惊,不觉从眼角溢出两行泪,"我们湘梦园,就真的这么毁了。"

"师父!""师父!"小环与佩真一同扑到了陈颂娴的怀里,四人抱头痛哭,哭得撕心裂肺,无助而绝望。

家园被毁,亲人被害,从此以后,世间再也没有湘梦园。湘梦园已经彻底地变成了一片废墟,湘梦园所有的人,如今只剩下了她们四个人。这样接连失去亲人的哀恸,乔锦月已经习惯了,就算是心里再难过,她也不以为然了。但她心底最深刻的痛楚,便是连易之这么小的孩子都没能留得住,在这场祸事中,也与湘梦园的人一同去了。她自责不已,也悔恨不已,她对顾安笙的承诺一样都没能兑现,没有照顾好柳疏玉,连易之这个未足周岁的孩子也没能保住。这里不停地有战火打响,湘梦园已然被毁,这个地方便待不下去了。为了保住这仅剩下的四个人的命,她们便决定离开这里,去往一个安全的地方逃难。

当天傍晚,乔锦月从废墟中找出来了湘梦园最后留下的积蓄和一些能变卖的金银首饰,带着师父和两个师妹,离开了这个伤心之地。四个人走了一夜,躲避着枪林弹雨,终于逃离了这个危险的地带。不知不觉已经走出了很远,竟然到了租界地带。津城的租界地带是外族人不敢侵袭的地方,比起湘梦园一带的哀鸿遍野,腹背受敌,简直是天壤之别。这一带生存的都是一些有钱人家的小姐太太,哪怕那边风雨飘摇,生灵涂炭,这边依旧过着歌舞升平、纸醉金迷的生活。

但整个津城,这样的地方只是偏安一隅。

她们到了法租界，确保了这里是安全的，便准备寻一处居住的地方。无奈囊中羞涩，以现在的能力是不可能在这奢侈地带住上旅馆了，四人便只能先寻一个可以躲避风雨的地方，暂时安顿下来。这里寂静无人，只有这一处茅草屋。

陈颂娴见状便道："咱们不要再走了，这奢侈地带怕是没有别的地方可以居住了。你们也累了吧，要是前面那个茅草屋没有人，我们就先在这儿将就着住下吧。"

乔锦月朝茅草屋的方向望了望，沉思了一下，对陈颂娴道："这茅草屋若能避风避雨，咱们住在这里也是可以的。"

"小环、佩真，你们两个先扶着师父在这等我一会儿，我先进去看看。"乔锦月首先进去探视了一番，见那茅草屋并不大，但足够她们四个人居住了。空荡的屋子里没有旁人，只有几张简陋破旧的桌椅和床铺，想必是一个被遗弃了的旧居所。见此处可以安居，乔锦月便决心带师父和师妹们在这里安顿下来。于是便对她们招呼："小环、佩真，屋里没有人。我看这里面的条件还可以，咱们几个就在这儿住吧，你们先扶着师父进来。"

"好！"两个人扶着陈颂娴走进了茅草屋。

乔锦月简单地打扫了一下破旧的茅草屋，将尘埃都除去了后，对三人说："我简单地收拾了一下，现在差不多可以住了。走了一夜了，咱们都累了，躺下休息一会儿吧。"

三人点头，齐声说着："好。"

四个人一同挤在了一张不大的小床上，用茅草做枕被。虽说条件艰苦，但在这租界里能找到一处能躲避风雨的住所已实属不易。

茅屋狭小，环境艰苦，这样的地方是难以入眠的，可疲惫的陈颂娴与小环、佩真还是很快地就沉沉睡去了。只有乔锦月一个人躺在床上，毫无睡意。她不是不疲惫，只是心事重重，难以入眠。她轻轻转过身，生怕吵醒了三人，为她们用茅草盖好身子，自己轻轻地下了床，走到了屋外。

雨后的津城今天是一个没有太阳的阴天，就如同自己现在的心，被笼罩了深深一层阴霾。短短不到一年的时间，就已经失去了太多的亲人，这种痛入骨髓的感觉，真的快要让她窒息了。但她知道，自己不能倒下去，因为师父年迈，师妹年幼，她们都还需要自己来照顾。更因为，远方还有魂牵梦萦的牵挂。

她低头，摩挲着胸前的玲珑骰子项链。自从顾安笙去了海城后，她一直把这条项链寸步不离地戴在了身上。摸着摸着，那项链便被她的泪水洇湿了。

玲珑骰子安红豆，入骨相思知不知。四面环溪虾戏水，日日不见日日思。那是从前岁月静好时的海誓山盟，到如今，她终于懂得了这入骨的相思是何等滋味了。乔锦月的泪不停地流着，这种相思难耐的痛楚，早已深入肺腑。

安笙，你在哪里啊，你现在还好吗，你有没有救出师父，究竟何日才是你的归期啊？你知不知道？玉姨她经不住病痛的折磨，已经去了；易之也在战乱中，被害死了。文周社毁了，湘梦园也毁了，我现在已经无家可归了。安笙，你知道吗？我好想你？我真的快撑不下去了。

"锦绣年华空潭月，许的是静好。"

"浮生安稳觅笙歌，愿的是安平。"

昔日二人的誓言萦绕耳畔，一切仿佛就像发生在昨天一样。岁月静好时的往事仍然历历在目，可一切却早已不复往昔了。如今，山河破碎，风雨飘摇，哪里还有什么锦绣年华，浮生安稳？

"我终于明白了。"乔锦月望着乌云密布的天空，喃喃道，"乱世天下，所有的美好誓言尽是虚话。锦绣年华空潭月，浮生安稳觅笙歌。什么静好，什么安平，不过是一场永远都实现不了的梦罢了。"

说着，那止不住的泪水便又一次夺眶而出，她任由泪水打湿衣襟，不再去擦拭。

那无言的痛，只能由着岁月风干。所有的美满，终成虚妄。

- 叁 -

法租界没有外族人攻打，乔锦月与师父师妹便也能安稳在这里安顿下来一阵子。虽然解决了安危问题，可生计上却是一大愁事。为数不多的钱币快花光了，能典当的东西也都典当了，可没有收入来源，这些钱总有一天会花光的。

乔锦月也和小环、佩真试图在这里找一个可以做工的地方，赚一些钱来维持生计。可是法租界的富贵人家都是趋炎附势的嘴脸，见她们三个都是手无缚鸡之力的弱女子，二话没说就把她们全都轰了出去。见这一招行不通，她们也只能继续用剩余的钱支撑度日，实在无奈便只能如乞丐一般去捡别人吃剩下的东西。

虽然乔锦月从前的生活算不上锦衣玉食，但至少也算得上丰衣足食，而如今沦落到食不果腹、身无分文的地步，如今的生活与那段在湘梦园的时光相比简直是天壤之别。

可今时今日，在这动荡的时局下，哪怕再不甘又如何，日子总是要过下去的。日子已经过得如此艰难，陈颂娴突如其来的病症更是雪上加霜。那日在湘梦园被房梁砸中时，她的伤口由于没有及时处理而导致了感染发炎，因此便得了病。乔锦月把全部的首饰都典当了给陈颂娴买药，可如今怕是也要不够了。

陈颂娴怕自己拖累了她们三人，便劝她们三个放弃自己，留着钱自己生存。可她们已经失去了那么多的亲人，怎么可能对自己有教导之恩的师父呢？

这一日乔锦月一个人来到了典当行，她没有直接进去，而是在门口左右徘徊。她手中握着那个钻石月项链，脸上的表情十分复杂。

这条项链是顾安笙为自己打造的,于二人而言,这条项链有着特殊的含义,也是两个人之间的信物。她真的舍不得把这条项链当掉,这里面包含着太多顾安笙对自己的情意了。可师父病重,若不当掉这条项链就没有钱为师父买药了,她不能眼睁睁地看着师父病死。事到如今,她也只能忍痛把这条项链当掉了。她一咬牙,走进了典当行,对其老板道:"老板,我要当这条项链,您看看它能值多少钱?"

"我看看。"那老板接过,拿着放大镜瞧了瞧,斟酌着,"这银是纯银,可是这玉石已经被磨损得不像个样子了。勉强多给你一些,就两百吧。"

"什么,才两百?"乔锦月大失所望,"老板,这石是上好的钻石,绝不是普通的玉石,是不可能只值两百块钱的,您再仔细瞧一瞧!"

那老板摇摇头:"我说是玉石就是玉石,最多三百,不能再多了。"

乔锦月焦急不已,眼下急需用钱,而这个又是自己最难能舍弃的项链,当这么低的价,她是绝对不甘心的。便只得央求着:"老板,您再多加一些行不行,我现在急需用钱,求求您了!"

那老板把那项链重重往桌子上一撂,皱起了眉头,已不耐烦:"少给我在这打可怜牌,我说三百就三百,大爷我没工夫陪你。爱要不要,不要就滚!"

"那……好吧。"见那老板态度坚决,乔锦月丧了气。为了治师父的病,不当是不行的,便也只能答应下来。哪怕是不值,也没有遗憾的余地了。

"等一等。"乔锦月心一横,又摘下了那条玲珑骰子项链与红豆手串,对那老板说:"老板,你看这两个能当多少钱?"

那老板接过去,看了一看,随手将它们一扔,眼中满是鄙夷:"丫头,你是想钱想疯了吧,就这破石头,你好意思拿出来当钱?"

乔锦月心一凉,收回了那项链与手串。不知道自己这是怎么了,好像着了魔一般,竟想把顾安笙亲手为自己做的项链拿去当掉。这可是顾安笙对自己最珍贵的情意啊,自己竟然到了要把顾安笙送她的全部信物当掉的境地。或许在别人看来,只是一些没有任何价值的石头,可于她而言,却是千金难换的情意。想到这里,心猛然一痛,险些流下眼泪来。

"拿去!"那老板把钱递给了乔锦月,乔锦月接过,迈着沉重的脚步离去了。

想到与那条项链相关的往事,她的心不禁隐隐作痛,为了师父,只能把这个最珍爱的信物当掉了。安笙,你应该不会怪我吧,为了师父,我只能把我们之间的信物当掉。而今的情形,我们几个真的是穷途末路了。安笙,你一去快两个月了,究竟何时才是你的归期啊?你知不知道现在的我好累好累,你不在,我真的快要撑不下去了。

"师姐!"迎面而来的小环一声呼唤,拉回了她的思绪,小环问,"师姐,你到哪里去了,怎么这么久还不回来,师父担心你出事,所以让我来找你。"

"哦,小环。"乔锦月举起了手中的银票,淡淡而言,"你看,我们现在有钱了,咱们去给师父买药吧。"

"师……师姐。"小环不禁怔怔,"你真的把顾公子为你做的那条钻石月项链当掉了?那可是你们之间的情意啊!"

乔锦月滞了一下,强忍住心痛,吸了口气:"不过就是个玩物而已,没关系的,他的情意我记在心里就好。不多说了,师父还在等咱们呢,你陪我一起去给师父买药吧。""哦,好。"小环轻轻答道。她不会不知道,乔锦月把这个项链当掉,已经在心中做了无数斗争,她也知道此刻的乔锦月心里必然是难过的,只是不想在她面前表现出来。她怕再度勾起乔锦月的伤心事,索性没有多问,只点点头,并与乔锦月一同走进了附近的药铺。

"师父,师父。"乔锦月轻轻呼唤着沉睡中的陈颂娴,"该起来吃药了。"

陈颂娴依然在沉睡中,毫无苏醒的迹象,乔锦月便轻轻摇晃着她的身子，呼唤着："师父，醒一醒，到了吃药的时候了。"

可无论乔锦月怎样呼唤，陈颂娴依然没有苏醒。

陈颂娴枯瘦的面容可见一斑，沉睡中的面颊一片煞白，见呼唤无果，乔锦月心中一紧，当即便意识到了事情的不对，师父可能不是简单地睡着了，很有可能是……

"师父，师父！"乔锦月顿时乱了心神，摇着陈颂娴的身子大声呼唤："师父，你怎么了？你醒一醒啊，我是小七，你睁开眼睛看一看小七啊！"

小环与佩真也不停地呼唤："师父，师父，你醒一醒啊！"呼唤了许久，陈颂娴才微微地睁开了疲惫的双眼，已然气若游丝："你们三个，喊什么呀，师父不是在这吗？"

"师父，你终于醒了，可吓死小七了。"乔锦月悬着的心终于放下了，"师父，你等着，我去给你拿药。"

"小七，不要去了。"陈颂娴虚弱地伸出手，拉住乔锦月的裙摆，艰难地开口，"小七，不要再在师父身上浪费钱财了，咱们在这儿过得本来就艰辛，有这些买药的钱，你们不如自己多买些吃的果腹。师父的病已经成了这个样子，再怎么治也治不好了，师父知道你们都是孝顺的好孩子，但你们真的不要在师父身上浪费钱了，就让师父一个人自生自灭吧。"

"不，师父！"陈颂娴的话如同一把利刃一般，重重地划在了乔锦月的心上。她忍着心痛哽咽："师父对小七有养育之恩，小七跟了师父二十年，无论再怎么艰难，小七都不能放弃师父。师父，你把药吃了，就什么事都没有了。"

陈颂娴吃力地摇着头："师父这病还要用很多药的，咱们已经没有那么多钱去花费了，而且就算是服用再多的药，也去不了病根了。师父这一生，能活到现在，已经没有遗憾了。师父年岁大了，去了也就去了吧，但是你们不一样，你们三个都年轻，师父走了，你们必须好好活下去。"

"师父。"小环含着泪,"我们已经失去湘梦园和那么多的师兄师姐了,我们不能再失去师父了。"

佩真亦垂泪:"师父,当年徒儿和小环差一点饿死街头,是师父救了我们。师父对我们恩重如山,师父的恩情我们还没有报答呢,我们不能让师父就这样离开我们。"

陈颂娴牵出一丝微笑,摸了摸小环的头,又摸了摸佩真的头:"师父知道你们两个都是知恩图报的好孩子,但是师父救你们,是不需要你们报答的。有你们几个陪伴着师父这么多年,师父已经很开心了。虽然你们不是师父的亲徒,但是有你们这三年的陪伴,你们又那么懂事听话,师父真的很知足了。今后,师父不在了,你们两个要听你们锦月师姐的话。你们还年轻,往后的路还长着,哪怕世道再乱,也要好好活下去。"她又转过头,抬起手,看着面前的乔锦月:"小七……"

一瞬间,乔锦月噙在眼中的泪水终于溢了出来,握着陈颂娴那枯瘦的手,不禁哽咽:"师父,小七在呢。"

陈颂娴眼角滑落了一滴泪,满是心酸:"小七,师父从前在湘梦园的那些儿徒,现在就剩下你一个了。从前你是师父最小的徒弟,处处都靠别人保护,现在你真的长大了,你也会照顾别人了。以后在小环和佩真面前,你就是师姐,你要好好照顾你的这两个师妹,更要好好照顾自己,听明白了吗?"

乔锦月摇摇头,不禁痛心:"师父,小七现在还需要师父啊,小七已经没了父亲和师兄师姐,不能再没有师父了。师父,你好好吃药养病,不要离开小七、小环和佩真好不好?"

陈颂娴无奈地摇了摇头,哀恸而言:"小七,师父不能答应你了。师父累了,师父该走了,你们不要难过,就当师父去陪你们的师兄师姐了。你们长大了,师父相信你们没有师父,也能坚强地活下去。"

"师父。"乔锦月跪在了地上,哀哀哭着,"小七对不起师父,师父养育了小七二十年,是师父教会了小七唱戏与做人,可小七什么也没有做。小七没能照顾好师父,没能让师父无疾无忧,安度晚年。"

陈颂娴摸着乔锦月的脸颊，露出了心酸又慈爱的笑容："小七，你一直是师父的好孩子，你为师父做得已经够多的了。师父命该如此，怪不得你。如今我们真的是穷途末路了，师父又染了这怪病，死是早晚的事，师父已经料到了会有这样的一天，你们不必忧伤。你们答应师父，师父走了，你们要好好活下去。"

乔锦月与小环、佩真跪在了地上，口中喃喃地哭叫着师父，却说不出任何话来。

陈颂娴望着天花板，用最后一丝力气说着："孩子们，师父累了，师父要睡一觉。这一觉过后，师父就再也不想醒来了。"说罢，她便闭上了眼睛。

"师父，师父。"乔锦月再次哀哀呼唤，可陈颂娴已然不会回应了，她已经无声无息告别了人世间。

"师父，师父，您不能离开我们呀，师恩我们还没有报答呢。"恩师辞世，小环与佩真俱跪在床前，啼哭不已。

只有乔锦月望着陈颂娴枯瘦的仪容，没有撕心裂肺，也没有歇斯底里，只是淡淡地垂着泪，不悲不喜地道了声："师父辛苦了一辈子，如今也该安息了。"

陈颂娴就这样辞世了，如今湘梦园还在的弟子便只有她师姐妹三人了。该当掉的东西都当了，如今真的已经身无分文。可恩师辞世，尸骨未寒，她们不能眼睁睁地看着师父的尸首就这样放置在那个阴凉的茅草屋，但现在已经没有钱去安葬师父了。她们必须想到办法赚一些钱，给师父下葬，以报师恩。

三个人在街上漫无目地游走，不知道能到何处去赚钱，本想到各家小铺做工赚一些钱，却都被那些势力的富人老板给打发走了，如今只怕真的要走投无路了。

"玫瑰玫瑰我爱你……"路过一家皇家音乐馆，在门外清晰地听得里面传来悠悠扬扬、飘飘荡荡的流行歌曲声。

在这国家危难之际，租界仍然有人不顾国家的安危，只管自己享乐，过着那纸醉金迷的生活。听得这嘈杂的歌声，乔锦月不禁厌恶："商女不知亡国恨，隔江犹唱后庭花。都到什么时候了，他们还只顾着纵情享乐。"

小环亦对这嘈杂声止不住地反感："他们都是有钱人，只顾着自己快活，哪里想得到国家的安危。不比我们，师父去了，却连安葬师父的钱都没有。""可是，师姐。"佩真却扯住了乔锦月的袖子，目光中透露着无可奈何，"我们真的走投无路了，这租界里的人又没有肯雇用我们做活儿的。"

"我们既然到了这里，不如进去试一试能不能靠表演赚钱，正好我们都会京戏。我也知道在这个时候表演不合时宜，可为了师父，我们也没有别的办法了。"

"这……"乔锦月沉吟了一下，细思着说，"在国家危难之际，却要到这风月场所寻欢作乐。可是……为了师父，我们也只能做这些违背本心的事了，还好我们还有一技之长傍身。那便依你所说的吧，小环、佩真，咱们进去试一试吧。"

"嗯。"说罢她们三人就一同进入了音乐馆。

"就凭你们几个？"一身阔绰的中年老板眼中满是鄙夷，"哪来的穷酸东西，你们知道这里是什么地方吗？瞅瞅你们穿的，我们这音乐馆可不是什么人都能进得来的。"

"老板，我们会唱戏，虽然我们衣着简朴，但是我们都有能力啊！"乔锦月央求道。"老板，求求您了，我们现在真的急需用钱，您让我们进去吧，我们保证会好好表演的。""这……"那老板摸着下巴，犹豫了一下，"看在你们诚恳的分上，我就准许你们吧。不过你们给我听好了，要好好给我拉拢看客，唱好了有赏，唱不好了我要你们好看！"

"太好了。"见那老板终于动摇，乔锦月感激地朝他鞠了个躬，"多谢老板，我们一定会好好表演的。"那老板看也没有多看她一眼，朝她挥挥手道："下去准备吧。"

"好。"乔锦月转过身,"小环、佩真,咱们过去吧。"

一个舞女的舞蹈结束后,就是乔锦月她们三个人的京戏。

今非昔比,这里又不是传统的京戏戏台,没有京戏的行头,也没有拉弦儿的先生,她们三个只能素身上台,靠着留声机播放的唱片来唱京戏。虽然没了从前登台的气派,但能登台总比不能的要强。唱片中的奏乐声缓缓响起,乔锦月开口:"春秋亭外风雨暴,何处悲声破寂寥……"还是那个最熟悉不过的《锁麟囊》,但早已不是当初的感觉。台下已经不再如曾经那般,一开口就响起了络绎不绝的掌声了。取而代之的,是一张张带着市侩气、满面鄙夷的脸。这里不是京戏的剧院,台下的看客也不是以往的戏迷。租界里那些奢侈的富贵太太们,爱的都是西洋的歌舞升平,很少有人能接受这样的传统京戏。

台下的冷嘲热讽声接连不断,只听得有人道:"这什么玩意啊,咿咿呀呀的难听死了。"

"我们来这儿是看歌舞的,可不是听戏子唱戏的,这可是皇家音乐馆,怎么什么货色都能进得来?"

"算了算了,实在没趣儿,咱们还是走吧。"

看客的嘲讽实在难以入耳,从前被捧着的戏角儿如今听得这冷嘲热讽心里实在难受。可戏开场了,就不能停,这是梨园的老规矩。乔锦月再伤心,也得坚持唱完这出《锁麟囊》。看客们看得无趣,三三两两地都走了,此时台下已然空无一人。

"师姐。"小环诺诺而言,"看客们都散了,我们还要继续唱吗?"

"戏一旦开唱,哪有中途停下的道理。"说着,乔锦月的眼角便已滑过一滴泪,声音中亦听不出悲喜,"师父说过,戏一旦开场,便不能停。人不在了,鬼神还在听。爹爹,师兄,师姐,他们都能听得到。小环、佩真,咱们继续吧。他教我收余恨,免娇嗔……"

面对台下空无一人的看客席,乔锦月依然不停歇地吟唱着。看似毫无波澜的婉转唱腔,却包含了太多难以诉说的忧伤。

"他妈的别唱了！"那老板一把拍断关了留声机，怒不可遏道，"我的看客全被你们弄跑了，还他妈的有脸唱，通通给我滚！"

"别拽我，放开我……"三个人被音乐馆的伙计连拉带拖地扔出了音乐馆。

"滚出去！"

三个人被重重地推倒在地上。乔锦月回过头，绝望地看着音乐馆的招牌，不多时，又响起了那西洋的流行音乐。他们该作乐还一样作乐，似乎这纸醉金迷的十里洋场，没有人会在意自己这般落魄的人儿。于这花花世界，自己本就是一个彻头彻尾不相干的人。

"师姐，我们唱不了戏，也赚不到钱了。""师父尸骨未寒，我们怎么办？"小环与佩真已经难过地嘤嘤哭泣，乔锦月心里的最后一根弦彻底被绷断，她再也支持不住坚强了，抱住小环与佩真失声痛哭。

"小环、佩真，师姐对不起你们，我们没有办法给师父安葬了。"三个人抱头痛哭，乔锦月埋在心里的伤痛在此刻彻底地迸发了出来。

终究是天命难违，或许到了穷途末路之时，便再也没有任何救赎的可能了。

- 肆 -

空山陵园。

"师父,您放心吧。"乔锦月抽噎了一下,将一束百合花放在陈颂娴墓前,"徒儿得贵人相助,终于顺利地把您安葬在这里了,您放心,小七会和小环、佩真好好活下去的。"她复又转过身,对身后一个面容和善、衣着华贵的女子鞠了一躬,感激而言:"杨夫人,谢谢你,幸而遇上了你,你愿意帮助我们安葬师父。要不然,我们这走投无路的三个人真的不知道该怎么办了。"

杨夫人扶住了乔锦月,拍拍她的手,温和道:"感谢的话不必多说了,相识一场,我又是你从前的看客,力所能及地帮助你,是情理之中。"她顿了顿,又说:"把你师父安葬在了这里,你们也能放心了。你们颠簸了这么多天也累了,一块到我家里歇一歇吧。"

乔锦月点点头:"嗯,好的,谢谢杨夫人了。"

杨家,杨夫人为款待她们三人,吩咐下人为她们做了一桌美食。小环与佩真几日未曾果腹,在饭桌前大快朵颐。只有乔锦月坐在桌前依然愁眉紧锁,茶饭不思。杨夫人看出来了她有心事,虽然不知是何心事,但还是劝着:"乔姑娘,你们几日没吃顿饱饭了,在我这儿就不必客气了,多吃点吧。"说罢又为乔锦月夹了好几道菜。

乔锦月不想让这样心善的杨夫人为自己担心,便只说:"嗯,谢谢杨夫人。"说罢,她与小环、佩真一同用了餐。

午餐过后,杨夫人让下人为小环与佩真安置了一间房子休息,并单独把乔锦月叫入自己的房间。"乔姑娘,坐下说话吧。"杨夫人把乔锦月叫到自己的身边坐下，并细细询问："忙了一天我也没来得及问你，你们为什么会走到法租界？还有你们湘梦园的人都哪去了？小顾呢，怎么你们连给妙音娘子安葬的钱都没有了？"

"杨夫人。"提起往事，乔锦月不禁感到锥心般的疼痛，哀戚而言，"你有所不知，本来一切都是好好的。但我们住的那里不比法租界，接二连三的战火打响，我们湘梦园被炸了，亲人们都被害死了，现在只剩下我们四个人。可我们住的地方不断有外族人侵袭，我们只好逃到了法租界。本来我们在茅草屋安顿了下来，可是师父病逝，我们剩余的钱也花光了，没有钱给师父安葬。我们本想在音乐馆唱戏赚些钱安葬师父，结果这里没有人肯听我们唱戏，我们被音乐馆的老板赶了出来，差一点就要走投无路了。杨夫人，幸好在最艰难的时候遇到了你，不然我们姐妹三人真的不知道怎么办好了。"

"唉。"杨夫人听了不由得阵阵叹息，"没想到这外族军竟这么残暴，我们在这里还什么都不知道呢。好好的湘梦园就这么被毁了，这样吧，乔姑娘，你们几个就留在我这里吧，我丈夫是售酒的，常年不在家，家里只有下人和我的两个孩子。我们做生意的不缺钱，养活几个人绰绰有余，你和小环、佩真就留在我这里吧。正好前几天我们这的工人好多辞职回家了，我这里又缺人手。你们可以留在这帮忙做酒窖里的活儿，这活轻松又不累，就当是我雇用你们了。你们在这里住下来，你看行不行？"

"真的吗？那太好了。"杨夫人的一番情谊令受尽苦楚的乔锦月喜极而泣，"杨夫人，你真的是锦月的贵人，遇到你真的是锦月三生有幸。我们没了家，小环和佩真已经跟着我吃了太多的苦了。本以为法租界没人肯雇用我们，我还以为我和两个师妹会生存不下去。"却没想到竟然遇到了你，我们能在这乱世安顿下来，这真是太好了。杨夫人，感谢你肯收留我们。"

杨夫人笑着为乔锦月拭去了眼角的泪水，温和说着："这段时间，你吃了不少苦吧。你看你瘦的，都和从前判若两人了，不过你不用再担心生计上的问题了，在我这儿，保证会让你和她们两个衣食无忧的。"她顿了顿，又执过乔锦月的手："虽然你现在不唱戏了，可我好歹也算是捧你挺长时间的看客了。相逢即是有缘,你也别老杨夫人杨夫人地叫我了,这样太见外了。我名字叫周敏,虚长你几岁,你不介意,就叫我敏姐吧。我以后叫你锦月,可好?"乔锦月拭去了眼角的泪,微笑着:"当然可以,敏姐,锦月真的谢谢你,你的大恩大德,锦月无以为报。"

看着乔锦月那神情,周敏不禁哑然失笑:"锦月,瞧你的这模样,这一会儿你都和我说了多少声谢了。以后你们几个就是我的妹子,姐妹之间不要这么客气了。"乔锦月感激地点点头:"嗯,谢谢敏姐……"话没说完,她便捂住了嘴:"哦,不……不说谢了。"她不禁笑了起来:"你瞧我,都不知道该怎么说话了。"周敏看着滑稽又可爱的乔锦月,点了一下她的额头,宠溺般地笑着:"瞧你这模样,还真是招人喜欢呢。"

这些日子受了这么多的苦,已经很久没有这样轻松地笑过了。

周敏这般宠溺的神情,极像昔日在湘梦园时师兄师姐们对乔锦月的宠溺。这一刻,竟然又找回了久违的温馨。

"哦,对了。"周敏又问,"锦月你还没告诉我小顾哪里去了呢,你们应该成亲了吧,话说文周社最近也不说相声了,他也不知道去了哪里。"

顾安笙离去两个月未归,那深入骨髓的思念早就让乔锦月心乱如麻,提到顾安笙,她忍不住哽咽:"敏姐,你不知道,被摧毁的不只是湘梦园,还有文周社。安笙的师娘去了,他的师父被外族人困在了海城未归,他放心不下,便去海城去救他的师父了。他走时没有说什么时候会回来,如今一去两个月,他仍然杳无音信,他是生是死,我都不知道。海城危机重重,他此去何尝不是孤注一掷,我有的时候真的想他想得快要疯魔了,可我却得不到他的任何消息。这一个又一个的噩耗接踵而来,我真的要承受不住了,我是全靠着对他的思念支持下去的。"说到此处,乔锦月的心中大为悲恸,不禁掩面而泣。周敏也叹息不已,走过去拍着乔锦月的肩,安慰她:"锦月,你别难过了。小顾吉人自有天相,你要相信他一定会平安归来的。这段时间,你就安心地待在杨家吧,我们陪你一起等着他。"

乔锦月边流着泪边点头:"好,敏姐,我相信他一定会平安归来的,我在这安心地等他回来。"

"哇……"听得里屋传出一声孩子洪亮的啼哭声,紧接着就是一个妇女的声音:"夫人,小少爷又不喝豆奶了,您来看看吧。"

"唉,这孩子。"周敏不禁叹了口气,走了过去,"你把孩子给我吧,我来喂他。"她把那个孩子接过来,走到乔锦月旁边的座椅上坐下,对那孩子温声说:"来,宝贝,娘亲亲自喂你,听话好不好?"周敏亲自喂他,他便听话地张开了嘴,大口地吮吸着豆奶。周敏不禁失笑:"这孩子,就只认娘亲啊!"

乔锦月见状也不禁笑了:"敏姐,你这儿子和你这个娘亲亲得很呢!"

周敏笑了笑:"锦月,你不是外人,我就实话告诉你了吧,其实这个孩子不是我亲生的,是我领养的。我只有一个女儿,没有儿子,看着他可怜便收养了他。这孩子跟我也是投缘得很,他见了别人都啼哭不止,就只听我一个人的话。"

这时那孩子突然扭过头来,望向乔锦月。乔锦月心里一惊,差一点打翻了手中的茶盏,这张熟悉的小脸,明明就是……难道真的是他,他还活着?乔锦月站起身,带着因兴奋而颤抖的声音问:"敏姐,这个孩子,你是从哪里领养的?"

周敏说:"他是军官带过来的,听说是从别处的战场救下来的幸存者,他的父母都不在了。当时军官正想找个能收养他的人,我就把他留下了。"

"是易之,真的是易之。"乔锦月不禁涕泪齐下,感怀道,"没想到生死一线,你还活着,师娘终于找到你了!"乔锦月走近,摸着易之的头,不由得欣喜又心酸,易之睁着圆溜溜的眼睛望着她,竟不知怎的从嘴里突然嗫嚅着冒出了一句:"师……师娘……"

"师娘,你是在叫我吗?"乔锦月不由得兴奋,"易之,你会说话了,你叫我师娘了,孩子……"她一时间百感交集,激动地流下了泪水。

周敏不明所以,看着乔锦月的神情,怔怔而言:"锦月,你怎么是他的师娘了,难道你从前认识这孩子?"

乔锦月拭去了眼角的泪,不禁感叹:"敏姐,你说这缘分真的是很奇妙,我在这里遇见了你,又找回了失去的易之。易之是安笙的搭档林宏宇大哥和茹蕙嫂子的孩子,他们夫妻二人皆是为了保护这个孩子,在一场轰炸中离世。他的母亲临终前把他托付给我们,这个孩子又被安笙收为徒弟,他没了父母,便由我们两个来抚养。后来安笙去了海城,我就把他带到了湘梦园,可湘梦园被炸的那一天,除了师父和我们三个,其余的师兄师姐全都受伤身亡了。我以为他也不在了,却没想到他被救了出来,我竟然能在你这里见到他。"

周敏这才明晓:"原来是这样,锦月,你说这孩子的名字叫易之?"

"是的。"乔锦月说,"易之这个名字是安笙给他取的,他名为易之,就是希望他能够过得容易一些,没想到他还是命途多舛,小小年纪就要和我们一起颠沛流离。"

周敏略微沉思了一下,复又说:"锦月,我从前不知道这个孩子是你和小顾的徒弟,正打算给他取名字呢。既然你说他叫易之,那以后便保留这个名字吧。他是你们的徒弟,我也不能强把他留作我的儿子,既然你在这找到了他,便让他回到你们身边吧。"

"不,敏姐。"乔锦月忙说,"既然他有幸得你收养,那便让他继续留在杨家吧。他在你这里比在我们那里能少受些苦,你待他有如亲生,是他的福气。以后你和杨先生就是他的父母,他便要随你们姓杨。你若同意,我还想让他叫易之,留一个念想,等安笙回来还会继续做他师父教他学艺。敏姐,你看这样可好?"

周敏细思了一下,含笑而言:"也未尝不可,孩子在我这里,能少受些外面的风雨。我就只有一个女儿没有儿子,以后易之就是我的儿子,他就叫杨易之。等他长大了,我会把他送到文周社让他正式拜小顾为师,在小顾回来之前,你们就全都留在我这里吧。"

乔锦月点点头,心中欣然:"如此甚好,这正是我所愿。敏姐,你真是我们几个的贵人。"

"娘亲，娘亲，我要找弟弟玩。"一个两三岁大的小女孩跑进了屋子里，奶声奶气地拉着周敏的袖子软糯糯地叫着。周敏爱怜地摸摸她的头，笑言："雅雯，弟弟在这里呢。"乔锦月看着这稚气的小姑娘，心生爱怜之意，含笑道："敏姐，这个就是你的女儿吧，她好可爱。"

"是啊。"周敏笑道，"这是我女儿，她今年才三岁。"她又对雅雯说："雅雯，这位是娘亲的妹妹，快叫乔阿姨。"雅雯听话地跑到乔锦月身边，奶声奶气地叫了声："乔阿姨好。"

"真乖。"乔锦月摸着雅雯的脸颊，心悦而言，"敏姐，你现在儿女双全，孩子又这么懂事，真好啊！"

"是啊。"周敏亦说，"在这乱世能保全家人的平安，再没有什么不知足的了。"

一晃又是一个月，已经到了初冬。这一个月来，乔锦月一直与小环、佩真一直住在杨家。她们每日的工作无非就是帮助周敏处理家中的杂务，倒还轻松自在，周敏又心善，从未亏待过她们。这种寄人篱下的日子虽然比不上从前在湘梦园的自在，但至少不再受战乱之苦，她们已经很知足了。只不过顾安笙一去三个月，仍未有归来的消息。乔锦月一直不间断地在津城打探他的消息，没有人说见到他回来，那便必然是还在海城。

顾安笙离去的时间越久，乔锦月就越忧心，他在海城杳无音信，哪怕是真的出了什么意外，乔锦月在津城也无从得知。

这种相思入骨的感觉日复一日，从来都没有间断过，她有时真恨不得插上翅膀飞去海城寻他，可现在的自己寄人篱下，小环和佩真也得靠自己照顾，她现在没有任何能力去寻找顾安笙。她偏偏又是个好强的主儿，这种相思难耐的痛楚她与谁都没有说，只能默默地在心里忍受着。

这一日，她随着周敏一同去街市上采购。街市上，只见一位说书先生坐在桌前喋喋不休地说着。围观的人不多，乔锦月在不远处很清晰地听见了他说的故事。那说书和相声算是半个同行，既然与相声有关，乔锦月便忍不住多去看几眼。周敏在布艺摊挑选着布料，她便出神地听着说书先生说着书。

- 伍 -

"话说这范喜良被秦始皇的官兵抓去修长城,一去就是好几个月啊,这孟姜女在家中等得可谓异常煎熬啊……范喜良经受不住压迫与剥削,在饥寒交迫中死在了未修建好的长城下。孟姜女在家中可是一点也不知情,还在傻傻地等着范喜良回家呢。真是可怜无定河边骨,犹是春闺梦里人哪!可怜无定河边骨,犹是春闺梦里人……"

听到此处,乔锦月的心骤然一凉,整个人几乎不受控制地颤抖了一下。猛然间,竟觉得说书先生说的春闺梦里人就是自己。顾安笙在海城未归,他是生是死,自己何尝不是与孟姜女一样毫不知情。若是顾安笙真的已经埋骨他乡,那自己何尝不是春闺梦里人?那魂牵梦萦的人儿,不会真的已经……想到此处乔锦月不禁怔住了,浑身上下无一处不灌满了寒意,好似整个人都被冰封了一样。当那个可怕的想法涌入脑海时,似乎如同一股寒流般要将她整个人吞噬。

"锦月,锦月。"周敏的呼唤把她的思绪拉回,"想什么呢,该买的都买完了,我们回家吧。"乔锦月转过头,怔怔地看着周敏,她此时脸色已经煞白成一片,额头密布着汗珠,颤抖着双手,说不出话来。

周敏被她这个样子吓了一跳,不禁大惊:"锦月你怎么了,怎么脸色突然差成了这个样子,你是不是病了?"

"敏姐!"乔锦月再也忍不住心绪,抱住了周敏,大哭了起来,"敏姐,他如果埋骨无定河畔,我现在是不是就是那春闺梦里人。范喜良死了,孟姜女还在梦中。安笙现在是不是也已经不在了,可我现在还什么也不知道,我真的什么也不知道。他是生是死,是忧是患,我都不知道,我好怕他已经不在了,而我还在梦里……"

乔锦月已经伏在周敏的肩上哭得不能自已，这一次她的情绪波动得比每一次都大。她在街上毫无顾忌地大哭，周围的路人都投来了异样的眼神。

周敏也不能见得乔锦月在街上这样公然地大哭，便抱住了她，拍着她的背安抚着："锦月，没事，别哭了啊。这里这么多人呢，有什么事我们回家再说啊！"

乔锦月缩在周敏怀里，依然啼哭不止，边哭边哀声道："敏姐，安笙他会不会已经不在了，他会不会真的已经化作无定河边骨了，那我怎么办，我怎么活啊！"

"没事的，锦月，小顾他一定不会有事的。"周敏边安慰边劝，"锦月，我们先回家再说吧。"周敏好说歹说她终于把乔锦月劝住了，她虽然克制住了情绪，不再大声啼哭，可这一路上却一直默默垂泪。回了杨家，周敏意识到了乔锦月的异样，将她送到房间后，仔细问道："锦月，刚刚在街上可是有人对你说了什么，你为什么会突然情绪失控成那样？"

乔锦月摇了摇头，无力地哀哀而言："我听到说书先生讲到孟姜女和范喜良的故事，他说可怜无定河边骨，犹是春闺梦里人。敏姐，我在津城一点安笙的消息都不知道，他在海城怎么样了，过得好不好，有没有救出师父。甚至连他是生是死，我都无从得知。他会不会已化作无定河边骨了，而我却还在这做春闺梦里人呢。"说着，乔锦月便又流下了眼泪，周敏见她这悲痛欲绝的模样，也不禁心酸。

她便拍拍她的肩，安慰着她："怎么会呢，你就爱瞎想，孟姜女是孟姜女，你乔锦月是乔锦月，不要拿古人的故事与自己混比。小顾在海城可能是被什么事绊住了，你不要急，再安心等待几天，他应该很快就回来了。"

乔锦月麻木地点头："为今之计，我能做的也只有在这里等他了。但是，敏姐……"她站起身，哀恸而言："敏姐，你知道吗？这样相思入骨的感觉我真的快熬不住了。他一去三个月，一点讯息都没有，我真怕他已经不在了……"

"不会的,别瞎说。"周敏坚决地摇头,"他不可能出事的,你想着他,他也一样在想着你,就算他为了你,也能活着回来的。三个月都熬过来了,不差这几天,你再等一等,他一定会平安回来的。"

"嗯。"乔锦月拭去了眼角的泪,吸了吸鼻子,忧郁的眼眸中闪过一丝毅然,"我相信他会回来的,我能感觉到,他现在还在这个世上,他没有离去。我相信我的感觉,敏姐,你说得对,三个月都熬过来了,不差这几天。"她顿了顿,又对周敏致歉:"敏姐,都怪我爱胡思乱想,害你担心了,你放心吧,我很坚强的,我没事。"

周敏笑着拍了拍乔锦月的手:"这样想就对了,忙了一整天你也累了,睡一觉歇一歇吧。我先回去照顾雅雯和易之了啊!"

乔锦月点头:"敏姐,你去吧。"虽然嘴上说是相信顾安笙会平安归来,但乔锦月还是免不了心里的忧思。

白天,说书先生那一句"可怜无定河边骨,犹是春闺梦里人。"在她本就支离破碎的心上又刻上一道重重的伤痕。

是夜无眠,乔锦月从床上坐起,拉开窗帘,静静地凝望天边的月色。上弦月勾勒在天边,周围没有半颗星辰闪耀。那孤独的上弦月犹如此刻的自己,既然月不是圆的,那守护她的星辰也不在了。

安笙,你在哪里,你知不知道现在我真的好想你?她摸着胸前的玲珑骰子项链,还好,它还在。钻石月项链不在了,便也只剩它了。还好,这最珍贵的情意一直被自己留在了胸前。从前说玲珑骰子安红豆,入骨相思知不知是两个人的誓言,而如今,她方才知道入骨相思的滋味,这种感觉真的把自己的心蹂躏得不能再痛了,如果可以,她情愿永远都不知道这种感觉。

夜色当空,一个人的不眠夜让人寂寞难耐。她默默打开桌子上的留声机,从留声机里传出了熟悉的曲调声。乔锦月从不爱这些在津城传唱的流行音乐,她所听的无外乎都是从前湘梦园唱过的那些京戏。"适才扫墓灵隐去,归来风雨忽迷离,百忙中哪有闲情意,柳下避雨怎相宜?"

留声机里传来了悠扬婉转的唱腔，这是她最熟悉的那出《白蛇传》。听着这悠扬的曲调，与顾安笙相识以来的种种往事映入眼帘。

"你若是青衣，我便是扇子生；你若是花旦，我便是穷生。总之，你是什么角儿，我都是搭配你的那一方。你是这天上的月亮，我便是守护你的浩瀚星辰。锦绣年华空潭月，许的是静好。"明明一切甜蜜的往事都记忆犹新，可是心中挂念的人，却不在身边了。

这《白蛇传》的曲调悠悠扬扬，让乔锦月不禁想起自己与顾安笙初次登台时的情景。那时自己十九岁，湘梦园的亲人们都还在，师兄得了急性阑尾炎，便由顾安笙替师兄与自己同台唱戏。或许就是那一刻，自己便已经对他生了情愫。一曲《白蛇传》定情，他们也与许仙和白素贞一样，戏文中的二人在断桥定情，而他们是在丽珊桥上吐露了心声，便成了彼此命中注定的那个人。想到这里，乔锦月心中猛然一凛，仿佛是想到了一些从前一直都没有意识到的东西。许仙与白素贞相爱而不能相守，最终一个在金山寺，一个在雷峰塔，隔着断桥不复相见。他们在断桥相遇，以一把油纸伞定情。而伞的谐音是"散"，断桥又含了一个"断"字，是不是从一开始，这一切便已经注定他们的结局要以悲剧收场？

他们两个演绎了这一对戏文中的苦情人，又同样在丽珊桥上定情。丽珊桥，为瑰丽珊瑚而得名，可"丽珊"的谐音是"离散"，丽珊桥，丽珊桥，就好比伞的谐音是"伞"，或许这一开始，就注定了两个人的结局是要以悲剧收场的。

现如今，便已经应了许仙和白素贞的结局，他们二人一个在津城，一个在海城。也许这一别，就真的成了此生不复相见。如今她全都明白了，两个人从相识到分散，或许这结局从一开始就是注定好了的。

二人因《白蛇传》而结缘，戏中情戏外人，却不想，戏外竟也活成了许仙与白素贞，终是难逃分离的命数。

安笙，你知道吗？从前我们说过锦绣年华空潭月，许的是静好。浮生安稳觅笙歌，愿的是安平。可谁知我们生在这乱世，这最寻常不过的愿望，却成了我们永远都实现不了的梦。你我都向往柳梦梅与杜丽娘的终成眷属的美满爱情，却不想最终我们还是活成了许仙与白素贞。

丽珊桥，离散桥，或许那年夏天的梨园初见，便注定了这一生的辗转流离。想到这里，绝望贯穿了她的整颗心，她整个人几乎失去了全部的气力，扑倒在了桌子上。

只闻"哐当"一声，竟把留声机扑到了地上，摔个粉碎。

她也无力地瘫倒在了地上，在这寂寂黑夜里，号啕大哭了起来。这哭声比任何一次都要大，比任何一次都要难过。这一次她真的是歇斯底里，这种绝望的痛，已经痛彻了她的整个心扉。

"锦月，怎么了？"周敏在隔壁的房间里，听到乔锦月撕心裂肺的哭声，忙穿着睡衣跑到了乔锦月的房间。见她坐在地上，失声痛哭，忙上前把她扶起来，拍着她的肩安慰着："大半夜的不睡觉在这瞎想什么呢，不是都说了没事了吗？听话，不要瞎想了，快去睡觉吧！"

"不是的，敏姐。"乔锦月整个人已经瘫倒在了周敏的怀里，绝望地摇着头哭着，"事到如今，我才明白，原来我和安笙从一开始，就注定了会有今天这样的结局。我们都向往柳梦梅与杜丽娘成就的人间佳话，但是最终我们都逃不过许仙与白素贞的结局。丽珊桥，就是离散桥，从一开始就注定结局会是离散的。我们真的命该如此，这离散的命运，是逃不掉的。"

周敏未尝听得懂乔锦月模棱两可的言语，只当她是伤心过度地胡言乱语，也只能继续安慰她："什么白素贞，许仙，丽珊桥的。你就是你，他就是他，你安安静静在这里等待，他总有一天会回来的。"

"不会的。"乔锦月只剩绝望，"这结局是一开始就注定好了的，我们谁也逃不过。"此时此刻，她已经伏在周敏的肩上哭得不能自已。

"丽珊，离散，这是缘，何尝不是劫？哪怕情深入骨，却也在劫难逃，所有的相知相爱，只能当作镜花水月一场梦。"

余下的日子，乔锦月都是在以泪洗面中度过的，于她而言，这个世界上除了顾安笙平安归来,似乎没有什么能让她开心起来的理由了。

在酒窖中做工的她,总会疯狂地干活,把自己累得精疲力竭到没有力气去想他。她也时常会借酒消愁,在醉了的时候麻痹自己不去想他,可是越醉就越想他,这时便又会心痛断肠。若不是对顾安笙的归来还有一丝希望,她真的不想再这样庸庸碌碌地活在这个世界上了。

这样如同蛊毒的相思,几乎已经把她折磨到了颓废。她何尝不想如楚沐歌一般,去远方寻找自己心中的那个人,但现在的她寄人篱下,没有任何能力去往海城。

小环、佩真和周敏看她这个样子,难免心疼在心里,却没有任何办法劝得了她。

"锦月。"乔锦月正在酒窖中清点数目,周敏突然走了进来。

"敏姐?"乔锦月将册子放下,擦拭了下头上的汗水,转向周敏,不禁惊奇,"这个时候你不是应该在陪雅雯和易之吗,怎么来这了?""我把他们两个交给保姆了,我来看看你。"周敏看着乔锦月憔悴的面容,替她拂去了蓬乱的发丝,心疼道,"这里的活又不多,别把自己搞得这么累,该歇的时候歇一歇吧。你看你,这没几天你又瘦了。"

"没事,我不累。"乔锦月摇摇头,"只有在这多干些活儿,忙起来,才能不想……"话到此处,她的心猛然痛了一下,便戛然而止。那让她痛苦的相思,她没有勇气再说出口。

周敏亦滞了一下,复又拉过乔锦月的手:"锦月,我来是有事要和你说的。你先别干活了,咱们去厅里吧!"

乔锦月不由得怔了怔:"敏姐,什么事这么急,非要现在说啊?"

周敏没有问乔锦月的意愿,拉起她便出了酒窖:"你先别问了,一会儿到厅里再和你细说。"周敏把乔锦月拉到了厅里,见小环与佩真都在,她们两个皆是一脸肃穆,乔锦月一头雾水,怔怔而言:"敏姐,这是做什么啊?"

"有个东西要给你。"周敏说着便从首饰盒里拿出一条项链,交到乔锦月的手上："这是你的东西吧,是时候该物归原主了。"

"天哪,这……这个怎么会在你这里?"那正是被乔锦月当掉的钻石月项链,本以为再也见不到它了,却没想到竟有一日它还能重回自己手上。把它捧在手里,只觉得有万斤重,乔锦月不禁欣喜又心酸地落下了泪。

"唉。"周敏叹了口气,深沉地说着,"这条项链的事,小环和佩真都和我说了。我知道这条项链对你很重要,就去当铺把它赎回来了,幸好它还在,这次终于物归原主了。现在回到了你的手里,你可要好好保管它。"

乔锦月感激涕零:"我万万没有想到它还能回来,敏姐,谢谢你。"

周敏拍拍她的肩,轻声说:"拿回来了就好,别哭了。"她顿了顿,又说道:"我把你叫过来要对你说的不只是这一件事,还有一件更重要的事。"说罢她又把桌子下的行囊搬到了桌子上,对乔锦月道:"锦月,东西我都给你准备好了,去做你一直想做的事吧!"

乔锦月看着那厚重的行囊,更惊异:"敏姐,这是?"

周敏深吸了一口气道:"锦月,你这些日子是怎么过来的,我们都看在眼里。我们实在不忍心看着你再这样以泪洗面地活着了,我和她们两个商议了一下,给你准备好了行李和钱。你去海城寻找小顾去吧,小环和佩真留在这里,我替你照顾她们。你放心大胆地去吧,不要担心这里,至少这样,你就不会再这么郁郁寡欢下去了。"

听到周敏的这个决定,乔锦月的整个脑袋都是蒙的,她看了看小环与佩真,又看了看周敏,迟疑道:"敏姐,你……你真的准许我去海城?"

周敏点点头,不禁红了眼眶:"我自然是放心不下让你去那龙潭虎穴,但若是你一日见不到小顾,便会难受一日,我实在看不得你再这样下去了。不过你要记得,你到了那里后,一定要小心为上,千万不要落入贼人的手里。"

乔锦月不禁感动得热泪盈眶，抱住周敏，哽咽着："敏姐，你就像是锦月的亲姐姐一样，事事都为锦月打点得那么周全。这份恩情，锦月永世难忘。"

说到此处，已然泣不成声。

周敏拍着乔锦月的背，深深而言："去吧，妹妹，去找你的心上人吧。择个日子我们就送你启程，不过你要记得，你在津城一直都有亲人的。"乔锦月紧紧地抱着周敏，啜泣着："你们永远都是我的亲人！"

"师姐。"小环走上前，亦哽咽着，"你要是寻到了顾公子，一定要快些回来，我们在这等着你。"佩真亦啜泣着："师姐，你一定要平安，我们和敏姐在这等着你和顾公子。"

乔锦月拍拍二人的肩，不由得垂下了泪，心酸而言："湘梦园的人就剩下我们三个了，师姐不在，你们两个一定要听敏姐的话，照顾好自己。"她说罢，又对周敏说："敏姐，她们两个是我在湘梦园仅剩的两个亲人了。锦月最后求你一件事，请敏姐替锦月照顾好她们，敏姐的恩情，锦月没齿难忘。"

"你放心。"周敏点点头，坚定地说，"她们两个和易之，我都会好好照顾的。你放心地去吧，我们所有人都在这里等你们。"

乔锦月毅然："敏姐，待我寻到安笙，把他带回来时，一定会回到这里，和你们永远不分开。"

次日，乔锦月便收拾好了行囊，辞别了周敏和小环、佩真，坐上列车去往海城。从津城到海城的列车几乎要坐一天一夜，嘈杂的列车上充斥着男女老少的各种声音，可这熙熙攘攘的人群中，却没有一个自己认识的人。

这喧闹声中隐隐透着的孤独，一点一滴地吞噬着乔锦月寂寥无慰的心。此番去往海城，乔锦月的心里是忐忑的，她何尝不知道海城被外族人潜伏，境地比津城还要危险。这样的龙潭虎穴，只怕稍有不慎就会失了性命。可那深入肺腑的思念让她实在难以忍受，哪怕再艰难，哪怕前方是刀山火海，她也一定要去找他。顾安笙一去三个月，生死未卜。虽然她的直觉告诉她,顾安笙还在这个世界上,但她还是怕,怕她到达海城的时候顾安笙已经不在了,而她终成了未亡人。

临别时,周敏给了她足够的银钱,并反复地叮嘱她,在海城这样人人趋炎附势的地方,一定要小心谨慎。虽然她有了足够的银钱让她足以在海城安身,可毕竟自己这样一个二十几岁的姑娘,独自一人去往举目无亲的海城,内心还是惶恐不安的。

任何寻找顾安笙的头绪都没有,更别提会有人相助。如何才能寻到他啊,一切的一切都是未知数,这些大大小小的困扰,让临至海城的乔锦月心乱如麻。

第九部分

生死依

第二十七章

天涯海角寻故人

- 壹 -

一天一夜的列车时间,终于在深夜抵达了海城。

下了列车,乔锦月整个人都是迷茫的,海城是真的很磅礴,比津城还要磅礴,这里富丽堂皇、纸醉金迷,不知是多少达官贵人的栖息之地。看着这灯红酒绿的海城滩,乔锦月不由得身上阵阵发寒,也许像自己这样的人,本就不是真正地属于这样的地方。

"轰隆!"只听得一声震耳欲聋的雷鸣,仿佛是在预示着未来道路上的暴风雨。知道要下雨了,乔锦月便不再冥想,拎着行李箱,到了最近的一家旅馆住了下来。空荡荡的旅馆内,只有她自己一个人,在这富丽堂皇的海城,她亦是孤独一人。

家乡是津城,相隔数万里,心上人在此处,却不知从何处寻找。偌大的房间内,她不觉感到阵阵的孤独。

"轰隆隆，哗啦啦……"

电闪雷鸣后便开始了狂风暴雨，初至海城，便遇上这样一个鬼天气。这狂风暴雨，是否和丽珊桥一样，是一种无言的预示？是否自己在海城寻找顾安笙的道路上，布满了这样或那样的荆棘？乔锦月不想去想，更不敢去想，她生怕这些念头的产生会让自己无力去寻找顾安笙。

眼看着风雨越来越大，这惊雷滚滚几乎震耳欲聋，乔锦月不禁心惊肉跳。自幼她最怕的就是这样的雷雨天气，每当黑夜遇到这样的雷雨，她都会吓得缩在师姐苏红袖的怀里，听师姐为自己讲故事，以此来缓解这种惊惧。而如今，师姐已经不在了，但她对雷雨天气的畏惧却仍然和从前一样，可是不再会有人安抚她为她讲故事了。

她忙拉上了窗帘，躺在床上，用被子蒙住了头。使自己不去听不去想，便不会害怕，不会难过。可是她还是忍不住想起小时候的雷雨天，自己躲在师姐怀里听师姐讲故事的情景。可是师姐已经去了，她不可能再回来了，她永远地去了。她越是控制自己不去想，便越是怀念苏红袖，这种怀念让她心如刀绞，只能在被子里默默地流着泪，任由泪水打湿枕被。不知何时，她已然带着泪痕睡去。

梦中，她找到了顾安笙，并和他一起回到了津城。这时候，已经没有战争了，一切都是一片祥和。他们又回到了湘梦园与文周社，师父和师姐那些亲人都还在，又回到了以前的其乐融融。她和顾安笙举办了一场盛大的婚礼，她终于以一身凤冠霞帔嫁给了顾安笙，许诺了这一生，再也不会分离。

"轰隆隆……"

又一声震耳欲聋的雷鸣把她从美梦中惊醒，她猛然睁开眼，坐起身，方才知晓这一切都是一场梦，一场最美满，亦是永远不能实现的梦。梦里一切都是美满的，可现实却残酷得让人无能为力，如果这样，她宁愿沉醉在这个梦里，永远都不要醒来。梦境越美好，现实就越残酷，殊不知醒来后将要面对的，是炼狱。哪怕前路再凶险，也只能是自己一个人在斑驳的岁月中踽踽独行。想起被毁的家园，想起逝去的亲人，想起生死未卜的顾安笙，她不禁抱住了孤枕，在这电闪雷鸣中失声痛哭。这种心如刀绞的感觉已经成了习惯，无论再怎样痛苦，那些美好的时光也不复存在了。

她不知是被这惊雷声吓得哭泣，还是回想往事心中悲恸，她只知道这种感觉痛到了骨髓深处。她也明白，再大的惊雷，再深的畏惧，在这举目无亲的海城也不可能再有人来安慰她，陪着她一同面对了。

恍惚之间，她竟然看到了顾安笙坐在自己的床前，对自己含笑："月儿，别怕，有我陪着你，什么也不用怕。"

他的笑容还是和以前一样温和，让人如沐春风。

"安笙！"她刚伸出手想要摸顾安笙，顾安笙便已然从面前消失了。她怔怔地望着那个方向，泪水倾泻而出，这一切都是自己的幻想罢了。思绪飘飞，她不禁想起了三年前的那个封箱。那时候所有的亲人都在，津城也没有沦陷。还是一个一样的雷雨天气，她被困在了文周社无法回到湘梦园，便住在了文周社里。因为害怕雷雨，顾安笙便陪了她一整夜，陪她漫聊到彻夜，直到她在雨夜中沉沉睡去。

而如今，亦是同样一个雷雨夜，想要他像三年前一样，陪着自己度过这雷雨夜，已然成虚妄了。

果然，乱世之中，锦绣年华空潭月，浮生安稳觅笙歌，是永远都不能实现的梦。雷雨过后的清晨，是一个没有太阳的阴天。乔锦月不知在何时，从哭泣中睡去，也许是疲惫得过了度，便不知不觉地睡去了。醒来时，天已经蒙蒙亮了。她简单地梳了妆，换了衣服，出门去寻找和顾安笙有关的线索。

这一次她没有再穿着从前那样的中式衣衫，而是换了如今达官贵人最风靡的西式衣裙，发髻也是西式的。她的面容本精致，无论穿着什么样的服饰，天生的丽质都是遮掩不住的，可这样奢靡的穿着，她偏偏不喜欢。这一身衣服，是临别前周敏送给她的，周敏对她说，在海城这样趋炎附势的地方，如果看起来太寒酸，是会受欺负的，所以不能再像以前那样打扮了。哪怕是她再不喜欢，也得这样穿着。出了旅馆，她整个人都是迷茫的。想去找顾安笙，可都不知道该怎样去找，在这偌大的海城中，人生地不熟，竟一点头绪都没有。没有吃过早餐的她，此时腹中空空如也，她茫茫然走进一家餐馆，准备先吃些早餐果腹，再去捋清这些头绪。

进了餐馆，她只要了一碗普通的热粥。这个时候吃什么东西都只是为了果腹，以至于不让自己体力空虚，如今腹中满满的心事难解，她也没有什么尚好的食欲。

阴云密布的天气，餐馆中的客人寥寥无几。吃过早餐，正当要出餐馆时，正巧一张糊墙的报纸被寒风吹得掉落了下来。

乔锦月本能地将报纸拾起来，本想放回原位，可当她的目光扫视到报纸上的新闻时，心竟猛然一震，瞠目结舌地站在此处再也无法移步。报纸已经是几个月之前的了，那一天的新闻头条的标题是"相声角儿胡远道宁死不屈，毙命于外族人手下"。

几个乌黑的大字，如同利刃一般戳在乔锦月的心上。此时此刻她只觉得万箭穿心，不知不觉已经从眼角溢出了泪水，握紧了手中的报纸，无力地蹲在街角低声啜泣。在这人来人往、人情冷漠的街道上，没有人注意到街角黯然神伤的她。

已经两个月了，胡远道已经离世两个月了，到如今自己才知道。顾安笙没能将胡远道平安救回津城，他最终还是客死他乡。

不过也好，胡远道与柳疏玉是在同一时间离世的，这样，至少他们两个已经在九泉之下相会了。可是，胡远道已经不在了，那顾安笙又会在哪里？胡远道被外族人残害，而顾安笙又迟迟未归，他不会也落在了外族人的手里难以脱身吧？

乔锦月拭去了眼角的泪，站起身，意识到现在不是该伤心的时候，眼下最重要的事，是找到顾安笙。

胡远道离世的消息让她心中忧虑更甚，怕只怕顾安笙与胡远道一样遭遇不测，不过她直觉顾安笙还在世，而且就在这偌大的海城中的某一个角落里等着她。只要她肯用心去寻找，就一定能找到他。手中摩挲这一份已经泛黄了的过期报纸，脑中突然一闪，有了主意。

如今大大小小的事都刊登在报纸上，不如去报刊亭把这三个月各个报社的报纸全都买下来，从新闻中寻找和顾安笙有关的消息。她刚刚想到了这个主意，没有彷徨，立即就去了报刊亭。她在报刊亭里买下了近三个月的全部报纸，拿回了旅馆，一一去查探与顾安笙可能相关的消息。

这几个月的头条新闻，大多都是哪里开战了，又有什么人伤亡了之类的消息。这不太平的海城和家乡一样，被外族军潜伏后，百姓的生活水深火热，日日处在担惊受怕之中。

当她拿着一份两个星期前的报纸，看到当天的头条新闻时，心中猛然一凛，双手竟止不住地颤抖了起来。不会是他吧！难道这真的是他？这不像是他，可这身影又太像是他了！

乔锦月捂住了胸口，眼中蒙上了一层泪水，模糊了清晰的视线。那报纸头条新闻的标题是"卧底扈星辰身份暴露，身陷囹圄"，这标题和这对应人物的身份，与顾安笙没有任何干系，可是这照片……那是一张模糊不清，只有一个背影的照片，可是那背影，却和他那么相似。不只是相似，那就是他啊，乔锦月是不会认错他的背影的，这个世界上怎么会有第二个人，有着如此相似的身形？那照片上的背影，瘦削而又落寞。他没有穿着以往的大褂，而是时兴的西装，可他那与生俱来清冷的气质是任何衣着掩盖不了的。他究竟是经受了怎样的苦楚，又熬过多少相思难耐的夜晚？这身份，这名字，又是怎么回事？为什么这名字会是扈星辰，他又是怎么成了这里的卧底？

这一切的一切，都让乔锦月想不通亦猜不透，这身份和名字的更改，完全不在情理之中。有一瞬间，她在想，会不会是自己太过于思念顾安笙而认错了人。可当她再次凝望着照片上的背影，很快就打消了那个念头，这样的身形在这个世界上是不会有第二个人的，这必然是他，哪怕这一切不合情理，但这背影终究是骗不了人的。

如今，这个扈星辰还在外族人地盘中，既然知道了他的所在地，一切目标便也有了方向。

乔锦月决定，要潜入外族人的地盘去寻找他，无论扈星辰是不是他，她都要去，只有亲眼见到了才能让自己安心。她也知道，若顾安笙真的落入外族人的手里，以她现在的力量想救出顾安笙无异于螳臂当车。但是，哪怕前方是龙潭虎穴，只要是为了他，再危险她也要去。她也知道，外族人在海城建立的基地，国人要想方设法潜入，是难上加难。就算是自己能够到达那样的地方，恐怕也未必能够那样容易的就能见到他。但为了他，哪怕前路是刀山火海，她也一定要去。

外族傀儡办公厅，是外族人在海城建立的基地。这让人闻风丧胆的地界，没有哪一个国人是会愿意靠近的。

这里的工职人员大多都是外族人，办公厅的戒备又十分森严。乔锦月在门口徘徊踱步，想不出任何办法混进去。

"放开我，放开我！"

"吵死了，闭嘴！"

听到了一阵嘈杂声，乔锦月忙躲到了围墙后。她从围墙后小心翼翼地探头望去，只见一个身着黄绿色军服的外族官兵抓着一个十六七岁少女的衣领，将她重重地摔在了石级上。

"放开我！"只见那少女衣衫褴褛，跪在石级上哭叫道，"我才不要跟你们走，我是国人，我才不为你们外族人做事！"

"少废话！"那外族官兵一脚踹在了少女的肩上，少女整个人都磕在了石级上，那官兵恶狠狠地骂道，"贱人，你给我老实点。"

"能为我们大帝国做仆从，是你的福气，少给我在这咿咿呀呀的，你要是不听话，老子打死你！"说罢，他又伸手去掏衣服上的口袋，掏来掏去，似乎并没有找到要找的东西。他十分不耐烦地骂道："他妈的，把钥匙落那头了。"

"贱人，你给我老老实实地在这等着，你要是敢逃，我让你全家给你陪葬！"说罢他便朝着相反的方向离去，只留少女一个人趴在地上绝望地哀哀哭泣。

乔锦月见那少女着实可怜，又见四周无人，便走上前将少女扶起来，替她弹去了身上的灰尘，劝着："姑娘，别哭了，趁他没回来，你赶紧逃吧。"

那少女看向乔锦月，绝望地摇摇头："姐姐，谢谢你的好心，但我不能逃。无论我逃到哪里，他们这些外族官兵都会想方设法地找到我的，我若是就此逃了去，他们会让我的家人生不如死的。"

"什么？"乔锦月听了不禁蹙眉，"这外族贼寇怎么这么狠的心，姑娘，你能告诉我这究竟是怎么回事吗？"

那少女滞了一下，细细打量一下面前的乔锦月："姐姐，你是外乡人吧，外族人在海城的行事作风，在整个海城无人不知，无人不晓。他们在海城殖民不成，还偏抓像我这样年岁的女孩，到他们的地盘为他们做下人。可我们是国人，谁会愿意为这些强盗做事，但是不去不行啊，我若不去，他们就会拿我的家人开涮。我的娘亲病重，弟弟还年幼，我又被他们抓到了这里……"说到此处，少女已经泫然欲泣。

乔锦月不禁起了满腔的怒火，握紧了拳头，愤恨而言："这些无恶不作的外族人，在这里作威作福，却要我们的百姓受苦！"

"姐姐！"那少女急忙道，"他马上就要回来了，你快走吧，若是他看到你，你这样年轻貌美的姑娘一定会被他们抓去做下人的。"

"抓我？"乔锦月怔了一下，她不正是想要进去而不知该如何混入吗？如若能被他们抓进去做下人，以下人的身份潜伏在办公厅并寻找顾安笙的下落，何尝不是遂了自己的心愿？

她见这少女因为被捕而困苦，而自己又想进而进不去，于是心生一计，对那少女说："姑娘，你不用发愁，我有一个主意。趁那个外族人还没有回来，我和你把衣服换了，我替你进去做下人。他未必记得清你的容貌，他若把我当作你带了进去，你就可以回去照顾你的娘亲和弟弟了。"

"姐姐，你疯了吧！"那少女不可置信地看着乔锦月，"你竟然要替我去做外族人的下人，你不知道在那里会遭受什么样的奴役，你竟然……"

乔锦月无暇与她解释顾安笙的事,便随便扯了个理由:"我的亲人在里面做事,我要进去寻找我的亲人。眼下那个外族人怕是快要回来了,我来不及和你多解释。你若是同意,我们就马上换衣服;若是你不愿意,我就另谋他策。"

"我愿意,我愿意。"能够逃出外族人的魔掌,少女自当乐得愿意,她也管不得乔锦月有何种目的,忙点头道:"只要能逃得出去,我当然愿意,谢谢姐姐。"

"好。"乔锦月与那少女换了衣服,那少女便匆匆离去。她把自己的发髻弄得蓬乱,装作绝望无助的样子,伏在石级上。

那个外族人取了钥匙回来,也未曾留意少女被人调了包,便带着乔锦月走了进去。

"你叫什么名字?"一个阴暗潮湿的仓库,管事登记的中年外族妇女问道。

"我……我叫小月。"乔锦月犹豫了一下,为自己想了一个化名。

"下去吧,下一个,报名。"

乔锦月依言退到了后面。在这狭小的仓库里,聚集了好多与她年岁相仿的少女,无外乎都是办公厅做事的下人。有的是被抓来的本国人,还有一些是他们带来的外族人,个个都面色严峻,噤若寒蝉。乔锦月见了这场面,也不由得心里发寒。

那满脸横肉的中年外族妇女登记完新人的名字,用鞭子重重敲了一下墙壁,厉声而言:"都给我站好了,我看谁敢不老实!"

少女们纷纷低头而立,不敢多发一言。

那中年妇女在一行少女之间来回游走,打量着一个个少女,口中说:"今儿来了不少新人,我瞧着一个个都挺老实的。一会儿我给你们分配任务和住所,你们给我好好干活,不许给我惹是生非。你们要敢跟老娘耍花招,我要你们吃不了兜着走,听到没有?"

"是！"少女们纷纷答道。

中年妇女又说："清梦，你出来。"

只见一个面容清丽、神色清冷的女子从一行少女中走出，她脸上显现着一种不符合身份的淡然与超脱。她那洁白的衣衫与那清冷的面容相得益彰，她这般遗世独立的身姿在这一行唯唯诺诺的少女之中，大有鹤立鸡群之感。

那中年妇女对她说："清梦，你也是咱们这儿的老人了，就你来给这几个新人分配活儿吧。"

"是。"清梦只简短地道了一个字，便走了出去，对那一行少女道："随我来。"她头也没有回，就走出了仓库。那些少女面面相觑，愣了一愣，便随着清梦走了出去。

乔锦月被分配到了领地办公厅干活，每日的工作就是给外族官员的擦桌子扫地之类的活儿。为外族人这样低声下气地做事，是乔锦月最难以忍受的事情。让她为这些残害同胞的强盗做事，比杀了她还要让她痛苦。但是为了顾安笙，她必须在这里忍辱负重，哪怕心里再恨，也得这样受着。好在做这个活儿的任务不算太重，而又可以近距离地接触外族人，随时可以从他们那里探听到有利情报。干了一天的活儿，乔锦月带着一身的疲惫回到自己的房间。这下人住的房间潮湿又阴暗狭小，一走进去就会让人感到浑身不适。

她刚走进房间，只见一个女子坐在床边，背对着她，她推开门，那女子也没有多看她一眼，仿佛是在沉思些什么。既然是一同在此地的国人，又同住一间屋，乔锦月便想着去与她打个招呼。她走近，轻轻拍了一下那个女子的肩，问："姑娘，有幸同寝，你好啊。"

"走开！"那女子冷冷地拂去了乔锦月的手，转过身，厉声道，"做你自己的事去，别碰我！"

乔锦月不禁怔了一下，没想到自己的热情竟换得她的冷言相对。当她转过身时，乔锦月看清了她的容貌，这棱角分明的个性与那清冷的容颜别无二致，她惊道："是你啊，清梦！"

"别和我说话!"清梦瞥了乔锦月一眼,冷冷而言,"你放着好好的国人不去做,竟与人调包,偏到这里做外族人的走狗,你以为凭你的姿色,真能和他们攀上关系?不管你什么心思,做出这等事必是唯利是图之辈,你不配为本国儿女,别和我说话。"

"你……你都看到了?"乔锦月不禁吃了一惊,原来她与那少女调包之事,清梦都看到了,她必然是误会了乔锦月的用意,才会对她冷言冷语。乔锦月便只好说:"我与人调包是事实,但我到这里不是……"

"闭嘴,用不着和我解释。"清梦转过身,背对着乔锦月,语气仍然凛冽,"用不着和我解释,做了就是做了。你什么心思我没兴趣,你干自己的活儿,别想在这巴结我!"

清梦这态度让乔锦月大为诧异,若说是为外族人做事的国人,自己现在的确是,可她清梦又何尝不是。乔锦月上前了一步,暗暗称奇:"你说我是国人为外族人做事,可你现在不也是一样吗?"

"闭嘴,不用你管!"清梦转过身,脸上的怒气显而易见,似乎是乔锦月说了什么,戳中了她的痛处,她红了眼眶,凛凛道,"你知道我们这些国人在这里过的是什么日子吗?你偏要为了荣华富贵,把自己送到这些贼人的手里!"

乔锦月怔了几秒,她这得理不饶人的咄咄逼人,竟让乔锦月不知该说些什么。

二人对视了一秒,清梦便移开了视线,走到她自己的床位坐下,淡淡而言:"你放心,同住一屋,我不会为难你。你没事也别和我说话,我不想和你这种人为伍。"

这清梦的言行举止颇为古怪,乔锦月实在摸不着头脑。反正自己此来的目的是寻找顾安笙的下落,也无心与她结交,只当她是个脾气古怪的人,不去招惹便罢了。她言辞犀利,乔锦月也不愿再多和她说话,便走到了自己的床位上坐下。此时她口渴得很,见桌子上正巧有一个简陋的茶壶,便提起茶壶准备倒一杯水。

"啊！"哪承想这个水壶是个漏的，她刚提起水壶，那滚烫的热水便洒了她一身，她痛得尖叫了一声。

"你干吗？"清梦见状忙走过去，见乔锦月的手已经被烫出了水泡，急忙说，"你被烫伤了，快用冷水敷一下。"

清梦四周环顾了一番，这狭小的房间中并没有凉水，她也只能说："在这等我一下。"便飞快地出了房间。留乔锦月一个人怔在原地，这清梦待人冷漠，可自己受伤时她的关心又不像是假装的，这古怪的行为实在让人匪夷所思。不多时，清梦便端来了一盆冷水，走到乔锦月身边，抓起她的手便放入了凉水中。

顷刻，乔锦月手上的烫伤便不再像刚刚那样灼热地痛了。清梦问："怎么样，好些没有？"

乔锦月点点头："好多了。"

清梦又从自己的抽屉里拿出一盒小药膏，递给乔锦月："这个药是治疗烫伤的，你每天早晚各涂一次，不出三天便可恢复。"她顿了顿，又看向乔锦月桌子上那个漏了的壶，将它拿走放在自己的桌子上，又把自己桌子上的壶放到了乔锦月的桌子上。她叮嘱乔锦月："这个壶是坏的，你不会用，我就把它拿走了。你用这个吧，这个是完好无损的。"

这清梦虽然冷言冷语，可心肠却很好。在异乡得到如此关怀，哪怕她是冷言冷语，乔锦月还是感到了一阵温馨，对清梦微笑而言："谢谢你，清梦。"

清梦还是那凛然的神色，看都没有看乔锦月一眼，便走回了自己的床位，还是那个冷漠的语气："睡吧！"

乔锦月望着她那茕茕孑立的背影，不禁失笑道："其实你是个善良的人，却为何要在人前端出一副冷漠的模样呢？"

清梦已经躺在了床上，闭着眼睛，冷冷而言："我帮你只是不想让你给我添麻烦，你别以为我是为了你好。要不是看在我们住一个房间，你这种人就活该被烫死。"

清梦终究是不肯承认她的热心，还是这样犀利的言辞。清梦这样的性子倒还真是让乔锦月猜不透，既然她不是个恶人，那便也没有什么能够阻碍到自己的。乔锦月知道清梦是刀子嘴豆腐心，她不愿与自己说话，那便也无须多问了。忙了一天也很累了，乔锦月也躺在了床上睡了去。

这几天乔锦月一直在外族军官的办公厅干活，在办公厅谈论工作的人，都是外族基地权势较大的官员，大多也都会说汉语。

乔锦月在干活的时候，偶尔能听到他们提到相关的政事，他们只当乔锦月是个什么都不懂的穷人女子，在她面前谈论这些也毫不避讳。

这几天，乔锦月探听到，他们抓捕扈星辰入狱，是因为扈星辰作为卧底人员对他们执行的任务造成了很大的破坏。可扈星辰是一个可造之材，就这样把他处死实在可惜，所以他们正在劝降扈星辰，让他永远地留在外族人的领地，并且为外族人效力。她还探听到了扈星辰所在的牢狱，不过那个地方戒备森严，除了外族军官和打扫的下人没有人能进得去。而自己这样的身份，是不可能光明正大地走进去的。她这几天一直在苦思主意，如何才能进得去那个地方，找到扈星辰。

这些天，白天忙忙碌碌的，时间过得很快，也没有时间去难过，去思念。可是每当晚上回到房间，自己一个人的时候，那种带着心痛的思念就会如狂风暴雨般地袭来。

在这里，始终是孤身一人，无论做什么，始终是自己一个人面对。

白日里干活忙碌，没有人能和自己说话。到了晚上回到房间，同住一间房的清梦性情又冷淡，亦从来不与自己多说一句话。

哪怕她再坚强，在举目无亲的海城中终究是孤独的，每当安静下来，没有人的时候，那些思念便会腐蚀整颗心。

- 贰 -

这一天晚上回到房间，清梦也不在，就只有自己一个人。她走到了窗边，望着窗外默默出神。思绪飘飞，流转到从前，竟想起了那时在湘梦园唱戏的时候。自从外族袭进家园，她便再也没有登台唱过戏了，到如今，湘梦园也毁了。身在他乡，那些美好的时光总是格外让人怀念。自己有多久没有唱戏了？大概已经好久好久了吧。

那些熟悉的曲调仍然萦绕耳畔，但若再想一袭水袖，粉墨浓妆登台，怕是再也不能了。可是那些师父手把手教的戏，此时此刻是多么怀念啊！望着没有人走过的窗口，乔锦月不由自主地缓缓开口，唱起那悠扬婉转的曲调："良辰美景奈何天，赏心乐事谁家院……"

此情此景，再唱起那熟悉的《牡丹亭》，便是别有一番滋味了。再无看客聆听，此时此刻便只能自己唱，自己欣赏了。一曲《牡丹亭》唱毕，只觉得有些口干舌燥，她转过身，正欲倒一杯水。却不知清梦何时已经进了房间，正在自己身后，意味深长地看着自己，那空灵的眼眸中闪烁着复杂的光，有讶异，有不可置信，似乎还有莫名的亲切。

"清梦？"乔锦月被这不知何时出现在自己身后的清梦吓了一跳，也没有注意到她那复杂的眼神。她少言寡语，乔锦月也不愿与她多说，只淡淡地道了句："你回来了。"就兀自回到了自己的床位。

"站住！"清梦一声喝令制止住了乔锦月，那凌厉的目光如刀子一般，直直盯着乔锦月，厉声而言："你究竟是什么人？"

"我就是我，还能是什么人。"乔锦月似乎已经习惯了清梦的疾言厉色，也没有与她多解释，便走了过去。

"站住！"清梦一只手拉住乔锦月的胳膊，另一只手的衣袖朝乔锦月挥去，这动作像极了京戏中刀马旦的功夫，犹好似对乔锦月的试探。乔锦月出自本能，亦用刀马旦的功夫躲过了清梦的袭击。清梦似乎还想要继续袭击，却被乔锦月用刀马旦的功夫制止住了。

双双对视了几秒，都没有再动声色，见清梦没有再袭击自己的意思，乔锦月便松开了手。二人对视之间，竟然闪烁着同样复杂的目光，仿佛在这一番打斗中，已经知晓了对方来意。

"你学过戏？"二人几乎异口同声地问出了这句话。

乔锦月与清梦同时一怔，俱是满面讶异，没有一方先回话。沉默了几秒，乔锦月思忖一下，先开了口："是的，我是学过戏，我是外乡人，自幼做的就是京戏的行当。你呢，看你的功夫，你也学过戏？"

清梦眼中仍然带着质疑，不可置信地看着乔锦月，凛凛道："你不做你自己该做的事，混入这外族所占领的地盘，究竟是要做什么？"

"我……"乔锦月微微语塞，以清梦这样的性子，是不可能听完自己的解释的，就算她肯听，她也不会信。她便只得叹了口气，沉沉而言："我到这里必然是有原因的，此事说来话长，只怕说了你也不肯信。"

清梦幽幽转了一下眼珠，略微思忖了一下。"你过来。"她伸手拉过乔锦月，不管她是否愿意，就拉她到自己的床上坐下，并说道："你究竟是为了什么来这里的，你把事情一五一十全都告诉我。你若是不说或是骗我，今后的日子我不会让你好过。"

清梦的语气仍然凛冽，可这样的耐心却是出人意料。见清梦是和自己年岁一般的女子，又同样是国人，何况也是个面冷心热的主儿。乔锦月便对她卸下了防备，这满腹的心事若能有人聆听，又何乐而不为呢。乔锦月扭过头，看着清梦，吸了口气，深沉而言："我到这里的原因太复杂，你若想知道，我便告诉你。但你一定要答应我，千万不能让这里的其他人，特别是外族人知道。"

"别废话，要讲快讲！"清梦皱了皱眉，"我是国人，难道还能把国人的事泄露给外族人不成？"清梦的暴脾气倒是一点也没有变，乔锦月心里不禁失笑，道："既然你肯答应，我便可以放心地告诉你了，我是津城人……"

"……所以我才和那个女孩换了衣服，来到这里。让我给这些残害我们同胞的外族人为奴为婢，这种感觉比死还难受。但我为了找到他，再苦再难我也得受着。"乔锦月把自己到海城的来龙去脉，一五一十地告诉了清梦。说到这些日子饱受的辛酸，一时伤情，已泪盈于睫。

"唉！"清梦叹了口气，幽幽叹息，"你不远千里来到海城寻你的心上人，也是用心良苦、一往情深的。我当你是为了攀附外族人的权贵才委身到这里来的，你为什么不早一点把这件事说清楚呢？"

乔锦月看了一眼清梦："可如果我要说，你肯听吗？"

清梦语塞，凭她的耐性，若不是看乔锦月学过戏，是不会有耐心听她说这些的。见清梦不说话，乔锦月又继续说着："你呢？我把我的事都告诉你了，你总该与我说一说你的来头吧，看你的功夫，你也学过刀马旦吧。"

清梦站起身，背对着乔锦月，向前走了几步，不忧不喜地幽幽开口："我没有你那么幸运，我自幼没了父母，是被戏班子收留的。我们戏班子可没有你们湘梦园那么人性，我从小便被师父打骂，被师姐师妹欺负，从小到大没过过一天好日子。我没有亲人，没有朋友，也只有自己变得坚强才能不受他们欺负。前些日子这海城被一场屠杀洗劫，他们害死了好多我们的同胞，我到这里来就是为了做卧底，伺机杀了他们报仇雪恨。"

乔锦月听她言罢不禁唏嘘，她何尝不是一个苦命之人，甚至比自己还要命苦。她所受过的苦可能远比自己想象的还要多，可在她口中却只是寥寥几句带过。她本性心善，或许在这浮沉的人世间已经看透了人情冷暖，才变得如此草木皆兵，又如此冷漠的吧。望着她不染纤尘的背影，乔锦月不禁唏嘘："是因为你从前的经历让你看透了世间事，所以才变得如此性情冷漠的吧。"

清梦不置可否，望着窗外不再说话，好似是默认了。俄顷，她又转过身，走到乔锦月身边坐下，对她淡淡而言："你若要找扈星辰，或许我可以帮得上忙。"

"真的？"乔锦月不由得心中掠过一丝久违的喜悦，忙道，"你真的能帮我找到扈星辰？"

"嗯。"清梦点头，"在整个外族办公厅做事的下人，能帮到你的也只有我。这么多的下人中，只有我一个人是可以进入牢狱中去打扫的，所以能见到囚犯的也只有我一个。我可以帮你去打探一下哪个是扈星辰，我打探到后，会告诉你他的相貌，你便可以确认他是不是你的顾安笙。"

"太好了。"一直在苦思的事终于有了主意，乔锦月定然十分感激于面前这个肯出手相助的女子。她情不自禁地握住清梦的手，满心激动："清梦，谢谢你肯帮我，这些天我一直在苦思的事情终于有着落了。"

清梦却甩开了乔锦月的手，依旧是那冷漠的模样："你不用对我感恩戴德，我这么做只是不想看着这世间再多一个可怜人罢了。"

她的外表还是那样冷漠，可她的心肠却和外表截然相反。虽然她还是那冷漠的态度，但乔锦月却从她那里寻到了久违的温暖。她看着清梦冷漠的面容，笑道："虽然你外表冷漠，但我知道你的心是热的，你肯帮我，我必然要感谢你的。"

清梦瞥了乔锦月一眼，回到了自己的床上，躺下后，淡淡道："不早了，睡吧。"

乔锦月吸了一口气，又道："我在海城举目无亲，你是第一个在他乡肯帮助我的人，从此以后，我们就算作朋友了吧。"

清梦已经用被子蒙住了头，乔锦月看不见她的表情，只能听到她道了句："随你怎么想。"便不再说话了。

以她的个性，这样的表达便是接受乔锦月了。只是她这样冷淡的性子，不想轻易在别人面前展现自己的热情罢了。无论怎样，在海城这样的地方，能结识这样一个至情至性的人，乔锦月还是挺开心的。哪怕清梦不爱言谈，也让她孤独的内心有所慰藉。或许有了她的帮助，离自己能够找到顾安笙也近了一步。

她不愿多说话，乔锦月便不再问她，见她睡了，乔锦月也躺在床上睡了去。

"今天我在牢狱扫地的时候，听到外族人与扈星辰的谈话。他们似乎是在劝扈星辰归降于外族人，此后为他们效力，但是扈星辰不肯，我听到的也只有这些。"

乔锦月紧张又激动，睁大了眼睛向清梦问："你确定了，你今天见到的人真的是扈星辰本人？"

"嗯。"清梦点点头，"我听到外族人叫他的名字了，是扈星辰错不了的。"

乔锦月满心急切："那你可看清他的相貌，他是不是安笙？"

清梦细思了一下："我们这些下人没有理由是不能靠近囚犯的，他的相貌我没有看得太清楚。只记得他是一个清瘦、个子很高的男子，走起路来有些跛脚，好像是受过什么伤。就凭这几点，你能判断出他是不是你要找的人吗？"

"是他，就是他啊！"清梦话音刚落，乔锦月的泪水就夺眶而出，"安笙从前受过伤，他走路一直是跛脚的，这是他的病根，是永远都好不了的。"说到此处，那心酸的泪水便止不住地倾泻而下，她望着天花板啜泣："他究竟在这里受了多少苦啊，他为什么突然做了这个工作，为什么改了名字？安笙，你难道忘了月儿还在等你吗？"

清梦没有说话，沉思了一下，复又摇摇头，凝重而言："我觉得光凭这几点不足以证明扈星辰就是你要找的顾安笙。相貌相似的人有很多，在这烽火乱世受过伤的人也数不胜数。他一个不懂政事的相声角儿，又怎么能做得了海城的卧底？还有他为什么更名扈星辰，这一切都让人想不明白。此事你必须慎重，不可单凭这几点，就确定扈星辰一定是顾安笙。"

"扈星辰……是啊,他为什么叫扈星辰。他只是个学艺的相声角儿,怎么当得上这里的卧底人员的……"乔锦月细细思量,像是喃喃而语,"这究竟是怎么回事……"

"你是天上的月亮,我便是守护你的浩瀚星辰……"

那句熟悉的话突如其来地飘入脑中,她猛然一惊,口中反复着咀嚼:"月亮,守护我的浩瀚星辰,守护我的星辰,守护我的星辰,扈星辰……扈星辰,真的是他,真的是他……"说到此处,她已然激动得说不出话来。此时此刻她欣喜又辛酸,那失焦的眼神,眼中的泪水止不住地夺眶而出。想起曾经的誓言,扈星辰是顾安笙毋庸置疑。他真的没有忘记当初的海誓山盟,哪怕是到了如今境地,名字里也全是她的影子。

清梦显然没有听懂乔锦月的话语,看着乔锦月悲喜交加的神情,不禁纳闷:"你在说什么呢,什么月亮星辰的……哦,对了!"

清梦猛然想起一件事,又对乔锦月说:"你提到星辰月亮,我方想起来。我在狱中擦桌子的时候,看到扈星辰的桌子上有一个笔记本,本子上还写着字,写的好像是粉骨碎身浑不怕,要留星月在人间。我记得这《石灰吟》写的是要留清白在人间,不知他为何把清白改成了星月。要留星月在人间……是星月……"

那沧桑的心酸有如惊涛骇浪般地向她心中袭来,她握紧了衣袖,笑着流下了泪水:"安笙,真的是他,真的就是他。'粉骨碎身浑不怕,要留清白在人间,是安笙最喜欢的一句话,只是他把清白改成了星月'我名为月,他说过,要做守护月亮的星辰,如今他把名字改成了扈星辰。安笙,真的是你,哪怕粉骨碎身,你都是爱着月儿的!"

清梦听得似懂非懂,但见她如此确定,便不再犹疑了。她又道:"既然你确定那个扈星辰就是顾安笙,你便好好想一想下一步该怎么做。我不知道你们什么星辰月亮的是什么意思,但这样两地相思的痛最是磨人,我深有体会。你最好还是先让他知道,你现在也在海城,以慰他对你的入骨相思。"

乔锦月拭去了眼角的泪，看着清梦，深深而言："清梦，你既然见到他了，你先告诉我他过得怎么样，有没有受外族人的折磨，我……我能不能有机会到牢狱里去看他？"

清梦说："你倒不用担心他的安危，外族人留他有用，所以暂时不会对他下手。虽然他人在牢狱之中，但他的待遇不同于其他囚犯，外族人现在还是好吃好喝地待着他。只不过现在是如此，将来未必。外族人的耐性可没那么好，只怕再晚些，他若再不归降，外族人就会对他下手得绝不留情。"

乔锦月似乎松了一口气，可眉间的凝重却没有减缓，只道："他现在还好，我便暂时可以放心了。只是我现在所剩余的时间不多，得尽快想办法把他救出来。清梦，既然你现在是打扫牢狱的，那我能不能和你替换，去牢狱中看看他。"清梦思忖了一下，凝重地摇摇头："这恐怕是不行，外族的女管事管得极其严格，谁在哪里做什么，都是有登记的。若是让他们发现，你我都难逃一死，大仇便也报不得了。"

"那……"乔锦月又想到了一个主意，向清梦问，"那你在牢狱打扫的时候，能不能有机会和他说上话？"

清梦依然凝重地摇着头道："此招怕是也行不通，咱们这些做下人的，没有人敢和囚犯说话，一旦被管事发现，就会被视为卧底。"

"唉。"乔锦月叹了口气，不禁深深忧愁，"要想见到他，真是难上加难，这可如何是好……"

"欸，我有个主意。"清梦忽然心生一计，对乔锦月道，"扈星辰素来有爱喝红豆薏米茶的习惯，外族人每日都会为他备两壶茶，而每次早晚都是我为他送上这两壶茶。你若有什么话要对他说，可以写在纸条上，到时候我会把纸条藏在茶壶底下，这样你想对他传达的，他就都能看到了。"

"红豆薏米茶……"听到这熟悉的茶叶名字，一阵温馨的感觉涌上心头，她嘴角扬起了一抹笑意，"当真是他无疑了，爱喝红豆薏米茶的习惯，一点都没有改。"

乔锦月没有回答清梦的问题,清梦便又一次问道:"你倒是说行不行啊?"乔锦月点点头:"能这样最好了,我马上就拿纸笔,把我要说的话都写给他。"说着乔锦月便拿出了一张破旧的纸张,拿着一支同样破旧的钢笔仔细斟酌着:"纵然心中有千言万语,此时此刻竟然不知该从何说起了。"

清梦提醒她:"外族人向来警觉,为了以防被发现异样,你最好写一些只有你们两个才能看得懂的话。""只有我们两个看得懂……"乔锦月思量了一下,在纸上写道:"四面环溪虾戏水,日日不见日日思。"

思来想去,最能表达二人情感的便只有这句话了。既寄托了自己这么久以来苦苦相思的情感,同样也是只有他们两个看得懂的誓言。

写完之后,乔锦月把纸条折叠好,交到清梦手里:"就写这一句话吧,他若看到,一定会明白的。哦,对了,等一下!"乔锦月想了一想,把脖子上的那条钻石月项链摘了下来,戴到了清梦的脖颈上:"这条项链他一定认得,他看到你戴着这条项链时,大抵什么都明白了。"

清梦也没有多问,只是点点头:"好,明天送红豆薏米茶的时候,我就把这个纸条带给他。"

"好的。"乔锦月站起身,握住了清梦的手,感激地微笑道:"清梦,这些日子,真的谢谢你了。要不是你,我真的不知道该怎么找到他。"

清梦没有回应,只淡淡地从乔锦月手中抽出了自己的手,转过身道:"不用谢我,我只是不想看你们一对有情人因为外族人的侵害而受苦罢了。"

次日清梦如约去给扈星辰送去红豆薏米茶。扈星辰还和以往一样,只是坐在桌子前看书写字,从不多看别人一眼,也不会多说话。他脸上的从容与淡定一如往昔,他身上的孤傲清冷,是在这外族人占领地盘的牢狱中最与众不同的。

清梦去送茶的时候,牢狱中还有许多看守的人。清梦不便与扈星辰说话,便还像往常一样,将茶盏放在了桌子上,扈星辰也还像往常一样,不急不缓地拿起茶杯。只不过这一次,清梦在奉茶的时候,刻意敲了敲茶杯的底部,好似在有意提醒他要留意什么。

扈星辰果然意识到了清梦的提示,仔细地斟酌了茶杯的底部,并在茶杯底部发现了藏在里面的纸条。他心生好奇,将纸条打开,观摩上面的文字。可看着看着,他就变了脸色。他似乎变了神色,那有如惊涛骇浪般震惊几乎袭卷了他的整个内心,他止不住地双手颤抖,却似乎在用自己的理智极力按压。

在外族人的威胁迫害下,他始终保持着寻常人难有的从容与淡定,可偏偏他看到这小小的纸条时,却慌了神色。难不成是她?她真的来海城了?难道那个魂牵梦萦、朝思暮想的人儿,真的就在自己的身边?他放下了手中的纸条,趁没人注意的时候,回过头讶异地看了一眼清梦。

清梦似乎有意地摸了摸胸前的项链,示意般地朝他点点头。看着那独一无二的钻石月项链,霎时间,他便什么都明白了。扈星辰转过头,思忖了一下,用手中的钢笔在纸上写了几个字,折成了细小的纸条,塞在茶杯底部。他复又转过头,凝重地看了一眼清梦。清梦会意,慎重地点点头,便端着茶盏走了出去。

清梦离开了牢狱后,在无人的地方将扈星辰留下的纸条悄悄地塞入口袋中,并还像以往一样去清洗茶盏。很庆幸,这一次的行动十分成功,顺利地与扈星辰交接了纸条,而且没有露出丝毫的破绽。

"这是他留给你的。"傍晚回到房间,清梦将纸条递给乔锦月,并说着,"他看到了你写的纸条,并给你留下了这一句话。"

"这真是他给我的!"乔锦月又惊又喜,迫不及待地接过纸条,并展开观看。

那映入眼帘的字迹再熟悉不过,就算是不看文字,乔锦月也知道这纸条的主人是谁了。只见那纸条上用黑色的墨水写着清晰的两句话,字数不多,却字字珠玑。上行是"玲珑骰子安红豆",下行是"入骨相思知不知"。底行还有四个字,写着"安好,勿念"。

"玲珑骰子安红豆,入骨相思知不知。"读出纸条上的这句诗时,乔锦月的声音已经开始颤抖。

"你不见我时,是玲珑骰子安红豆,入骨相思知不知。我不见你时,便是四面环溪虾戏水,日日不见日日思。"

往昔的恩爱历历在目,如今那些誓言竟成了在这烽火乱世中的暗语传心。一对苦命的多情人,相爱而不能相见,也只能凭着这些信念来念着彼此。乱世硝烟中,辗转流离,漂泊离散,可这埋藏在心底的爱,却是永远都不会消散的。那刻骨铭心的感觉又一次印在了乔锦月的心头,她情不自禁地落下了泪,将纸条攥在胸口。

她黯然:"一别数月,他当真和我一样,时时刻刻忘不了这入骨相思啊。安好,勿念?他在这狱中如何能够安好,让我怎么能勿念?"

清梦拍拍乔锦月的肩,安慰着:"你们能够找到彼此,便已经完成了整个计划的第一步。他现在没有危险,外族人待他还算不错,他所说的安好也不是诓骗你的。这一切我都看在眼里,你大可放心。"

乔锦月轻轻地点点头,却还是黯然神伤:"我们能够凭借这些昔日的誓言,在这龙潭虎穴与彼此取得联系,这是万幸。他没有受苦自然是好,可他一日不能离开这个地方,我便一日不能安心。我只盼着他能快些离开这个地方,可凭我一己之力,现在还没有任何办法能够救他出来。"

清梦沉思了一下,复又抬起头,好似想到了什么,豁然开朗般地对乔锦月说:"小月,我方才想到,你不觉得他在这里不屈服外族人,也没有与他们相抵抗,而是一直与他们在这里耗着,这件事情大有蹊跷吗?"

乔锦月一惊,怔怔道:"此言何意?"

清梦凝重道:"你想,他是潜伏在这里的卧底,被外族人抓获,外族人妄想他投靠外族人的部落,为他们做事,而他一直不从。你再想,但凡是一个有骨气的国人,有哪一个会这样接受外族人的施舍。若说他没有骨气,自然是不可能的,我不会信,你也不会信。可他偏偏接受了外族人的优待,不动声色地在这里耗着,你不觉得他这么做是有目的的吗?"

乔锦月细细思量了一下,觉得清梦说得不无道理,便点头道:"此言有理,或许他是刻意留在这里与外族人周旋的,大概是组织的命令。也或许他是在等待一个时机,伺机而动,也未尝没有这样的可能。只是,我怎么样才能知道他们的计划,并帮助到他?"

清梦说:"这不难,你若有什么疑问想要对他诉说,就写在纸条上,到时候我帮你交给他。"

乔锦月应着:"好,也只能这样做了。"

得到了顾安笙的准确讯息,乔锦月放下了这一半的心,却又提起了另一半的心。放下的心,是不负期望,终于在海城得到了他的消息,得知他暂时是平安无虞的,她便安心了。提起的另一半心,是得知他还在外族人的手中,只要在这龙潭虎穴,上一秒安好,保不准下一秒就会遭遇不测,她生怕他哪一刻再出了什么意外。而自己与他无法相见,更帮不上他。而如今自己唯一能做的,就是静静等待,通过清梦传递二人之间的消息。

- 叁 -

这几天一直是清梦通过茶盏为二人传递着纸条，牢狱戒备森严，以防被发现异样，他们也不敢在纸条上写太多的字。

一张纸条上，也只能写着寥寥几个字表诉着入骨的相思。不知是不方便表诉还是顾安笙不愿表诉，他给乔锦月的纸条上的表达总是模棱两可。大抵的意思是，他在这里有重要的任务，而此地危机重重不宜久留，让乔锦月尽快逃离这里，到安全的地方等着他。等他完成了组织交给他的任务，他就来找她。

但是顾安笙，也是此刻的扈星辰不知道，这样戒备森严的外族人工作处，一旦进来做了下人，是没有办法离开的。可即便真的可以离开，乔锦月也不会走，千难万险，终于在这偌大的海城滩找到了他，哪怕再危险她也要与他生死与共。一路艰辛，终于到了离他最近的地方，她怎么会轻易离开？

前一天，顾安笙给乔锦月留下的纸条是"欲陷危机，盼卿速离"。

虽然乔锦月不知道顾安笙下一步要做什么，也不知道接下来会发生的是什么，但收到这样一句话，定是潜伏的危机要爆发了。她有一种不祥的预感渐渐涌上心头，总觉得就在这几天会有什么惊天的大事要发生，可她一切都无从得知。即便是日日在外族人的办公厅探听，也听不到任何风吹草动，可偏偏这样的无风无浪更令她寝食难安。

暴风雨来临之前，海面总是格外地风平浪静，不知前路会是什么样的风雨，一切只能自己惶恐不安地揣测着。她收到这个纸条后，给顾安笙留下的只有六个字："与君生死与共"。短短几个字，足以道明她的心意了。她把纸条给了清梦，不知他看到纸条时，又该是怎样的心情。

"先生，你说那个扈星辰也忒不识抬举了。他们害死咱们这么多兄弟不说，咱们不计前嫌好吃好喝地待他这么长时间，他还想着为本国做事。他总说再给他时间考虑考虑，我看他就是不想归顺咱们，想回到他原来的地方去。"

"哼哼，还真被你说中了，他在咱们这儿待这么长时间，就是有目的的，我早不想留着他了，准备个合适的时候，把他解决了吧。"

这一天，乔锦月在办公厅打扫的时候，终于听到了他们有关顾安笙的对话。她心中一紧，装作认真扫地的样子，却在一旁凝眉仔细探听。听得那个中年大胡子的外族男人恶狠狠地说着："老子真是后悔了把那个什么扈星辰留在咱们这，好吃好喝待了那么长时间。别看他不声不响的，他心里想着的都是怎么弄死咱们。哼，跟老子作对，小子你还嫩了点，想弄死老子，老子让你死无葬身之地！"

旁边那个年轻一些的外族人问道："留他没有用就别留了，让他早死早托生。先生，您打算怎么处置他？"

那中年大胡子狠狠地攥着手中烟卷，奸邪道："我已经先让人把他扔到地窖里了，这几天忙得焦头烂额的，实在没时间管他。就先把他放那儿冻他个几天，那地窖又冰又凉，够他受的了。等忙完这一阵，把他拉到菜市场去枪毙，让他们的国人看着他死在他们面前。"他话音未落，乔锦月的心已然揪成了一团，那焦灼的恐惧有如万箭穿心。

果然，最担心的事情还是发生了。她止不住地双手颤抖，已经无法握住手中的扫把，那扫把从她手中脱离，"哐当"一声掉落在了地上。

那外族人被这声响惊动了，回过头，对乔锦月厉声喝道："贱坯子，干活都不会干了吗？"

乔锦月回过神，忙捡起了扫把继续扫地。

那外族人便没有再多说什么，也没有留意到乔锦月的异样，继续着他们之间的谈话。殊不知，乔锦月虽然还在若无其事地扫着地，却早已忧心得变了脸色。

傍晚回到房间时，见清梦已经先她回到了房间。

"清梦！"乔锦月一把抓住了清梦的胳膊，颤抖着声音，惶惶道，"你今天有没有见到扈星辰？他是不是已经被外族人关入地窖中去了？"

"唉。"清梦吸了口气，低沉而言，"你都知道了。"

"他真的已经……"乔锦月似乎被抽尽了全身的力气，跌坐在床上，声音中满是绝望，"他真的就要这么被处决了，我千里迢迢来到海城还没来得及见他一面，他就……"

清梦蹙了蹙眉，仿佛是在沉思着什么，顷刻，又对乔锦月道："你也别急，至少他现在还没有被处决，在这之前，我们再想想别的办法。"

"清梦。"乔锦月好似忽地想起来什么，眼中突然闪现了一丝亮光，遮挡住了眼底的失望。站起身，对清梦凝重而言："你知不知道，什么样的犯人才会抓进地窖？"

清梦想了想，说："被关进地窖中的都是即将要被处决的重犯，除了被捕的，就是对外族官员大不敬的下人了。曾经有两个下人在干活的时候起了冲突，伤到了他们的长官，被关入地窖，再就只有其他被俘虏的要犯了。""对官员大不敬……"乔锦月攥紧了袖口，喃喃而语，复又猛然抬起头，毅然道，"既然救不出他，那我陪他一起去死！"

说罢，她就不管不顾地跑出了房间。

"砰！""啪！"

乔锦月仿佛失去了理智一般，跑到了办公厅，疯狂地砸着办公厅里的金石玉器。

"贱人，你干什么？"大胡子闻声走了进来，见满地都是他心爱的玉器的碎片，怒不可遏道。

乔锦月没有理会他，仍然自顾自地摔着东西。只见她猛然转过身，抓起一个木块，不由分说地向那个男人砸去。

"先生小心！"身后的官兵闪身上前，替他挡住了那个木块。

那男人没有受伤，那官兵不偏不倚地被木块砸中了头部，瞬间额头起了一个红肿的包。

"这贱人疯了！"那男人怒声而言，"这娘们疯了，你们两个先去把她关到地窖里，找个日子解决了。"

"是！"说罢他们便把乔锦月架了起来。

"哈哈哈哈！"乔锦月似乎失去了理智般地狂笑着，笑着笑着，便不知不觉地流下了眼泪，"甚好，甚好，甚合我意，哈哈哈哈……"

"进去吧！"那两个外族人架着她，将她扔进了地窖，并将地窖的门牢牢锁上。

"啊！"乔锦月整个人被重重地摔在地上，半边身子着地，不由得发出一声短暂的呻吟。

"月儿，我的月儿，是你吗？"黑暗中，听得那熟悉的带着期盼的颤抖的声音。

她抬起头，只见微弱的灯火下，一抹长身玉立的身影，那模样一如往昔。这一刻，终于见到了那魂牵梦萦、朝思暮想的面孔，此时她再也忍不住，泪水倾泻而出。一别数月，终复相见，这一次相见，竟恍如隔世。

"安笙！"她奔过去紧紧地抱住了面前的人，失声痛哭道，"安笙，我终于见到你了。这些日子你究竟到了哪里，你究竟做了什么，你知不知道，我想你想得都快要疯了。这一次你再也不要离开我了……"

"月儿，对不起。"顾安笙亦紧紧地将她抱在怀里，那个拥抱中，包含了太多的沧桑与无奈。

他抚摸着她的发鬓，低声啜泣："我知道你想我，可我何尝不是在想你啊。是我不好，我本应该早一点离开这里回去找你的。可我有职责在身，哪怕再想你，我也不能抛下责任不管，月儿，我辜负了你，对不起……"

微弱的灯火下，映照的是一对相拥而泣的苦情人。

许久后，二人平复了心绪，坐在那简陋残缺的地窖里，相互依偎着。顾安笙紧紧地搂着怀中的乔锦月，凝望她憔悴的面容，不禁心酸道："月儿，一别四个月，你比从前还要消瘦了。我知道你都是为了我，是我没有用，我为保卫祖国山河，做了那么多，可到头来，却连我最爱的人都保护不了。"

乔锦月眼角滑落了一滴泪，滴在了顾安笙的手背上。这一刻她没有再歇斯底里，只是无忧无喜地淡然道："我想你想得都快疯了，你知道吗？我在津城最怕的事就是你在海城已经遭遇不测，而我却一无所知。每当我想到这一点时，就有如万箭穿心般痛。这样锥心入骨的相思，我实在熬不下去了，我不远千里来到举目无亲的海城，就是为了找到你。我已经做好了准备，若是你当真不在了，我就在此处把自己了断，死也追随你而去。你若在这里，我无论如何都要找到你，并与你一起面对劫难，是生是死都不离弃。"她顿了顿，含着泪扬起了一抹笑意，又抱紧了顾安笙，婉声道："好在，我知道了你就是扈星辰，我知道你还在我就放心了。你被关入这个地方，我就陪你一起进来；他们若要处死你，我便陪你一起！"

"月儿，你有没有受了什么伤，他们有没有为难你？"顾安笙紧张地上下打量乔锦月，生怕她出了什么意外。

乔锦月地轻轻地摇了摇头，浅浅道："我没事，清梦说你在地窖里，我就想个办法让他们把我也关进了地窖里。这样就好了，我终于能见到你了，只要能见到你，我就什么也不怕了。"

"唉！"顾安笙叹了口气，痛心疾首地再次将她拥入怀里，深深而言、"当看到那个姑娘戴着你的项链时，我就知道是你来了，她必然是替你来看我的。"

"我通过那个姑娘的茶盏把消息传递给你，你应该也看到了。我不是劝你快些离开，告诉你这里危险吗？你为何不快些离开这个地方，何苦为了见我，受这种苦楚呢？"

"只要能见到你，我就不觉得这是苦楚。"乔锦月毅然道，"要让堂堂国人儿女委身做外族人的仆人，这屈辱确实让人难以忍受。但一想到是为了你，再怎样我都能够忍受。好在，苍天不负有心人，我终于在这里见到你了。哪怕是陪你一起死，我亦无怨无悔。"

顾安笙的眼角溢出一滴泪，似是悔恨般地锤着自己的胸口，心痛而言："月儿，你竟然为了我，受了这么多的苦，可我却……我却让你在津城等了我那么久，我怎么可以这么对你，我没用，都是我害了你，让你这么痛苦……"

"安笙，你说什么呢。"乔锦月握住了顾安笙的手，将自己的头贴在顾安笙的胸口，缓缓说着，"你为何要把这些错处都往自己身上揽，这一切都是作恶多端的外族人造成的，你怎么怪到你自己的身上。我知道你对我的思念不比我对你的思念少，你也时时刻刻没有忘记我，不然，你为什么会改名叫作扈星辰，那守护月儿的星辰一直都在啊！"

顾安笙心酸地摇头："守护月儿的星辰一直在，但是顾安笙却没能守护得了乔锦月。我做了卧底，便意味着归来之日遥遥无期，可我还是做了……"

"对了，安笙。"乔锦月忽然想到了什么，抬起头问道，"这一切我都想不明白，你一个梨园学艺的相声角儿，如何做得了这样的艰巨的任务。你怎么当成的卧底人员，你又是怎么被抓到这里的，这一切都太错综复杂了，要不是你名字的含义，我真的想不到这样的扈星辰会是你。"

"唉！"顾安笙深深地吸了口气，若有所思地深沉而言："此事便要从头说起了，那日我到了海城，找到了师父的下落，后知道师父在外族人手里宁死不屈，终究还是被外族人残忍地杀害了。当时外族人的住就在我所居住的旅馆附近，我本想报了这个仇后就立刻离开，回津城找你，但却被一个组织找了过来。他们说，对抗外族人，得需要我这样一个人，用我的身份潜伏在他们之中，我若加入组织，便有了对抗外族人最有利的条件。此时正值国家内忧外患，海城腹背受敌的为难时刻，我能凭借自己的身份为国家灭掉外族人，这样的任务既然降临到了我的头上，那我便没有理由去拒绝。为了国家，为了百姓，再难我也要去做。可是无奈，我身份泄露被捕入狱。在这里，我又接到了一份特殊的任务,就是与外族人周旋,拖延时间,等待组织实行计划。可是就在今天,这个计划又被识破了,他们把我关在了这里,准备择日处决。"他说着,拥着乔锦月的手臂便拥得更紧了,仿佛生怕她会从眼前消失一般,那低沉的声音带着颤抖的啜泣:"月儿,我对不起你的这一番深情。我接受了组织的任务,就没有办法及时回去见你,为了这里的职责,即便我再思念你,也只能默默地忍受。我没有辜负祖国和信仰,也没有亵渎我的职责,我最终辜负的,是我最爱的人啊。月儿,我知道你会怪我,会恨我,是我把你害得这么苦。你打我也好,骂我也好,我绝无怨言。"

地窖中,微弱的灯火映照着的,是一个男人瘦削而又隐忍的背影。空荡荡的地窖中,回荡着他最脆弱的啜泣声,这舍小取大的抉择,是他藏在心中最难以启齿的痛。

乔锦月握紧了他的手,眼中泛起了隐隐的泪光,而眼中流露出的眼神,是与之不符的钦佩。她摇摇头,毅然而言:"不,安笙,你所做的这一切都是最正义的抉择。大爱是家国,小爱是我。你是为了家国,为了大义,甘愿忍受如此辛苦,我怎么可能怪你呢。"

顾安笙凝望着乔锦月,百感交集地颤声说着:"你当真不恨我吗?"

一滴泪从眼角滑落,而乔锦月却扬起了一抹微笑,深深而言:"我们之前不是说过吗?国家危难之际,是容不得儿女情长的。你为了家国,舍弃了这微不足道的小爱,是正义之举。我若因此恨你,便是不明是非了。即便我再思念你,即便我再苦,但我若想到你是为了家国做事,我再辛苦也不会觉得苦了,我应该为我爱的人有如此胸怀而自豪,这才是我誓死追随的顾安笙!"

顾安笙霎时间泪如雨下,他把乔锦月紧紧拥入怀中,泪水打湿了乔锦月的衣襟,他低沉地啜泣着:"我这一生,什么都没有辜负,唯独辜负了你。我没有辜负师父的教诲,一生踏实学艺。我没有辜负祖国和信仰,将青春与热血奉献给了救国之业。我唯独辜负了你,我最终也没能兑现最初的承诺,没能许诺你一场十里红妆的婚礼。"

乔锦月眼中的泪也止不住地倾泻而出,她轻轻拍着顾安笙的背,轻声说着:"你没有辜负我,你只是做了比爱我更重要的事罢了,要怪也只能怪我们生在这烽火乱世,身不由己。我也知道,即便津城距海城那样遥远,你对我的思念也没有停止片刻。不然,你怎么会给自己命名为扈星辰呢?"

顾安笙松开了乔锦月,双手搭在她的肩上,凝神而言:"扈星辰,不过是在异地他乡守护心中之月的一方星辰罢了。"

乔锦月亦深情道:"星辰在哪里,月亮就在哪里,星辰便是月亮的故乡。月亮这一生,要永远地陪在星辰身边。安笙,倘若外族人真的要就此处决了你,我便陪你一起,生与死,我们都要在一起。"

"不,我们不会死。"顾安笙却摇了摇头,"我们都不会丧命在他们手里,我在这地窖发现了离开这里的通道,只要我们能从这里出去,就可以逃过这一劫。"

乔锦月不禁一惊:"安笙,你说什么?"

"月儿,你过来。"顾安笙拉着乔锦月的手,走到了地窖的另一侧,搬开地上的木柴,对乔锦月说:"你看,这里是一个地下水道,我观察了,这里是通向平湖的。如果我们能在他们处决我们之前掘开这个地下水道,从这里逃脱出去,我们就不用死。"

乔锦月朝那地下水道看了看,思考了一下复又说:"这的确是一个好办法,只是我们怎样才能把这里掘开啊?"顾安笙从一侧杂物中取出一把铁制工具:"我们可以凭借这里的工具把这里掘开。"乔锦月迟疑了一下,又说:"这样确实有望逃出去,但是这并非一个万全之策,倘若我们被他们发现,还是难逃一死。"顾安笙吸了一口气,凛然道:"可是我们留在这里也会被他们处死,与其被凌辱致死,不如想办法离开这里。哪怕在逃脱的路上被他们发现了,也总比被他们凌辱而死的要好。"乔锦月点点头,毅然而言:"好,安笙,我和你合力,一同把这里掘开。这一次,要走,我们一起走。"顾安笙说:"我们尽快把这里掘开,但切记,不可弄出太大的声响,让他们起疑。还有动作要快一些,只有在他们动刑之前完工,我们才有望逃出去。"乔锦月应着:"好,安笙,都听你的。"

第二十八章
齐心合力对国难

- 壹 -

　　经过夜以继日的挖掘，二人终于掘开了地下水道。为了尽快地打通这条通道，二人几乎一天一夜没停歇，终于在第二天的晚上，在这里打通了一条通道。地下水道中散发出的臭气难闻无比，乔锦月不禁觉得胃中翻江倒海，勉强忍住不作呕。顾安笙瞧出了乔锦月的不适，他自然不忍让乔锦月受这样的苦，但眼下能走出这里的办法也只有经过这腌臜的地下水道了。他只得走到乔锦月的身边，叹了口气，低声说着："月儿，我知道让你跟我从这里走出去，太委屈你了。但我们要出去，也只有这里一条通道。如果我们下去后，你忍受不了这个气味，就暂且屏住呼吸，等我们出了这里，一切都好了。"

　　乔锦月摇摇头，给了顾安笙一个犹似宽慰的微笑："再多的苦都受了，还怕这区区一个下水道不成。放心吧，我没有问题的。只要你在这里，我就什么都不怕。"

顾安笙拍着乔锦月的肩，仔细地叮嘱："月儿，现在大概已经过了午夜了，这个时候是他们警惕性最低的时候，是时候我们也该行动了。我先下去探查一下，随后接你下来，你切记，一定要跟紧我。"

乔锦月应着："好。"

顾安笙小心翼翼地爬下了地下水道，几秒后，又伸出手："月儿，下面是安全的，你也下来吧。"

"好。"乔锦月依言拉住顾安笙的手，小心翼翼地从水道中走下去。

下去后，只见黑压压的一片，伸手不见五指，又不知什么气味扑鼻而来，让她的胃中再一次翻江倒海。一阵强烈的恶心袭来，她捂住了口鼻，差一点呕出来。

"月儿，你怎么了？"顾安笙见状，忙拍着她的背为她顺气，并道，"这里确实恶臭无比，你暂且捂住口鼻不要呼吸，也不要说话，你跟着我走就行。"

乔锦月缓过了一口气，稍稍好受一点，可这熏天的臭气还是令她浑身不适。她没有说话只是点了点头，捂住口鼻，跟着顾安笙继续前行。

不知在这黑漆漆的地下水道中走了多久，终于看到了前方的一点光亮，二人顺着光亮走了过去，见得前面是一条不大的小溪。

"太好了，月儿。"顾安笙欣喜，"我们终于出了这个鬼地方了。"

他回头望向乔锦月时只见她脸色苍白，眉头紧皱，好像是承受了极大的痛苦，随时都可能会晕厥过去。他忙揽住了她的肩，万分紧张："月儿，你怎么了，我们已经从地下水道出来了。"

乔锦月勉强开口，艰难说着："安笙……我受不了那个气味……我只觉得难受……"

顾安笙只得扶着她支撑着使她站立，劝慰她："月儿，你再坚持一下，这里还是外族人的境地。前面不远几公里处，就是卧底的秘密基地了。只要我们坚持走到那里，我们才能真正安全。"

乔锦月艰难地点点头，吃力而言："安笙，我没事，我们……我们一定可以走到那里的。"

"呜……"二人没走出几步，就听到了警报器发出的声响，紧接着，就听到了身后外族人的声音："有人越狱了，快追！"

顾安笙听得这声音，心中一紧，忙说："不好，月儿，我们逃走被他们发现了，我们快点走，别让他们追上！"说罢他便加快了速度，与乔锦月艰难地在石子路上奋力向前奔逃。

"啊！"乔锦月身上的不适还没有缓解，此时已经体力不支，跌倒在地上。

"月儿，快起来。"顾安笙飞快地将乔锦月扶起，道，"我们快点走，他们马上就要追来了。"

"砰砰砰！"几声接连的子弹袭来，顾安笙的心不禁再度绷紧，忙护住乔锦月，"小心点，别被这子弹击中！"

乔锦月艰难地开口："安笙，以我现在的状况，怕是会拖累你的。要是我真的走不动了，你就先走吧。"

"别说话了。"顾安笙急迫，"咱们两个都不能有事，快走！"

"啊！"话音刚落，一发子弹便已射入顾安笙的右肩，顾安笙眉头紧皱，不由得发出一声呻吟。

"安笙，你怎么了？"见状，乔锦月紧张地睁大了眼睛，不禁焦灼，"安笙，你受伤了？"

"没事。"顾安笙浑然不顾自己的伤，咬着牙道，"我们快点走！"

"扈星辰！"猛然间，竟听得前方有人叫自己"扈星辰"的名字，顾安笙朝前方望去，只见不远处有一行穿黑色警服的国人。

"太好了！"顾安笙喜言，"是我们的人，他们来了。是我们组织的人，月儿，我们快去找他们，他们是来救我们的。"

"嗯。"乔锦月艰难地点点头。

二人拼命地向前奔跑,终于跑到了那一队卧底的身边。

那队长见到顾安笙,大喜:"星辰,果然是你。我们听到了警报声,想必是你出事了,就赶来救你了。真的是你,想不到你真的逃出来了。"

"嗯。"顾安笙点点头,急迫而言,"我们的事离开这里再说,他们还在我们身后,我们快点离开这里!"

那队长看了看顾安笙怀中气若游丝的乔锦月,奇道:"这位姑娘是?"

顾安笙慎重而言:"队长,她是我很重要的人,事后我再和你解释,我务必要确保她的平安。"

队长点点头:"好,事不宜迟,快些离开这里吧!"

"砰砰砰!"外族人的枪声又接连不断地响起,一队国人组织也不依不饶,在这没有光亮的深夜,在这寸草不生之地展开了一战。顾安笙手中没有枪,加上要护着乔锦月,不能与他们对抗,只能尽可能地带着乔锦月迅速地离开这个地方。

"啊!"只见又一发子弹射入了顾安笙的肩膀,顾安笙捂着肩膀,吃痛地跪在了地上。

"安笙!"乔锦月忙蹲下身,扶着顾安笙,又惊又惧,"你怎么了,他们又伤到你了,我们怎么办,快些走啊!"

"月儿,我,啊!"顾安笙已经吃痛得皱紧了眉头,说不出话来。

"安笙,你怎么了,你别吓我。"乔锦月抱着顾安笙,又惊又怕地流下了泪水。

她哭泣着:"安笙,你别吓我啊!你不是说我们都不能出事的吗?我们都要平安地离开这里的,我们一起走啊!"顾安笙仍然痛得说不出话来,乔锦月只觉得一阵剧烈的头痛袭来,眼前的事物逐渐变得模糊不清。

"安笙……"她捂着脑袋嗫嚅道。终于,失去了最后一丝残存的意识,两眼一黑,在这寸草不生之地晕了过去。

"安笙,安笙……"乔锦月在睡梦中呓语着顾安笙的名字,猛然惊醒,大叫着,"安笙,不要!"

"月儿,没事,我在呢。"顾安笙握紧乔锦月的手,安抚道,"别怕,月儿,我们都平安地逃出来了,现在都没事了。"

乔锦月坐起身,环顾四周,只见自己在一个陌生的房间里,除了眼前的顾安笙,一切都是陌生的,她不由得怔怔然:"安笙,这是什么地方,我们……这是在哪里?"

顾安笙答着:"这里是卧底组织的秘密基地,他们击退了外族人,把我们带回来了,现在我们在这里是绝对安全的,你大可放心。"

乔锦月回想起从狱中逃脱的事情,不禁打了个寒战,满心急促:"安笙,你是不是中弹了,让我看看你伤在哪里了,有没有事?"

"早就没事了,月儿。"顾安笙双手握住乔锦月的肩,安抚住她,"大夫已经把子弹取出来了,只是皮外伤,并无大碍。反倒是你,焦灼过度又受了异味的刺激,昏迷了一整天,你现在还虚弱,应该好好休息。"

乔锦月眨着眼睛问:"这么说,我们越狱成功,全都没事了?"

顾安笙点点头,含笑:"是的,全都没事了。"

一切都平安了,乔锦月的心也算可以放下了。

可不知为何,忽然一种莫名其妙的情绪如惊涛骇浪般地涌入乔锦月的心底,泪水不受控制地倾泻而出,她抱着顾安笙,将全部的情绪爆发了出来。她伏在他的肩上大声哭泣:"安笙,我们终于出来了。我等了你快半年了,终于在这里找到你了,我盼星星盼月亮,终于盼到这一天了……"

顾安笙也有止不住的酸楚涌入心底,抱紧了乔锦月,亦流下了辛酸的眼泪:"是啊,月儿,苦苦相思了这么久,终于见到你了。"

二人相拥而泣，这份酸楚中，凝聚着的是生死与共的情意。

过了一会儿，二人的心绪都平静了下来。乔锦月便对顾安笙说："安笙，我想到院子里透透气，你陪我出去走一走吧。"

顾安笙却凝重摇头："外面天冷，你身子还虚弱，还是好好待在屋子里休息，不要出去了吧。""可是在屋子里待着，我实在是气闷啊。"她又像从前那样，摇着顾安笙的手，撒着娇，"安笙，你就陪我出去吧，就出去一会儿，一会儿就回来，好不好吗？"

乔锦月撒娇的模样，仿佛回到了当初，那个岁月静好的时候。

顾安笙的心猛然一颤，竟险些流下眼泪。自从那些祸事一件一件地接踵而来，乔锦月便很久没有像当初那样纯真浪漫过了。她就在那个时候成长了，她变得稳重、成熟，不再依赖别人，可偏偏这过分的坚强，更让人心疼。而今看到她又露出了这个已经在她身上消失了很久的小女儿家的神态，似乎这一切都没有发生过，现在依然是那个最安逸的时候。顾安笙的心不禁痛了一下，看着乔锦月似乎回到了那个不经世事的模样，无论如何，他也忍不下心拒绝她了。他强忍着眼中的泪水，将苦涩心酸收于心底，对她点头含笑："好，你想出去，我就陪你去。"

此时，天空正飘着零零落落的小雪花。

天气不算寒冷，虽说还是在冬季，但仿佛已经让人感觉到了初春的暖意。见一轮圆月当空，夜空中星罗密布，乔锦月不由自主地扬起了笑脸："要不是看到这圆月，我都忘了今天是上元节了。真好啊，月亮圆了，星辰也回来了。其实星辰一直都没有远去，它只是在看不见的地方，默默守护着它的月亮。"

顾安笙揽住了乔锦月，望着皓月星辰，亦点点头，深深而言："有时候，它们不是消失了，只是被乌云遮住了，看不见了而已。无论何时何地，星辰和月亮都是在的。粉骨碎身浑不怕，要留星月在人间。"

乔锦月摩挲着顾安笙的袖口，温声说着："你说得没错，哪怕粉骨碎身，星月都是在的。"

"唉。"顾安笙深深地叹了口气,"月儿,我这几个月留在这里做的这一切都是为了家国,作为国人,我没有辜负祖国和信仰。但是作为一个普通人,我却是一个负心汉,我负了你,我承诺过的事都做到了,可唯独没做到的,就是许你一场天荒地老的婚礼。"

乔锦月用手遮住了顾安笙的嘴,她的脸上看不出悲喜,只是云淡风轻:"不许这么说,这么多年你对我的情意,我都看在眼里,我知道你一直是深爱我的,又岂能说成是辜负?虽然这几个月我等得苦,可我一想到,你做这一切是为了家国,你选择了比我更重要的事去做,我就不觉得苦了。安笙,我果真没有看错人,我所追随的,就是这样的你。这样不忘忧国,懂得取舍的,心怀大义的人。"

"月儿啊!"顾安笙心一酸,一滴泪落在了乔锦月的脸上,不禁更为凄然,"你这么懂事,倒是让我更愧疚,更心疼。你说我懂得取舍,我取的是国家,可若要舍,舍的就是你我之间的感情啊!"

"安笙,你不要难过。"乔锦月为顾安笙拭去眼角的泪,轻声而言,"无论之前受了多少苦,至少现在我们还能在一起,就足够了。未来,哪怕要将整个青春奉献给家国,我们以后也不要再分离了。"

顾安笙握住了乔锦月为自己拭泪的那只手,闭上了眼睛,深沉说着:"月儿,你不知道,此番我们与外族人已经彻底地撕破脸了。三天后,要决一死战,作为这里的人,我必须得去。若战争胜利,我便算完成了组织的任务,我就带你离开这里,回到津城。倘若失败了,我们……"说到这里,他的心猛然被刺痛,已经不忍心再说下去了。

乔锦月听到这个消息,没有想象中的惊讶,没有过多的痛苦,只是波澜不惊地凝望着顾安笙的眼眸,淡淡说着:"烽火乱世,战争是免不了的,若无法周旋下去,那就和他们拼了。看着一个一个亲人从身边离去,我早就做好赴死的准备了,若能为家国而死,也算是乱世中最好的结局。安笙,你要参战,我陪你一起。成,你我回津城相守一世;败,你我战死沙场生死不离!"

"战死沙场生死不离。"顾安笙又重复了一遍乔锦月最后的那句话。他眼神中闪烁着悲壮与决绝,握紧了乔锦月的手:"此身已许中华，若你我真的把性命献给家国，只此一生也算值了。只是……"他眼中有点点泪光闪烁："只是我们若葬身在这里，便不能魂归故里了。我好想念津城三月的桃花，好希望国泰民安之时，能带你回去一起看一看……"

"没关系，安笙。"乔锦月又往顾安笙身边靠拢了一点，只道，"神州大地，哪一处不是故土，只要是为国为家而死，这一生再短暂也算值得了。若今生不能如愿以偿，那就相约来世吧。愿来世，我们能生在一个和平的年代，没有风雨飘摇，没有血流漂橹。那时，你许诺我一场天荒地老的婚礼，我陪你看三月桃花。执子之手，与子偕老。"

顾安笙轻轻点了点头，深沉而言："生逢乱世，无可奈何。身已许国，便难再许卿。我若守护在你身边，就无法置身于挽救家国，我若置身于挽救家国，就无法守护在你的身边。在这国家危难之际，儿女情长定然是容不得了。这一世，是注定要许给家国了，若今生将性命奉献给家国，只盼来世，家国得以永安。若来世再相会，愿与你花前月下，山高水长，落英缤纷。"

寂寂寒夜，冷月如霜，微弱的月光笼罩着这对心怀大义的璧人，那相互依偎的身影在月光下熠熠生辉。

顾安笙轻叹一声，慨然而言："月儿，你遇见我后，受了太多苦了。如若可以重来，我希望你不要再遇见我，过着本该属于你自己平静的生活。"

"不，安笙。"乔锦月摇摇头，满面毅然，"如若可以重来，我还是会选择遇见你。哪怕受再多的苦，我也无怨无悔。遇见你后，我方才懂得世间情为何物，直教人生死相许。"

她轻轻倚靠在了顾安笙的肩头，面色无悲无喜，凛然而言："在家国面前，儿女情长从来都是容不得的。乱世中的情爱，卑微得就像这月光下的灯火一样。明知是飞蛾扑火，可哪怕要遍体鳞伤，我也不要全身而退。"

她顿了顿，抬起头，望着那笼罩着一层轻纱的圆月，深深说着："我永远也忘不了十九岁那一年的夏天，自从那天在后台偷偷看了一眼那个长身玉立、风度翩翩的公子，只是那一眼，便已经在我心里确定永远了。或许从那以后，便已经注定今生今世的辗转流离了。但我无怨无悔，爱过你，哪怕粉骨碎身，也甘之如饴。"

顾安笙轻轻扳过她的肩，将双手搭在她的肩上，亦是满腹诚挚："我也是，哪怕粉骨碎身，也甘之如饴。乱世风雨，流离失所，这一切从来都是最艰苦难忍的。但至少有了你，再苦，我也不会觉得难过。"

月辉下，一对璧人深深对视，凝望彼此的目光，如烈焰般炽热。

顾安笙的双手抚上了乔锦月的发丝，从发丝抚过她的脸庞，渐渐靠拢，吻上了她那樱樱的红唇。

这炽热而又苦涩的吻，似乎是在诉说着苦涩的爱恋与难舍的诀别。

月辉下，一对璧人浓情交吻的画面，一如三年前的那个岁月静好的上元节。

只是三年后，除却二人炽热的情意，一切都已不复往昔了。

- 贰 -

二人不知在这寂静的庭院中待了多久，夜已深沉，身上有了阵阵的寒意，二人才回到房间。

"星辰。"二人进入房间之时，正看到组织的队长在二人的房间内。

"队长？"顾安笙惊奇，"您怎么在这里？"

那队长说道："我刚进来时看门没锁，里面也没有人，我料想你是陪弟妹到院子里散步去了，我就先进来了。今天是上元节，我想着给你们送了一碗汤圆，你和弟妹趁热吃吧。"

顾安笙微笑着示意，向那队长道谢："嗯好的，多谢队长！"

队长说："快吃吧，没什么事我就先走了。"说罢队长就离开了房间。那队长管乔锦月叫弟妹，这很令乔锦月意外，除了意外也有些羞涩，队长走后，她向顾安笙问："队长为何管我叫弟妹啊？你是怎么和他们解释我们之间的关系的？"

顾安笙温润一笑，只说："我和队长说，你是我家中的妻子，不远千里奔赴海城来寻我的。其实我们不过就是缺了那一场婚礼，但其实，我早已经当你是我的妻子了。"

乔锦月不禁动容，心底涌上了一层带着甜意的酸楚，泪水蒙上了眼眶，她不禁哽咽："是，没错。我是你的妻子，你是我的丈夫。"

"好啦，我们快吃汤圆吧。"顾安笙拉着乔锦月到桌子前坐了下来，"难得在这样的时候，还能吃到可口美味的汤圆，我们快趁热吃吧。"

这一幕，恍惚回到了当年，三年前那个岁月静好的上元节，亦是二人初次一起吃汤圆的那个上元节。而此刻不过是相似的情景，而一切都已不在了。那个美好的年华，终究是回不去了。

乔锦月吸了口气，咽下了心底的凄楚，笑着对顾安笙说："安笙，你喂我吃吧。只要你喂我吃，我的心里嘴里就都是甜甜的。"

还是那一番相似的话语，亦如三年前的那个上元节。顾安笙心中一颤，不由得恍惚了一下，又含笑而言："好啊，我来喂你，张嘴。"

乔锦月依言张开了嘴，顾安笙把汤圆送到了乔锦月的口中，汤圆在她口中咀嚼了两下，便咽了下去。她心满意足，娇俏地笑着："好吃，真甜，是你喂我的，我的心里也是甜的。"

顾安笙亦如当年那般，对乔锦月说："那你也喂我啊，我也要心里甜甜的。"

乔锦月用汤匙捞起一个汤圆，往顾安笙口中送去，顾安笙正要吃，乔锦月手中的汤匙却退后了一点，顾安笙硬是没有吃到。乔锦月嘻嘻笑着："哈哈哈，被我骗到了吧。"

这般情景，竟如同当年一模一样，这一刻仿佛又回到了当年，一切都没有变过。顾安笙心中也泛起了酸楚，脸上却依然含笑着："好啊，小丫头，你竟敢耍我，看我不教训你！"说罢他就去挠乔锦月的痒痒，乔锦月忙求饶："安笙，别呀，我错了，好痒啊！"

"现在知道错了，来不及了！"

"哎呀，你怎么这么坏嘛……"

嬉笑怒骂亦如从前，只是这看似寻常的玩闹，却隐含着难以诉说的沧桑与悲凉。斗转星移，时过境迁，花有重开日，人无再少年，一切都不可能回到从前了。

三天之后，便是国军与外族人的决一死战之日。这次，是生是死，都定格在了这一天。

"安笙，我们走吧。"乔锦月换好了衣服，对顾安笙说。

"月儿，你准备好与我们一同奔赴战场了吗？"

"准备好了。"乔锦月毅然而言，"是生是死，全看今天，我早已视死如归，没什么可畏惧的。倘若战死沙场，你我同归，便没有什么遗憾可言。"

顾安笙握紧了乔锦月的手，深情亦悲壮："生，你我不离；死，你我不离。"二人不再多言，跟着队伍一同去了战场。

这支队伍中的女子寥寥无几，大多是妻子愿陪着丈夫同生共死的。乔锦月便是这其中之一，虽然她从未有过任何作战经历，但有顾安笙在，即使面对着硝烟四起的战场，她也没有任何畏惧了。她已经做好了万全的准备：生，一同归故里；死，便执手归尘土。

"砰！""砰！""砰！"

枪声不断地响起，亦不断地有人伤亡，所有的人在这战场上无不提心吊胆。

乔锦月第一次面临着肃杀的战场，惊心动魄是在所难免，但一想到那么多的同胞死在了外族人的手里，家园也毁在了他们手里，带着满腔愤恨之情，霎时间，便有了无穷无尽的力量。想到这是在为家人报仇，这是在为家国效力，哪怕是再惊心动魄，此刻也无所畏惧。她在那鲜血淋漓的战场上，不顾一切地奋勇厮杀着。她还是可以凭借着自己自幼学艺的优势来对付这些外族人，她身姿矫健又灵活，躲过敌人的围剿轻而易举。况且她反应灵敏，而敌军身形庞大，想要躲过她的射击却并非一件易事。

在战场上厮杀了一日，国人一直占上风，势如破竹地将外族军一个个剿灭。

夕阳西下，眼看着这场仗要打完了，乔锦月也精疲力竭。击退外族人后，她扶着一棵老树喘息了一会儿，平稳自己的气息。这一场仗打下来，她虽无碍，可一颗悬着的心却始终没有放下来。在这战场上，一直没有见到顾安笙,他现在是生是死犹未可知。倘若顾安笙已战死,乔锦月即便留住了一命,也万不会独活的。她平稳了气息,准备去找顾安笙。只听到"砰"的一声,一发子弹从她右侧划过,所幸没有伤到她。她惊得回过头,只见一个面目凶残的外族军拿着一支长枪,朝自己射击而来,她慌忙躲到了一侧。正打算扣动扳机去射杀那个外族人时,却不想自己的枪中已经没有子弹,她大惊失色,只能用自己残存的力气去躲避日军的子弹。

"啊!"她未留意脚下,竟被一块石头绊倒在了地上。此刻她已经精疲力竭,没有力气起身,只怕是躲不过了,或许自己就该命绝于此吧。"砰砰砰!"正当她打算认命时,不知从何处接连发射了好几发子弹,一朝击毙了那个外族人。她吃力地转过头去,见到了那个让她牵肠挂肚的面孔,喜道:"安笙!"

"月儿,快起来。"顾安笙快速地把乔锦月扶起来,道,"这场仗马上就要打完了,绝大多数外族军已经被我们击毙。你我都相安无事,仗打完后,我们就马上离开!"

乔锦月兴奋地点点头:"好!"

"星辰,弟妹!"那队长不知从何处而来,急匆匆地奔到二人面前,"总算找到你们了,还好都没有事。"

顾安笙问:"队长,何事?"

那队长说:"外族军已经被围杀得差不多了,只剩下零零落落的几个了。星辰,你已经做得够多了,是时候和弟妹回去了。"他将两张火车票塞到顾安笙手中:"这是今晚到宁城的车票,我好不容易弄到的,你们今晚就走吧。"

顾安笙看着手中的票,不禁怔怔然:"队长,您这是?"

队长说:"我知道你们不是这里人,已经把你们留在这里太久了,不能再耽搁你们了。如今局势混乱,交通不便,去津城的车票买不到了。现在只有去往宁城的票,你们两个先去宁城安居一阵子,再回津城吧。"

那队长顿了顿看了看乔锦月,又看了看顾安笙,诚挚说着:"你们两个本该是鹣鲽情深的一对夫妻,奈何生在这乱世,你们同样也是这乱世中义薄云天的枭雄。你们本不是这里人,却在这里为卧底做了太多的事了。一场仗下来,能保住你们的性命已是万幸,我们不能再留下你们了。剩下的余孽就交给我们吧,你们快些离开,去过属于你们自己的生活吧。"

乔锦月木然:"可是……"

"别可是了,弟妹。"队长打断了乔锦月的话,"知道你们心怀天下,你们做得已经够多了。你们快些离开这个危机之地吧,再晚些怕是走不了了。"

顾安笙迟疑了一下,看了一眼乔锦月,心中便有了决断,对队长感激而言:"好,队长,我们今晚就走。这些日子感谢你的照顾,我们之间的情谊,星辰永远不会忘记。"队长拍了拍顾安笙的肩,笑言:"当初你本不属于这里,我们却硬把你留下,你为我们付出得太多了,要说感谢也应该是我感谢你。好了,不多说了,你们快走吧。"

"嗯,队长,我们有缘再见。"

"有缘再见。"

二人告别了队长,一同离开了这个尸横遍地的战场。二人不多时便到了海城的列车站。车站挤满了人,来来往往的旅客络绎不绝。大多都是要从海城去往别处的,而且人人面色慌张。

乔锦月看着来来往往的人群:"今天车站的人异常地多啊!"顾安笙点点头:"如今海城腹背受敌,只怕是过不了多久就要沦陷了,这些百姓们大概都是要在这最后关头逃离海城的吧。"乔锦月倚靠在顾安笙的肩头,柔声说着:"万幸,历经了生死一战,你我都保住了这条命。离开这里后,我们就再也不要分开了。"顾安笙抚过乔锦月的发丝,深深道:"该做的事我们都做了,于国于家,我们都尽了最大的心力。国家危难之际,我们放下儿女情长,积极投身于对抗贼寇之中。能杀外族贼寇,奉献家国,身为国人儿女亦无怨无悔。月儿,宁城无战乱,我们就先到宁城安居一段日子。相信总有一天外族贼寇能被尽数清除,到时候,天下大治,我们回到津城,继续说相声,唱戏,这一回我们永远也不要分开。"

乔锦月握住顾安笙的手臂,深深感叹:"这烽火乱世,多少人因此丧命。我们能将这一份感情坚守到现在,这其中的辛酸也只有我们能懂。我庆幸,我们两个还能活着,这一次,我们再也不要分开了。"

"乘客们请注意,去往宁城 108 列车的乘客请到检票口检票。"

"月儿,到我们了。"

"走吧,安笙。"

两人从座椅上站起,准备去检票口检票。

"轰!"不知从何处投掷来了一枚炮弹,炸在了列车站附近。这惊天的炮火声,让在场所有的人无不大惊失色。"砰砰砰砰砰砰!"一阵接连不断的枪声响起,紧接着,穿着绿色军服的外族人便鱼贯而入。

"完了,完了,外族人来了。"

"快走,快走,快上车啊!"

此处的乘客惊慌不已,瞬间乱了秩序,没有人依照规矩检票,全都奔向了这一趟列车的各个车厢。

"糟了!"顾安笙心里一紧,忙说,"月儿,他们杀过来了,我们快上车。"

"好!"

"砰!砰!"

"啊,不要,快逃啊!"

"哎呀,你这个人,你踩我干什么啊!"

整个车站霎时间乱作一团,挤满了惊慌失措、落荒而逃的百姓。顾安笙护着乔锦月迅速朝着列车的方向奔去,奈何人多拥挤,每走一步,都是十足的艰难。不知何时,二人已经被拥堵的人挤散了,乔锦月看不到顾安笙的身影,霎时间便慌了神色。

"安笙,你在哪里!"乔锦月四处张望顾安笙的身影,慌忙叫道。

"月儿,我在这儿呢。"顾安笙在乔锦月的身后,亦四处寻觅乔锦月。听到乔锦月的呼唤声,艰难地向她伸出手,招呼着:"月儿,别怕,你只管上车,我随后就能跟上你。"

乔锦月已经被人潮拥挤得无法回过头,只得艰难地答应着:"嗯,好!"乔锦月几乎是被挤着推上了列车,她刚进列车,便找了个最近的窗口,寻觅顾安笙的身影。可车外人山人海,她始终没能看到顾安笙的身影,一颗心不由得紧张起来,跳个不停。

"安笙!"乔锦月终于看到了顾安笙的身影,在车窗内拼命地向他招手,"安笙,我在这里,你能看到我吗?"

"月儿。"顾安笙看见了车窗内的乔锦月,忙朝她喊道,"你等着,我马上上去!"

"好!"乔锦月虽然看到了顾安笙的身影,但外族军在身后伏击,他没能顺利上车,她的心一直悬在了喉咙上。

"砰砰砰砰砰砰!"又是一阵密集的枪声响起,周围已经有不少人中枪倒地而亡。

"安笙,小心哪!"乔锦月担心不已,在车窗内皱着眉拼命叫喊道。

"啊!"可是就在她话音刚落的那一瞬间,顾安笙便中了外族军的一枪,那一枪猝不及防地射在了他的手臂上。他吃痛地嘶叫一声,瞬间跪倒在了地上。

"安笙!"乔锦月的心猛然一颤,声嘶力竭地拍着车窗叫道,"安笙,你快起来,快上车啊,他们马上就来了,你千万不要有事啊!"

"月……月儿……"顾安笙吃力地抬起手臂,看着车内的乔锦月唤着。

"砰!"又一发子弹袭来,恰巧,不偏不倚地又击在顾安笙抬起的那只手臂上。"啊！"顾安笙抬起的手臂垂了下来，两臂接连中枪，那钻心入骨的疼痛袭来。他已经瘫倒在地上，神色痛苦不已，已无法起身。

"你怎么了，安笙！"乔锦月的心猛烈地颤抖着，她不由得焦灼地流下了泪水，拼命敲着车窗："安笙，你快起来，就差一点了，你坚持一下，你上了车就没事了！"

"月儿……"顾安笙又一次抬起那不断流着血的手臂，试图挣扎着起身，可这一次他终究没有力气再做挣扎，抬到一半的手臂无力地落了下去。

"乘客们请注意，列车即将开往宁城方向。"广播声响，列车已缓缓开启。

"不要，不要啊！"看着列车已经开启，乔锦月彻底地慌了神，望着瘫倒在地上的顾安笙，声嘶力竭地喊道："安笙，不行，我们不能再分开了！"此刻，她甚至想从车窗跳下去，去陪顾安笙。哪怕真的危机重重，哪怕真的要就此丧命，她也要陪着他一起。可无奈，车窗是密闭着的，她就算是拍断手指，此事也无法做到。只能面对着车窗，无可奈何地哭喊着。

"月儿。"顾安笙拼尽最后的力气呼喊，"你一定要好好活着，无论你到哪里，我都会找到你，你等着我！"他拼尽力气说完了最后一句话，便倒在地上昏了过去，不省人事。

"安笙，不可以！"

乔锦月声嘶力竭地叫喊着，此时此刻她已经涨红了脸，惊恐到了极致。可此刻列车已经开始行驶，任凭她再怎样声嘶力竭地呼唤，也无法唤回顾安笙了。只能眼睁睁地看着他晕倒在地上的瘦削身影，而她已被列车载着缓缓前行。

他的身影越来越远，直到在她的眼中消失不见。曾经丽珊桥上定情，而今海城被迫分散。丽珊桥，离散桥。

也许，这一生，注定是应了这一句离散。

第十部分

梨园梦

第二十九章

经年一场梨园梦

- 壹 -

春日柔和的清风拂过,带着盛开着的桃花的香气,洒满了整座津城。八年了,无数次的披荆斩棘,浴血奋战终于在这一刻终止了。

津城恢复了昔日的平和与宁静,从此以后再也没有杀戮和战争。去年秋季,外族正式向本国宣告投降。抗战胜利后,津城重建,此后又恢复了昔日的生机盎然。

"师父,已经练了这么多遍了,你就让我歇一会儿吧。"庭院内,一个豆蔻年华的少女向她的师父撒娇道。只见她面前的师父肃穆而言:"素心,你若不刻苦努力练功,怎么能成角儿?"

那女子面容清丽,虽说眉眼间已经有了岁月划过的痕迹,但却丝毫掩盖不住她那倾城的容颜。她淡然的神色带着不食人间烟火的清冷,双眸通透,仿佛已是看淡了世间之事。

她正是津城文湘戏社的班主，人称念安娘子。

素心撇撇嘴，小声嘟囔着："看客们都很喜欢我的戏的，怎么偏偏就师父对我不满意……"

"素心，你师父要是对你要求不严，你怎么能成角儿呢？"

旁边一个年近四十的妇女拍了拍素心的肩，笑道，又对那女子说道："这孩子一直挺努力的，你就让她去歇一会儿吧。年轻人总是爱玩的，让她去吧。"

念安娘子轻轻吸了口气，看了一眼素心，"罢了，既然你敏姨都开口了，你想玩就去玩儿吧。"

"太好了！"素心瞬间喜笑颜开，"谢谢敏姨，谢谢师父！"

"这小素心。"妇女看着那雀跃的素心，不禁笑了，"这孩子今年得有十九岁了吧。"

念安娘子点点头："是啊，她今年刚好十九，正值豆蔻花季。"

妇女不由得感叹道："时间过得真快啊，转眼间已经十多年了，我还记得你十九岁的时候，那个时候你已经成了津城名角儿了吧。"

念安娘子眼中闪过一丝淡淡的沧桑："今非昔比，一切都不是当年了，年岁见长，一转眼，我也不再年轻了。"

妇女又说："你这个小徒弟素心，学戏学得快，性子又活泼俏皮，乍一看，还真有你曾经的影子呢。"

念安娘子若有所思，捋了捋鬓边的发丝，露出一抹沧桑的笑容："那个时候我还年轻，和她一样不经世事。如今年岁见长，才懂了这世事的艰辛。看着她我便想到了我曾经在湘梦园的那个时候，我当初也和她一样，每天缠着师父撒娇，总想着偷懒。如今建了这文湘戏社，我也为人师，才懂得了师父当年的不容易。我师父妙音娘子终身未嫁何尝不是为我们辛苦了一辈子。可是如今，师父她已经不在了，我也没有机会再孝敬她了。"

念安娘子眼中有隐隐的悲伤划过，妇女见状，忙安慰她："妹妹，已经过去这么久了，就别想着那些伤心的事了。你看现在多好啊，你一手建立了文湘戏社，这戏班子和相声班子合并，在咱们这儿可是史无前例呢。而且你还有那么多徒弟陪你，这样的生活多好啊，我都羡慕不来呢。"

念安娘子轻轻笑了笑："能建起文湘戏社，还不是多亏了敏姐相助？要是没有你们夫妇的支持，我哪里能建成这么大的戏社呢。咱们姐妹这么多年，就别跟我这么客套了。"

妇女笑着摇了摇头，又徐徐说着："妹妹，你今年已经三十一岁了吧，你看小环、佩真岁数都比你小，现在也都嫁人了。你天天忙着徒弟的事，就不为自己的终身之事想一想吗？"

念安娘子渐渐敛去了脸上的笑容，眼中隐隐闪烁着难以察觉的忧伤，低下头，并豪无波澜地轻声说："敏姐，你知道的，我心里只有他一个人，除了他，我不会接受任何感情的。"

妇女叹了口气，似乎是怕勾起念安娘子的伤心事，试探着说道："可是……妹妹啊，已经过了这么多年了，这八年，咱们一直没有他的下落。他可能已经……你现在年岁也不大，要想结亲也来得及。你就真的只想着他一个人，不为你的下半生做考虑吗？"

念安娘子并没有想象中的悲伤，只是轻轻眨着眼睛，淡淡道："我已经认定他一个人了，这一生，也只能是他，不会有别人了。我总觉得他一直在，只是我没有找到。津城是他的故园，若他在世，总有一天他会回到这里的。我愿意一直等他，若他一生不归来，我就等他一生。我建立这个戏曲和相声合并的文湘戏社，不就是把文周社和湘梦园合并起来，在此等他吗？我完成了我们共同的理想，可是，他依然不知踪迹………"

她顿了顿，复又望向窗外，深深而言："他说过让我好好活着，我就一直好好活着。他说过总有一天会找到我，我就等着他回来。如今终于等到了河清海晏的那一天，津城的桃花也盛开了。他说过，要和我一同看故园盛开的桃花，可是他一直都没有来……"

妇女心中不禁泛起了一阵酸楚，幽幽说着："妹妹，自从八年前你从宁城回来时，生了那场大病后，你的性情就变得和从前判若两人了。他们都说你少言寡语，性情冷淡，让人捉摸不透，也就只有在我这你能多说几句。你若是真的有什么苦，就和敏姐说，你要想找他，就尽管去，千万别把心事憋在心里，把自己憋坏了。"

念安娘子摇摇头，只是淡然地笑了笑："寻也无果，寻有何用，我不必再去找他了，津城是他的家，他若在世就一定会回来的。敏姐，你不用担心我，这么多年，我不是一直都很好吗？我不是冷漠，只不过是看透了，这世间没有太多值得悲喜的，我也没有什么可与人多言的了。"

"妈妈，念安阿姨！"

"妈妈，师娘！"

只见一个十几岁的小女孩带着一个八九岁的小男孩奔跑到了庭院。妇女见两个孩子回来，慈祥地笑着："你们两个去哪儿玩了，玩得开心吗？"

小女孩点点头："开心，我带着弟弟去盼归桥了。"

小男孩亦说："我和姐姐玩得很开心，但是师娘说要早点回来练功，所以我们就回来了。"

妇女笑了笑，摸着小男孩的头："我们易之真懂事，是个好孩子。"妇女又对念安娘子说："妹妹，他们两个回来了，我就先带雅雯回我们院子里了。你教易之练功吧，要有什么事你随时来找我，反正就在隔壁，离得也不远。"

念安娘子点点头："好的。"

说罢，妇女就带着小女孩离开了文湘戏社的院落。

二人走后，念安娘子对易之说："易之，师娘昨天教你的太平歌词你今天还记不记得了？"

易之点点头："记得，我一直在心里默背呢。"

念安娘子将一副御子板递到易之的手里,说:"来,你先打板唱一段《鹬蚌相争》吧。"

"好。"易之打着手中的御子板,细细唱着,"昨日里阴天渭水寒,出了水的河蚌儿晒在了沙滩……"

念安娘子望着易之打板唱曲儿的神情,默默出神,易之的模样很像当年台上的他,她不由得想起了心里的那个人。一晃八年,竟恍如隔世。安笙,你在哪里,为什么你还不回来?你知不知道,我们的徒儿已经长大了。他很懂事,很听话,我已经替你教会他太平歌词了。他打板唱曲儿的模样和你当初一模一样,看着他,我就想起了你。

你到底在哪里啊?我好想你……

"佩真,你这些天感觉怎么样啊,有没有感觉到不适什么的?"一个女子抱着她的女儿,边走边对着身旁一个怀胎五个月的女子道。

旁边的佩真扶着肚子笑:"最近倒是还好,五个月胎相也稳了,也不像之前那样害喜了。就是这小家伙在肚子里一点也不老实,总是踹我的肚子。"

抱着女儿的小环笑道:"那你怀的八成是个男孩儿了。"

"我倒希望是个女儿呢。"佩真怜爱地摸着小环女儿的头,温声说,"像你家雪儿这么乖巧可爱,多好啊。"

"好什么呀。"小环笑了笑,"你别看她现在老实,她刚出生的时候可差点没把我累死。"

彼时,二人已经到了文湘戏社的门口,佩真敲了敲门,只见开门的是素心那个小丫头。素心见二人前来,恭敬而言:"二位师叔好。"

小环问:"素心,你师父在吗?"

素心点点头:"师父知道两位师叔会来,在屋子里等着你们呢。"

"好,佩真,咱们进去见师姐吧。"

"好!"

轻轻推开房门,只见念安娘子正摩挲着手中的钻石月项链暗自出神,并未察觉二人的到来。

"师姐。"小环轻轻呼唤。

"啊,你们什么时候来的?"念安娘子小心翼翼地将钻石月项链放在了盒子里,望着二人,不禁失笑,"我竟然没发现。"

佩真又道:"师姐你想什么想得那么出神,我们来了你都没发现。"

念安娘子轻笑一下,并未回答佩真的问题,只对她们二人道:"来,快坐下吧。"又对佩真细心地叮嘱:"特别是你,佩真,小心点。"她望着佩真圆滚滚的肚子,笑道:"佩真,你现在有孕快五个月了吧,最近还有没有像初孕时那般难受了?"

佩真摇摇头,笑言:"最近倒是挺好的,也不害喜了。就是这小家伙总踢我,肚子越来越沉,再过几天,我怕是连走路都走不动了。"

小环亦望着佩真笑着:"怀孕都是这个样子的,当初我怀雪儿的时候也是一样。你再等几个月,把他生下来后,你就会觉得全身一下子都轻松了。"

念安娘子点点头,对佩真说:"佩真,小环生过孩子她有经验,你要是有什么不懂的就问小环。这类的事我也不懂,小环,佩真有什么问题还得靠你帮她了。"

小环点点头:"这是当然,我还盼着佩真快点生下这个孩子,给我们家雪儿做伴呢。"小环怀中六个月的雪儿抓着她的发丝,睁着圆溜溜的眼睛,正目不转睛地看着念安娘子。

念安娘子不禁心生怜意,对小环说:"小环,让我来抱抱雪儿。"

小环依言,把雪儿递给了念安娘子,念安娘子摸着雪儿那粉嫩的小脸,情不自禁地温声笑:"雪儿好像比我前几天见的时候又重了一些呢。"小环亦笑:"都六个月了,能不重吗?师姐,等她长大我就让她拜你为师,让你教她学戏。"

佩真看着师姐对雪儿那般怜爱的神情,不由自主地说:"师姐,你看你那么喜欢孩子,为什么不结婚,自己生一个孩子呢?"

"佩真。"小环生怕触碰念安娘子的伤心事,悄悄向佩真眼神示意,让她不要再继续说下去。

念安娘子沉默了一下,复又吸了一口气,淡然而言:"你们知道的,除了他之外,我是不可能嫁给任何人的。他若不归来,我便一直等他。我一生念着的,也只能是他一人,不可能会有旁人了。"

"可……可是,师姐。"佩真小心翼翼地问,"假如,我说只是假如,万一顾公子已经不在了,你真打算终身不嫁吗?"

念安娘子的心似乎被什么东西刺了一下,竟猛然一痛,眼中闪过一抹若隐若现的悲伤。可是面上却依然波澜不惊地淡淡说着:"他在也好,不在也罢,我这一生已经许给他了。他若有日归来,我便等他归来那日;他若此生无归期,我便等他到此生终结。"短短两句话,听不出任何悲喜,字里行间却透着毅然与决然。看似波澜不惊,可这却是她一直隐藏在心底最深的痛。

"唉!"小环轻轻地叹了口气,不禁黯然,"师姐,你给自己取艺名为念安娘子,其实这个名字,是包含着你对他的情意的吧。"

念安娘子幽幽地闭上了双眼,深沉而言:"是也罢,非也罢,只此一生,便只念一人。"她顿了顿,抱着怀中的雪儿:"这些日子啊,我总是做梦,梦到的都是从前的那些人。师父、爹爹、大师兄、仲怀、红袖师姐,甚至还有曲卓然,可是唯独没有梦到他。是他不肯入我的梦,抑或是他没有离去。他既然要我好好活着,我就一直好好活着。他说他总有一天会回来找我,我就一直等他。可是,我等了他八年了,八年了,他一直杳无音信………"

小环与佩真相互对视一眼,双双黯然地低下头,默默无言。

师姐自从八年前从宁城归来后,便性情大变,这些她们都是亲眼见到的。从那以后她便不再有生机与活力，与从前大相径庭。也不爱多言，而是变得淡漠，少言寡语，似乎脱胎换骨，变了一个人。

那日后，那个名字便成了她的心结，一提到他，她就会痛哭不止，从此以后便无人敢在她面前提起那个名字。但她们都知道，她始终忘不了心里的那个人，这么多年她没有一刻真正地放下过他。

过了些年月，她年岁渐长，渐渐地忘却了那时的痛，提到他时，她不再像从前那样伤心了。

但她也立下了誓言，只此一生，只念他一人。

八年来，她的性子一直寡淡，平日里也郁郁寡欢，只有见到她们姐妹几个才会多说几句话。

她们也不忍心看着师姐这样孤独，悲戚地过完一生，时常劝她，但她心底最深的心结，是不可能打开的。

- 贰 -

暮色沉沉,男子一袭长衫,风尘仆仆地下了列车,朝着故园津城的方向走去。

八年了,历尽磨难,尝尽相思,终于在这一天回到了久违的故土。男子已过而立之年,眉目间有了沧桑的痕迹,却掩盖不住他与生俱来的丰神俊朗。只是那清秀的容颜,已经有了岁月走过的沧桑。八年了,如今重回故土,竟恍如隔世。只记得离开时,炮火连天,血流漂橹,津城一片凄凉景象。

如今家园重建,终于一改昔日的惨状,恢复了最初的祥和与宁静。

重回故土,他此刻的心情百感交集,这自幼生长的地方啊,八年后重归,竟是既熟悉,又陌生。八年的时间足以改变一切了,那个战火纷飞的时候,亲人尽数离去了,爱人也不知所终。如今归来,不知八年来一直心心念念的那个她可还安好,又是否一样,每个日夜都对自己魂牵梦萦?

他踏步上了一座刚刚修建好的、崭新的石桥。脚步印在雕栏玉砌上,走向那河的对岸。还是从前的旧址,却已经不是当初的那座桥了,那个曾经他与他心爱的姑娘定情的那个桥。

八年了,终究是变了。

他走到河的对岸,只见一块石碑立在桥畔,从上至下写着"盼归桥"三个大字。

"盼归桥!"他摩挲着石碑,自言自语道,"八年了,如今连丽珊桥也改了名字了。"

旁边一位漫步的大娘听到了他的言语，走过来说道："先生你不是本地人，不知道吧，丽珊桥在抗战的时候被外族人炸毁了，现在这盼归桥是外族投降后重建的。"

男子问："可为何要把丽珊桥更名为盼归桥呢？"

大娘说："这盼归桥是之前一位姑娘出资建设的，她说丽珊桥的丽珊二字谐音是离散，不吉利。她和她的爱人就是应了这丽珊桥的名字，最终离散不得相见。她还说，把丽珊更名为盼归，是想在这里留一个念想，盼望与她离散的爱人早日归来。"

丽珊桥……离散！

想到此处，男子的心猛然一颤。他与她年少时，便是在这座丽珊桥上定的情。为何这半生一直在颠沛流离，与她终不能相见？只怕是真的应了这丽珊桥的名字，各自离散。

那个出资建桥的姑娘，不会就是……难道真的是她在这里，盼望着自己早日归来？男子转过身，慎重问："大娘，你可曾见到过那位姑娘？她多大年岁，大概是个什么模样？"

那大娘想了想，说："刚好那天我也在此，那姑娘我只见了她一眼，模样记不太清楚了。她看起来也不太小了，大概有三十岁了吧。我只记得她脾气很古怪，对谁都冷冷的，一副爱搭不理的样子，又少言寡语得让人捉摸不透。"

男子的心剧烈地起伏着，如果是她，算起来她今年也有三十一岁了吧，若说年龄，恰巧与她相当。可若说性子，她天性活泼，就算长了年岁，也不可能变得如此大相径庭，这不像是她。想到此处，男子的心暗了下来。可再转念一想，已经八年了，这些年的沧桑，连自己都被风化了，她又何尝不会改变？此时此刻，他多么希望那个姑娘就是她啊！

他用带着颤抖的声音问："大娘，你知不知道那个姑娘住在哪里？她有没有找到她的爱人？"

大娘摇摇头："自从那之后我再也没见过她,她那样不喜言谈的人,大概也不爱出门吧。至于她有没有找到她的爱人,这就没人知道了。不过她也是可怜,在战乱的时候和她的爱人分散,这么多年了,她的爱人可能早就在战乱中死去了。可她还是相信他会回来,用自己的一辈子这么傻傻地等。从战火在津城打响到现在,也快八年了吧,谁知道这八年到底发生了多少事……"她说罢,又看向男子,奇异:"我说先生,你怎么对那个姑娘那么好奇?"

男子叹了口气,深沉而言:"没什么,我只是替那个姑娘感到心酸罢了。这战火纷飞的年代,多少人骨肉分离,流离失所。但愿所有在战争中失散的爱人,都能在一切恢复平静与安宁后,找到彼此吧。"说罢,他便缓缓离去,夕阳将他的背影拉得很长很长。

这日的夕阳,恰如十年前,他在小剧场演出完毕,她等待着他,并与他一同归去的情形。如今,夕阳还是一样的夕阳,津城也是一样的津城,而失散多年的一对苦情人,已然不复往昔了。

盼归桥,是盼望着心中挚爱归来。是你吗,月儿?真的是你吗?如若是你建这盼归桥为了等我,你又为何在这八年里由从前的活泼热情变得少言寡语,性情冷淡?如若不是你,还会有谁是在丽珊桥上与爱人定情,而今又各自离散?那个人一定是你,如若你还在这津城,我一定要将你找到。

如今,终于恢复了往日里的安宁,这是曾经你我梦寐以求的。没了战乱,便再也没有什么可以阻拦我们相聚的了。如若找到你,这一次,便是永生永世,这一次,我们再也不要分开。

男子漫无目地在街上游走着,他不知该去往何处,亦可以说,他不知她在何处,亦不是何处是归宿。

"快点,快点,一会儿戏社就开始表演了,晚了买不着票了!"

只见络绎不绝的人群向前簇拥而来,仿佛都是要去往一个地方。

他抬头,只见不远处有一个模样似曾相识的剧院,古色古香的建筑上写着"文湘戏社"四个大字。这一瞬间,他不由得恍惚了一下,仿佛回到了少年时，他成长的地方。不知为何，也许同样是梨园行当，看着这方牌匾，便有一种莫名其妙的亲切感涌上心头。

这剧院的名字模棱两可，不知是戏曲表演，还是相声表演。可无论是哪一种，他此刻都想去看看。毕竟时过境迁，已经太久没有体味到梨园学艺的感觉了，此刻，他只想重温与她昔年的梨园醉梦。他默默走到售票口，那售票的姑娘问："先生，你是买相声的票，还是买京戏的票？"

男子不禁一怔："相声？京戏？难道你们这是相声和京戏合并的剧院……"

售票口的姑娘说："先生，想必你是外乡人不知道我们这儿吧。我们这里是津城鼎鼎有名，唯一一家相声和京戏合并的剧院。你是买京戏的票，还是买相声的票？"

"这样啊。"男子犹豫了一下，最终只说，"那便要最近的一场京戏的票吧。"

"好嘞，先生，京戏剧场在左边，你左转就可以了。"

他接过票，默默走向戏社。

其实相声是他的钟爱，曾经热爱的曲艺，因为这战乱的风雨飘摇，他已经许久没有说过看过相声了，他此刻何尝不想去看一场相声表演？但他最终还是选择了京戏，因为他挚爱的她，是做京戏行当的。他太过于思念她，或许听了京戏，便能回味到从前与她相爱时的感觉吧。哪怕只能看到她的影子，也足够了。他走到了自己的位置上，缓缓落座。听着那熟悉的锣鼓声响起，仿佛回到了昔日年少无知的时候，而此刻，他只觉得恍如隔世。

"良辰美景奈何天，赏心乐事谁家院……"

这出戏，是他熟知的《牡丹亭》，也是她最爱的一出戏。

这是昔年他们曾同台共唱的一曲，这戏中柳梦梅与杜丽娘的美满爱情，亦是二人最美好的心愿。殊不知，柳梦梅与杜丽娘不过是二人心中永远实现不了的向往，而他们最终却成了许仙与白素贞，落得个各自离散的结局。台上扮演杜丽娘的姑娘，是一个豆蔻年华、容颜姣好的小姑娘。不知为何，他总觉得那个小姑娘和曾经的她是那么相像，这一举一动、一颦一笑，甚至是那柔美的唱腔，都像极了昔年的她。

"月儿！"他情不自禁地呼唤了出来，这一瞬间，他甚至以为台上的人就是她。

当他回过神来，不禁哑然失笑。是自己太过于思念她了吧，竟把一个十几岁的小姑娘当作了她，她若在，也得有三十余岁了，怎么可能会是一个豆蔻年华的小姑娘。是啊，辗转了这么多年，青春年少早就褪了色，而今都不再年轻了。

"感谢各位前来观看，我们下场见。"

不知不觉，一场演出便已经到了尾声，他坐在原位上，似乎意犹未尽。但看客们已经一一离去，他也只得同他们一道走出了剧场。

彼时天色已晚，黑夜中一轮圆月当空，他望着圆月，不禁自言自语地慨叹着："你总说你是月亮，我是星辰，今天的月亮又圆了，而你在哪里？"他深深地叹了口气，径自离去。

"师兄，你有事就先走吧，不用担心我。这离咱们院子又不远，我自己回去吧。"

"那好吧，素心，你一个人小心点。"

他闻声望去，那面前的姑娘不就是那个扮演杜丽娘，与她一颦一笑都极为神似的那个戏角儿吗？此刻只有她一个人，他不禁心生好奇，走到她身旁，叫道："姑娘留步！"

那姑娘转过身，好奇道："先生，您是叫我吗？"

男子意识到自己方才过于莽撞，便欠身致歉："姑娘，抱歉，唐突你了。我是刚刚看戏的看客，在下很喜欢姑娘你的戏，所以想来和你打个招呼。"

"真的吗？"

那姑娘兴奋地笑道，天真的脸上写满了期盼："先生您真的喜欢我的戏啊，太好了。师父总说我唱得不够好，如今也有喜欢我的看客了。不瞒您说啊，我学戏没多久，初次登台，就能得先生夸赞，我好开心啊！"

灯火下，他看清楚了那姑娘的容貌，她的容颜俏丽，与她少年时有几分相像，却大不相同。她那热情与天真，却是和她当年如出一辙。他不禁觉得面前的这个小姑娘亲切得很，倒像是见到诀别已久的那个她。

他笑了笑，又问："敢问姑娘姓名，尊师是何人，在下冒昧问一下，日后好方便听姑娘的戏。"

那姑娘兴高采烈地说："我叫素心，师父是念安娘子，我这几年一直跟着师父学戏，其实我师父的戏才是最好的，只可惜啊，她从来不肯登台，我也不知道为什么，莫名其妙。"说到此处，她又噘起了嘴，好像是在为一些猜不透的事发愁。

"你的师父？"他不禁生出一种奇怪的想法，素心在戏台上的一举一动都与她如此相像，那素心的师父会不会……他蹙了蹙眉，凝重问，"素心姑娘，你的师父念安娘子的本名叫什么，她为何不登台唱戏？"

素心摇了摇头，满面茫然："师父只许别人叫她念安娘子，从没有说过她的真名。我之前问她为什么不登台时，她只说故人不在，唱戏给何人听？我也不明白是什么意思。师父的脾气很奇怪，她少言寡语，从不爱与我们多交谈。不过虽然她很冷淡，但是实实在在真疼我们的。"

他的心不禁颤抖了一下，凝重问："素心姑娘，你师父可有说过她口中的故人是何人？"

素心摇头："不知道，她也不会对我们说这些。我总觉得师父是个很有经历的人，她应该是受了很多的苦，才变得如此冷漠的吧。之前的事她从来不愿意与我们多说，不过这些事也不是我们这些做徒弟的能管得着的，她疼我们，我们孝敬她就好。"

"哎呀！"素心好似猝然想到了什么，惊慌地捂住了嘴，"我不能在这里耽误太长时间了，师父要是知道我这么晚还在外面逗留，又要责骂我了。先生，我不和你多说了，我要回去见师父了，你要是喜欢我的戏，就常来啊！"

说罢她便跑走了，男子刚想再问些什么，她便跑得没有踪影了。

"念安娘子……"他的心剧烈地起伏着，不知是太过于思念她，还是那个姑娘太像她，他总有一种直觉，那个姑娘的师父就是她。可他不知念安娘子是何人，她的一切都不知晓，怎么能断定念安娘子就是她。若是她，怎么会少言寡语，性情冷淡？这实在不像她，倒是与那个出资建桥的姑娘是一样的性子，不会……

想到此处，他的心颤了一下，不会念安娘子就是出资建桥的姑娘吧。他有种直觉，此刻，魂牵梦萦了八年的她就在自己的身边。

月儿，念安娘子是你吗？出资建桥的姑娘是你吗？若是你，你为何性情会变得如此淡漠？究竟要到何时，我才能见到你？

- 叁 -

晨光熹微。

次日清晨,男子又只身来到了文湘戏社,这个充满迷津而又莫名亲切的地方。本是想买一张相声社的票,听一场相声,回味少年时的意气风发,可不想,竟被一个小男孩吸引了注意力。只见一个八九岁的小男孩,站在一棵杨树下,穿一身墨色长衫,手中打着御子板,正在唱着太平歌词。

"杭州美景盖世无双,西湖岸奇花异草四季清香……"

那悠悠扬扬、飘飘荡荡的歌声入耳,这童稚的歌声格外熟悉。

男子不禁回想起了自己小的时候,那个穿长衫的孩子恰如自己童年的模样,当年自己何尝不是如此?那时自己也不过七八岁,跟着师父学艺,和他一样,时常自己一个人在角落里练唱太平歌词,一练就是一整天。只有耐得住寂寞,方能享得住长远。到后来,自己长大了,不负当年的苦练,如愿以偿成了角儿,没有辜负师父的厚望。再后来,津城被屠,师父客死他乡,一切都不在了……

想到这些,男子的心中不禁泛起了一阵酸楚。

那个犹如自己童年模样的小男孩,又是如此亲切。他情不自禁地叫住了面前的小男孩:"小公子!"

那小男孩转过身,似乎是被他突如其来的呼唤惊了一下,却还是十分恭敬有礼地欠身问:"先生,您叫我?"

男子见他生得可爱,心下不觉升了几分亲切,方问,"我见你一个人在这里唱太平歌词,心生好奇,所以想来问一问。平素里像你这个年龄的孩子都在玩耍,为何你要在此处练太平歌词啊?"

小男孩答道:"是师娘让我练的,她说我必须苦练才能成角儿,所以,只有我夜以继日刻苦地练功,长大后才能成为像我师父那样的名角儿。"

男子思忖了一下,又问:"小公子,我见你年纪小小技艺便如此纯熟,能否冒昧地问一下你的尊姓大名,父母为何人?"

小男孩答道:"我的名字叫杨易之,我父亲叫杨泽,母亲叫周敏。"

"易之……你是是易之!"竟然是故人之子,不曾想兜兜转转竟然碰到了他,那样说,自己苦苦思念了八年的那个人……

男子此刻激动得双手颤抖,却也有些不可置信,声音也提高了几度,又问:"易之,你可曾知晓林宏宇这个人?"

易之满面的惊异:"先生,你知道我的亲生父亲?"

男子上前了一步,凝重问:"孩子,你当真是林宏宇的儿子?"

易之点点头,却是茫然:"妈妈和我说过,我不是她亲生的,我的亲生父亲叫林宏宇,母亲叫薛茹蕙,他们在我不足周岁的时候为了保护我而死,爸爸妈妈让我不能忘记他们。师娘也说过,我的亲生父亲是师父的搭档,可是我连师父的面都没有见过。"易之稚嫩的脸庞上,满是不符合年龄的困惑。

难道真的是……男子的心里犹如有万般风雨袭来,他凝眉,颤声问:"那你的师父师娘又是何人?"

易之依旧茫茫然:"我师娘是念安娘子,她其实就是我师父,我的功夫都是她教的。但偏偏她不许我叫她师父,只许叫师娘。所有的师兄师姐都叫她师父,只有我叫她师娘。她总是说我的师父另有其人,他在远方没有归来。我问她,她又不肯告诉我,她只说,我的名字是师父给我取的,其余的什么都没有说……"

真的是她，果然是她，苦等了八年的她，此刻就在眼前！原来她一样没有忘记他，原来八年来，她一样对他魂牵梦萦，朝思暮想！那百感交集的感觉如惊涛骇浪般地向他心中袭卷开来，他激动得双手颤抖，握住易之的肩，恳求着："易之，你师娘就是我一直要寻的人。她现在在哪里，你带我去见她好不好？"

易之退后了一步，摇摇头，歉然而言："先生，这个恐怕不行。我师娘性情冷淡，她是不会轻易去见外人的。"

"不，她等的人就是我，我一定要见她。"

男子的心中已是止不住地惊涛骇浪翻涌，顾不得易之的拒绝，只见院子的大门是敞开的，便无所顾忌地冲了进去。

"哎，先生，您不能进去……"易之见他冲了进去，急忙上前阻拦。

"月儿！"他大声呼唤她的名字，一方院落中无人回应。可他看到这眼前之景，竟骇然一惊。这布置，这陈设，当真如从前的湘梦园和文周社的一样。苦了她的一番心思，一个人千辛万苦地把湘梦园和文周社重建如初。

"先生，是您啊，您怎么到了我们的院子里？"

"素心？"他转过头，只见素心端了一碗红豆薏米泡的茶水，诧异地看着他。

"师姐！"刚刚赶上来的易之气喘吁吁地跑到素心面前，焦急道，"这位先生不顾阻拦，非要见师娘。若是师娘知道有陌生人闯进来，她一定会生气的。"

男子意识到了自己的失礼，眼中添了一丝歉意，欠身道："素心姑娘，如有失礼还望海涵。可你的师父念安娘子是我的故人，我今日一定要见到她，能否请素心姑娘通传一下？"

素心顿了顿，面色有些为难："可我师父一向不见外客的，之前有人想要拜访她，结果她全叫我们打发出去了。先生，我知道您是喜欢我们的看客，我可以理解您。但您想见我师父，这个恐怕我们帮不了您了。"

男子却执意，仍然坚持说："如若她知道是我，她一定会见的。"说罢，他又向前走了两步。

素心连忙跟上去，阻拦着他："先生，万万不可，师父的房间是万万不可随意进入的。"

男子望着素心手中端着的红豆薏米茶，不禁心里泛上一阵暖意，说："这么多年了，你师父还是和昔年一样，喜欢喝这红豆薏米茶。"

素心诧异："先生，您怎么知道的？师父这些年，每天都会喝这茶。而且她总说，红豆寄相思，这是故人之物。唉，这我又不懂了。"

男子粲然一笑："故人未归，心却如故。"

男子又向前走了几步，便止步不前。他没有冲进念安娘子的房间，而是怔怔地盯着房门口的对联痴痴地看着，口中喃喃而言："锦绣年华空潭月，浮生安稳觅笙歌，月儿，果然是你啊！"

男子心中如五味杂陈，此刻已然红了眼眶。

素心不知，也未察觉他的神情，只当他是看到这对联而诧异，便说："先生您是觉得师父门口这对联奇怪吧。我也觉得奇怪，别人的对联都是天增岁月人增寿什么的，师父非贴这么一副稀奇古怪的对联，而且常年都是这一副，从来都没有换过。我问师父，为什么总贴这么一副不喜气又不对仗的对联，师父只说什么，锦绣年华空潭月，许的是静好；浮生安稳觅笙歌，愿的是安平。我没读过书，也听不懂是什么意思，真搞不懂师父的这些名堂……"素心喋喋不休地说着，男子的心早已开始剧烈地起伏。

原来他们的那些誓言，她和他一样，念了整整八年，八年了，一切都没有停歇过啊。他目光扫过上方的横批，念着："乔首回顾……"

素心也看着那横批，噘着小嘴，似是不解："我也不知道师父是怎么想的，这横批完全和对联不相关联，师父偏偏用这样一副对联配了这样一个横批。要说是翘首回顾，倒也还说得过去，可她偏偏用的是'乔'，明明就是个错别字啊，我虽然没读过书，但这些还是知道的。

我也告诉过师父，这个字是错的。可师父偏偏说没有错，她要用的就是这个'乔'，她也不和我们细说原因，只说是要留一个念想。师父她总是这么莫名其妙……"

素心再说些什么，他已经听不到了。他只目不转睛地盯着那副对联痴痴地看着，心中百感交集，不知不觉眼中已经蒙上了一层泪水。他都懂，他都明白，翘首回顾，是感同身受的思念，是辗转反侧的彻夜难眠。而"乔"更没有错，只是因为她姓乔，他姓顾，乔首回顾，是永生永世都忘不了地魂牵梦萦。

念安娘子……文湘戏社……此刻，他已全然明晓。

念安，思念安笙，文湘戏社，文周社，湘梦园。这八年，她从未忘却，她是带着对他的思念与两个人共同的心愿走到了今日的啊！

"素心，让你取一碗茶，怎么取这么久？"屋内传来了那让他心弦扣动的声音，那声音淡漠得没有一丝喜怒，却满含岁月走过的沧桑。

"哎呀，师父。"素心急忙跑进屋里，对其师父歉疚道，"对不起师父，刚刚碰见一个看客，耽搁了。"

此时男子也跟着素心一同走进了房间，素心见状大惊失色，压低了声音对男子说："先生您怎么进来了啊，师父若看到您闯进来了会教训我的。"

男子在这简朴的小屋环顾了一周，不见念安娘子其人。只见一旁的轻纱帘幕后，一抹若隐若现、熟悉的清丽身影。

那淡漠的声音问道："素心，何人在此？"

"师……师父。"素心低下头，战战兢兢道，"刚刚有一位先生非要进来见您，徒儿拦不住，所以……"凝望着那抹若隐若现的清丽身影，男子那起伏的心骤然平静了下来。

他上前了一步，对着帘中人深深道："娘子为何偏爱这红豆薏米茶，是因为红豆寄相思，抑或这是娘子的一心人所好？"

那声音，竟让她许久波澜不惊的心骇然起浪。莫非，真是那心心念念的一心人归来……帘中人不由得颤了一颤，握在手中的锦帕悄然脱落。而她的声音依旧一如既往淡然无波："是也罢，非也罢。倘若他在，终有一日会寻到此处；倘若他不在，我便在此地念他一生一世。"

帘外人道："你念了八年，为他将丽珊桥修建为盼归桥，只为盼他归来。你创办文湘戏社，只为完成你们二人的共同心愿。而他身在异乡，因战乱与娘子被迫分散，这八年，他何尝不是饱受相思之苦，对娘子魂牵梦萦？他千里迢迢而来，只为归故里，与娘子一世白头。"

帘中人道："那他可否记得少年时的一出《牡丹亭》台上戏，台下情？又可否记得玲珑骰子安红豆，入骨相思知不知的年少誓言？更甚记得她为幽夜中的一方明月，而他只愿做守护她的浩瀚星辰？"

帘外人道："他从未忘记过。他知他对她的情不知所起，一往而深。他亦知她对他的情意如四面环溪虾戏水，日日不见日日思。他更知他只愿做守护明月的浩瀚星辰，只因守她是他心中的白月光。他更甚知晓……"

帘外人顿了顿，深深道："锦绣年华空潭月，许的是静好。"

帘中人轻声道："她亦知，浮生安稳觅笙歌，愿的是安平。"

帘外人沉声道："风雨飘摇时，那是实现不了的梦。而今国泰民安，这个梦，便留给他们用后半生实现吧。"

帘幕轻卸，那如出水芙蓉的清丽身影缓缓露出。她含笑："我终于等到了你。"他亦含笑："我也是。"

岁月迢递，昔年一场梨园醉梦，你我终是戏中人。